U0606544

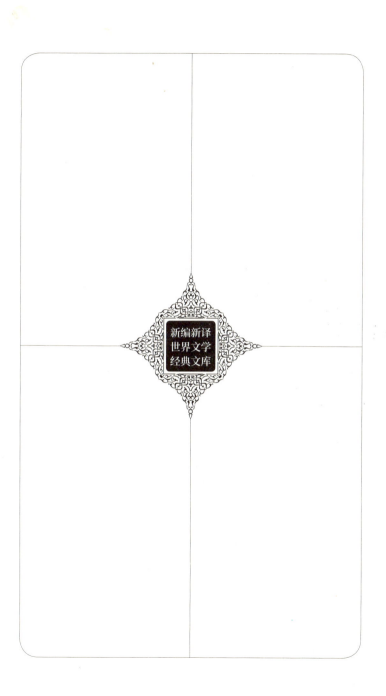

新编新译
世界文学
经典文库

新编新译
世界文学
经典文库

T  H  O  R  E  A  U  '  S

# 梭罗文存

Henry David Thoreau

W      O      R      K      S

[美] 梭罗 著

杨靖 译

作家出版社

新编新译
世界文学
经典文库

## 编委会

# 代　　　　　　　　　　序

经　典，　作　为　文　明　互　鉴　的　心　弦

陈众议　　　　　　　　　　　　　　　2020 年 11 月 27 日于北京

"只有浪子才谈得上回头。"此话出自诗人帕斯。它至少包含两层意义：一是人需要了解别人（后现代主义所谓的"他者"），而后才能更好地了解自己，恰似《旧唐书》所云："夫以铜为镜，可以正衣冠；以古为镜，可以知兴替；以人为镜，可以明得失"；二是人不仅要读万卷书，还要行万里路。读万卷书难免产生"影响的焦虑"（布鲁姆语），但行万里路恰可稀释这种焦虑，使人更好地归去来兮，回归原点、回到现实。

由此推演，"民族的就是世界的"（据称典出周氏兄弟）同样可以包含两层意思：一是合乎逻辑，即民族本就是世界的组成部分；二是事实并不尽然，譬如白马非马。后者构成了一个悖论，即民族的并不一定是世界的。拿《红楼梦》为例，当"百日维新"之滥觞终于形成百余年滚滚之潮流，她却远未进入"世界文学"的经典谱系。除极少数汉学家外，《红楼梦》在西方可以说鲜为人知。反之，之前之后的法、英等西方国家文学，尤其是20世纪的美国文学早已在中国文坛开枝散叶，多少文人读者对其顶礼膜拜、如数家珍！究其原因，还不是它们背后的国家硬实力、话语权？福柯说"话语即权力"，我说权力即话语。如果没有"冷战"以及美苏双方为了争夺的推重，拉美文学难以"爆炸"；即或"爆炸"，也难以响彻世界。这非常历史，也非常现实。

同时，文学作为人类文明的重要组成部分，是人类进步不可或缺的标志性成果。孔子固然务实，却为我们编纂了吃不得、穿不了的"无用"《诗经》，可谓功莫大焉。同样，马克思主义的经典作家向来重视文学，尤其是经典作家在反映和揭示社会本质方面的作用。马克思在分析英国社会时就曾指出，英国现实主义作家

"向世界揭示的政治和社会真理，比一切职业政客、政论家和道学家加在一起所揭示的还要多"。恩格斯也说，他从巴尔扎克那里学到的东西，要比从"当时所有职业的历史学家、经济学家和统计学家那里学到的全部东西还要多"。列宁则干脆地称托尔斯泰是俄国革命的一面镜子。这并不是说只有文学才能揭示真理，而是说伟大作家所描绘的生活、所表现的情感、所刻画的人物往往不同于一般的抽象概括、冰冷的数据统计。文学更加具象、更加逼真，因而也更加感人、更加传神。其潜移默化、润物无声的载道与传道功能、审美与审丑功用非其他所能企及，这其中语言文字举足轻重。因之，文学不仅可以使我们自觉，而且还能让我们他觉。站在新世纪、新时代的高度和民族立场上重新审视外国文学，梳理其经典，将不仅有助于我们把握世界文明的律动和了解不同民族的个性，而且有利于深化中外文化交流、文明互鉴，进而为我们吸收世界优秀文明成果、为中国文学及文化的发展提供有益的"他山之石"。同样，立足现实、面向未来，需要全人类的伟大传统，需要"洋为中用""古为今用"，否则我们将没有中气、丧失底气，成为文化侏儒。

众所周知，洞识人心不能停留在切身体验和抽象理念上，何况时运交移，更何况人不能事事躬亲、处处躬亲。文学作为人文精神和狭义文化的重要基础，既是人类文明的重要见证，同时也是一时一地人心、民心的最深刻，也最具体、最有温度、最具色彩的呈现，而外国文学则是建立在各民族无数作家基础上的不同时代、不同民族的认识观、价值观和审美观的形象体现。因此，外国文学，尤其是外国文学经典为我们接近和了解世界提供了鲜活的历史画面与现实情境；走进这些经典永远是了解此时此地、彼时彼地人心民心的最佳途径。这就是说，文学指向各民族变化着的活的灵魂，而其中的经典 (包括其经典化或非经典化过程) 恰恰是这些变化着的活的灵魂。亲近她，也即沾溉了从远古走来、向未来奔去的人类心流。

此外，文学经典恰似"好雨知时节"，"润物细无声"，又毋庸置疑是各民族集体无意识和作家、读者个人无意识的重要来源。她悠悠地潜入人们的心灵和脑海，进而左右人们下意识的价值判断和审美取向。还是那个例子，我们五服之内的先人还不会喜欢金发碧眼，现如今却是不同。这是"西学东渐"以来我们的审美观，乃至价值观的一次重大改变。其中文学 (当然还有广义的艺术) 无疑是主要介质。这是因为文学艺术可以自立逻辑，营造相对独立的气韵，故而它们也是艺术化的生命哲学；其核心内容不仅有自觉，而且还有他觉。没有他觉，人就无法客观地了解自己。这也是我们有选择地拥抱外国文学艺术，尤其是外国文艺经典的理由。没有参照，人就没有自知之明，何谈情商智商？倘若还能潜入外国作家的内心，或者假借他们以感悟世界、反观自身，我们便有了第三只眼、第四只眼、第N只眼。何乐而不为？！

且说中华民族及其认同感曾牢固地建立在乡土乡情之上。这显然与几千年来中华民族的文化发展方式有关。从最基本的经济基础看，中华文明首先是农业文明，故而历来崇尚"男耕女织""自力更生"。由此，相对稳定、自足的"桃花源"式的小农经济和自足自给被绝大多数人当作理想境界。正因为如此，世界上没有其他民族像中华民族这么依恋故乡和土地 (柏杨语)。同时，因为依恋乡土，我们的祖先也就相对追求安定、不尚冒险。由此形成的安稳、和平性格使中华民族大抵有别于西方民族。反观我们的文学，最撩人心弦、动人心魄的莫过于思乡之作。如是，从《诗经》开始，乡思乡愁连绵数千年而不绝，其精美程度无与伦比。"昔我往矣，杨柳依依；今我来思，雨雪霏霏"（《诗经》）；"露从今夜白，月是故乡明"（杜甫）；"举头望明月，低头思故乡"（李白）；"春风又绿江南岸，明月何时照我还？"（王安石）。如此等等，不一而足。当然，我们的传统不尽于此，重要的经史子集和儒释道，仁义礼智信和温良恭俭让，以及少数民族文化等皆是中华传统文化的组成部分。而且，这里既有六经注我，也有我注六经；既有入乎其内，也有出乎其外，三言两语断不能涵括。诚然，四十多年，改革开放、西风浩荡，这是出于了解的诉求、追赶的需要。其代价则是价值观和审美感悦令人绝望的全球趋同。与此同时，文化取向也从重道轻器转向了重器轻道。四海为家、全球一村正在逼近；城市一体化、乡村空心化不可逆转。传统定义上的民族意识正在淡出。作为文学表象，那便是山寨产品充斥、三俗作品泛滥。与此同时，或轻浮或狂躁，致使伪命题及去心化现象比比皆是；文学语言简单化（却美其名曰"生活化"）、卡通化（却美其名曰"图文化"）、杂交化（却美其名曰"国际化"）、低俗化（却美其名曰"大众化"）等等，以及工具化、娱乐化等去审美化、去传统化趋势在网络文化的裹挟下势不可挡。

正所谓"彼亦一是非，此亦一是非"，如何在全球化这把双刃剑中取利去弊，业已成为当务之急。"不忘本来，吸收外来，面向未来"无疑是全球化过程中守正、开放、创新的不二法门。因此，如何平衡三者的关系，使其浑然一致，在于怎样让读者走出去，并且回得来、思得远。这有赖于同仁努力；有赖于既兼收并包，又有魂有灵，从而在人类命运共同体的旗帜下复兴中华，并不遗余力地建构同心圆式经典谱系。毫无疑问，唯有经典才能在"熏、浸、刺、提""陶、熔、诱、掀"中将民族意识与博爱精神和谐统一。让《红楼梦》《三国演义》《水浒传》《西游记》等中国文学经典的真善美成为全世界共同的精神财富吧！让世界文学的所有美好与丰饶滋润心灵吧！这正是作家出版社与中国社会科学院外国文学研究所精心遴选，联袂推出这套世界文学经典丛书的初衷所在。我等翘首盼之，跂予望之。

作为结语，我不妨援引老朋友奥兹，即经典作家是好奇心十足的孩子，他用手指去触碰"请勿触碰"之处；同时，经典作家也可能带你善意地走进别人的卧室……作家卡尔维诺也曾列数经典的诸多好处；但是说一千、道一万，只有读了你才知道其中的奥妙。当然，前提是要读真正的经典。朋友，你懂的！

# 译　　　者　　　序

## 生　　命　　的　　种　　子

杨靖

1842年年初，梭罗的兄长约翰不幸去世。梭罗伤心欲绝，卧床不起长达两个月。几乎与此同时，他又惊悉爱默生的幼子瓦尔多患病夭亡。在写给爱默生的哀悼书信中，梭罗写道：死亡是"一种法则，而不是一场意外。死亡与生命一样普通。当我们望向田野时，我们不会因为某朵花或某棵草的枯萎而悲伤——对于它们而言，死亡也意味着重生……在这一点上，人类与植物没有分别"[1]。

20年后，梭罗本人也身患重病，但他所表现出的泰然自若简直令人震惊。梭罗的妹妹索菲亚在"致友人信"中曾谈到他对待疾病和死亡的态度："我从未见过有谁展现出如此强大的精神力量……他告诉我，只要心境平和，人在生病或健康状态下可以获得同样的慰藉，心灵总是和身体状况相应和。思考死亡，他说，并不令人感到恐慌。他终生以思考为乐事，目前仍然如此。"另一位友人山姆·史泰博也表示，从未见过任何一个人能在"弥留之际还如此快活，如此平静"。(482) 而梭罗本人则在临终前声称："疾病与健康一样好。"——直到生命的最后一刻，他仍在病榻之上修改日记手稿。思考死亡与记录生活这两件人生"要务"既是梭罗一贯的信念，也是他终身践行的法则。

在19世纪中期的新英格兰，对任何一个普通家庭来说，死亡可谓如影随形。无论在康科德乡间，还是纽约、波士顿等邻近都市，肺结核、伤寒、麻疹等疾病都相当普遍。疾病与人们的日常生活亲密接触——肺结核是当时该地区居民健康的头号杀手。据统计，当时在25岁至45岁的青壮年易感人群中，因感染肺结核而死亡的人口比例竟高达五分之一。梭罗对此有切肤之痛：除了兄长，他的父亲和姐姐海伦先后患结核病去世。同样的厄运也降临在爱默生家族:早在小瓦尔多夭折之前,爱默生的父兄相继去世,他的第一任妻子爱伦·塔克同样因身患肺结核而死亡。爱默生曾在日记中痛责自己"麻木不仁":仿佛嫩枝被折断之后,树木竟然能够苟活于世。

相比而言,梭罗对疾病和死亡的思考更为持久,也更为深入。身为康科德地区土地测量员,他对当地土质、水质及自然环境的恶化比别人更多一分了解。修建开往波士顿的铁路破坏了康科德的地质资源,建筑工人或盗伐者在瓦尔登树丛身上留下的斧斫痕迹更令他痛心不已。"瘴气和传染是疾病的源泉。"他在日记里说。这与现代医学的观察和结论不谋而合:从腐烂或不洁净的有机体中产生的排放物会降低人体免疫力,并使之在与病菌接触时较易感染疾病。作为终身孜孜以求的自然科学爱好者,梭罗虽然无法预见日后的医学病菌学说,但他却凭借观察和直觉正确指出了外部环境与人体内部机能之间的关系——用现代医学术语,就是——"病菌可以产生疾病,但总需体内某种因素与之配合,它才能萌芽并生长。"

当然,作为人文学者,梭罗关注的对象不仅是生理疾病——在梭罗日记中,健康一词跟疾病一样,更多是一种隐喻;在他看来,患得患失和无尽的忧虑才是"无可救药的疾病"[2]。相比于身体疾病,他对"精神的疾病"或"时代之病"更为关注。"我的写作,不是为死人唱颂歌;而是为活着的人唱挽歌"——因为"绝大部分人生活在平静的绝望之中"(Walden:111);因为"不是人乘坐火车,而是车骑在人身上。"(Walden:174)

正是在这个意义上,利奥·马克斯宣称,《瓦尔登湖》"经济篇"是"对这种文化疾病的诊断"[3]。康科德居民日复一日，过着单调乏味的生活：例行公事，刻板机械，毫无创意可言。他们的头脑僵化，像一面镜子，只能照映外部事物，缺乏个性和思想。他们每天都奔波忙碌，却不肯停下来思考生活的目的和意义：他们设计房屋，不是为了满足生活目的，而是为了适应房屋设计的标准；他们一刻不停地劳作，不是为了达到他们所选择的生活目标，而是为了满足市场机制的需求。简而言之，即"人成了他所制造的工具的工具"。这样沉闷而萎靡的生活和工作方式，与其说是生活，不如说是反生活[4]。人们每天都在拼命追求，追求新鲜事物，占有物质财富，可至死也不曾明白：到底何者才是生命的真谛？

疾病或健康，本是自然之物，何必要赋予它太多的寓意？"河上漂浮的哪一片睡莲叶不带病虫？"[5]梭罗以他一贯的矛盾修辞强调：疾病是健康的一种表现形式，如同死亡本来就是生命的延续。像现代医学研究揭示的那样，人的生命本由无机物进化而来，死后则重新分解返回自然；或像比奇洛医生在《生病的自然》一书中所说："构成生命体并在体内循环运动的物质，死后并不会消失——它们又会转化成组成新的生命体的物质。这些物质配以生命体征，便可以重新开始生命的轮回。"[6]可以说，哲学家梭罗为他的邻人提供了"自然疗法"，以期达到人与自然的和解。梭罗曾指出，现代人的悲剧在于丧失了从简单事物中获取快乐的感知能力，直到临近死亡时，"才发现自己从未活过"。(Walden:269)正是在这个意义上，梭罗强调生命的"体验"，因为一旦离开身体，自我无法独自言说，也不能与其他事物发生关联，从而沦为一个抽象物。当然，除了身体知觉，人类心灵也能感受到生活的意义，而且其深度、广度和持久性都超过短暂易变的感官知觉（后者仅能感受到即时、此地和当下的意义）。因此二者的平衡乃至融合才是免除疾病的良方。

在梭罗眼里，作为自然的象征和人类的家园，大地不仅是埋葬万物的坟墓，而且也是谷仓，贮满了生命的种子；死亡腐烂越多，大地越发肥沃。这样的死亡，与其说值得哀悼，不如说值得庆贺。[7] 在《瓦尔登湖》"农场"篇里，梭罗以罕见的笔调赞颂了在田间劳作的农夫，死后他们将身体交还自然，哪怕被耕种也心甘情愿。死亡，在梭罗看来，并不是生命的结束，而是生命崭新旅程的开始——和爱默生一样——他相信人死如同旅客走下一辆列车跳上另外一辆。他也提倡人死即埋，无须棺木，更无须树碑——只要在坟墓上种树，通过树根、树叶与活人同呼吸，从而获得永生。他在日记里说："人就是一堆融化的土……人的耳朵连同耳垂，像苔藓的地衣。"人既来源于尘土，复归于尘土，在他看来，是再自然不过的事——"自然的每一个部分都教导我们：一个生命的逝去是为其他生命腾出空间。"[8]

梭罗关于自然是健康而有益的理论，很大程度上要归功于他阅读过的东西方经典（包括"四书"在内），以及他在日记中进行的思考。梭罗曾模仿歌德的口吻评论说："植被的生长模式可以被视作万物生长的原型。"接着，并提出自己的观点："在冰花中，这种法则显露无遗。冰花的材质更加纯粹，其中大多数成分都是短暂而易逝的。因此，从哲学的视角进行简单的归纳后，我们可以说，自然法则中的所有生命、一切事物，不过是一朵朵或早或迟都将消逝的冰花而已。"(149) 跟自然万物一样，人的生命体也无时无刻不在进行自我更新 (梭罗曾在日记中引用中国儒家格言"苟日新，日日新，又日新")，同时他的思维生命亦当同步更新。梭罗相信，跟动植物生命形态一样，人的思维生命保持活力正是健康的表现。坚信自我更新乃是生命的本质，这一态度还体现在梭罗对印第安人习俗的激赏——与普通美国人珍藏旧物的习惯不同，梭罗注意到印第安部落每到一年结束，便收集家中一切旧物，堆积在广场，一把火焚烧殆尽——预示着新的一年彻底告别过去，重获新生。

梭罗曾说过，自然的奥秘在于简单地、重复地生长，而生命的意义也正在于此。如果每天不能在林间散步四个小时，他在"散步"(1862) 篇里说，就算不上是健康的生活。诗人W.E.钱宁结识梭罗不久，曾对他终日在林间徜徉表示疑惑：似乎是在无所事事之中消磨时间、浪费生命。梭罗却回答，他能看到第一朵绽放的春花，第一缕冬日的暖阳，和随时变幻的林中美景。这一种移动的美景带给人的精神享受，是任何静止的风景画所无法比拟的。世间万物，唯有在运动之中才能永葆其生命。人们为何总要急匆匆地赶路，梭罗问，而不肯放慢脚步，去欣赏沿途的风景？

与步履匆匆的邻人不同，梭罗倡导的生活理念是"平凡的生活，高尚的思想"(华兹华斯语)。他在《瓦尔登湖》里不厌其烦地记录自己的建造费用和生活成本，只是向世人表明：他可以用一定量的劳动换回生活必需品，而其余时间则可以自由支配——用于阅读和思考，用于丰富自己有限的生命。几乎跟马克思的《资本论》(1848) 同时，梭罗也发现了劳动价值论，并将其付诸实践。那些占有过多生活资料，追逐奢侈享受的人，在他看来属于精神不健康——因为这样的生活方式有违自然之道。他反复强调:"人就像一株植物,也该像植物般地得到满足。"(Walden: 274) 适度的光和热有助于植物生长,而一旦过度,则只能给人带来不舒服的燥热,正如对奢侈品的追求会引发人的狂热。他反复强调"多余的财富只能购买多余的东西。人的灵魂所必需的东西,本不需要花钱买"。(Walden: 347) 劳动的意义,本该让人获取生产和生活资料,从而得以享受生活,现在却异化成了人生的负累。从这一点来看,北方工厂里劳工的境遇甚至比南方种植园的奴隶更为悲惨。

对此梭罗不由得心生感慨:"人们在买进卖出,奴隶一样过着生活啊""除了做一架机器之外,他没时间来做别的"。结果只能是:"他们给自己铸造了一副金银的镣铐",并且终身不得解脱,全然忘却了生命最本质的意义。[9] 梭罗提出他所理解的经济学是指导如何生活的哲学。梭罗通篇使用大量经济学词汇,其目的在于暗示"生命就是由有限的时间与精力构成的,可以颠倒、积累、花费、使用、挥霍和储存,如同财产一般"。因此人应当将生命的精华花费在美好的事物上,而不是被财产所累,成为被幽禁的囚徒。梭罗认为真正的生活是一种简单自由的生活:物质简朴,精神自由。只有这样的生活才能使人们减少对物质和财富的追求,才能"把生活压缩到一个角隅里去……用切身的经历来体会它的意义"。大多数人所过的那种体面生活,在他看来,"就像泡了20次之后的咖啡渣泡成的咖啡"。——他们在解决身体的饥饿时,行动何其迅速;然而到了解决灵魂的饥饿时,行动又如何迟缓!"几乎已经将灵魂饿成了影子"。[10]

对此,梭罗进一步追问道:如果人还是像动物那样整天忙于物质追求而不进行思考，人与动物还有什么区别？人类文明又将如何向前发展？他一直坚信，物质追求只是满足人的虚荣心，而人的最高级享受乃是精神的满足——正如爱默生在《超验主义者》一文中宣称的那样：一切物质的东西，都会被时间的镰刀所摧毁，世上永恒的东西唯有伟大的思想。正如英国浪漫派作家赫兹里特所说："文字、思想和情感，随着时间的推移而凝结存留下来，而事件、人物和行动则会腐烂或融入到声音和稀薄的空气中，不复存在。"**11**

"人，不就是一棵树，一种蔬菜，一株植物？"梭罗说。一棵树的要求能有多高？一点点阳光，一点点雨露，还有它脚下的泥土。除此之外，一切要求皆属过度。人也是如此。由此梭罗倡导人们过一种简朴的生活："简朴，简朴，再简朴！"(*Walden*: 173) 像《圣经·新约》里的耶稣，他宣教的目的就在于唤醒愚病的世人，治愈其麻风病或失明症，使其早日重返乐园——在他看来，贪多务得是包括康科德居民在内的美国人的通病，但社会资源毕竟有限，不加节制地索取最终只会引领人类步入死地——因为自然是人类赖以生存的家园，家园被毁，人类必将老无所依，漂泊至死。针对这一种"社会病"，梭罗提倡的生活方式是"节欲"**12**："用更少做同样多"——他的人生格言不是"占有"而是"将就"。**13** 他自称是天性懒惰之人，事实上他极其勤勉：每天除了劳作，其余时间都用于阅读与思考，甚至在临终之际也不辍写作，并未因病痛的折磨而放弃记录和体验人生。

当然，梭罗全部作品(包括生前出版的《河上一周》和《瓦尔登湖》两部在内)涉及的不仅有动物和自然，也有社会和家庭；他所追寻的人生意义，与此也密切关联。换个角度看，梭罗之所以上下求索，探究生命的意义，乃是因为生命的有限性。在有限的生命中，由于物欲横流，人的身体遭受挤压，人的灵魂更是无处安放，于是陷入莫名的苦恼中。但试图用物质来填满人生意义的真空显然徒劳无益，因为物质始终无法代替人类实现思考、理想和价值等精神追求。可惜世人很少愿意像梭罗那样转向内心，来经营自己的精神家园，或全身心地感受生活。

正如评论家所说，梭罗虽然没能像爱默生期许的那样成为"美国的工程师"，但却用他短暂的一生，向世人昭示如何以乐观豁达的态度对待疾病，如何在平凡的生活中保持健旺的生命力，并充分享受人生。特立独行的梭罗从未期盼追随者和效仿者，而事实上他的精神却感召了一代又一代美国人，追求积极向上的健康人生。梭罗宣称，"每个人都是他心灵圣殿的建筑师"(Walden:269)，这也成了一个半世纪以来最激动人心的口号。

1849年6月14日，与《瓦尔登湖》齐名的《论公民不服从》一文的评论在纽约《论坛报》发表。次日，梭罗的姐姐海伦病逝。葬礼在家中举行。仪式结束后，梭罗起身打开音乐盒。所有的人都默默地坐在那里，直到音乐奏完。《河上一周》的创作与出版都与家人的死亡分不开，但"这本书中并没有流露出死亡的阴影"。(246)不仅如此，照传记作家罗伯特·D.理查德森的看法，她的死或许还激发了梭罗的斗志，让他接受并宣示自己的平凡身份——到目前为止，梭罗家的四个孩子中，有两个已经去世，这让梭罗强烈地感受到，他必须让自己的一生过得更加值得。7月末，梭罗在写给友人布莱克的信中说道："我们必须朝着一个方向迅速地行动，我们的意志必须足够坚决，这样才能将我们的恶行抛至身后。纵然是彗星的尾迹，也会如星辰般闪亮。"——正是死亡的迫近让梭罗产生了一种强烈的反差，并使他意识到：不只要继续生活下去，更要为生活"注入活力"。(145)

如果说当初兄长约翰之死曾促使他全身心地投入写作，驱使他不断推出新作，仿佛他想表达的并非是自我，而是"兄弟两人的声音"(155)，友人玛格丽特·富勒之死则令他感触更为深刻。1850年海难发生时，玛格丽特·富勒正在由意大利返美的途中（距离纽约港只有一步之遥），与之同行的有其丈夫奥索利以及他们年幼的儿子。梭罗奉爱默生之命前往事发地点搜寻遗物，几乎一无所获，连一片骸骨也未能保存。这一事件再次引发梭罗对死亡的深思：从基督徒的视角来看，躯体或许会死亡，但灵魂会得到救赎；从自然的视角来看，"如果这是自然法则，如果抛掷并毁坏这些尸体的风浪仅仅是一种客观的自然现象"，那么"我们为何还要浪费时间，心存敬畏或怜悯"？紧接着，梭罗提供了第三种视角，将人类生命的意义与遭受的命运区分开来，并且断言，"对于一个正直的人而言，任何礁石也无法撞碎他的意志。"(250)

见证过这一番死亡之后，梭罗益发坚定了他对工作和生活的热情。"我对自己说，要多做一些真心喜欢做的事情。"他所喜爱的英国文学家塞缪尔·约翰逊博士也曾经说过，"没有生病的时候就要好好地活着。"——这恰好反映了梭罗当时的心态。"至于健康问题，权且当自己是健康的人好了。"人既要有自己的思想，也要常怀疑惑，"如果疑惑给你造成了困扰，就不要纠结其中"。(266) 此外，死亡还对梭罗提出了新的道德律令："去做一些别人无法为你做的事情，其他的事情都可以忽略。"——它促使梭罗去获得更广泛的体验，更加专注地生活，比如："在远方的海洋和荒野中，我发现了书写百万康科德人的材料。这点让我倍感欣慰，真的。"接着，他又发人深省地补充说，"如果找不到这些材料，我就会迷失自我。"(266)

正如理查德森指出的那样，梭罗在此期间创作的《缅因森林》《科德角》等几部作品中所体现出的孤独感、人类可悲而无助的宿命感，以及死亡造成的荒凉感和空旷感，远比他此前的其他作品更为强烈。梭罗之所以敢于面对死亡，敢于面对救赎的虚伪性，并不单单是因为家庭成员的死亡给他带来了勇气，而主要是因为好友富勒之死给他带来了震撼——她的死给梭罗人生的风景投下了一片暗影。回到康科德后不久，梭罗写道："今晚的夕阳灿烂得有些怕人，云层显得无比忧郁……深黄色的天空中飘着几抹淡淡的、鱼鳞般的彩霞，它们很快便散去了，只留下殷红如血的天空。"(267) 尽管如此，梭罗并未因此而沉浸在忧郁与绝望之中，因为作家的使命感时刻在向他发出召唤：他曾立志做一只报晓的雄鸡，去唤醒"沉睡的"康科德邻人。

晚年的梭罗饱受病痛折磨，但他从不怨天尤人，而是积极调整心态，勇敢面对。正如他在日记中所指出的："没有人是真正健康或无恙的，但每个人都理所当然地将健康视作常态，将疾病看作例外。"梭罗认为，这是一个令人惊奇且重要的发现。他呼吁人们承认自己的局限，面对现实："事实上，疾病才是现实生活的常态。"(320) 对梭罗而言，疾病和悲剧构成了他命运中挥之不去的一部分。高烧不退之时，他梦到自己在"挖掘死人的墓穴"，后来又感叹说："死神与我形影不离，生命正离我远去。"(354) 尽管如此，他从未片刻放弃自己的职责——他继续写道："我是一个神秘主义者，同时也是一名超验主义者、一名自然哲学家。"他不断提醒自己，作为一名学者，他的使命不仅要展开田野调查，更要"接近生活""记录生活"(355)。这是他念兹在兹的人生目标，也是他生命的意义所在："一个人如果有了目标，哪怕是再小的目标，他就能够脱离人类生活中的琐事来看问题。"(429) 正如他在瓦尔登湖的"生活实验"一样，一个人必须坚持他所从事的工作："只要有优秀的农夫，就会有肥沃的土地。但走错方向，生活中的遗憾就会接踵而至。"(459)

生命临近终点之时，梭罗表现得越发平静。因为他越是思考，越觉得死亡本身平淡无奇：肉体生命转瞬即逝，只有思想永垂不朽。借用梭罗的话说，"我们身体内的生命像河中的水"——开始是被限制在狭窄的两岸之间的涓涓细流，然后热烈地冲过巨石，滑下瀑布。渐渐河道变宽，河流平稳，最终汇入海洋，中间不再有明显间断和停顿，最后毫无痛苦地摆脱自身的存在。人，自然而然地出生，毫不费力，死亦当如是。当初在瓦尔登湖畔潜心创作之际，他便暗暗立下誓言：他将要越过一条看不见的界线，他将要把一些事务抛在后面……由此"他将生活在事务的更高级的秩序中"。此时面对死亡，他也产生

了新的感悟：每个生命，就像每一阵风一样，无时无刻不在"记录着自我"。(480)

梭罗在日记中曾引用托马斯·格雷在《墓园挽歌》中的名句"把世界留给黑暗和我"，表达世人对于死亡的恐惧，然而他自己却决意要做光明的使者，正如爱默生在梭罗的葬礼上所说："他相信每个人的身体里都埋藏着生命的种子……在他心目中每一事物都光辉灿烂，代表着整体的秩序和美。"从这个意义上看，《瓦尔登湖》并非教人如何隐逸，而是教人如何(内心)强大——强大到无论身处顺境逆境，强大到在一切人生枯荣沉浮的时空里，都能朝着既定的目标，戮力前行，直到抵达生命和事业的终点——像梭罗崇拜的那位东方圣人：发愤忘食，乐以忘忧，"不知老冉冉其将至"。或许，这也是今日重读梭罗的意义之所在。

**1** 罗伯特·D.理查德森，《梭罗传：瓦尔登湖畔的心灵人生》，刘洋译，浙江文艺出版社，2020年，第144页。后文引自本书仅标记页码，不再另注。

**2** *Walden and Other Writings by Henry David Thoreau*, Joseph Wood Krutch, ed., New York: Bantam Books, 1982, p.113.后文引自本书仅标记书名及页码，不再另注。

**3** 利奥·马克斯，《花园里的机器：美国的技术与田园理想》，马海良 雷月梅译，北京大学出版社，2011年，第181页。

**4** 利奥·马克斯，《花园里的机器：美国的技术与田园理想》，第182页。

**5** H.D.Thoreau, *The Journal 1837—1861*, Damion Searls, ed., New York: New York Review Books, 2009, p.71.

**6** Quoted in Maria Farland, "*Decomposing City: Walt Whitman's New York and the Science of Life and Death*" in *ELH*, Vol.74, No.4, (Winter, 2007), p.810.

**7** David.M.Robinson, *Natural Life: Thoreau's Worldly Transcendentalism*, Ithaca: Cornell University Press, 2004, pp.42—43.

**8** H.D.Thoreau, *The Journal 1837—1861*, p.3.

**9** 参见杨靖《"疾病的隐喻"：梭罗论健康与自然》，载《外国文学评论》2015年第1期，第44—57页。

**10** 梭罗，《寻找精神家园》，方碧霞译，外语教学与研究出版社，2016年，第43页。

**11** 参见陈才忆《梭罗的人生追求及其现代意义》，载《四川外语学院学报》2003年第5期，第41页。

**12** 正如克罗齐所言，这种节欲"（它）不是减少情欲而是约束情欲，就像河的两岸，水浪拍打着它们，但却不会越过它们一样"。参见贝尼季托·克罗齐《美学的历史》，王天清译，中国社会科学出版社，1984年，第134页。

**13** Charles R.Anderson, *The Magic Circle of Walden*, New York: Holt, Rinehart and Winston, 1968, p.19.

# 目　录

# 更 高 的 法 则

　　我拎着一串鱼，提溜着鱼竿，从树林里穿过，走在回家的路上。这时，天已经很黑了。我瞥见一只旱獭偷偷溜过我行经的这条小路，便生出一种奇特的野蛮快感：非常想把它抓住，活生生吃掉；其实我那时并不饿，只是被它表露的野性所吸引。然而，当我住在瓦尔登湖的时候，有一两次我发现自己像一条饿得半死的猎犬一样扫视树林，还带有某种奇怪的自暴自弃感，寻找我可能会生吃的那种鹿肉——吞下的每一小口对我来说都不会过于野蛮。最原始的景象也已经变得莫名熟悉。我发觉，而且仍然发觉，自己像大多数人一样，对一种更高层次的生活，或人们所称的精神生活，具有一种本能。而我的另一种本能则趋向于原始的、未开化的生活。两者我都敬重。我对原始生活的热爱程度丝毫不亚于对美好生活的热爱。钓鱼时的野性和冒险令我对此深有感受。我有时喜欢把握当下，有时又希望能够过野兽一般自由狂野的生活。或许，我会把这一切归因于特别小的时候就从事捕鱼和打猎，归因于与大自然的亲密无间。它们使我们早早地就了解到这些景色，流连忘返。然而在那个年纪，我们本不应该知晓这些。渔夫、猎人、樵夫等人在田野上和树林里度过一生，他们有一种奇特的感觉，认为自己是大自然的一部分。与带着期许接近自然的哲学家和诗人相比，他们会经常在工作间隙带着更美好的心情来欣赏她。她不惧怕展现自己。大草原上的旅客自然是打猎人，密苏里河和哥伦比亚河上游的旅客自然是铺设陷阱的猎人，在圣玛丽瀑布的旅客自然是渔民。如果仅仅是旅客，那么他或是间接学到知识，或只是一知半解，不够权威。我们最感兴趣的科学报道是，这些人通过实践或依靠本能就掌握的知识，因为这才是真正的人性，或是人类经验的一部分。

人们搞错了是谁断言新英格兰人娱乐活动很少，因为他们没有很多的公共假日，大人和小孩不像在英国那样打那么多比赛。因为在这里，打猎、钓鱼等更原始却也孤独的娱乐活动迄今还没有给前者让出地方。在我那个年代，几乎每一个新英格兰男孩在10岁至14岁时都扛着猎枪；他们打猎和钓鱼的场地不受限制，就像英国绅士独享的活动场地一样，但不同的是，前者甚至比那些野蛮人的领域更加广阔。难怪他当时不经常留下来在公共场所玩耍。其实改变早已悄然发生，不过原因并非我们更具人性，而是游戏变得愈发稀有。也许猎人是被捕猎物最好的朋友，人类社会也不例外。

然而，住在瓦尔登湖边的时候，我有时希望把鱼加进食谱，这样菜品会更多样。我确实跟第一批渔民一样，是出于同样的必要需求才捕鱼的。无论我想出什么样的人性论来反对这一做法都是很虚假的，因为我担心更多的是我的哲学理念而非个人感受。我现在只谈论钓鱼，因为我对打猎的感觉早就不一样了，并且在去树林之前就已经卖掉了我的枪。不是因为我跟其他人相比不那么人道，而是因为我没有感觉我的情感深受影响。我不同情鱼和蚯蚓。这是钓鱼惯有的事。至于打猎，在我还持枪打猎那几年，我给自己想的借口是我正在研究鸟类，而且只寻找新出现的或稀有的鸟类。但必须承认我现在觉得有比这更好的方法来研究鸟类。这就要求你更加密切地关注鸟类的习性，仅凭这个原因，就能让我放弃持枪打猎。尽管我反对打猎是出于人性，然而我被迫去质疑同等价值的运动是否会取代这些活动；当我的一些朋友焦急地问我他们孩子的事，询问他们是否应该让孩子打猎，我回答"是的"，让他们成为猎手——记住，它是我的教育中最好的一部分。尽管他们一开始只是运动能力强，但如果可能的话，最后会变成强有力的猎人。这样他们在这片或任何田野就找不到对他们来说足够大的猎物。猎人和渔夫都是如此。因此，我支持乔叟[1]笔下修女的观点，她说"没有听到老母鸡说过猎者并非圣洁之人"。

在个人以及种族历史时期，有一段时间猎人被称为"最好的人"，阿尔贡金族[2]也这样称呼他们。我们只能为从来没有开过枪的男孩感到惋惜；他不再有人情味，而对他的教育也不幸被忽略掉了。这是我对那些专心于这一职业的青年们的回答，我相信他们不久就会随着年龄的增长而放弃这一想法。没有人会在度过无忧无虑的孩童时代之后，还会肆意谋杀任何生物，因为它们和他一样都有生存的权利。穷途末路之时，野兔也会哭得像个孩子。我警告你们，各位妈妈们，我的同情心并不总能把通常所谓的博爱区分明白。

这往往是年轻人对森林的了解，也是他自身最原始的部分。一开始，他是以猎人和渔夫的身份去到那里，到最后，如果他内心萌发出更好的生活的种子，他会分清正确的目标，也许是成为诗人，也许是成为自然学家，接着将枪支和鱼竿抛诸脑后。在这方面，大多数人仍然并且总是太过年轻。在一些国家，会打猎的牧师绝不是罕见的景象。这样的牧师可能会是一只好的牧羊犬，但是实在不能成为一个好牧人。我很惊讶地认识到，除了劈柴、切冰或其他类似的工作外，唯一引人注目的工作，同时据我所知，也是我的同乡们（无论是小镇里的父亲们还是孩子们）只会为此在瓦尔登湖待上整个半天的，就是钓鱼。一般来说，除非他们得到一长串的鱼，否则他们不会认为自己是幸运的，或是花费的时间得到了丰厚回报，尽管他们一直有机会看到瓦尔登湖。在钓鱼时激起的泥沙下沉到湖底，让他们的目标物清楚之前，他们可能已经往那里跑了一千多次；但毫无疑问，这样的一个净化过程会一直持续下去。州长和他的理事会依稀记得这个湖畔，因为他们孩童时期在这里钓过鱼；而如今他们年纪太大、身份太尊贵，以至于不会再去这里钓鱼，因此也就不会永远记得此地。然而，他们居然期望着最后能去到天堂。如果立法机关顾及此地，那也主要是规定能够使用的鱼钩数量；但是他们对鱼钩一无所知，有了鱼钩就能钩住整个瓦尔登湖，并且以立法机关来充当诱饵。因此，即使在文明社区，处于萌芽状态的人类也要经过猎人的发展阶段。

最近几年，我不断地发现如果自尊心不能降低一点的话，我就不能钓鱼。我反反复复试过许多次。我有技巧，并且像我许多的朋友一样，对此有特定的本能，而且会时不时更新，但我总是在钓完鱼之后感觉如果我不钓鱼的话可能会更好。我认为我没有错。这是一个微弱的暗示，就像清晨的第一缕阳光一样。毫无疑问，我自身具备这种本能，而这种本能属于创造的更低级别；尽管没有更多的人情味甚至智慧，我每年也很少钓鱼了；现如今，我是根本不再钓鱼了。但是我明白如果哪一天我住进荒野，我会再次被引诱去当真正的渔夫和猎人。除此之外，这些饮食和所有的肉基本上都不太干净。我开始明白家务活的必要性，以及为什么要花费如此多的精力使自己每天都穿得整洁、体面，并且保持房子清香，不让它有任何不好的气味和景象。因为我充当自己的屠夫、仆人、厨师以及品菜的老爷，我可以诉说一个非常完整的经历。就我而言，我反对兽肉的实际原因是它们不干净；除此之外，在抓了鱼，将它洗净、烹饪、吃掉后，我根本就没有吃饱。这样既没有意义，也没有必要，而且成本要比把它钓上来高。一些面包或几个土豆也管用，而且麻烦和污秽更少。跟许多同时代的人一样，多年来我很少食用兽肉、茶、咖啡等；与其说是因为我查到了它们所造成的诸多不利影响，倒不如说是因为它们与我的想象不一致。对兽肉的厌恶不是受经验的影响，而是一种本能。在许多方面活得低下、过得艰难似乎更美好；尽管我从来没有这样做过，但至少也做了足够多的努力来取悦我的想象力。我相信每一个曾经真挚地把自己更高的或充满诗意的才能保存在最好的环境中的人特别倾向于戒掉肉食，戒掉任何种类的食物。"一些处在完美状态的昆虫，尽管拥有进食器官，但是却未能使用"。昆虫学家认为这是个重要的事实，我在柯比和斯彭斯书中[3]也发现了这一点。他们把这当作一个普遍的规则写下来，即："几乎所有处在这个状态的昆虫吃得都比在幼虫时期少得多。""当贪吃的毛毛虫转变为蝴蝶……""当贪吃的蛆虫变成苍蝇之后"，一两滴蜂蜜或是其他甜的液体就能使它们满足。然而蝴蝶翅膀下的肚子仍然展现出幼虫时的状态。就是这点东西诱使它们残杀昆虫。过度肥胖的进食者是处在幼虫状态的人类；有些国家的全部国民都处于这样的情况下。这些国民没有幻想，没有想象力，有的只是出卖他们的大肚子。

准备和烹煮如此简单、干净的食物的同时还不冒犯想象力是很困难的；但是我认为当我们的身体进食时，想象力也得到满足；

他们都应该坐在同一张饭桌上。也许这是可以做到的。即使吃水果时小心翼翼，我们也无需为自己的胃口感到羞耻，也不需要中断最有价值的追求。但是如果往你的饭菜中额外加点调料，它会将你毒死。因此，不值得靠丰富的烹饪技巧为生。如果被抓到自己亲手认真地准备一顿这样的晚餐，无论是兽肉还是蔬菜，就像别人每天为他准备的晚饭一样，大多数人会感到羞耻。要是这一情况没什么改变，我们就没有文明可言，即使是绅士和淑女也不是真正的男人和女人。这当然表明了要做出什么样的改变。询问为什么想象力不能与肉体和肥胖协调一致可能是白费力气。对它们不够协调一致这件事我很满意。说人是食肉动物，难道不是一种指责吗？确实，在很大程度上他也可以真的以捕食其他动物为生；但是这一方法却令人十分痛心——用陷阱捕捉兔子或屠宰小羊羔的人可能知道这一点——教人们只吃更无害、更健康的食物的人会被视作其民族的施惠者。无论我的做法是什么，我确信通过逐渐改善，人类将不再吞食动物。这是人类命运的一部分。就像原始部落接触更加文明的社会之后不再吃人一样，是十分肯定的一件事。

如果一个人听从直觉赋予的最微弱但又最坚定的建议（当然这些建议是正确的），他无法预测他会走向何种极端，甚至导致精神错乱；尽管如此，随着他愈发坚决和忠诚，他会看到自己的路。健康人感受到的最微弱但却明确的反对终将会战胜人类的争吵和习俗。没有人曾跟随他的直觉——偏偏在被它误导之后，才会跟从。尽管结果是身体虚弱，但也许没人会说结果很遗憾，因为这是与更高原则相符合的生活。如果你开心地迎接每一个白天、每一个夜晚，生活散发出像鲜花和香草一样的气味，更灵活、更明亮、更不朽——那就是你的成功了。整个大自然就是送给你的贺礼，你暂时也有理由祝福自己。最大的收获和价值远远不是被别人欣赏。我们很容易怀疑它们是否存在，之后又很快将它们忘掉。它们是最高的现实。也许最令人吃惊和最真实的事实绝不会被人们交谈。我日常生活中真正收获到的是像朝霞或暮霭那样摸不到且无法描述的东西。我抓到的只是一小块星云，只是彩虹的一部分。

然而，对我来说，我绝不是特别娇气的一个人；如果必要的话，我有时也会吃炸老鼠，并且吃得津津有味。我很高兴自己能够喝这么长时间的水，因为同样的原因，我更喜欢自然天空，而不是鸦片吸食者的天堂。我宁愿一直保持清醒；而醉酒有多种程度。我相信水是智者的唯一饮品；葡萄酒并不是如此高贵；试想一杯热咖啡可以毁灭早晨的希望，一杯茶水可以毁灭晚上的希望！唉，当我被它们诱惑的时候我是何等地堕落啊！甚至音乐都可能令人陶醉。这些看起来不起眼的原因毁灭了希腊和罗马，也将会毁灭英国和美国。在所有醉人的事中，谁不愿意醉倒在他所呼吸的空气中？我发现这是对长期存在的粗鄙工作最严肃的反驳，这些工作也迫使我所吃的、所喝的都更加粗糙。但说实话，我现在发现自己在这些方面有点不怎么特殊。我不怎么把宗教信仰带到餐桌上，也不再祷告；不是因为我比以前更聪明，而是我必须承认，无论后悔的事有多少，随着时间的变化，我已经变得更粗俗、更冷漠。也许，这些问题只有在青年时期才会考虑，就像大多数年轻人相信诗歌一样。我的行为"无所踪"，我的意见却写在这里。然而，我绝不会把自己看成吠陀[4]经典上说的那种有特权的人。它说过，"真正相信无所不在的高级物种的人会吃掉所有存在的东西。"就是说不一定要询问他的食物是什么或谁为他准备食物；甚至在他们的例子中，可以观察到，正如一名印度注释家所说，吠陀经典将这一特权限制在"危难的时期"。

有谁不曾从没有食欲的食物中获得一种不可描述的满足感？一想到我把精神感知归因于一般的粗俗味觉，并且通过这一味觉得到启发，以及我在山坡上吃的浆果满足了我的才能，我就很激动。"心不在焉，"曾子说过，"视而不见，听而不闻，食而不知其味。"[5]能够区分出食物真正味道的人绝不是贪吃之人；区别不出的人才是。清教徒吃黑面包皮与市议员吃乌龟一样，都吃得很多。不是进入口中的食物，而是以什么样的胃口吃，玷污了一个人。这也无关乎食物的质或量，而关乎对肉欲的热爱；当我们吃东西不是为了维持生活，或是启发精神生活，而是为了满足我们肚里的饿虫。如果猎人喜欢吃甲鱼、麝鼠或是其他类似的野味，漂亮女士沉迷于吃小牛蹄制成的肉冻，或沉迷于吃海里的三文鱼，他们两个没什么差别。猎人去到湖边，女士去拿她的肉冻罐。奇怪的是，他们以及我和你是怎样过上这样卑鄙、令人厌恶的生活，只会大吃大喝。

我们一生都品行端正，这让人惊讶不已。善意与恶意一刻也不曾休战。善意是唯一一个绝不会失败的投资。在世界各地震颤的竖琴的音乐声中，正是这份对善意的坚持让我们激动不已。这竖琴好比环球保险公司的推销员，推销他们的条例，我们的小小善意是我们支付的所有费用。尽管青年人最后会变得冷漠，宇宙之法并不冷漠，而且永远处在最感性的那一边。听一听西风的谴责之词吧，它肯定在那里，如果谁没有听到，那他真是太不幸了。我们不能触碰琴弦或移动音栓，但是迷人的道德使我们怔住。许多讨人厌的噪声离得远来听，就成了动听的音乐。对于我们的卑贱生活而言，这可真是一种傲慢却并不刻薄的讽刺。

我们意识到我们体内有一个野兽，当我们更高级的本性沉睡时，它便慢慢醒来。它是一种爬行动物，并且耽于肉欲，或许无法完全将它驱赶出去；就像蠕虫一样，无时无刻不霸占我们的身体，即便我们身体健康、安然自得。我们有可能躲它，但是绝不会改变它的本性。我担忧它本身就有一点健壮；我们也很健康，但是却不纯净。前些天我捡到了一只野猪的下颚，它的牙齿和獠牙白皙、坚硬。这表示还有一种不同于精神上的动物健康和活力。这类生物是用节制和纯洁之外的方法取得了成功。"人之所以异于禽兽者几希，"孟子说，"庶民去之，君子存之。"⁶有谁知道如果我们达到纯洁之后会过上怎样的生活？如果我知道有那么一个可以教我纯洁的智者，我会立刻去找他。"吠陀经典宣称掌控我们的热情、外在感受，以及做好事，是思想上接近上帝不可或缺的因素。"然而精神可以暂时地渗透和控制身体的每一个部分和功能，将形式上最为粗俗的感觉转化为纯洁和虔诚。当我们分散时，生殖的精力分散开来并且使我们不洁，而当我们汇聚一起时却激励和启发我们。贞洁是人类之花；天才、英雄主义、神圣等东西只是它结出的各种各样的果实。当纯洁之路打开时，人类立刻拥向上帝。反过来，我们的纯洁启发我们，而不洁则让我们沮丧。相信体内的野兽逐渐消失、神圣随之建立起来的人是幸运的。当他和劣等的野蛮本性结合时，他便会感到羞耻。我害怕我们是像农牧神[7]和萨堤尔[8]那样的神或神与野兽——贪求满足欲望的生物——结合的产物；害怕在某种程度上我们的生活就是我们的耻辱。

> 他是多么地快乐，能够将内心的野兽驱赶到
> 合适的地方，能够放松自己的头脑。

\* \* \*

> 他可以使用他的马、羊、狼和任何一个野兽，
> 和其他动物相比，他算不上蠢驴！
> 否则，人不仅仅只会驱赶猪群，
> 还会变成那样的恶魔，
> 让他们勃然大怒，让他们过得更糟。

所有的肉欲都是一样的，只是呈现出不同的形式；所有的纯洁都是一体的。这和一个人大吃大喝、男女同居或睡觉淫荡是一回事。这属于同一个胃口，我们只看他做了其中一件事就能知道他的肉欲多么旺盛。不洁是不能与纯洁并立或并坐的。当爬行动物在洞穴口遭受攻击时，它会在另一个洞口出现。如果你想变纯洁，你就必须克制自己。什么是纯洁？一个人如何得知他是否纯洁？他并不会知道。我们听过这个美德，但我们不知道它是什么。听到什么谎言，我们往往就相信什么。智慧和纯洁出于努力；无知和肉欲出于懒惰。学生的性欲是心智懒惰的结果。不洁的人通常来说是懒惰的人，是坐在火炉边、躺着晒太阳、不累就

睡觉的人。如果你想避免不洁以及所有的罪恶，认真工作吧，即使是打扫马厩。天性很难克服，但又不得不克服。如果你还没有不信教的人纯洁，如果你不再克制自己，如果你没有变得更虔诚，那么你是个基督教徒又有什么用呢？我知道许多宗教体系尊敬异教徒，他们的戒律使读者感到羞愧，煽动他们做新的努力，尽管这只是遵循仪式罢了。

我不愿说这些事情，但并不是因为所说的话题——我不关心我的言语有多么粗鄙淫秽——而是因为，如果不暴露出内心的不洁，我就说不出来。我们自由地交谈肉欲的一种形式，丝毫不感到羞耻，而对另一种肉欲的形式保持沉默。我们是如此地堕落以至于不能简单地说人性的必要功能。更早的时期，在一些国家，每一种功能都可以恭恭敬敬地加以讨论，并且受法律管制。对于印度立法者来说，没有什么是不重要的，无论它多么冒犯当代的审美。它教导人们怎么吃饭、喝水、同居、排泄等事情，抬高卑贱的事情，不会虚伪地贬低这些事情为琐事，以此来给自己找借口。

每个人都为自己所敬拜的神祇建造庙宇，这庙宇就是他的身体，带着一种纯粹属于他自己的风格，即使他锤凿大理石也无法摆脱它。我们都是雕刻师和画家，我们的材料就是我们自己的肉体、鲜血和骨头。任何高贵的东西都会立刻开始完善一个人的形态，而任何卑鄙事物或感官会立刻开始使他们堕落。

9月的一个晚上，在辛苦劳作了一天后，约翰·法默坐在家门口，多多少少还想着工作的事。他已经洗漱过了，现在坐下来重造他的才智。那是一个相当凉爽的夜晚，他的一些邻居担心会有霜冻。在他听到有人吹奏长笛之前，他早就放弃专注于训练自己的思想了。长笛的声音与他的心情协调一致。然而他还是想着工作；他的思想负担是，尽管这一想法仍然回荡在脑海里，他发现自己违背自己的意愿计划和策划这件事，但是他并不担心。这只不过像他身上的皮屑一样，会不断地掉落。但笛子的声音从与他工作环境不同的地方传进了家里，传进了他的耳朵，并唤醒了他沉睡的官能。乐音吹走了街道、村庄和他所居住的国家。一个声音对他说——你有可能过上荣耀的生活，为什么还要待在这里，过着这么粗糙、辛苦的生活？那些同样的星星在其他地方闪耀，而非此地。——但是如何摆脱这一情况，真正地到达那里呢？他所能想到的就是实行一种新的艰苦生活，让他的思想沉入到身体并加以救赎，给予他自己越来越多的敬意。

---

1　杰弗雷·乔叟（1343—1400），英国小说家、诗人。主要作品有小说集《坎特伯雷故事集》。乔叟是中世纪英国最伟大的诗人之一，英国诗歌的奠基人，被誉为"英国诗歌之父"。本段引文出自《坎特伯雷故事集》"序言"。——译者注（本书的所有脚注均为译者注）

2　阿尔贡金族是北美印第安人的一支。1978年人口约35万，由于民族融合以及外迁，人口锐减。他们主要打猎捕鱼；手工业有制陶、编筐、织席。住圆形木屋和帐篷。现82%居住于魁北克。

3　柯比（1759—1850），斯彭斯（1783—1860），英国昆虫学家。两位科学家以合著《昆虫学概论》（1840）而闻名。

4　吠陀，意为明、知识，它是印度最古老的文献材料和文体形式，主要文体是赞美诗、祈祷文和咒语，是印度人世代口口相传、长年累月结集而成的。"吠陀"的意思是"知识""启示"的意思。"吠陀"用古梵文写成，是印度宗教、哲学及文学之基础。

5　心思不端正就像心不在自己身上一样：虽然在看，但却像没有看见一样；虽然在听，但却像没有听见一样；虽然在吃东西，但却一点也不知道是什么滋味。出自《四书·大学》第七章。

6　人区别于禽兽的地方只有很少一点点，一般的人丢弃了它，君子保存了它。出自《孟子·离娄下》。

7　农牧神：在古希腊神话中，半人半兽的牧神是创造力、音乐、诗歌与性爱的象征，同时也是恐慌与噩梦的标志。

8　萨堤尔：羊人（satyr，或译萨提尔）是希腊神话中一种半人半羊的怪物，与潘神有点类似，长有羊角羊耳和羊的后脚。萨堤尔是酒神的随从，嗜酒、好色，代表了羊群强大的繁殖能力，以高超的性技巧和不知满足的性欲而著称，常常和美丽多情的宁芙仙女一块嬉戏。在早期希腊的图画中往往把它们画出全裸或仅遮下体的人形。

禽　　　兽　　　为　　　邻

有时，我和朋友一起结伴钓鱼，他从镇子的另一头穿过村子来到我的住处，抓到的鱼就是我们的晚餐。钓鱼和共进晚餐一样，两者都属于社交活动。

**隐士。**我总是在思考这个世界此时在发生什么。不知不觉，三个小时过去了，我连香蕨木上的一只知了声都没有听见。鸽子在鸽棚里安然休息——听不到一点翅膀扑棱的声音。此时，树林那头可有传来农民吹响晌午的号角声吗？雇工们正在下工回来的路上，午饭是煎好的咸牛排搭配苹果酒，还有玉米面包。为何人们要自寻烦恼？倘若不需要填饱肚子，那也不必以劳动换取食物。我不知道这些工人收割了多少庄稼。博塞狗吠声不绝，吵得人不得安宁，根本没法思考，谁愿意住到这儿来呢？还有，唉，家务活！在这阳光灿烂的日子里，要把该死的门把手擦得锃亮，要把浴缸刷得一尘不染！还不如没有房子的好。比方说，住在空心树里；还有晨间问候和晚宴！如果住在树洞里就只有啄木鸟的啄木声。哦，看看吧，人们还喜欢扎堆儿；太阳晒得要死；在我看来人们过于沉溺于生活的细碎中。我直接打泉水喝，吃橱柜上的黑面包——听！我听见树叶沙沙作响。难道是村里哪只饥肠辘辘的猎犬跑到林子里捕食？还是那只跑掉的猪据说待在这片树林里，我曾经在雨后看到过它在泥地上留下的脚印？窸窸窣窣的声音飞速传来；我的漆树和繁花满枝的蔷薇随着声音不停晃动——啊，诗人先生，是你吗？你对眼下的世界有何高见？

**诗人。**看看天上的云彩吧；看看它们悬浮飘动的样子！这可是我今天看到的最壮观的景象。年代久远的油画不曾有过如此模样的云彩，异域风土也不曾有过比得上这般的云彩——除非我们此刻正在西班牙海岸度假。那里可是真正的地中海蓝天。我想，既然日子还得过下去，今天也还没吃东西，不如去钓鱼吧。那才是诗人要做的事情！这也是我目前掌握的唯一一门手艺。走吧，一起钓鱼去！

**隐士。**我没法拒绝你的邀请。因为我的黑面包也所剩无几，快要吃完了。我当然乐意立即动身和你一起出发，但是我正在进行一场庄严的冥想。我想我快要结束了。那么，就让我独处片刻。为了不耽误我们的安排，不如请你先去挖鱼饵。这一带几乎看不到什么蚯蚓，因为这片土地没有施过肥，没什么营养物质；蚯蚓在这一带快要绝迹了。只要你填饱肚子有力气，你会发现挖蚯蚓作鱼饵的游戏和钓鱼一样有意思；你可以玩一整天。我建议你用铲子在那片花生地挖，你会发现那儿有随风晃动的狗尾巴草。我可以和你保证，每掀开三块草皮就可以挖到一条蚯蚓，只是你需要在草根土壤里仔细翻找，就像除草一样仔细。或者，你也可以走得更远一点，这也不失为一种好办法，因为我发现走得越远，挖到的好鱼饵越多。

**隐士独白。**容我三思：我冥想到什么地方了？依我看，我正接近另一种心境；我从这样的角度看待世界。我应该准备去天堂还是钓鱼呢？倘若我马上结束这次冥想，还会再有这样美好的时刻吗？我几乎快要和万物本质融为一体，在此之前从未有过这样的经历。恐怕我不会再有如此万千思绪和心境。如果吹口哨管用的话，我会毫不犹豫吹起口哨唤回它们，若这般念头再次浮现，不妨聪明点问问自己：我们真的会想到这些吗？思绪消逝离开心头，无迹可循，我也不能再进行一次一模一样的思考历程。那么我思考的到底是什么呢？天雾蒙蒙的。我这就试试孔夫子说过的三句话，也许它们可以帮助我重现当时的思考状态。我不知道那是郁郁寡欢还是压抑不住的喜悦。要记得呵。同一种机会永远不会有第二次。

**诗人**。隐士，我是不是动作太快了？我已经挖到了十三条首尾完整的蚯蚓，还有几条要么残缺不全，要么个头有点小；不过这些不太好的鱼饵可以用来钓小鱼；它们不会把鱼钩都挂满的。那些在村里挖出来的蚯蚓个头又太大，即使银鱼就那些作鱼饵的蚯蚓饱餐一顿，也咬不到鱼钩。

**隐士**。好了，我们快出发吧。我们是要去康科德吗？要是那儿水位不高，水不深，好玩的东西可不少呢！

为何是我们所见之物构成了眼前的这个世界？为何人类恰巧与动物共同生存在这个世界，彼此为邻？好像除了老鼠没有其他动物可以把这个裂缝补上！我推想皮尔佩寓言[1]可是要将动物物尽其用，从某种意义上来看，所有动物肩负重担，生来需要承载人类的意念想法。

曾经在我家来回乱窜的那种老鼠可不是一般的老鼠，据说在我们国家常见的老鼠是从国外引进的，而在我家乱窜的那种却是野生野长的，村里可找不到这种老鼠。我曾经捉了一只送给一位著名的博物学家，他对这只老鼠很感兴趣。我在修建自家房子的时候，就有一只这样的老鼠在房子下面挖洞筑窝；在第二层地板铺好以及刨花打扫干净之前，每当午饭时分，那只老鼠便按时从洞里跑出来，在我脚边捡面包渣吃。在此之前，它可能从未见过人类；没多久便和我混熟了，在我的鞋子和衣服上窜来窜去。它动作很快，三下两下，随时都能爬上房子四壁，就像一只敏捷的松鼠爬树一样，动作十分相似。房子快修建好的时候，有一天，我把胳膊肘倚在板凳上，它居然爬到我的衣服上，沿着衣袖，绕着包裹晚餐的餐纸跑了一圈又一圈，与此同时，我把餐纸时而拉近时而拉远，和它玩起了躲猫猫的游戏；最后，我用拇指和食指紧紧捏住一块干奶酪，它闻到味道迅速窜过来啃噬奶酪，后来干脆就坐在我手上，完事以后，像苍蝇一样舔干净自己的脸和爪子，心满意足地转身离开。

后来没多久，有一只东非比霸鹟也在我的房子上面搭巢，一只知更鸟在屋旁的一棵松树上安家以寻求庇护。鹌鸡本是一种极其怕人的鸟，到了6月，却带着自己的孩子大摇大摆地从我窗前走过，从屋后的林子绕到屋前，像一只母鸡一样咕咕呼唤自己的孩子，举手投足间一副林中霸王的气势。你刚接近，母鸟就发出一声叫声，雏鸟们闻声像被一阵风吹散似的四下逃窜；它们的羽毛、四肢看起来真像风干的树叶和树枝，因此许多游客会不小心一脚踩到雏鸟群中间，只听老鸟起飞呼的一声，叽叽喳喳，惊慌不已。或者看见老鸟起飞分散游客的注意，使他们顾不上周围的其他状况。这为人母的老鸟，有时在你面前翻滚打转，乱作一团，一时之间难以看清它的真面目。雏鸟则一动不动地窝在地上，紧紧贴着地面，通常缩着头躲在一片树叶下，暗中观察远处的母亲将发出什么信号，这个时候即使你慢慢靠近它们，它们也不会贸然乱跑，暴露自己，甚至你可能一脚踩到它们身上，或者瞪着眼睛看半天，雏鸟们也不会轻易让你察觉。曾经有一次，我伸开手，让雏鸟们待在我的手掌上，它们也只听从母鸟发出的信号和自己的本能，全神贯注地俯卧原地，毫无怯意，不慌不乱。这种听从母鸟信号的本能十分惊人，有一次，我把它们从手掌放回树叶上，有一只一不小心掉在树叶旁边，然而过了十分钟后，我发现它和其他雏鸟的姿势还是一模一样。这种雏鸟和大多数羽毛未丰的雏鸟不同，它们的羽翼丰满，甚至比毛茸茸的小鸡更早熟。它们瞪大眼睛，目光平静，神情成熟又一脸天真，令人难以忘怀。所有的聪慧机敏仿佛都通过双目映射。它们不仅仅透露出孩童般的天真无邪，还透着一种历经沧桑沉淀下来的智慧。这样的眼神并非雏鸟生来才有的，而是与那双瞳中映射的天空一样亘古久远。森林从未孕育出如这般摄人心魄的宝石；游客也并非常常能深入看到如此清澈见底的井水。无知鲁莽的冒险家常常在这时候射杀它们的父母，无辜的幼崽沦为四处觅食的猛兽或猛禽的盘中餐，或者慢慢地，慢慢地，与那些和自己外观相似的枯枝残叶混为一体。据说，如果一群幼雏由同一只母鸡孵化出生，一有任何风吹草动，便四下逃窜，而与彼此走散，这是因为它们永远不会听到母亲召唤它们的叫声。它们便是我的母鸡和幼雏啊。

惊人的是，树林孕育着如此多的生灵，它们自由生长，而不为人类所知，靠着附近的乡镇觅食生存，除了猎人没有人能找到它们的行踪。水獭在这里的生活何等隐蔽！水獭长至四英尺，如同一个小孩子大小，也许还未曾有人瞥到它们的真容。在我修建的屋子后面，有一片树林，我曾经在那儿见过浣熊；现在，到了晚上，有时也能听到从树林里传来的浣熊吱吱的叫声。通常在上午耕地劳作之后，我会在树荫下休息一两个小时，睡醒后再吃午饭，接着在一处泉水边阅读片刻，这处泉水是一片沼泽和一条溪流的源头，起源于勃立斯特山脚下，那儿离我的田地约半英里远。来到这处泉边，首先需要沿着山坡下行穿过一片片的草洼地，那里长满了小柏油松，接着走进沼泽附近的一片大林子。在那儿，有一处人迹罕至、树林荫翳的空地，一棵白皮松枝叶繁茂，树底下有一块干净的硬草地，可席地而坐。我在那儿挖了一处泉眼，造了一口井，蓄满干净清冽的泉水，即使打满一桶水也不会致泉水浑浊，因此每年仲夏时节，我便每天都要到这里打水，因为那时的湖水温度最高。丘鹬也带着自己的幼崽来到这里，在土壤里觅虫为食，随后飞起，距离幼鸟群一英尺高，引着它们向水井走去，刚出生的幼崽们在地面上成群结队，小跑前行；但是，快到井旁时，母鸟一旦发现我，便起身飞起，离开幼鸟，盘旋在我身边，一圈又一圈，越来越近，等到距离我仅有四五英尺时，佯装翅膀受伤、腿断了，试图分散我的注意力，从而使我远离它的幼崽，让它们伺机而逃；等到那时，小家伙们已经四处逃窜，时不时发出微弱的叫声，听从母鸟的指示单列穿过沼泽地。有时，我看不到那只母鸟，只听见雏鸟的吱吱叫声。斑鸠们也会跑到这泉水边上坐着，时而在我头顶上方柔软的白皮松枝上飞来飞去；还有红松鼠沿着离这最近的树枝跑下来，一点也不怕人，一脸好奇样。在树林觅一处风景优美的地方，只待在此休憩多时，那树林里的所有动物便一个接一个地跑出来在你面前打转。

当然，我也曾亲眼目睹动物之间不太和平友好的事情。有一天，我出门去看我的木头垛，更确切地说是我的一堆树桩，这时我看到两只大蚂蚁，一只红色，更大点的那只是黑色，差不多有半英寸长，两只蚂蚁短兵相接。一旦它们开打，便不会善罢甘休，扭打、搏斗，不停地在小木片上滚来滚去。朝远处望去，我十分震惊，因为小木片上几乎到处都在进行同样的打斗，看起来并非只是个体间的搏斗，而是蚁群之间的战争，红色的蚂蚁总是和黑色蚂蚁纠缠不清，常常是两只红蚂蚁对战一只黑蚂蚁。在我的木料厂中，凡是有堆垛和坑洼之处，定有这些密尔弥多涅人[2]的军队，战场上，双方军队（无论红蚂蚁还是黑蚂蚁）尸首遍野。这是我唯一一场亲眼目睹的战争，也是唯一一次在交战双方酣战时，我在旁边小心地走来走去观察的战役；这是蚁族之间的一场内战：一方是红色的共和派，另一方则是黑色的保皇派。参战双方殊死搏斗，尽管我无法听到它们之间的厮杀声嚣，然而在我看来，人类还从未发生过如此兵戈相见如火如荼的战斗。我看见有一对蚂蚁死死地锁住对方，不肯松手，在这般阳光灿烂的日子里准备厮杀交锋，准备从正午时分打到日落西山，或者至死方休。个头小一点的红蚂蚁像老虎钳一样死死咬住敌人前额，在战场上翻来覆去，死咬敌人靠近根部的蚁须不松口，在这之前已经咬掉了另一根蚁须。另一边，那只较为强壮的黑蚂蚁把红蚂蚁从一头撞到另一头，我凑近一点发现，红蚂蚁身上好几处被撞得散架。战斗愈发激烈，甚至比斗牛犬[3]之间的打斗还要凶猛。彼此毫不示弱，互不让步。显然，它们的战斗口号是"无胜利，毋宁死"。战争如火如荼，就在此时，沿着谷地的小山边爬过来一只红色蚂蚁，周围没有其他同类，其浑身上下透着一股子兴奋，可能是刚刚迅速解决了一个敌人，也可能是摩拳擦掌准备加入这场斗争；大概率是后者，因为它的四肢健全毫发无伤；本族蚁后已然有令：要么凯旋，要么战死沙场。也许，它可能是蚂蚁界的阿喀琉斯[4]，战场之外早已怒火中烧，现在冲入战场报以血仇，营救自己的朋友帕特洛克勒斯[5]。大老远，它就发现这是一场势力不均的战斗——黑蚁的体型几乎是自己本族红蚁的两倍大——它以迅雷不及掩耳之势接近战场，警惕地躲在距离酣战双方半英寸的地方，伺机而动；突然，瞄准时机，这只蚂蚁忽地一下扑向那只黑武士，开始一心攻击黑蚁的右前肢下方，浑然不顾敌人肆意反击自己身上的其他地方；就这样，三方为生而战，扭打得不可开交，彼此之间仿佛生成了一种新的强大引力，让世界上的锁头、胶合剂无地自容。这时候，要是发现在这块小木片上的其他地方，分别驻扎着红黑两方的军乐团，演奏各自的国歌，为那些精疲力竭、垂死挣扎的战士呐喊鼓劲，我也丝毫不会感到讶异。我在一旁观战，心潮澎湃，仿佛这些蚂蚁如同人类一般。越是这么想，你就会发现二者之间极为相似。当然，尚不论美国整个国家的历史，单看康科德的历史，你找不到任何记录在册的战斗可以和此番激战相提并论，无论是从参战者数量而言还是战事所展现的淋漓尽致的爱国主义和英雄主义来看。论参战人员数量和惨烈程度，这是一场蚁群之间的奥斯特里茨战役[6]或是德累斯顿战役[7]。康科德之战！爱国者一方已经死了两个，路德·布朗夏尔也受伤了！为什么战场上的蚂蚁个个堪比布特里克——"开火！为上帝而战！开火！"——成千上万的蚂蚁即将面临与戴维斯和霍斯蒙[8]相同的命运。俯首望去，战场之上皆为奋力卫国的真战士，而非拿钱办事的雇佣兵。我深信不疑，它们是为了捍卫一种神圣的原则而战斗，就像我们保家卫国的先烈一样，而非为了获得来自他国的区区三便士的茶叶税！这次战役的胜负对参战双方至关重要，永世难忘，绝不亚于邦克山战役[9]。

我拿起那块木片——我特意观察记录的那三只蚂蚁正在木片上短兵相接——我把木片带到家里，把它放在窗台上，用一个平底玻璃杯罩着，以便我能继续观察战况。我用显微镜观察最早提到的那只红蚁，我发现尽管它一心一意使劲啃噬敌人前肢附近，敌人仅有的蚁须已经全被咬掉了，但是它的胸部也已经被对方撕裂，所有内脏失去了保护，完全暴露在黑武士的利齿面前。然而可怕的是，黑武士的胸甲似乎坚不可摧，在对手的攻击之下，仍然毫发无损；受难者的黑色瞳孔流露凶光，唯有战争才能激发如此可怕的眼神。三只蚂蚁在平底玻璃杯笼罩之下，激战半个多小时，等我再看时，黑武士已经快把两名敌人的头颅拽扯下来，摇摇欲坠；即便如此，两名敌人仍左右夹击在黑蚁两侧，像是挂在黑蚁战靴上的血色战利品，使人看了脸色发白；即使局面惨烈，红蚁们仍然没有丝毫松懈，紧咬敌人不放；黑蚁死死顶住对方的攻击，孤注一掷，即使残存单肢，蚁须全无 (我不知道它的身上还有多少其他伤口)，也要用尽办法摆脱敌方的夹击。终于，大概又过去了半个多小时，黑蚁成功逃脱。我拿起玻璃杯，黑蚁一瘸一拐地从窗台上爬了下来。黑蚁身负重伤，关于后来的情况：它是否能够在战后痊愈活下来，在某家荣军院[10]度过余生，我便无从知晓；但是我想自此之后那只黑蚁都无力闻达，泯然于世矣。我不知道这场战斗的胜利方是红蚁还是黑蚁，也无法得知战斗的起因为何；但是在那天后来的时间里，回想起那场战斗，我仿佛在自家门口目睹了一场人类之间的大战：打斗、暴行、虐杀，我仍感到惊心动魄，痛苦不已，久久不能平静。

柯比 (1759—1850) 和斯彭斯 (1783—1860) 告诉我，蚂蚁之间的战斗历来备受称道，甚至大战的日期都曾记录在册，不过据他们所言，于贝[11]是唯一亲眼目睹过蚁群战争的现代作家。他们说道："埃尼斯·塞尔维乌斯[12]对一场发生在一根梨树树桩的大型蚂蚁和小型蚂蚁之间的战争进行了详尽描写，特别是对参战双方坚持到底视死如归的精神进行了细致入微的刻画。"接着又说："这一场战斗发生于教皇尤金四世[13]在位期间，著名律师尼古拉斯·皮斯托里恩西斯则目睹了整场战役，秉着尽可能忠实于现实的态度详细还原了战争的完整过程。"另外，奥勒斯·马格努斯也曾记录过一场类似的发生在大型蚂蚁和小型蚂蚁之间的战争，结局是小型蚂蚁取得胜利，据说胜利者将战亡的同伴尸体仔细用土掩埋起来，却任由食肉鸟群啄食敌人铺陈在地的巨大尸体。这场战争爆发于暴君克里斯蒂安二世[14]被逐出瑞典之前。我本人亲眼见证的这场蚂蚁激战则发生于波尔克[15]在任期间，在此五年后，《韦伯斯特逃亡奴隶法案》[16]投票通过。

村里的许多家养牛，本来只配在储藏地窖跟在淡水龟后面走走，如今却背着自家主人，偷偷摸摸地迈着笨重的四肢在树林里四处走动，漫不经心，一会儿闻闻老狐狸的洞穴，一会儿嗅嗅土拨鼠的地洞。我猜很有可能是经常在树林里来回乱窜的小野狗无意把它引来的，尽管如此，它的无意闯入还是在当地原住动物之间引发了一阵恐慌；——现在它已经远远落在向导的后面，像一只充满怒气的公牛向躲在树上悄悄观察它的小松鼠不停叫唤，不一会儿缓缓跑开，它沉重的身躯把灌木丛都给压弯了，以为自己是在追赶迷路的老鼠。有一次，我很吃惊地发现一只猫在湖边石子岸上散步，一般来说，猫很少会离家很远。当我们发现彼此时都很讶异。然而，那些整天窝在地毯上的最温顺的猫，一到树林里也仿佛是回到自个儿家一样，放开撒欢。瞧瞧，瞧瞧它机敏警觉、蹑手蹑脚四处跑动的模样，好似证明它比这片树林里的原住民还要熟悉这里。还有一次，我正在摘浆果，碰到一只母猫领着几只小猫在树林里活动，它们相当豪放，所有小猫学着母亲的样子，弓起背，恶狠狠地朝我吐口水。在我定居这片树林的几年前，离湖边最近的林肯区有一户农家，就是吉利安·贝克先生家，他曾发现所谓"长了翅膀的猫"。1842年6月，我专程到贝克先生家去看那只不同寻常的猫，结果它到树林里狩猎去了，这是它的一贯作风（我现在也不确定那只猫究竟是公猫还是母猫，不妨就按照对动物的通常叫法进行称呼）。那家女主人对我说，约是一年多前的4月，它跑到这一片来，最后被收容在他们家；那只猫外观呈深棕灰色，脖子上有一个白点，四足也呈白色，尾巴大而蓬松，就像狐狸尾巴似的；到了冬天，皮毛长得更厚实，自然垂落在身体周围，形成10寸到12寸长、2英寸宽的条状物，它的下巴长出一个像暖手筒的东西，上面蓬松，下面却毛毡一样缠在一起，然而一到春天，这些在冬天长出来的东西就自然脱落。贝克先生一家送给我一对它的"翅膀"，我至今还保存着。这对"翅膀"没有薄膜之类的东西。有人认为它是鼯鼠[17]或其他某种野生动物的后代，这种说法也并非毫无根据，据博物学家所言，貂和家养猫可以杂交生育大量此类杂种后代。这种猫我倒是很乐意领养一只。既然诗人座下的马匹可以插翅御风而行，为何诗人的猫不能乘风而上？

秋天，潜鸟[18]来了，和往年一样，换羽毛、在湖里洗浴，每每在我还没睡醒之前，林子里就回荡着它们的咯咯大笑。听到潜鸟来到这片的消息，水闸附近的壮汉纷纷打起精神，时刻做好准备，有的驾着两轮马车，有的徒步，三三两两结伴来到潜鸟栖息地周围，带着特制的步枪，装着尖头子弹，并配备望远镜。壮汉们穿林而行，地上像是铺满了秋叶，沙沙作响，一只潜鸟少说也有10个猎人围捕。因为这可怜的鸟并非随处可见，所以一部分人驻扎在湖旁边，一部分人则守在湖的另一边，两处夹击；潜鸟如果在一处潜进湖里，必定要从另一边出水。不过，现在正是10月，吹起了风，这风好似有意保护潜鸟：风吹过后，树叶沙沙作响，犹如水波荡漾，这使得潜鸟的身影混杂在其中无处可寻，尽管视它们为掌中之物的猎人手持望远镜扫视这片湖泊，子弹声在林子里此起彼伏。湖面波涛汹涌，气势汹汹，和所有水禽并肩作战，猎人们见此状，只好空手撤回到镇里、店铺里，继续他们的旧营生。不过，大多时候他们都是凯旋。有一天早上，我一大早去湖边打水，我经常看见一种颇有气势的鸟从我的小水湾游出几杆[19]远。如果我使劲划船跟上它，仅仅为了观察它是如何滑动，它会倏地钻到湖里，消失不见，我便无法再捕捉到它的蛛丝马迹，有时过了大半天到了下午，它才会再冒出来。不过在水面上，我和这只鸟倒是势均力敌。通常它需要借助大雨混淆视听才能趁乱逃离我的视线。

10月，一个极为平静的下午，清风徐来，水波不兴，我沿着湖的北岸划船前行，因为只有像这样特别的天气里，潜鸟才会在湖面上游动，像马利筋草一样落在湖上；我沿湖环视，没有看到任何潜鸟的踪迹，就在这时突然冒出来一只，从岸边游向湖中心，离我只有几杆远，只听它一阵狂笑，全然暴露在我面前。我立刻开始使劲划船追它，倏地一下它又钻到湖里，但是等它浮出水面时，我比之前离它更近了。于是潜鸟再一次沉到水里，可是由于我对它的路线误判，等它再次出水时我们俩已经相隔50杆之远，因为我的失策我们俩之间的距离更远了；它又一次放声大笑，笑得更加理直气壮。它时潜时出，神出鬼没，我总是没办法追上和它相隔五六杆的距离。每次潜鸟重现湖面，左顾右盼，冷静观察湖泊和陆地，显然是在挑选前行的最佳路线，以便浮出水面时恰好在湖面最开阔、离我又最远的地方。惊人的是，它下定主意十分果断，一经确定立马采取行动，毫不拖沓。有一次，它把我引向这片水域中最荒凉的地方，不肯离去。它在脑子里进行策划的时候，我也努力揣度它的思想活动。这是一场极为有趣的游戏：在平滑如镜的湖面上，一人一鸟暗中博弈。突然，你的对手的棋子消失于棋盘之下，问题是你要如何将棋子落在下一次距离它最有可能落子最近的位置。有时，它出其不意在我的对面冒出来，显然是刚刚从船下面潜过去的。这只鸟深吸一口气在水里长时间潜游，耐力极好，甚至有时候已经游了很久很远，还会猛地一头扎进水里。无论你何等机敏，也难以判断此时在这镜子般光滑的湖面之下，它藏在这深不可测的湖底的何处潜行，也许它可以堪比游鱼在水里疾速飞驰，因为它能够坚持长时间在水底潜行，擅长水性，可以到达湖底深不可测的最幽处。据说，人们曾在纽约湖水水面下深80英尺的地方逮到过潜鸟，不过它是被捕捉鲑鱼的钩子挂住了——可是瓦尔登湖比纽约湖还要深。如若当地水域的鱼群看到这位不速之客从其他水域来到自己的领域内游来游去，定会惊诧不已！可是，这只潜鸟似乎对自己的水下路线了如指掌，仿佛就是在水面上游行一般，甚至比水面上前行的速度还要快。有那么一两次，我已经注意到它接近水面引起的波纹，然而它刚把头探出来观察，立刻又扎进水里。我想我不妨把船桨放在一旁，停在某处，绞尽脑汁预测它可能冒出水面的地方，伺机等待它再次出现在我的视野之内；然而，一次又一次，每当我双目死盯湖面某处，总会不经意间被身后潜鸟突然冒出来的可怕叫声吓到。但是，我很疑惑：为何潜鸟之前的行动如此狡猾，一浮出水面就放声大笑暴露自己？难道它觉得自己那块白色的胸部还不够惹人注目吗？我想，它到底还是一只蠢鸟。一般情况下，我可以听到它冒出水面哗啦啦的水声，因此便可以观察它的位置和行踪。一个小时过去了，它仍然精力充沛，不减当初，随时可以一头扎进水里，甚至速度比刚开始还要迅猛。让人不禁感到吃惊的是，当它再次浮出水面时，悠然自得，胸羽纹丝不乱，全然靠着两只蹼足在水底下来回扑腾浮在水面。魔鬼般的笑声是它最常见最能引人注意的特点，有点像水鸟的叫声；但是偶尔，它摆出假动作，从我手中狡猾逃脱，远远把我甩开，接着浮出水面，扯着嗓子发出一声鬼哭狼嚎般的长叫，根本不像鸟叫声，更像是狼嚎；好比一只野兽把脸摩擦在地面上，故意发出阵阵嚎叫。这就是它的潜鸟之声——或许也是在瓦尔登湖一带听到的最狂野的声音，回荡在整片林子里。于是我得出结论：它一是在嘲笑我白费力气，二是显示对于自己的本事极为自信。尽管此时乌云密布，湖面却一平如镜，当我无法察觉它的动静时，也可以敏锐观察它冒出水面的位置。它那洁白的胸脯，静谧的空气，水面波澜不惊，这一切都使它面临更大的危险。最后，游了大约五十杆的距离后，它又发出这样的一声长啸，仿佛是在呼唤潜鸟之神保佑自己，忽然间，东边刮来一阵风，水面微皱，层层叠叠，顷刻间下起了雾蒙蒙的小雨，我不由得吓了一跳：仿佛它的祈愿显灵了，潜鸟之神发怒于我；于是，我不闻不顾，任凭它渐渐消失于远处波涛汹涌的水面。

秋日时分，我常常一连数小时观察野鸭是如何守在湖中央，狡猾地来回游动，远远躲开猎人；这些把戏它们在路易斯安那州一带的海湾里可用不到。在不得不飞离湖面时，它们盘旋在距离湖面一定高度的上方，一圈又一圈，像是天空中的黑点，俯首可瞰远处的湖泊河流；每当我以为它们早已飞到其他地方去了，它们便缓缓斜飞向下，大约飞了四分之一英里的距离，落在远处一个周围静谧无扰的地方；可是它们为何始终守在瓦尔登湖中心，除了为安全着想，我想不出它们这样做的其他原因——除非和我一样：因相同的理由深爱着这片土地。

1　此处指代《皮尔佩寓言集》，汇集古代印度及东方的寓言故事，多与动物有关。

2　出自希腊神话。密尔弥多涅人是希腊特萨利亚地方阿开亚人的一个部落。作为希腊联军的一部分，密尔弥多涅人参加了特洛伊战争。

3　斗牛犬：犬科犬属的动物，是家犬的一个亚种，原产英国，起源于19世纪，狗中最具有战斗力的犬种之一。

4　阿喀琉斯：荷马史诗《伊利亚特》中描绘特洛伊战争的半神英雄之首，据传阿喀琉斯出生后，母亲忒提斯把他浸入环绕地狱的冥河，使他刀枪不入，长生不老。但是因为阿喀琉斯是被她倒提着的，一双脚踵没有沾到河水，所以脚踵就成了阿喀琉斯的死穴。

5　帕特洛克勒斯：阿喀琉斯的父亲珀琉斯的一位旧友墨诺提俄斯的儿子，后与阿喀琉斯成为亲密无间的好友。

6　奥斯特里茨战役：1805年12月2日发生在第三次反法同盟战争期间。又称"三皇之战"，是世界战争中的一场著名战役。73000人的法国军队（实际参战65000人）在拿破仑的指挥下，在奥地利的奥斯特里茨（今位于捷克境内）取得了对86000人俄奥联军的决定性胜利。

7　德累斯顿战役：是在第六次反法同盟反对拿破仑帝国的战争期间，奥地利元帅施瓦岑贝格亲王卡尔·菲利普统率的波希米亚同盟军与拿破仑一世的军队在德累斯顿地域进行的一次战役。

8　戴维斯和霍斯蒙：约翰·布特里克是美国革命战争中康科德战役的一名指挥官。戴维斯和霍斯蒙是在康科德遇害的两名美国人。

9　邦克山战役：爆发于1775年6月17日，美国独立战争期间的第一场大规模战役。战役共造成1000多名英国士兵和约400名美国爱国者伤亡。战役结果表明，经验相对不足的美军在战场上能直面英军。旧战场现建有邦克山纪念碑。

**10** 荣军院：全称为荣誉军人院。位于法国巴黎第七区，本来安置伤残军人的部分已是一座军事博物馆，原来的教堂则被改建为拿破仑·波拿巴的陵墓。

**11** 于贝（1750—1831），瑞士自然博物学家。

**12** 埃尼斯·塞尔维乌斯：意大利作家，从小生活条件优渥，深受人文主义熏陶。

**13** 尤金四世（1383—1447）教皇，教皇世系第209位教皇，在位时间1431—1447年，出生于威尼斯共和国。

**14** 克里斯蒂安二世（1481—1559）：丹麦国王，也是挪威和瑞典的国王。丹麦汉斯王之子。1520年，克里斯蒂安要求瑞典王位，并以教会的名义率领一支强大军队征服了瑞典，成为瑞典国王。旋即在斯德哥尔摩对瑞典贵族进行大屠杀。1521年，年轻的瑞典贵族古斯塔夫·瓦萨鼓动农民造反，克里斯蒂安二世被逐出瑞典。

**15** 波尔克（1795—1849）：美国第十一任总统，民主党人，任内通过沃尔克关税法案（1846），促进美国对外贸易，发动墨西哥战争（1846—1848），兼并得克萨斯，向西部扩张领土。

**16** 《韦伯斯特逃亡奴隶法案》：韦伯斯特（1782—1852），曾任美国国务卿、众议员、参议员，支持1828年关税法案，主张保护贸易。1850年，美国国会为缓和蓄奴制在南方引起的地区性矛盾，通过了《逃亡奴隶法案》，允许南方奴隶主到北方自由州追捕逃亡的奴隶，结果引起北方进步人士强烈愤慨。

**17** 鼯鼠：也称飞鼠或飞虎，其飞膜可以帮助其在树丛中间快速地滑行，但由于其没有像鸟类可以产生升力的器官，因此鼯鼠只能在树、陆中间滑翔。因容易驯化而常被人们作为通人性的小宠物。此外，鼯鼠不属于松鼠。

**18** 潜鸟：潜鸟属的4种鸟类，能潜水。羽毛浓密，背部主要呈黑色或灰色，腹部白色。

**19** 杆，长度单位，1杆=5.0292公尺，主要用于美国。

# 论 公 民 不 服 从

　　有一句箴言，我真心赞同，"为政最少的政府，才是最好的政府"。我也希望政府能够更加雷厉风行、更加有条不紊地贯彻这一原则并付诸行动。如能落到实处，最终就会达到"无为而治的政府，才是最好的政府"，而这一点也是我深信不疑的；时机成熟，人们准备好接受这样的政府时，它就会存在。政府充其量只是一种权宜之计；但是，通常情况下多数政府都不能解决问题，而且有的时候所有政府都不能解决问题。针对常备军提出的种种反对意见不计其数，力度不小，它们应该占据上风。但矛头最终却可能指向常设政府。常备军只是常设政府的一只臂膀。政府本身只是人民选择用来执行其意志的方式，而人民还没来得及通过它行使意志，政府就轻而易举地被滥用、被误用。看看现在的墨西哥战争[1]，就是相对少数的个体利用常备政府作为工具搞出来的杰作；因为，人民从一开始就不会同意采取这样的措施。

　　当今美国政府除了是传统意义上的权宜之计之外，它还是什么呢？尽管这个传统历史还不长，还在力争将自己完完整整地传给子孙后代，但其完整性无时无刻不在消减。它还不及一个鲜活人体的活力和力量；因为只消一个人就可以使之屈从于他的个人意志。对人民而言，政府是一把木枪。不过用它充当木枪是很有必要的，因为人民必须拥有复杂的机器装置或其他东西，听着它发出的噪声，以满足他们的政府理念。政府就这样向我们演示人们为了自己的利益，可以逆来顺受到什么程度，甚至可以把某种意愿强加在自己身上。它很厉害，我们只能听之任之。然而，这届政府从未推动过任何事业，只是通过敏捷的躲闪，才不致阻止发展。维护国家自由的不是这个政府，解决西部问题的不是这个政府，教育民众的也不是这个政府。所有已获得的成就，靠的都是美利坚民族与生俱来的性格；如果不是政府时有阻挠的话，所取得的成就或许会更加辉煌。因为政府是一种权宜之计，人们通过这种权宜之计可以做到互不打扰；而且，如上所述，当政府处于最合宜的时候，被统治者便最能做到互不打扰。多亏印度橡胶的买卖，否则美国的贸易和商业永远无法克服议员们不断设置的重重障碍；而且，如果全部按照议员们的行为后果对之加以评判，而不偏听他们的如意算盘，这帮人完全有资格同那些故意破坏铁路的捣蛋鬼划为一类并接受惩罚。

但是实事求是地说，作为一个公民，我同那些自称为无政府主义者的人不一样，我只要求马上有一个更好的政府，而不是立即推翻政府。让每个人都说一说什么样的政府能够赢得他的尊重，这将是向着拥有这样的政府迈出的坚实一步。

归根结底，权力一旦掌握在人民手中，就允许多数人进行统治，而且之后很长时间也继续如此，其实际原因并不是因为他们极有可能站在正确的一边，也不是因为这样做似乎对少数人来说最为公平，而是因为多数人在力量上更占优势。但是一个全方位由多数人统治的政府不可能建立在公正的基础上，即使人们理解了公正的内涵。一个政府之中，多数人不能决定是非，而是依凭良知来决定，这难道就不是政府了吗？一个政府之中，多数人只决定那些权宜之计的统治是否行之有效，这难道就不是政府了吗？难道公民必须随时，或者在最低限度上将良知交给立法者吗？那么每个人都要良知做什么用呢？我认为，我们首先应该是人，然后才是臣民。与其说是培养对法律的尊重，不如说是对正义的尊重。我有权履行的唯一义务就是始终做自己认为正确的事情。有句话说得好，共谋无需良知；但是有良知的人共谋是一种有良知的共谋。法律从来没有使人变得更加公正；而且，正是出于对法律的尊重，即使是那些心地善良的人，也每天都在沦为不公正的爪牙。如果对法律过分尊重，一个普遍而自然的结果是：你常看见一队士兵、上校、上尉、下士、列兵、火药搬运工等人俯首帖耳地越过山丘和山谷，奔赴战场，不顾他们自己的意愿，唉，不顾他们的基本判断和良知，这让行军异常艰辛，使人心悸。他们明知道自己参与的是可恶的勾当；他们都向往和平。这时候他们又算什么呢？还能称之为人吗？还是小型移动据点和弹药库，听凭无耻掌权者的操纵？参观一下海军基地，看一看海军陆战队士兵，这就是美国政府打造出来的人，或者说是政府用邪恶艺术制造出来类似这样的人——他们仅仅是人性的阴影和残存物，一个活着站着就准备安葬的人，或者可以说是已经用陪葬品掩埋了半截身子的人，尽管实际情况也许是：

> 听不见战鼓，也听不见哀唱，
>
> 因我们在堡垒旁把他埋葬；
>
> 在我们掩埋英雄的墓地上，
>
> 没有士兵打响他告别的枪。

查理·沃尔夫，《约翰·摩尔爵士在科伦纳的葬礼》[2]

　　大批士兵如此为国效劳，主要不是作为人在行动，而是以身体充当战争机器。他们是常备军，是民兵，是狱卒，是警察，是地方武装军团。大多数情况下，他们无法自由行使自己的判断力和良知；他们只是把自己看作如同木头、泥土和石头一般；也许用于同样目的的木头人也能制造出来。这样的支配无异于对待稻草人和一撮土。他们的价值不过如同犬马。然而，这样的人还普遍被尊为好公民。其他人——比如多数立法者、政治家、律师、阁员和官员——则主要是用他们的头脑为国家效劳；而且，由于他们很少做出任何道德判断，他们可能将魔鬼撒旦当作上帝侍奉，自己却浑然不知。极少数人——比如英雄、爱国者、烈士、伟大的改革者和真正意义上的人——依凭良知为国家效劳，因此有必要在很大程度上抵制它；他们通常被国家视为敌人。智者只有作为一个人才能发挥用处，不会甘当"泥土"，"堵住窟窿，挡住冷风"[3]，而是起码做到毁身成泥，碾作尘土：

> 我出身高贵，绝不受人摆布，
> 甘心俯首听命；
> 或者为仆为奴，
> 任由国君号令。

威廉·莎士比亚,《约翰王》[4]

为同胞奉献全部的，同胞视之为自私无用之人；只为同胞献出部分的，同胞尊为恩人，称颂其乐善好施。

面对如今的美国政府，该如何作为才能成为真正的人？我的回答是，不能厚颜无耻、与之同流合污。我一刻也不会承认，那个蓄奴的政府（政治组织）也是我的政府。

大家都承认发动革命的权力；也就是说，当政府的专制或无能过于深重、令人难以忍受时，公民有权拒绝效忠并反抗政府。但几乎所有人都会说，现在还没有糟糕到这种程度。不过，他们认为1775年的革命[5]就是这种情况。如果有人跟我说，因为政府对运到港口的外国商品征税，它就是一个糟糕的政府，那么我很可能不会在意这种说法，因为没有外国商品我也能过得很好。凡是机器都有摩擦，也许摩擦足以消除弊病。不管怎样，对此煽风点火却是一种极大的弊病。但是，当摩擦控制住机器，当压迫和抢劫有组织有计划地进行，我说，让我们立刻抛弃这样的机器。换句话说，当一个努力成为自由庇护所的国家，其人口六分之一却是奴隶，整个国家遭到外国军队强占和征服，并接受军事管制时，我想，诚实之人揭竿而起、进行革命的日子就在眼前。这一次任务更加紧迫，因为遭遇如此蹂躏的不是我们自己的国家，而我们的国家却是那支侵略军。

佩利[6]作为公知，尤其在道德问题上很有发言权。他在《服从国民政府的义务》有关章节中，把一切公民义务都归结为权宜之计；接下来他说："只要整个社会存在这样的利益需求，也就是说，只要已经确立的政府不能在没有公共麻烦的情况下被抵制或者被更换，它就是上帝的意旨……服从已然确立的政府——而不是去推翻它。如果承认这一原则，衡量每一次抵抗是否正义的标准就变得异常简单，不过是一方面量化危险和苦难，另一方面则计算矫正错误的可能性和需要付出的代价。"对于这种情况，他说，每个人都要有自己的判断。不过，佩利看样子从来没有考虑过那些不适用权宜之计的情况——也就是说，无论是一个民族还是个人，不管付出什么代价，都必须伸张正义。如果我用非正义手段从一个溺水之人手上抢来木板，即使自己淹死我也要归还给他。按照佩利的说法，这就不是权宜之计。但是在这种情况下，那个本来要救自己性命的人就会丧命。这个民族必须停止蓄养奴隶，停止对墨西哥发动战争，哪怕这会牺牲他们作为一个民族的存在。

在各国实践中，他们都同意佩利的观点；但是有没有人真觉得马萨诸塞在当前危机中的所作所为完全是正义之举呢？

> 国之娼妓，丽服艳装，
> 裙裾飘飘起，灵魂落粪上。

西里尔·图尔纳，《复仇者的悲剧》

实际上，反对马萨诸塞州改革的人不是南方的十万政客，而是这里的十万商人和农场主。他们对生意和农业比对人道更感兴趣；不管代价是什么，他们也不情愿公正地对待奴隶和墨西哥人。我不是在与远在千里之外的敌人争论，而是与家门口的人力争。他们与远在千里之外的人串通一气，对其唯命是从。没有他们，那些敌人不足为患。我们常说，大多数人尚未准备就绪；但进步是缓慢的，因为少数人实质上并不比多数人聪明、优良多少。多数人是否像你一样善良并不重要，因为某些地方存在着某种绝对的善良；而那会使整体都壮大向善。成千上万的人持有反对奴隶制、反对战争的观点，然而他们并没有采取任何实际行动来结束这一切；他们以华盛顿和富兰克林的子孙自居，正襟危坐，双手揣兜，说他们不知道该做什么，于是什么也不做；他们甚至在自由问题上一拖再拖，倒是对自由贸易问题十分热衷，饭后静静阅读股票行市表和来自墨西哥的最新消息。而且，也许他们看着两份报道就酣然入睡了。当今之日，一个诚实的人和爱国者的股价究竟是多少？他们犹豫不决，悔恨不已，有时还上书请愿；但是他们没有诚挚地做任何事情，没有行之有效地做任何事情。他们只是等待，心平气和，等待别人补救弊病，这样他们就不再因为弊病而遗憾了。充其量，他们只是在正义经过身边时，投出一张廉价的选票，给出无力的支持，送上成功的祝福而已。一千个人中，有九百九十九个支持道德的人，只有一个具有道德的人。不过，与一个物品的真正拥有者打交道，要比和这一物品的临时监护人打交道容易得多。

所有的投票活动都是在做游戏，就像玩跳棋或十五子棋，带有一点道德色彩，玩弄是非，玩弄道德问题；自然也带有赌博性质。选民的性格没有当作赌注。我认为公正时，我也许会投出我的选票；但是我并不真正关心公正是否占据上风。我愿意把公正交给大多数。因此，公正的义务从来没有超过应急之策的义务。即使为公正投票，也不会对公正有所裨益。投票只不过是向人们弱弱地表达你想获得公平正义的诉求。聪明人不会让公正听由机会摆布，也不指望公正通过多数人的力量获得优势。多数人的行为里几乎难有道德可言。当多数人最终投票废除奴隶制时，那将会是因为多数人对奴隶制无所谓了，或者因为奴隶制已是强弩之末，才由他们来投票废除。那时，他们只不过是奴隶而已。只是他的选票可以加快奴隶制的废除，他投票只是表明自身的自由而已。

我听说要在巴尔的摩还是其他什么地方召开一次大会，选举总统候选人。与会的主要是些编辑、职业政治家；可是我认为，对任何一个独立、明智、可尊敬的人来说，他们会做出什么样的决定意味着什么呢？难道我们不能利用他的智慧和诚实吗？难道我们不能指望一些独立自主的投票吗？难道没有参加这种大会的人在我们国家不多吗？答案是否定的：我发现，那些所谓可敬之人，已经很快地背弃了他的身份，对他的国家深感绝望，因为他的国家有更多理由让他绝望。就这样，他随即选中一位候选人，作为唯一有当选希望的人，从而证明他自己可以为煽动者的任何目的所利用。他的选票没有什么价值，等同那些无原则的外国人或者给钱就做事的本地人的选票——用钱收买来的选票。唉，正如我邻居所说的，人之所以为人，正是因为长了一根你无法伸手进去捏弄的脊梁骨！我们的统计数字有问题：报上来的人口数字过大。在这个国家，一千平方英里的土地上有多少人？恐怕一个人都难见到。难道美国没有任何吸引力让人们在这里定居吗？美国人已经退化成怪胎——这种人以其群居器官发达而著称，却明显缺乏智力、缺乏自力更生的乐观精神；这种人来到这个世界上，首先关心的是济贫院要维持良好；而且，在他还没有合法地穿上男子汉装束之前，要为养活可能成为孤寡的人筹集一笔资金；简言之，这种人只靠互助保险公司的救济生活，而互助保险公司已经许诺会体面地把他埋葬。

当然，致力于消除任何弊病并不是一个人的义务，哪怕是十恶不赦的大错；他总还是有其他事情需要处理；不过，他的义务至少是除掉自身弊病；如果他不再考虑这种事情，也就不要助长问题。如果我有其他追求和考量，那么我至少必须首先明确，我不会骑在别人的脖子上去追求它们。我得先把他拉下来，这样也许他能够有自己的思考。我要弄明白何种前后矛盾的事情是可以容忍的。我听见一些镇民说："我希望他们命令我去帮助镇压奴隶暴动，或者进军墨西哥；——看看我到时会不会去。"然而，这些人都充当了候补的角色，或者直接通过他们的忠诚，或者至少间接通过他们的钱财。赞扬拒绝在非正义战争中服役的士兵的人，却不拒绝供养制造战争的非正义政府；赞扬拒绝在非正义战争中服役的士兵的人，士兵并不把他们的行动和权威放在眼里当一回事；仿佛国家心存忏悔，雇用一个人在他犯罪时鞭打他，却又没有达到随时能够停止犯罪的地步。于是乎，在秩序和国民政府的名义下，我们大家最终不得不向自己的卑鄙行径表示服从和支持。第一次犯罪脸红害臊之后，就成了破罐破摔；道德一经败坏，就变得无道德可言，而且它对于我们已经创造出来的生活毫无用处了。

最广泛、最普遍的错误需要最无私的道德来维持。只要爱国主义美德受到一丁点责备，高贵人士准会挺身而出。那些虽然不赞成政府的性质和措施却依然向政府奉献忠诚和支持的人，无疑是政府最有良知的支持者，因此也常常成为改革最严重的障碍。有些人请求国家解散联邦，对总统的种种要求置之不理。为什么他们不自己解散联邦——那个介于他们自己和国家之间的联邦——并且拒绝把他们的配额上交国库？难道他们与国家的关系，不同于国家与联邦的关系吗？难道他们阻止国家抵抗联邦的理由，不同于联邦阻止他们抵抗国家的理由吗？

一个人怎么才能欣然接受一个观点并安之若素呢？如果他

的观点是他深感屈辱的观点，还有何乐趣可言？好比你被你的邻居骗走一美元，后来你知道自己上当了，或者别人说你上当了，那么你不会泰然处之，甚至会要求他归还骗走的东西；你会立即采取有效措施，获得全部金额，并确保自己再也不会上当受骗。有原则的行动、公正的见解及表现会改变事物、改变关系；这样的行动本质上是革命性的，并不完全与过去的任何事物相一致。它不仅将国家和教会分裂开来，也分裂了家庭；哦，它甚至分裂了个人，把他身上的恶性与神性一分为二。

　　不公正的法律的确存在：我们应该如何选择？是安于现状、遵纪守法，还是想方设法修正它们，并且在成功修正之前姑且遵守它们？抑或是立即打破法律桎梏？一般来说，在这样一个政府统治下，人们会认为他们应该等待，直到他们说服大多数人来改变他们。他们认为，如果他们反抗，那么纠正会比现在的弊病更糟糕。但是这是政府本身的过失。政府让事情变得更坏。为什么政府更加不利于期望并酝酿改革？为什么政府不珍爱它聪明的少数人呢？为什么政府还没受到损伤就大喊、就阻止反抗呢？为什么政府不鼓励公民提高警惕、指出它的错误，并知错就改，不断进步呢？为什么它总是把耶稣钉在十字架上，把哥白尼和路德逐出教会，还给华盛顿和富兰克林扣上叛徒的帽子呢？

　　有人会这么想，政府唯一没有想到的一种犯罪就是蓄意否定政府权威并造成既定事实；否则，为什么它没有规定其明确、适当和相称的惩罚？如果一个身无财产的人，哪怕有一次拒绝为政府挣取9先令，任意一条我所知道的法律都能让其锒铛入狱，至于关押多久，全由关押他的人自行决断；但是如果他从政府那里偷窃了90次9先令，他很快就可以再次逍遥法外。

如果不公正是政府这架机器必要摩擦的一部分，那就随它吧，随它吧：兴许磨一磨就光滑了呢——当然这架机器肯定会磨坏的。如果不公正有弹簧、有滑轮、有绳子或者有曲柄专门为自己所用，那么你也许可以思考补救措施是否比这不公正弊病更多；但是，如果不公正本身要求你成为它的代理人，对别人施以不公正，那么，哎呀，要我说就违法好了。让你的生命成为阻止机器的刹闸吧。我必须做的事就是无论如何也不能让自己助长我所谴责的错误一方。

说到国家为了纠正弊病而提供的种种办法，我就不得而知了。它们需要消耗大量时间，能把一个人的生命熬完。我还有别的事情要操心。我来到这个世界，主要不是为了让这里成为一个适合居住的地方，而是生活在这里就行，无论它是好是坏。一个人不能什么事情都干，只能干一些事情；因为他不能事事都做，也不必做错误的事。我无需向州长或议员请愿，倒是他们需要向我请愿；如果他们不接受我的请求，我又有什么办法呢？但是，遇上这样的情况，国家却没有提供任何办法：它的宪法本身就是一大弊病。这样说似乎刺耳、固执、没有通融的余地；然而，只有带着最大的善意，审慎地对待心灵，才能真正欣赏它、配得上它。因此，一切改变都是为了变得更好，就像生与死都会让身体抽搐。

我会毫不犹豫地说，那些自称废奴主义者的人，应该立即有效地取消对马萨诸塞州政府人力和财力上的支持，想要等到他们构成多数群体，再来伸张正义那就太晚了。我认为，如果他们有上帝站在他们一边，就已经足够，而不用等待别的什么人。此外，任何一个比他的邻居更为公正的人，已经构成了一个人的多数。

我与美国政府，或者说它的代表，进行了直接的、面对面的会见，一年唯有一次——通过本地的收税官；这是一个像我这样的人与之见面的唯一方式；然后他一字一顿地说：认可我的存在；表达对这种方式的一点满足和爱意，最简单、最有效、当前形势下最不可缺少的方法就是否认它。我的公务员邻居，那位收税官，正是我不得已要打交道的人——毕竟，我争辩的对象是人，而不是羊皮纸文件——而且他自愿选择成为政府的代理人。他如何才能清楚地知道他作为一名政府官员，作为一个人，究竟是什么身份，能做些什么。难道只有先思考怎么处理我，处理他的邻居，处理他尊重的人，一个邻居和好心人，一个疯子和非暴力的捣乱分子？看看他是否能除掉这个妨碍睦邻的刺儿头，而不采取与他的行动相应的更粗鲁、更急躁的思想或言论？我对此很清楚，如果有一千个，一百个，如果有十个我能指名道姓的人——哪怕只有十个诚实的人——唉，哪怕只有一个诚实的人，在马萨诸塞州不再蓄养奴隶，切实退出这种合作关系，并因此被关进县监狱，那也算得上奴隶制在美国的废除。因为万事开头难，看似多么渺小并不要紧：星星之火亦可燎原。然而，我们更喜欢动动嘴皮子：动嘴皮子就是我们的使命。改革使得几十家报纸为之服务，但是没有一个真正可用的人。如果我尊贵的邻居，那位将把自己的大好日子用来在会议室里解决人权问题的本州大使先生，不是被威胁送入卡罗莱纳监狱，而是坐下来与马萨诸塞州的囚犯攀谈（马萨诸塞急于将奴隶制的罪过推卸给她的姊妹州——尽管她目前只找出一个不受欢迎的法案，借此作为与她相争的理由），那么，议会就不会完全放弃接下来这个冬天的议题。[7]

在一个不公正地监禁任何人的政府统治之下，正义之人的真正归处也只有监狱。今天，马萨诸塞州提供给她更自由、更乐观的心灵的唯一地方就在她的监狱里。心灵之火在此被州政府用自己的法案浇灭，一如他们按照自己的原则已经把自己扑灭了一样。那里有逃跑的奴隶、被假释的墨西哥囚犯，以及前来为其种族伸冤的印第安人；在那个与世隔绝但更自由、更高尚的土地上，州政府把那些不与其合作，而和其作对的人安置在那里——那儿是蓄奴州中自由人可以有尊严地生活的唯一场所。如果有人认为他们的影响会在那里消失殆尽，他们的声音也不再叨扰州政府的耳朵，他们在高墙内不再是敌人，那么，他们就不会知道真理比错误强大多少倍，也不会知道自由之人可以如何雄辩地、有效地和不公正战斗。把你的整张选票扔出去吧，这不仅仅是扔一张纸条，而是你的全部影响力。少数服从多数的时候，少数人是无能为力的；那时少数人甚至连少数都算不上；可是，当它以全部重量一拥而上时，少数人是不可抵挡的。如果二者必选其一，要么把所有正义的人关进监狱，要么放弃战争和奴隶制度，州政府将毫不犹豫地做出选择。如果今年有一千个人不交税，那就算不上暴力和流血的措施；倘若交了税，州政府就有可能滥用暴力，让无辜民众流血。事实上，这就是和平革命的定义——如果这种革命真有可能发生的话。曾经有人问我："我能够做些什么呢？"如果那个收税官或者其他公职人员也这样问我，我的回答是："如果你真想做点什么，那就辞职吧。"当国民拒绝效忠、官员罢手不干时，革命就已经实现。即使流血也在所不惜。难道良知受伤不是一种流血吗？一个人真正的男子汉气概和不朽精神，通过这个伤口流出，他直到死也在一直流血。我看到血液正在涌出。

我担心的是把肇事者关押起来，而不是没收其财产——尽管两者都会达到相同目的——本来要维护一种最纯粹的公正，到头来却成为一个腐败州政府的最大危险，这种人，他们一般不会花费大量时间积累财产。对于这样的人，州政府提供的服务相对较少，一点税金都显得过高。如果他们不得已用自己的双手干些特殊活计来挣钱的话，更是如此。如果有人无需用钱也活得好好的，州政府向他征税时也会手软。但是有钱人——不是为了进行任何令人反感的比较——总是被让他发家致富的制度收买。说得绝对一点，钱财越多，道德越少；因为钱财产生于一个人和他的目标之间，并为他实现目标；获取钱财当然不是什么伟大品德。钱财解决了许多问题，否则这些问题就需要征税来解答；而钱财带来的新问题只有一个，这个问题棘手又多余，那就是如何花钱。因此，富人的道德基础便被铲空了。随着所谓的"资产"的增加，生活的种种机会便相应失去了。当一个人富有时，想方设法实现那些他贫穷时怀有的志向，就是对得起他的文化的最好做法。基督根据效忠希律一世的人[8]的情况做出了回答。"把贡金呈上来。"他说——有人就从口袋里掏出一个银钱——如果你使用的钱上有恺撒的肖像，而且恺撒已经把这钱币变成了流通的贵重物品，也就是说，如果你是这个国家的公民，而且乐意享受恺撒政府的好处，就在他需要的时候回报给他。"这样，恺撒的物当归给恺撒，上帝的物当归给上帝。"[9]——听了上帝的教诲，他们仍像过去不明白什么东西是谁的；因为他们并不想搞清楚。

当我和邻居中最自由的人交谈时，我发现，无论他们对这个问题的重要性和严重性、对公众安宁有什么说法，他们都不能没有现有政府的保护，他们害怕自己会因不服从政府遭受财产和家庭上的损失，这也是问题的关键。至于我自己，我却不认为自己依赖过政府的保护。但是，如果我在政府拿出税单时否认它的权威，它很快就会夺走并挥霍我的所有财产，还因此没完没了地骚扰我和我的孩子。这下问题就严重了。这会让人无法诚实地生活，同时也难以舒服地生活，失去尊严。积累财富的工夫也不值得了；财富积累了也会失去。你必须在某个地方找事做，蹲下来，种一点庄稼，马上填饱肚子。你必须在你自己的内心里活下去，自力更生，蜷居一隅随时准备伸展开来，不要让俗事缠身。一个人如果在各方面都是土耳其政府的好国民，他也能在土耳其发财。孔子曾说："如果国家按照理智的原则治理，那么贫穷和痛苦就是可耻的；如果国家不按照理智的原则治理，那么富人和荣誉就是可耻的。"[10] 不！除非我的自由在某个遥远的南部港口受到威胁，想要得到马萨诸塞州的保护，或者我安安稳稳地在家乡修建一处住房，否则我可以拒绝效忠马萨诸塞州，拒绝其对我的财产和生命的权力。无论从何种意义上讲，尽管不服从政府会给我招来责罚，但我付出的代价还是小于服从政府造成的损失。我若服从，我会觉得自己的身价就贬低了。

几年前，州政府以教会的名义召见了我，命令我付一笔钱支持一位牧师。我父亲参加过他的讲道，但我本人从未参加过。"掏钱，"州政府说，"要么就关进监狱。"我拒绝支付。但不幸的是，另一个人认为应该付这笔钱。我不明白为什么学校老师要纳税来供养牧师，而不是牧师纳税供养教师；因为我不是州立学校的老师，但我靠学生自愿认捐养活自己。我不明白，为什么学会不提交它的税单，并让州政府还有教会支持它的需求。不管怎样，在市政人员的要求下，我屈尊俯就，特作如下书面声明："我，亨利·梭罗，不希望被视为任何自己并没有加入的联合团体的成员。"我把这份声明交给了镇上的办事员；他收下了。州政府由此知道我不希望被认为是教会成员，此后便再也没有对我提过类似要求；不过据说这份声明必须遵守其最初的事实推断。要是我知道如何叫出那些名字，我当时就应该在声明后面详尽列出我从来没有签名参加的团体；可是我不知道在哪里可以找到一份完整名单。

我已经六年没有交人头税了。因为这个原因，我被关进过一次监狱，待了一晚上；当我站在那里，看着两三英尺厚的石墙，一英尺厚的铁裹木门，还有将光线扭曲的铁栅栏，我不由得对那个组织的愚蠢感到厌恶。他们如此对待我，仿佛我只是一副骨架和一堆血肉，要关押起来。我猜测他们最终得出的结论是把我关进监狱就是对我最好的利用，而从来没想到用其他方式利用我为其服务。我看得出来，如果说我和镇民之间有一堵石墙，那么，他们要生活得像我一样自由，面前还有一道更难爬过或者更难穿越的高墙。我一刻也不觉得自己被关押了，那些墙壁似乎只是浪费了大量石头和灰泥。我觉得好像所有镇民中只有我一个人交了人头税。他们根本不知道如何对待我，只好表现得像那些缺乏教养的人一样。每一次威胁、每一次恭维，都错误连连；因为他们认为我的主要愿望是站到那堵石墙的另一边来。看着他们如此费尽心思地锁上我的沉思之门，我只能面带微笑，可是我的沉思又不管不顾地跟随他们而去，因为他们实在是非常危险。因为他们不理解我，所以决定惩罚我的肉体；就像那些孩子们一样，倘若他们不能直面他们怀恨在心的人，就会虐待他们的狗出气。我认为这个国家愚钝至极，担心怕事，如同一个孤独的富家女，敌友不分。我对它失去了所有尊重，只剩可怜。

因此，州政府从来没有认真直面过一个人的智慧和道德，只是处置他的肉体、他的感官。州政府不是用超凡的智慧或诚实武装起来的，而是以高级的肉体力量武装起来。我不是生来就要被压迫。我按照自己的方式呼吸。让我们看看谁才是最强大的。什么暴力会拥有群众支持呢？他们只能逼迫我服从一种比我更高级的法律。他们强迫我变得像他们自己那样。我从未听说过有人被多数人逼迫着这样或那样做。那将是什么样的生活？当我会见一个政府，它对我说"你要钱还是要命"时，我为什么还要急着把钱交给它呢？它的处境也许会非常困难，不知道如何是好：我对此无能为力。它必须自救，照我这样做。不值得为它哭哭啼啼、心生怜悯。我对社会机器的成功运作与否不负责任。我不是工程师的儿子。我意识到，当一颗橡子和一颗栗子双双落下时，彼此并没有迟钝地停下来为对方让路，而是遵守各自的法则，尽可能地抽枝发芽，茁壮成长，枝繁叶茂；也许有一天，其中一棵树会遮挡并摧毁另一棵树。如果一株植物不能按照它自然习性生长，它就会死亡；人也是如此。

监狱里的那晚真是新奇有趣。我走进监狱时，那些只穿衬衫、没穿外衣的囚犯正在门口悠闲地聊天，享受傍晚的凉风。但是狱卒说:"行了,伙计们,该锁牢门了。"于是他们就散开了。我听见他们回到空空的囚室里的脚步声。我的同室伙伴是狱卒向我介绍的,说他是"呱呱叫的家伙,聪明人"。门锁上后,他告诉我哪里可以挂帽子,以及他是如何在这里对付各种事情。囚室每个月粉刷一次;这间囚室至少是最白的、布置最简陋的,而且也许是镇上最整洁的屋子。他自然想知道我是从哪里来的,犯了什么事进了局子;我把情况告诉他后,看他的样子是个诚实的人,自然反过来问他为什么进了局子;而且,就像一般人爱讲的那样,我相信他是个诚实人。"唉,"他说,"他们指控我烧了一个谷仓,但我从来没有干过这种事情。"据我推测,真相可能是他喝醉后在谷仓里睡觉,在里面抽烟斗;于是就着火了。他有聪明人的名声,已经在牢里待了三个月等待审判,恐怕还要再等更长时间;但他很适应这里的环境,心满意足,因为他不用掏一个子儿白吃白喝,而且狱卒们待他不赖。

他睡在一扇窗户旁边,我在另一扇旁边;我发现如果一个人在牢里待久了,那他的主要事情就是向窗外张望。我很快熟悉了囚室里留有的全部痕迹,检查出以前的囚犯毁坏了什么,哪里锯掉了一个壁炉,还听到了那间囚牢里不同囚犯的故事;因为我发现,即使在这里,也有从来没有在监狱大墙外流传过的传闻逸事。也许,这是镇上唯一一座产生了诗句的房子,只是这些诗句产生后供大家传阅,不会出版成册。我得到了一张写满诗句的长卷,是一些年轻人创作的,他们试图逃跑时被发现了,就吟唱这些诗句来泄愤。

我不停追问舍友,尽可能把他所知道的问个遍,因为我担心再也见不到他；但最后他给我指了指哪张床是我的床，让我把灯吹灭。

我就像走进一个很远的乡村旅行，看见了从未料想到的景色，在那里躺了一夜。在我看来，我过去从来没有听到镇上的时钟敲响过，也从来没有听到村子夜晚的动静；因为我们睡觉没有关铁栅栏里的窗户。我仿佛看见我那本土本乡的村子笼罩在中世纪的夜色中，我们的康科德河变成了莱茵河，骑士和城堡的景象在我眼前掠过。我听见街上传来旧时欧洲市民的声音。不由自主地，附近村里小酒馆的厨房里的一言一行尽收眼底、尽入耳中——这对我来说是一番全新的、稀有的经历。那是我生活的镇子的近景，我就身处其中。我以前从未看见过镇子上的公共机构。这大牢就是它的一个特殊组织；因为这里是郡县政府所在地。我开始明白这里的居民究竟是怎么回事了。

早上，我们的早餐放在特制的长方形小铁盘里，从门上的洞里递进来，里面盛着一品脱巧克力、黑面包和一个小铁勺。等他们回来收餐具时，我老老实实地把所剩面包还回去；但我的囚友一把抓住面包，说我应该留起来当午餐或晚餐吃。过一会儿他被派去附近田里晒干草，这是他每天都要干的活，干到中午才回来；所以他向我道别，说他不知道是否还能再见到我。

我出狱了——因为有人介入，支付了那笔税款——但我并没有意识到在监狱里事物已经发生了巨大的变化，比如进牢时还是一个年轻小伙，出来时已经成了颤颤巍巍的白头老翁；然而，我还是从这景象里发现了变化——镇子、州、国家，比任何地方都要宽广，只有时间可以影响。我更清楚地看到我所生活的地方是什么样子。我共同生活的乡亲，作为邻居和好朋友，可以相信到什么份上；他们的友谊只是锦上添花；他们并没有打算推行正义之举；他们有着自己的偏见和迷信，显然和我不是同一种族，就像中国人和马来人；他们不会为人性以身犯险，或者是为了钱财挺身而出；他们毕竟没有那么高尚，但是他们对待小偷的方式却是以牙还牙，并且希望通过某种外在仪式和几次祈祷，始终走在一条笔直但不起作用的小径上，以拯救他们的灵魂。或许这样评判我的邻居的确有些严厉，因为我相信他们之中许多人并不知道自己的村子里有监狱这样的公共组织。

从前，我们村里有个习惯，如果有个穷困潦倒、负债累累的人出狱，他的熟人应该和他打招呼，从指头缝里打量他，交叉起来的手指代表监狱窗户外的那层铁网，然后说声"你好吗"。我的邻居们并没有这样向我打招呼，只是看了我一眼，然后又扭头看另一个人，好像我刚长途旅行回来。我被关进监狱时，正要去鞋匠那里取回一只修补好的鞋。第二天早上我出去后，就接着完成我的差事。我穿上补好的鞋，加入了一支采摘蔓越橘的队伍，这群人迫不及待地要我给他们引路；不到半小时——因为很快就备好了马——我们就赶到了两英里外的蔓越橘地里。它位于我们这里最高的一座山上，这时候，州政府已不见踪影。

这就是我的"监狱之行"全部过程。

我从来没有拒绝缴纳公路税，因为我一心想成为一个好邻居，就像我一心想成为一个坏公民一样；至于资助学校，我正在尽我的一份力量来教育我的同胞。我不是因为税单上的某个特别项目而拒绝缴纳税款。我只是希望拒绝效忠于州政府，干净利落地收回对它的支持，站得远远的。我无意追查我的美元的去向，哪怕我能够做到，只要它不是用于购买一个人或一支步枪来向别人开枪——美元是无辜的——然而，我关心的是追究我效忠的后果。事实上，我悄悄地用自己的方式向州政府宣战，无声无息，尽管我还是会像往常一样，尽我所能利用它，享受它的服务。

如果其他人出于对州政府的同情而为我交税，那他们只是做了他们自己缴税时已经做过的事情，或者更确切地说，他们怂恿不公正行为，比州政府要求的有过之而无不及。如果他们因为被征税个人的不当利益而纳税——为了保护他的财产，或者防止他坐牢——那么他们没有明智地考虑清楚，他们这一举动已经越界，让私人感情妨碍了公共利益。

这就是我目前的处境。但在这种情况下，一个人不能过于警惕，以免他的行为被固执所左右，或者过于在意人们的看法。要让他明白，他只需在合适的时间做属于自己的事，这就足矣。

唉，有时候我在想，这些人本意是好的，他们只是无知；倘若他们知道怎么做，他们会做得更好：为什么强加给你的邻居这种痛苦，让他们违背本心对待你？可我转念一想，这并不是我应该像他们那样做的理由，也不是让别人承受更大或不同痛苦的理由。再者，有时我对自己说，当千百万人，不带热情，不带恶意，不带任何个人感情，只向你要几先令。但依照他们的性情，不可能撤回或改变他们目前的要求，你单方面也不能对其他成百上千人发出呼吁。这时候你为什么还要飞蛾扑火，对抗这种排山倒海的力量呢？你抵抗不住寒冷饥饿，抵抗不住大风大浪，却仍旧顽固抵抗；你默默忍受着相似的困难。你不要把头伸进火里。不过从比例上看，我认为这不完全是一种粗暴的力量，有部分是一种人性的力量。考虑到我与千百万人有着千丝万缕的关系，他们也绝非野蛮或无生命的东西，而是成千上万活生生的人。这时我发现这种呼吁是有可能实现的——首先向他们，而后向创造他们的主紧急呼吁，接着由他们自己发出呼吁——最终就能实现。然而，如果我故意把自己的脑袋伸进大火里，那就不需要向大火呼吁，也没必要向大火的创造主呼吁，我只能怪我自己。如果我能说服自己，我有权对世人的本来面目表示满意，并心平气和地对待他们，而不是在某些方面按照我对他们以及我自己应该成为什么的要求和期望。那么，我应该努力满足于世间万物的模样，并且认同这是上帝的意旨，就像一个虔诚的穆斯林和宿命论者一样。最重要的是，抵抗这种力量与抵抗纯粹的野蛮力量或自然力量之间有一种区别，那就是我对抗这种力量还有些效果；但是我不能像俄耳甫斯[11]那样期望改变岩石、树木和野兽的本质。

我不希望和任何人或民族争吵。我不想钻牛角尖，不想抛头露面浪得虚名，也不想显示自己比邻居表现得更好。我可以说，我甚至在寻找一个理由，遵守这个国家的各种法律。我时刻准备遵守各种法律。确实，我有理由怀疑这个脑子里的自己；每年收税官找上门来，我发现自己都在不厌其烦地审视各种行为和形式，审视联邦政府、州政府的各种行为和形式，以及人们的心灵，以便找到一个遵纪守法的借口。

吾辈须爱国如亲，
若一朝懈怠踌躇

不以热爱和勤奋奉献祖国，

则应感念国恩，教育灵魂。

牢记信仰与良知，

不求权力与好处。

乔治·皮尔，《阿尔卡萨之战》[12]

　　我相信州政府很快就可以让我不必为这类事情劳神费力了，到那时，我充其量和我同胞一般，算不上爱国者。从更低的角度看，这部宪法尽管缺陷多多，但瑕不掩瑜；法律和法庭是非常值得尊敬的；正如很多人已经描述过的那样，即便是这个州政府和这个美国政府，它们在许多方面都是非常令人钦佩的，而且十分难得，真是谢天谢地；但是从更高的角度来看，它们确实是我描述的那样；再从更高的角度看，从最高的角度看，谁能说出它们究竟是什么样子？或者说它们值得一看或思考吗？

　　不过，政府并不怎么把我放在心上，而我也会尽可能减少在它身上花费心思。哪怕在这个世界上，我生活在政府屋檐下的时刻也不多。如果一个人思想自由、幻想自由、想象自由——自由一直对他具有强烈的吸引力——不明智的统治者或改革者就无法打断他，给他致命一击。

　　我知道大多数人的想法与我不同；但我对于那些在专业上一生致力于研究这类事务的人，却不太满意。政治家和立法者，完全侧身机构之内，从来没有跳出来清清楚楚地、里里外外地审视过它。他们谈论着流动的社会，但除开它就没有安身之地。他们也许是具有一定经验和判断力的人，毫无疑问，他们发明了巧妙甚至有用的制度，对此我们深表感谢；但是，他们所有的谋略和用处都非常局限，非常狭隘。他们容易忘记，世界不是交由谋略和权宜之计来管理。韦伯斯特[13]从来没有居于政府幕后，因此谈起政府问题来没有权威性。对于那些不考虑在现有政府内进行实质性改革的立法者来说，他的话很有智慧；但对于思想家以及那些始终在制定法律的人来说，他的言论不值一提。我认识一些人，他们对这个问题有着冷静和睿智的思考，但很快就会显示出他思想范围和适宜的局限性。然而，与大多数改革者的低贱职业相比，与普通政治家们更廉价的智慧和口才相比，他的话语几乎是唯一明智和有价值的话语，我们为他感谢上帝。相较而言，他总是表现得坚强、别具一格，而且最重要的是，他很务实。不过，他的长处不是智慧，而是谨慎。律师的真理不是真理，而是一贯性或一贯利用权宜之计。真理总是与自己和谐相处，而不是主要为了揭示也许与不当行为相一致的公正。他被称为"宪法捍卫者"，名副其实，人们也一直这样称呼他。他的确没有做过猛烈抨击宪法的行为，却处处打出捍卫的重拳。他不是一个领袖，而是一个追随者。他的领袖们是1787年那代人。[14]"我从来不作艰难尝试，"他说，"也从来没有打算进行艰难尝试；我从来没有支持艰难尝试，也从来无意支持任何艰难尝试，打乱最初的安排，各州正是依靠这种安排组成联邦的。"他仍然在思考宪法对奴隶制的制裁，他说，"因为它是原来条约的一部分，就让它继续存在吧。"尽管他特别敏锐，能力出众，但他无法从单纯的政治关系中找出一个事实，把它视作绝对可以通过理智解决的问题——例如，在今天的美国，一个人应该在奴隶制问题上做些什么——而是贸然，或者被迫在斩钉截铁地以个人身份讲话时，做出如下这样绝望的回答："那些存在奴隶制州的政府，对奴隶制做出调整的态度是出于他们自己的考虑，他们对自己的选民，对他们的礼节、人性和公正的一般法律以及对上帝负责。其他地方形成的各种团体发轫于一种人性感情，或是其他原因，与奴隶制无关。他们从来没有在我这里得到任何鼓励，也永远不会。"从这样的回答中可以推断出什么新颖独特的社会责任的密码呢？ **15**

那些不知道真理更纯粹来源的人，那些没有沿着真理的溪流溯源的人，只是站在那里，明智地站在《圣经》和宪法的旁边，怀着崇敬和谦卑的心情饮用真理之水；但那些看见真理从何而来，缓缓流入这湖泊或那池塘的人，再次挺直腰杆，继续朝其喷涌而出的源头朝圣。

美国还没有出现过天生是个立法之才的人。这类人在世界历史上都是罕见的。这里有演说家、政治家和能言善辩的人，不过以千计算；但演讲者还没有张开尊口，告诉我们谁能解决当今许多棘手的问题。我们只是为了雄辩而雄辩，而不是为了辨明真理而雄辩，不是为了它所激发的任何英雄主义而雄辩。我们的立法者还没有认识到一个民族需要自由贸易和自由、联合和公正的比较价值。他们没有天赋或才干，解决税收、财政、商业、制造业和农业等相对次要的问题。如果我们只听任国会议员的老生常谈来指导我们，而不被及时的经验和人民有效的抱怨所纠正，美国就无法长久在各民族中保持其地位。《新约》已写成1800年，虽然我可能没有权利说这话；**16** 然而，那个拥有足够的智慧和实用的才能、使自己成为点亮立法科学之光的立法者在哪里呢？

政府的权威，即使是这样的权威，我也愿意服从——因为我会欣然服从那些知道做什么、比我做得更好的人，并且在许多事情上，即使是对于那些既不知道怎么做也做不好的人，我也乐意服从——政府的权威仍然是不纯洁的：要做到严格公正，它必须得到被统治者的认可和同意。它对我的人身和我所让与它的财产没有纯粹的权力。从绝对君主制到有限君主制，从有限君主制到民主政体，这种进步是向真正尊重个人的进步。就连中国的哲学家都非常智慧，把个人尊为帝国的基础。正如我们所知道的那样，民主是政府所能做到的最后的改良吗？难道没有可能进一步认可人的权利并对其加以组织运用吗？除非国家认识到个人是一个更高级的、独立的力量，认识到它自己的力量和权威来自于此，并且以此为据对待个人，否则就永远不会有真正自由和开明的国家。想象着一个国家能够公正对待所有人，像对待一个邻居一样对待个人，我欣喜不已；即便有少数人要躲开它生活，不跟它打交道，也不让它拥抱，这个国家也不认为这与它自己的信念相抵触，因为这几个人履行了身为邻居和同胞的所有责任。一个国家结出了这种果子，果子成熟了就任其掉落，那么它将为一个更加完美和辉煌的国家铺平道路。我曾有过这种设想，但还没有在任何地方看见过它成为现实。

**1**   1846年至1848年间发生在墨西哥和美国之间的战争，起因于得克萨斯州和墨西哥之间的边界争执，以及墨西哥拒绝将加利福尼亚和新墨西哥卖给美国。梭罗和很多美国人认为，在任总统詹姆斯·波尔克在国会通过之前就有意引起双方之间的矛盾，因此他们强烈反对这场战争。

**2**   约翰·摩尔爵士（1761—1809），英国陆军中将，参加过多场重要战争（包括美国独立战争在内）。1809年在科伦纳反击作战时阵亡，后人查理·沃尔夫（1791—1823）为其写下一首悼念诗，引文即为此诗开头。

**3**   引文出自莎士比亚《哈姆雷特》。

**4**   引文出自《哈姆雷特》第五幕第二场。

**5**   意指美国独立战争（1775—1783）。

**6**   威廉·佩利（1743—1805），英国神学家、功利主义哲学家，曾任圣公会牧师，反对奴隶贩卖，主要著作有《论道德和政治哲学原理》《自然神学》等。前者作为19世纪政治理论课程基本教材得到广泛采用，后者对达尔文产生了巨大影响。

**7**   此处所提到的本州大使为萨缪尔·霍尔（1778—1856）。1844年，霍尔受马萨诸塞州委派，作为专员前往南卡罗莱纳，对南卡法律中存在的问题进行调研并进行交涉。根据南卡的法律，自由的美国黑人（这些人通常是马萨诸塞公民）一旦离船上岸，该州可以进行抓捕并对其进行奴役。在南卡议会和南卡州长的重重阻挠下，霍尔未能完成使命，最终在查尔斯顿人的帮助下才避免了被暴徒伤害。霍尔受阻的消息传回马萨诸塞，掀起了反对奴隶制的政治浪潮。但没有人威胁要把霍尔关进南卡监狱，梭罗在此处更有深意：北方的改革者们常常喜欢谈论人权，甚至可以前往远方城市去提起诉讼，但是本地废奴活动却很少参与。

**8**   或称大希律王（公元前73—4），是罗马帝国在犹太行省耶路撒冷的代理王。

**9**   引文出自《马太福音》第22章。

**10**  引文出自《论语·泰伯》，原文为："邦有道，贫且贱焉，耻也；邦无道，富且贵焉，耻也。"

**11**  古希腊神话中的一位传奇音乐家、诗人和先知。传说俄耳甫斯的音乐和歌唱能够吸引小鸟、小鱼甚至是野生的猛兽，能够引诱树木和岩石去跳舞，能够让河流一路地奔腾。

**12**  乔治·皮尔（1558—1596），英国文艺复兴时期"大学才子派"诗人和剧作家。《阿尔卡萨之战》是他的一部爱国历史剧，本文引用时略有改动。

**13**  指丹尼尔·韦伯斯特（1782—1852），美国著名的政治家、法学家和律师，曾三次担任美国国务卿，并长期担任美国参议员，一生政治观点多变灵活。

**14**  指1787年宪法的制定者们。

**15**  这些引文是该讲座完成之后才加进去的。——原注

**16**  梭罗很早就宣布退出教会，故而认为自己无权再做相关评判。

# 复　　　　乐　　　　园

我们都知道埃茨勒先生[1](Mr.Etzler)是地地道道的德国人。一开始他的书在宾夕法尼亚出版，但这也是十多年前的事了；现在读者对该书的英文第二版（起源于美国）趋之若鹜，仔细深究其中缘由，我们认为可能和最近傅里叶思想的广泛传播有关。这本书已然成为这个时代的特征之一。我们必须要承认这一点：通过阅读此书，我们的思想境界得到了升华，对我们在这个世界应该担负的责任也有了更为深刻的认识。这本书的确多多少少开阔了读者的视野。这本书值得大家关注，因为书中含有很多对重大问题的思考。接下来让我们好好思考一下埃茨勒先生在书中写的：

"各位同胞，我向诸位承诺，我将在十年内向大家展示能够打造人间乐园的妙法。在这个乐园里，人们想要拥有的一切东西都可以得到，人们无需劳动也无需付出即可拥有这取之不尽用之不竭的财富；在这里，自然之物都呈现出世间最美的模样，每个人都会住在最金碧辉煌的宫殿里，享尽一切奢华、畅游一切极乐之地；在这里，人们无需劳作就可以在一年拥有比上百年积累的财产还要多的财富；在这里，人们可以平山川、掘沟谷、造湖泊；人们还可以抽干湖泊、沼泽的水，在所到之处建造美丽的运河、畅通的道路用来运送千吨重之物，如此这番，日行千里也并非难事；在汪洋大海之上借助漂浮岛屿让四面八方通行成为可能，岛屿动力无尽，通行速度极快且安全，兼备舒适与奢华，岛上有园林宫殿可容纳数千户人家，每家每户都可畅饮甘泉；在这里人们可以尽情探索地球内部的奥秘，仅用两周的时间便可畅游南北两极；在这里人们可以使用并掌握闻所未闻的方法，从而开阔视野、增加智慧；在这里人们可以享受生活带来的持久幸福以及乐趣，而这两种幸事是普通人感受不到的；生活在这里可以远离一切困扰人的种种恶事，死亡虽然不可避免，但却有延年益寿的良方，让死亡不再痛苦。如此，人类可在这个新世界中安居乐业，这个世界远胜于今，人们也远胜于普通人。"

从此处以及书中的各处可以看出，不仅在伦理学方面就连机械学方面都显露出超验主义的痕迹。尽管一个改革者的整个领域超越了空间边界，而另一个正在推进其计划以便最大限度地提升整个种族。尽管一个在擦净乐园，另一个在清扫尘世间的污秽。一个声称，自我革新之后，自然和环境问题就会迎刃而解。不要自我设限，因为那将是我们最大的障碍。虽然天文学家的视线被一团云遮挡，但与自己的失明相比，这一点也不重要。另一个则选择改变自然和环境，这样一切困扰人们的难题就会不复存在。埃茨勒先生宣称要直白地说出改变这个世界的想法——我将改变这个星球自身。我让这种幽默从我的身上消失，又或者把这种讨厌的幽默从生活在这个地球上的人们的身体中除去，又有什么关系呢？不，难道后者不是一项更伟大的事业吗？如今，我们体质虚弱的星球正在自己的轨道上继续运行着。难道这世界没有哮喘，没有疟疾，没有发烧，没有水肿，没有肠胃胀气，没有胸膜炎，难道这世界没有受到害虫的困扰吗？难道这世界的医疗卫生法律、法规不是相互抵触，以至于世间活力都要靠自身的生命力来救赎？毫无疑问，如果人们能够适当利用自然界的简单能量，那么世界就会变成一座健康的乐园。因为人体自身的规律需要得到尊重才能让人们重获健康、重拾幸福。我们的灵丹妙药只能治愈极少数疑难病，我们的综合医院为私人所有且仅为少数人专用。我们需要另一位健康女神，而不是现在膜拜的这位。难道这些江湖郎中没有针对儿童用药剂量小，针对成人剂量大，针对牛和马的剂量更大吗？别忘了，我们是在为地球本身开处方。

美好的家园现在传到了我们手中，然而为了让家园更美好我们都做了些什么呢？清污秽、树篱笆、挖沟渠，我们在这些方面几乎碌碌无为。我们太想就这样到一片更富饶的土地去，甚至连一根手指都不用动，就像我们的农民正在迁往俄亥俄州。但是耕耘并救赎这块新英格兰土地不是更为英勇忠诚吗？这个星球仍存在年轻向上的能量，只要能将它们引向合适的位置就好。屡屡见报的是由狂风带来的种种恶行——海难、飓风，海员和农民只把它当作特殊或一般性灾难；但这些意外触及到了我们的良知，提醒我们自己的罪过。再有一场洪灾，人们将颜面扫地。我们要承认，对于旧式民族，我们似乎从未有过太多敬意。一个真正精明的商人如果不先看看自己的账目，就不可能全身心地投入到生活中去。现在杂乱无章的事情太多了！谁又能知道明天的风将吹向何方？我们千万不要向自然屈服。我们要驱散乌云，抑制风暴；我们要把有害的气体封藏；我们要探测地震，挖掘地下，把危险的气体放出来；我们要根除火山，去除火山的毒物，从源头上消灭火山。我们要将水洗净，让火变暖，让冰变凉，我们要撑起这个星球。我们要教会鸟儿飞翔，教会鱼儿游泳，教会反刍动物反刍。是时候仔细研究一下这些问题了。

探究人类如何改进和美化这一体系也成为道德家的问题；人们需要做些什么才能使星星更璀璨，太阳更快活，月亮更宁静。难道它不能让花朵的色彩更加艳丽，让鸟儿的歌声更加悦耳？它对弱势种族履行了它的职责吗？难道它不是它们的神吗？对鲸和海狸来说，宽宏大量有什么用呢？我们难道不应该害怕与它们交换位置哪怕只有一天，以免它们的行为使我们蒙羞吗？难道我们不能宽宏大量地对待鲨鱼和老虎，而非要屈尊以鲨鱼尖利如矛的牙齿和老虎结实如盾的毛皮相对？我们诋毁了鬣狗，其实人类才是最凶猛、最残忍的动物。啊！人类没有诚信可言；即使是误入歧途的彗星和流星也会感谢人类，并以它们自己的方式来回报人类的善良。

我们对待自然的方式该是多么地无情、令人厌恶啊！我们能不能不那么残忍？磁力、银板照相法、电力等伟大的发明还暗示了什么呢？除了砍伐和修剪森林，难道我们不能为森林的内部生态出一份力，帮助其汁液顺利实现循环吗？我们现在的所作所为肤浅且粗暴。我们不怀疑自己可以做多少事情来改善我们与生机勃勃的自然之间的关系；我们也不怀疑可能的友善，可能的优雅礼仪。

有些追求，如果不完全是诗意的和真实的，至少表明我们与自然的关系比我们所知道的更高尚和更美好。例如，养蜂是一种非常轻微的干扰。这就像指引阳光一样。古往今来，所有的民族都是这样触摸大自然的。希腊的伊梅托断山[2]、意大利的希伯罗[3]，有多少因养蜂而出名的景点啊！这些畜群的想法一点也不粗鄙——它们的嗡嗡声就像草地上母牛发出的那最为低沉的声音。一位好心的评论家最近提醒我们，在一些地方，他们被带到鲜花盛开的牧场。他说"科路美拉[4]告诉我们，阿拉伯的居民把他们的蜂箱送到阿提卡[5]，以受益于稍后吹来的花朵。"每年，蜂箱都被船运到尼罗河的上游，白天休息，晚上慢慢地顺流而下，以映衬两岸盛开的鲜花。它们通过船在水中的下沉程度确定该地方是否富饶，从而确定在此处停留能有什么好处。这位评论家还告诉我们，在德国有一个人，这位养蜂人的蜜蜂与别人相比没什么明显优势，但蜂蜜产量却比邻居高得多；但最后他告诉周围人，他把他的蜂箱向东多转了一度，因此他的蜜蜂从早上开始可以提前两个小时产蜜，这样他可以采到第一口蜜。诚然，这一切的背后都充斥着背叛和自私，但这些事情却向诗意的心灵暗示了可以做些什么。

很多例子都是粗暴的干涉，但并不是没有辩解的理由。去年夏天，我们在一个山坡上看到一只狗在水平轮子上走着，以带动机器运转，它是被农民一家雇来搅黄油的。狗双眼疼痛，咳得厉害，但还是一副谦卑的表情。狗虽然辛苦，但农民一家还是因为狗的劳动得以在面包上涂上黄油。毫无疑问，在最辉煌的成功中，总是需要牺牲底层群体的利益。近年来，为了适应人类的需要，人们改进了许多利用马匹的无用旅行方式，只利用了两种力，一是马的重力，即向心性，另一种是马的离心力。只计算这两个元素岂不是更好地节约了生物的整体消耗？所有有限的生命不是都更喜欢相对运动而非绝对运动吗？那伟大的地球本身，除了这样一个轮子——一个更大的踏车——还有什么呢？我们的马在草原上的脚步常常被地球绕其轴线的运动所阻碍，失去了自由。但在这里，马就是主角，就是动力。对于不断变化的风景来说，给马车前面带个窗户，不正是因为马本身不断变化的活动和动力才得以让我们看到乡村道路上各种各样的风景吗？我们不得不承认，目前马只为人服务，很少有人为马着想；在人类社会中，这种牲畜退化了。

我们将看到，在我们设想的这个时代，人类的意志将成为物质世界的法则，它将不再被诸如时间和空间、高度和深度、重量和硬度等抽象概念所阻碍，而是真正成为创造之主。"好吧，"读者可能会说，"'生命短暂，技艺长久'，能改变这一切的力量在哪里呢？"这正是埃茨勒这本书要展示的。目前，他只会提醒我们，自然界中已经存在着无数的、不可估量的力量，这些力量还没有得到大规模的改进，也没有达到用于普遍的目的，但足以达到这些目的。他只会指出它们的存在，就像测量员告诉人们任何河流都存在水力一样；但对于这些能源的应用问题，埃茨勒先生让我们参考了本书的续篇，叫作《机械系统》。这些力量中最明显和最常见的是风能、潮汐能、波能和太阳能。让我们看看它们的价值。

首先，有风力不断地施加在地球表面。从对一艘帆船的观察和科学数据来看，风的平均功率似乎等于一匹马驰骋100平方英尺的功率。"我们知道，"我们的作者说，"头等舱的船帆有200英尺高，因此，我们可以在相同高度的地面上同样地逆风行驶。想象一下，这样的地面有一英里长，或者大约5000英尺，那么它们将包含100万平方英尺的功率。让这些平面通过某种巧妙的方式以适当的角度与风向相交，这样就可以随时获得全部风能。它的平均功率等于每匹马跑过100平方英尺土地产生的功率。总功率等于100万除以100，即10000匹马的功率。一匹马的力量等于10个人的力量，10000匹马的力量等于10万人。但是，由于人类不能超负荷工作，而需要大约一半的时间睡眠和休息，同样的能力相当于20万人。……我们不局限于200英尺的高度；如果需要，我们可以通过风筝将这种能力扩大到云层的高度。"

但是，地球表面每平方英里就有一个这样的栅栏，因为风通常以超过两度的角度撞击地球，从它对公海的影响中可以明显看出，它甚至可以更靠近地球。由于地球表面大约有2亿平方英里，地球表面上的总风能相当于40万亿人的力量，而且"所能完成的工作量是地球上所有人努力完成的工作量的8万倍"。

如果有人反对计算包括海洋表面和地球上不适宜居住的区域，因为这种能量不能让我们达成目的，埃茨勒先生很快就回应："但是，你会记得我已经承诺过要向你们展示让海洋尽可能变得像肥沃的旱地一样宜居的方法；我甚至不排除在极地地区使用这种办法。"

读者会注意到，我们的作者使用围栏只是把它当作一个方便的公式来计算风力，而不认为它是一个必要的应用方法。我们不太重视这种有关比较风能和马力的说法，因为没有任何共同点可以去比较。毫无疑问，每种方法都极其优秀，为了所设想的实际目的每种方法都进行了大致比较，如果优先考虑其中一个，那对另一个就不公平。科学表格在很大程度上只在表格意义上是正确的。我们猜想，一辆满载的马车，装配10英尺见方的轻帆，在同等情况下，到年底走过的距离未必赶得上一匹普通的赛马或专门用于拉车的马匹。如果靠同样马力来牵引，即便是顺风行驶，那么地球表面若干大小相似的物体哪怕等到天荒地老，也总不免于疯狂或绝望。显然，这不是比较的原则。但即使是马身上的恒动力，至少也可以被认为与它的体重相等。然而，我们宁愿让西风和狂风把它们全部的重量压在我们的围栏上，也不愿让脚撑地的驽马晦气地靠着我们的篱笆过一季。

然而，这里有一种几乎不可估量的力量掌握在我们手中，然而我们对它的利用是多么微不足道！它只会使几家工厂转动，把几艘船只吹到大洋彼岸，还有一些微不足道的目的。我们对我们这位不知疲倦而精力充沛的仆人的赞美是多么可怜啊！或许你会问，为什么不使用这种力量，如果这句话是真的，那我不得不反问，为什么人们这么晚才开始利用蒸汽的力量？千年来，每天都有数百万人烧水；他们一定经常看到，在紧闭的锅或水壶里，开水会猛烈地顶开盖子，或使容器爆裂。因此，蒸汽的力量，就如同风的力量一样，存在于最不起眼的厨房或洗衣房里，这一点大家都知道；但是，这两种力量都没能得到细致的观察与思考。

人们已然发现了落水 (falling water) 的力量，但这种力量毕竟是微不足道的，他们发现这种力量后就会寻求它并加以利用。只要在人口稠密的城镇附近发现小溪上有几英尺高的水平面，有一点地心引力的作用，附近的整个经济就会立刻改变。人们确实会思考这种力量的存在，好像这是唯一的来源。但与此同时，这股气流从更高的高度降下来，流得更稳，从不因干旱而枯竭，只要有风吹，就能为工厂提供动力，称得上是空中的尼亚加拉，也不用和加拿大竞争——只是想要应用这种力量确实有些困难。

还有潮汐能和波能，不停地退潮和奔流，忽落忽回，但很少为人所用。只是推动了几座磨坊，并执行一些其他无关紧要、附属的服务。我们都能感觉到潮汐的影响，它如何不知不觉地潜入我们的港口和河流，并轻而易举地把最有力量的海军托起，犹如托起一枚最轻薄的芯片。任何漂浮的东西都必须服从它。但是人类却对大自然乐意效命的暗示反应迟钝，只是偶尔利用这种能源，譬如让船只倾斜以方便修理、让搁浅船只重新浮于水面。

下面是埃茨勒先生在这方面的计算：为了对潮汐所能提供的力量形成一个概念，让我们想象一个100平方英里或10000平方英里的水面，在那里，潮汐涨落的平均高度为10英尺；要在6个小时内把一个面积为10000平方英里、10英尺深、充满海水的盆地倒空，然后在同样的时间内把它再灌满，需要多少人呢？男性每分钟可以抬高8立方英尺的海水，6小时可达3000立方英尺，需要12亿名男性，或者他们可能只有一半的时间工作，这就需要24亿年才能抬高30000亿立方英尺的水面，或在特定的时间内完成总量。

这种能源可用于诸多方面。一个大家伙由沉甸甸、可以漂浮的材料组成，或许会因为自身重量被抬高，然后被固定在一个从陆地上到达的天平的末端，或者从一个固定在底部的支撑物上，当潮汐下降时，所有的重量都将压在天平的这一端。而且，当潮水上涨时，它可以产生方向相反而大小相等的作用力。只要能够获得支点潮汐能可以在任何地方被加以利用。

"然而，通过固定在地面上的设施才可以应用潮汐能，对它的应用自然要从靠近浅水区的海岸和沙滩开始，而沙子可能会逐渐延伸到海洋中。海岸大陆、岛屿和沙滩的海岸，通常被浅水包围，这些水域深度不超过100英寻，长达20、50或100英里以上。北美洲的海岸，有着广阔的沙堤、岛屿和岩石，因此，可能很容易承载起一块约3000英里长，平均100英里宽，或30万平方英里的土地，如前所述，在10英尺的潮汐下，每平方英里存在24万人的力量，将相当于72亿人，或每英里拥有2400万人的力量。无论何种尺寸的木筏，只要系在海面上，沿着海岸伸入大海，都可以覆盖肥沃的土壤，从而在土壤中种上各种各样的蔬菜和树木，让最美丽的花园在此诞生；木筏能够容纳与坚固的土地尺寸相等的花园，以及建筑物和机器，它们不仅可以在海上工作，而且可以在海上运行，在海上运行的同时，通过机械连接，他们的业务可以延伸到欧洲大陆好几英里。（埃茨勒《机械系统》，第24页）因此，这种力量可以被任何想象得到的方式加以利用，无论是在海面上、海岸附近，还是海岸边的旱地上，借助这些方法都可以培育出数英里长的人造土壤；如此一来，人们就可以沿着海岸建造城市，城市则由最宏伟的宫殿组成，每一座都能欣赏到最宜人的花园景色，它可以平整山峦和崎岖，或为欣赏乡村和海上的开阔前景而提高声望；它可以用肥沃的土壤覆盖贫瘠的海岸，并以各种方式美化它；它可以清除海洋的浅滩，使人们更容易接近陆地，不仅是船只，而且是大的浮岛，这些岛屿可能来自世界上遥远的地方，并远赴世界各地，这些岛屿为其居民提供了坚实的土地所提供的一切商品和安全保障。"

"这样一来，目前存在的源于月球和海洋引力的力量（这种力量对勤奋的人来说只是一种无聊的好奇的东西）可以在沿海创造最令人愉快的居所，在那里人们可以同时享受海洋和陆地的一切好处；此后，海岸线可能成为陆地和海洋之间的乐园边缘，到处都挤满了密集的人群。海岸和沿岸的海洋将不再像现在这般原始，而是到处都是方便和迷人的通道，甚至不会被海浪的轰鸣所骚扰，其形状可能适合其居民的目的；海洋将清除任何阻碍自由通行的障碍物，鱼类等海洋产物将被收集在适当的大容器里，馈赠给海边以及沿岸的居民。"

的确，在春天和小潮的时候，陆地会显得十分热闹，而这些岛屿上的船只，这些古老的传说，也会影响我们的想象。我们常常认为，最适合人类居住的地方是在陆地的边缘，在那里，海洋可以不断地给人类提供教益，并留下印迹，而这可以深深地影响到陆地人的生活和性格，也许还会给他的想象增添一种海洋的色彩。水手，一个熟悉大海的人，真是一个高尚的字眼。对我们每个人来说，应该更多一点具有水手的特质。当水手是一件值得赞扬的事，我们希望他不要让这个国家丢脸。也许我们应该同时是水手和房客，就连我们的青山也需要一些海绿来相互映衬。

波的功率较小，对波能的计算也有些不尽如人意。以前只取平均风力和平均潮汐高度，现在使用的是波浪的极限高度，因为波浪的高度要比海平面高出10英尺，再加上10英尺，我们就有了20英尺，或者说波浪的极限高度。事实上，波浪的力量，是由风斜吹在水面上产生的，它不仅比潮汐的力量大3000倍，而且比风本身的力量还要大100倍，以直角与物体相交。此外，这种力量是以船只的面积来衡量的，而不是主要以它的长度来衡量的。看来人们似乎忘记了波浪运动主要以起伏不定为特点；波浪一直处于波动状态，其能量只在振动范围内会施加一种力量，否则，那些拥有广阔海岸线的大陆很快就会四处漂移。

最后，太阳也会产生能量，阿基米德利用反射镜的原理，从太阳光中获得能量。反射镜是由多个反射镜将太阳光反射到同一地点，直到获得所需的热量为止。这种动力主要应用于烧水和产生蒸汽。

"如何在海洋中间的浮动岛屿上创造出甘甜健康的溪流，现在已经不是谜了。海水变成蒸汽，将蒸馏成甜水，盐留在底部。因此，出于改善和机械目的，漂浮岛屿上的蒸汽机同时还要为甜水蒸馏服务，这些甜水是从盆地收集的，可以通过渠道流经整个岛屿；同时，在需要时，它可以通过人工手段冷藏，变成凉水——其价值远不止有益健康这一点，简直可以称得上是最好的泉水，因为自然很少生产出如此纯净之水，根本不掺杂任何不健康的物质。"

这些占少数但却更明显的能量，并没有被大规模应用。然而，在自然界中还有其他数不清的同等能量，无人提及也无人发现它们的存在。不过，以上这些目前已经足够用了，这就相当于让太阳和月球同样充当我们的卫星。因为，正如月亮带来潮汐一样，因为有了太阳风才能出现，又因为有了风才有了波浪。所以地球上的所有工作都将由这两个遥远星球的作用来完成。

"但是，由于这些动力是非常不规则的，而且会受到干扰；下一个目的是说明如何将它们转换成能持续运转的动力，直到机器磨损为止。换言之，到目前为止，风力已经在机器上得以运用——我们不得不等待风的吹拂来运转机器；而风一停，操作也就相应停止。但是，我将在下文中说明，运用这种力量的方式是，使它只为收集或储存电力而运转，然后随时从仓库中取出所需的数量，以便在机器上进行最后的操作。储存起来的能量将根据实际要求运用，并且在原始风力停止后很长一段时间，机器可以照常运转。虽然风力可能间隔数月，但我们可以以一种非常简单的方式获得同样的力量，由此产生一种统一的永恒运动。"

"给时钟上发条的过程可以演示出力的作用。该物体的重力是拧发条的反作用力。我们不必等到发条走完全程再拧紧，而是随时可以全部或部分拧紧；这样时钟就会一直走下去。同样地，尽管方式不同，但可能会让我们在更大范围内使用这种能量。例如，我们可以用风或蒸汽直接把水引到某个隆起的池塘里，从池塘里流出的水，通过一个出水口，可能会落在某个轮子或其他机器上，使机器运转起来。因此，我们可以在某个大家熟悉的池塘里蓄水，并随时从这个蓄水池中取出我们想用的水量，也就是说，原来的电力在停止运行后可以满足几天的使用量。……这种中等规模的水库不必人工建造，而是可以自然形成，只需要很少的外力就可以完成建造。它们无需太多规划。任何附近地势较低的山谷都能达到效果。小裂缝可能会被填满。这样的地方可以让一些工厂、企业来运作。"

当然，高度越大，所需的水就越少。但是，假设一个平坦干燥的国家，那么山丘和山谷，以及"著名湖泊"，将需众多人力才可完成；或者，如果泉眼异常低浅，那么可以使用泥土和石头，利用摩擦产生的不利影响将被其更大的重力抵消。人工池塘固然缺乏可耕之地，但池塘的表面"可以沃土覆盖木筏，让各种各样的蔬菜在此生长，与平地无异"。

最后，通过使用保温的厚层和其他发明，"阳光所产生的蒸汽的力量可以随意使用，从而使其永久化，不管日照中断的时长和频率如何 (埃茨勒《机械系统》)"。

有人会想，从某种程度上讲，我们有足够的力量来实现自我成就。这些都是地球上的能源。哦，做水车的木匠师傅们，工程师们，来自各行各业的工人们和各位投机者们，再也不要抱怨我们的能源缺乏了；这是最严重的不忠行为。现在问题不在于我们执行什么，而在于如何执行。大自然给予我们如此慷慨的馈赠，我们不应该吝啬地使用。

想一想，这会给农业带来什么样的革命？首先，在这个新国家，机器是用来移动的，它可以把树木和石头挖到任何我们需要的深度，然后轻而易举地把它们堆成一堆；然后，用同样的机器，"稍微改动一下"，就能把地面刨得很平整。如此便再也寻不到山丘和山谷的踪影，这样就可以在此建造需要的运河、沟渠和道路。然后用同样的机器，"再做一些其他的小改动"，把土地筛透，如果需要的话，可以从其他地方运来肥沃的土壤然后在此土地基础上进行种植；最后，还是使用同样的机器再"稍加补充"，就可以收割作物，进行脱粒、研磨，或者压榨成油，或者做其他处理以备后用。对于这些机器的描述，埃茨勒先生让我们参考《机械系统》一书的第11到27页。我们应该高兴地看到《机械系统》，虽然我们无法确定它是否已经出版，或只存在于作者的构思中。我们深信不疑，但我们现在却无法停下来利用书中所描述的机器。"任何荒野，即使是最丑陋、最贫瘠的荒野，都可以变成最肥沃、最令人愉快的花园。"最阴暗的沼泽可以清除掉所有的自生物，可以被填满、被修整，让运河通航、沟渠流淌，以便把沼泽全部排干。如果需要的话，可以用从远方收集沃土，通过覆盖或混合的方式来对土壤进行改良，并将其磨制成细粉尘、整平，然后从所有的根、杂草和石头中筛选出来，以最美丽的顺序和对称方式排列，以便最后播种、种植适应当地气候的各式各样的果蔬。

　　将采用新的交通和运输设备："运载数千吨的大型和满载货物的车辆，使其能够以每小时40英里或每天1000英里的速度在经过特殊改造的平坦道路上行驶，这些车辆可以通过陆路运送人和物、小房子和任何可能使人感到舒适安心的东西。浮岛是由原木或以类似方式准备的木料（如石头）和活树建造的，它可以被花园和宫殿覆盖，并由强大的引擎推动，以便在海洋中以同样的速度运行。因此，人类可以在陆地乐园上，以能够和鸟相匹敌的速度从一种气候区飞到另一种气候区，在旅途中看到世界的各种变化，并与遥远的国家交换剩余的产品。南北极点的交互旅行可以在两周内完成；人们可以在一两个星期内访问一个横跨海洋的国家；也可以在一到两个月内通过陆路和水路方式环游世界。为什么每年都要度过如此沉闷的冬天呢？别忘了与此同时，地球上还有许多地方，那里四季如夏，植被更加丰富多样。就整个地球而言，一半以上的地方不存在冬天。人们将有能力消除和防止气候带来的一切不利影响，并永远享受仅仅适合自身体质并让自己感觉良好的气候。"

　　我们仅以最低程度的付出，用以积蓄所有的风力，所有的阳光，所有的潮涨潮落，所有的冲能，如此我们便能得到一种通过储备而积蓄的能量。它可以在某个夏天把地球从原始轨道牵引到一个新的轨道之上——谁知道在本世纪末之前可不可以改变单调乏味的局部季节的变迁呢？或者，也许下一代人不能忍受地球解体，但是，利用未来在空间运动、太空航行这两项发明，整个种族可能会从地球上迁徙，从而定居在某个更广阔、更西方的星球——也许该星球上没有泥土，它也不是由尘土和石头组成，但它仍然很健康。它的原始地层随处散落，却没有杂草生长。生活在太平洋岛上的人无需技术，他们只需要简单地运用自然法则，一叶独木舟，一支桨，和一个帆垫，就可以载人去太平洋诸岛上生活；倘若增加船只，就能将更多的人送至宇宙空间的岛屿。难道我们不能像哥伦布那样在天空中看到夜间沿着海岸的灯光吗？我们不应该绝望，更不应该反叛。

"如果我们要充分享受我们的经济利益，那么这些住宅也应该与已知的大不相同。他们将运用我们从未听说过的结构。它们既不是宫殿，也不是庙宇，也不是城市，而是一切的结合，比已知的一切都优越。我们可以用燃烧镜把泥土烤成砖头，甚至是玻璃化的石头。我们可以用燃烧镜，把任何大小和形状的大块泥土，烤成最耐用的石头和玻璃化物质，这种材料可以持续几千年。这项工作在露天进行，无需其他准备工作，只需收集物质，将其与水和胶合剂混合，铸模或浇铸，然后让若干面适当尺寸的燃烧镜将焦点对准即可。这座建筑的特点与以往任何时候都大不相同，大型实体物件可通过烧制或者浇铸的方式制成一个整块，制作成我们喜欢的任何形状。因此，这座建筑可以由200英尺高及以上的柱子组成，这些柱子的厚度相同，而且是由一整片玻璃化的物质组成的；巨大的柱子要用适当的接缝和折痕来铸成，以便牢固地相互连接和钩住。任何种类的铸造厂，均须用燃烧镜提供的热量，除制作第一批模具，监督收集金属和带走成品外，不需要任何人力介入。"

唉，在目前的科学状况下，我们必须把成品运走，但不要以为人类永远是环境的牺牲品。

一个乡下人参观了这座城市，发现街道上到处都是砖块和木材，回去说这座城市还没有完工。想想我们的房屋不断修缮，不断改造，我们也禁不住会问什么时候才能修缮完成。但是，地球上人们的住所为什么不用一些耐用的材料，例如罗马人或伊特鲁里亚人[6]所用的砖，一次完工无需后续的麻烦呢？这样的建筑经得住时间的磨蚀，历久弥新。为什么我们不能为子孙后代完成外面的世界，让他们有闲暇去关注内心呢？当然，所有的基本生活必需品和经济都可能在几年内得到解决。所有的一切都可能被建造、烘烤和储存起来，在这期间，地球中的时间，对抗着空旷的永恒，地球像我们的公共船只一样，万物俱备，以便在太空中航行，就像穿越太平洋一样，而我们会像那些从利马开往马尼拉的人一样"系好舵，迎风而睡"。

但是，回想几年前，不要认为在这些水晶宫殿里的生活与我们现在在简陋农舍里的生活有任何相似之处。二者大相径庭。穿上某种比乔治·福克斯的皮衣更耐穿的"柔软衣服"，这些衣服由"蔬菜纤维"组成，和一些"黏性物质""粘在"一起，并且可以做成如同纸张一般大小不一、形状各异的被单，穿上它就可以摈弃沉重的担忧，远离疾病困扰。

"广场内部有25个大厅，每个都有200平方英尺大；40个走廊，每个100英尺长，20英尺宽；80个画廊，每个1000到1250英尺长；大约7000个私人房间，整个大厅都被你能想象到的最宏伟和最华丽的柱廊所包围、隔开；地板、天花板、柱子之间有着各种美丽而奇特的间隔，它们闪闪发光，能无限反射出所有的物体和人，具有各种美丽的色彩、奇异的形状和图画。所有的画廊，无论是在大厅的外面还是在里面，都为人们准备了成千上万辆宽敞而优雅的车辆，人们可以像鸟儿一样不费吹灰之力地上下移动，并且十分安全。任何成员，只要转一下曲柄，就可以得到他日常所需的一切用品，而不必离开自己的房间；他可以随时用冷水或温水、蒸汽或人工配制的提神酒洗澡。他可以随时让屋里的空气温度达到最适宜的标准。在任何时候，他都可以制造各种各样令人愉快的气味。他可以在任何时候，改善他呼进去的空气(这是生命能量的主要载体)。因此，通过适当地运用我们这个时代的物理知识，人类可以让心灵保持一种永久的平静，如果他的身体没有不可治愈的疾病或缺陷，他就可以保持健康的活力，他的寿命将比现在所能承受的任何时期都长。"

"一到两个人就足以指挥厨房事务了。他们没有别的事可做，只是监督烹调，观察食物的制作时间，然后用手在某个曲柄上轻轻移动一下，就可以把它们连同桌子和器皿一起搬进餐厅，或是送到各自的私人房间里。任何人有任何特别的需要，只要去有所需物品的地点，需要就可以得到满足；如果需要在烹调或烘烤过程中进行特殊准备，谁有需要谁就可以做。"

这是天才们作为个人会认可的众多例子之一，事实上，人们总会普遍赞同某件事。最后这句话有一个悲伤而令人清醒的真理，它提醒了我们各国的金科玉律。所有对真理的表达最终都采取这种深刻的伦理形式。这里暗示着宇宙间最称心如意的所在，这里有最得力的侍从，与他相比，所有其他的帮助都显得微不足道。我们希望不久能听到更多关于这位侍从的消息，因为没有他无价的服务，即使是水晶宫也会有缺陷。

　　至于建筑的周围，"无论是从私人公寓，从画廊，从屋顶，还是从塔楼和圆屋顶，都可以看到最迷人的景色，花园里到处排列着令人赏心悦目的水果和鲜花，花园周围有步行道、柱廊、水渠、运河、池塘、平原、圆形剧场、露台、喷泉、雕塑作品、亭台楼阁、敞车、公共娱乐场所等，这种种都让人赏心悦目，愉悦着你的味觉和嗅觉……人行道和道路将铺上坚硬的玻璃板，这样的道路在任何天气或季节都能保持干净，不沾任何污垢。……水渠是玻璃化的物质，水是完全透明的，如果需要的话，可以将其过滤或蒸馏，在这里可以看到最美丽的景象，可以清楚地看到各种各样的鱼在水底嬉戏，坐着美丽的贡多拉，在运河上徜徉，能够轻松地欣赏到各式各样的艺术和自然之美，而水面和岸边则是一片沃土，水鸟嬉戏。人行道上有许多门廊，门廊上装饰着华丽的柱子、雕像和雕塑作品；这些都是玻璃做的，可以保留很久，而周围的自然美景则使其看上去更加富丽堂皇"。

　　"在夜晚，想象和感情都能得到释放，让人感觉快乐无限。在煤气灯的照耀下，各种各样宏伟、美丽、奇幻的物体和景色，都散发着水晶般的光芒；人类形象本身就是以一种最美丽、最华丽的形式排列着，或者说是眼睛的渴望，即使是闪耀着光芒的物品和钻石，就像各种颜色的石头，形状优雅，排列在身体周围；所有的一切都在巨大的镜子和各种形式的反光镜中反射出1000倍的光影；宏伟壮丽的戏剧场景，以及令人着迷的幻觉，这些幻觉是未知的，任何人都可以是观众，也可以是演员；人们的讲话声和歌声回荡得越来越响，由于拱形结构可以随时变换成任何形状，因而跟自然中的声音相比，这些声音听起来更加铿锵和谐；

音乐中最甜美、最令人印象深刻的和谐，是由歌曲和部分还不为人所知的乐器产生的，这可能会刺激神经，并随其他娱乐方式和高兴之事的变化而变化。

"到了晚上，整个广场的屋顶和内外都被煤气灯照亮，在五颜六色的水晶状柱廊和拱顶的迷宫中，煤气灯反射出夺目的光芒，使整个广场在肉眼所能看到的范围内呈现出宝石的光泽。这就是人类未来的住所……这是为真正智慧保留的生活，与无知、偏见、墨守成规格格不入。这就是每个愿意参与其中的人应该享受的家庭生活。爱和情感将在那里被培育和享受，而不会有任何阻碍来反对、减少和摧毁它们在人类当前状态中的样子。……"那时候，为生活方式而争吵，就像现在为能够在大河边喝到饮用水，为能够在大气中呼吸到空气，为茂密树林里的树枝而争吵和争论一样，都是可笑的。

因此，要重获的乐园就是这样，那古老而严厉的法令终于被推翻了。人类将不再靠自己的汗水来谋生。所有的劳动都应该减少到"只需稍微转动一下曲柄"和"直接把成品拿走"。但是还有一个曲柄，——哦，转动起来该有多难啊！难道曲柄上就没有曲柄吗？——一个无限小的曲柄？我们不得不问。不，唉！不是这样。但是每个人身上都有某种神圣的能量，但目前还很少使用，它可以被称为内在的曲柄，——毕竟是曲柄，这是所有机械中的原动力——是所有工作不可或缺的用具。但愿我们能抓住它的把手！事实上，任何工作都是不能逃避的。工作可以推迟，但不能无限地搁置。任何真正重要的工作也不可能因为合作或使用机器而变得更容易。现在威胁到任何人的一点劳动，只有去做了才可以被消灭。它不能像豺狼和鬣狗那样被猎杀。它不会自我运行。你可以先锯小树枝，也可以先锯大树枝，但早晚你两个都要锯了才是。

我们不会被这种大规模的武力运用所强迫。我们相信，大多数事情还是要通过勤奋才能实现。毕竟，想到田间的每一把铁锹后面都有个人力量，一种虽然不大但却源源不断、日积月累的力量，就让人心生愉悦。正是这一点让山谷熠熠生辉，让沙漠绽放生机。有时，我们承认，我们是如此堕落，以至于忆起人类像牛一样被套上轭，用一根弯曲的手杖犁地的日子，竟然感到十分愉快。毕竟，他们的兴趣和方法都是一样的。

对于埃茨勒先生的计划，这是一个相当严重的挑战，因为这些计划需要时间、人力和金钱，这三件事对于一个诚实、有爱心的人来说是非常多余和不方便的。他告诉我们："因此，从建造和应用机器的第一年开始，不到十年，整个世界可能真的会变成一个乐园。"当提到时间和金钱时，我们感到一种惊人的不和谐。如果每个人都各司其职、各尽其责，那么10年就是一段乏味的等待，但如果我们要花时间去做的话，这段时间就太短了。但是，在这方面犯错的不止埃茨勒先生一个人。我们所有的方法中，有太多的匆忙与急迫，而太缺乏耐心和隐私，仿佛有些事情需要几个世纪才能完成。其实真正的改革者不需要时间，不需要金钱，不需要合作，也不需要建议。什么是时间，延迟不就是时间造成的吗？可以肯定的是，有钱并不意味着有美德。他期望的不是收入，而是支出；一旦我们开始计算成本，成本就开始了。至于建议，对他来说，社会中飘忽不定的信息就像大力神赫拉克勒斯俱乐部的游丝一样，是那么地短暂和无用。它们的存在太没意义了；如果我们要冒一分钱或一滴血的危险，那么谁会给我们出主意呢？对我们自己来说，我们太年轻，没有经验。那谁又称得上有经验？我们因信仰而老，并非因为经验。我们竭尽全力去做事，但总有经验可以抵得上世上所有的格言带来的作用。

"现在可以清楚地看到，执行这些建议并不适合个人。在这个话题还没有流行起来的时候，政府是否应该采取这些建议也有待商榷；你所要做的就是在深思熟虑之后，向前迈步，大声承认自己的信仰，然后组成一个社会。人是有力量的，但需要同许多人团结在一起。为了改善自己或同胞的状况，单凭个人的努力是不会有什么大成就的。"

唉！这是时代的罪恶，缺乏信仰的人普遍存在。孤身一人，什么事也办不成。需要帮助的人什么都需要。诚然，这是我们普遍存在的弱点，但它永远不可能帮助我们恢复常态。我们个人必须首先取得成功，然后才能共享集体成功。我们相信，我们所看到的社会运动表明了一种愿望，这种愿望是不会轻易得到满足的。在改革世界的问题上，我们对公司团体几乎没有信心；它最初并不是这样形成的。

但是我们的作者很明智地说，要想实现他所设立的目标，所需材料主要是"铁、铜、木材和泥土，以及那些眼界开阔、理解力强的人"。是的，我们主要需要的也许就是这最后一群人——一群"怪人"。

"20美元的小额股票，"——总额"20万到30万美元，就足以为3000到4000个人的社区建立第一处家园"。五年后，我们将拥有2亿美元的本金，因此乐园将在第十年年底全部复建。但是，唉！十年过去了，还没有伊甸园的踪影，这是因为缺乏必要的资金来满怀希望地开始这项伟大的事业。然而，这似乎是一项安全的投资。也许资金问题可以通过低息借贷的方式加以解决，将财产抵押作为担保，如果必要的话，可以在这项事业进行的任何阶段放弃，而且有那些固定资产在，我们也不用遭受任何损失。

埃茨勒先生认为，这句话"是一块试金石，用来检验我们的国家是否能以任何方式实践这些伟大的真理，从而按照当今最具教养头脑的知识和精神，将人类提升到一种更高的生存状态"。"他准备了一部简明扼要的宪法，由21条组成，这样，无论公司团体何时出现，它都可以毫不拖延地投入运作；编辑告诉我们，与本书有关的通讯信件可以寄往伦敦北安普敦广场上查尔斯街6号C.F.斯托尔迈耶。"

但是我们看到，妨碍我们前行的有两个主要的困难。首先，利用机械对上述能源加以成功运用（我们还没有看到《机械系统》），其次，更难的是，借助信仰让人去工作。我们担心，这将使十年至少延长到一万年。要说服人们使用已经提供给他们的东西，需要"比地球上所有人的精神所能产生的影响大80000倍"的力量，甚至是比这种物质力量更强大的力量也必须施加到这种道德力量上。事实上，信仰是改革所需要的一切；它本身就是一种改革。毫无疑问，我们对乐园的想象和对天堂的想象一样缓慢，对于完美的自然世界和完美的精神世界的构想也是如此。我们看到过去的时代是如何徘徊、犯错的。"难道我们这一代人就一直保持理性、坚持不犯错吗？我们现在是否已经达到了人类智慧的顶峰，而不需要再去关注精神或物质方面的改善？"毫无疑问，我们从来没有如此富有远见，以至于对下一个小时可能发生的事情做好准备。

"凡人身处幽僻之地。"[7]

唯有神性富于远见卓识。在我们最聪明的时候，我们分泌着一种物质，这种物质就像贝类的石灰一样，将我们包裹其间，如果我们也像它一样，时常把自己的壳抛掷出去，尽管它们可能是颜色美丽的珍珠。在我们如此自信地宣布科学的进步之前，让我们先考虑一下科学迄今为止面临着什么样的不利条件。

"人类劳动生产从来没有制度可言；但它们偶然的出现与流行也是以人类为导向的。""只有少数专业的学者，在非常有限的范围内，为了非常有限的目的，借助非常有限的手段从事自然哲学、化学和自然科学其他分支的教学工作。""力学这门科学还处于起步阶段。的确，在政府专利的鼓动下，现有的改进方法也是基于过去的经验；但是这些改进的产生是偶然或无意的。这门科学虽然是数学式的，但它缺乏一般的体系来充分发展相对应的原理，并概括出这些原理所能衍生出的具体应用。在这门科学中，我们无法比较已经探索和尚未探索的领域。古希腊人把数学放在教育的首要位置。但是，我们很高兴自己的记忆里充满了观念，而不用过多地去思考它们。"

埃茨勒先生并不是一个开明的实用主义者，他是现实的先驱者，他沿着缓慢而审慎的科学步伐前进，保护着世界；他实现了上世纪的梦想，却没有自己的梦想；然而，他处理的是所有发明中原始且坚实的材料。他比平时更具有实际性，属于这样一个大胆的谋略家，坚定的梦想家。然而，他只在理论方面获得了成功，而非实践，他滋养了我们的信仰，却没能满足我们的理解力。他的书显得杂乱、浮躁，不够严谨，有很多不足，但它却能传授只有人与人之间才能传授的非常重要的东西，那就是他自己的信仰。的确，他的梦不够惊心动魄，也不够明亮，他的梦是在黎明前才开始的。他的空中楼阁落到了地上，因为它们建得不够高；楼阁本应该被固定在天堂的屋顶上。毕竟，人类的理论和推测比他们微不足道的成就更让我们关心。我们带着一定的冷漠和倦怠，徘徊在现实和所谓的实际中。现代最伟大的发明几乎没能留住我们。他侮辱自然。每一台机器，或者特定的应用程序，似乎都是对普遍规律的一种轻微的冒犯。有多少优秀的发明没有把地面弄得乱七八糟？我们认为，只有那些满足我们理智和动物性需要的人才能成功，无论是烘焙还是酿造、洗涤还是取暖等等。但是，那些被幻想和想象独占，在我们的梦中取得如此令人赞叹的成功，以致为我们清醒时的思想定调的东西，难道不值得重视吗？科学能够给人类带来种种益处，而自然早已经在为我们服务了，而且这种服务层次更高、规模更大。当阳光洒在诗人漫步的道路上时，他享受着所有这些纯粹的利益和快乐，而这些纯粹的利益和快乐是之前的艺术家们慢慢体味、无法穷尽的。那些落后的发明所提供的利益和幸福，拂过诗人脸颊的清风同样可以带来。

这本书的主要缺点是，它的目的仅仅是确保最大程度的舒适和快乐。它描绘了一个伊斯兰教徒的天堂，当我们以为它已接近基督徒的天堂时——二者差异明显，作者突然停笔，显得颇为唐突。毫无疑问，如果我们要真正彻底地改造这种外在的生活，我们就不会发现被忽略的内在的责任。这需要我们全身心地投入；我们以后该做什么，这个问题毫无意义可言，就像问一只鸟：巢筑好了，孩子也长大了，它会做什么一样。但是必须先进行道德上的改革，然后另一种需要就会被取代，我们就只能靠它的力量扬帆前进了。有一种比"机械系统"所能显示的更快的方法来填满沼泽，淹没海浪的咆哮，驯服鬣狗，保护舒适的环境，使土地多样化，甘甜的溪水潺潺而流，这就是正直和真实行为的力量。我想，我们需要一个乐园只是一时兴起，只是偶尔生发的念头。当然，一个善良的人不必为了一个美好的前景而去修平一座小山，或者为了一个乐园而去种植水果和鲜花，建造浮动的岛屿。任何一座山的背后都可以看到他美好的未来。天使所到之处都是乐园，但撒旦所到之处都是燃烧的泥灰和灰烬。正如毗湿奴·舍利曼所说，"心情舒畅的人拥有一切财富。如果一个人把脚裹在一只鞋里，就好像整个地球的表面都覆盖着皮革，道理不是一样吗？"

　　熟悉上界力量的人不会崇拜这些风、浪、潮和阳光之类的低等神祇。但我们不能轻视我们之前所描述的这种重要计量。这些计量在物理学中是真理，因为从伦理学角度来看它们是值得肯定的。没有人会贸然计算道德力量。假设我们可以把道德和物理相比较，比如说作用于每平方英尺灵魂上的爱会等同于多少马力。毫无疑问，我们很清楚这种力量；数字不会增加我们对它的尊重；阳光只相当于它的一缕热量。阳光只是爱的影子。拉雷曾经说过，"爱上帝和敬畏上帝的人，他们的灵魂会受到神光的影响，其中太阳和星星的光，柏拉图称之为影子。光是上帝光明的影子，而上帝是光中之光"，我们可以补充说，上帝还是热中之热。爱是风，是潮，是浪，是阳光。它的力量是不可估量的；它可抵若干马力。它永不停歇，永不懈怠，无需支点即可撬动地球。无火却可带来温暖。无肉却可让人饱腹。无衣却可蔽体。无顶却可挡风遮雨。爱会成就内心的乐园，有了这片内心的乐园，外部世界的乐园我们可以放弃了。尽管历代智者煞费苦心想要彰显爱的力量，但每个人或迟或早、或多或少，都能感受到爱的存在，然而，真正用于实现社会目标的少之又少！诚然，爱是所有成功的社会机械的动力；但是，正如在物理学上我们让那些能源为我们所做的不多一样——无非是用蒸汽代替几匹马，用风代替几只桨，用水代替几根曲柄、几盘手推磨而已，因为机械力还没有被广泛地应用，尚未使物质世界中人们的理想得以实现——爱的力量迄今为止只是少量使用。它只应用到了救济院、医院和圣经协会等机构，而带着无限能量的爱之风仍在吹，不时地拂过这些机构。更重要的是，我们正在积累它的力量，并准备在将来以更大的能量发挥作用，这方面我们做得就更少了。那么，我们为何不拿出行动为这项事业献上自己的绵薄之力？

---

1　约翰·埃茨勒，德国作家。其作品《人类可获得的天堂，无需劳作，依靠自然与机械之力：写给所有聪慧的人们》（成书后名为《机械系统》）最初发表于1843年11月的美国《民主评论》杂志，也是美国历史上首部展示科技乌托邦思想的著作。《复乐园》是梭罗的书评，认为这本书充斥渴望改善自然的论调，从而把地球打造成一个布满宫殿和花园的乌托邦。事实上，梭罗对借助技术实现埃茨勒所描述的乌托邦天堂的可能性表示出极大的怀疑。此外，这篇文章充斥着梭罗式的自我完善主题，因为梭罗提出了一个重要思想：当人类成员几乎无法控制自己时，人类就无法控制自然。

2　伊梅托断山，希腊首都雅典东部的一座山，著名的阿提卡蜂蜜产地。

3　希伯罗，意大利西西里岛的小城，以蜂蜜而闻名。

4　科路美拉，公元1世纪的古罗马作家，代表著作有《农业论》（De Terutisca）。

5　阿提卡，希腊中东部地名，以盛产蜂蜜而闻名。

6　伊特鲁里亚人，或译伊特拉斯坎人，在古罗马崛起之前就在半岛上建立了独具特色的先进文明，在习俗、文化和建筑等诸多方面对古罗马文明产生了深远影响，但最终在罗马共和国时期被罗马同化。

7　原文为希腊语。

# 马 萨 诸 塞 州 自 然 史

马萨诸塞州位于美国东北，是新英格兰地区的一部分。在中文中，通常简称『麻州』或『麻省』。世界知名学府哈佛大学和麻省理工学院都位于该州。

自然史书是最令人愉悦的冬日读物。每当白雪覆盖大地时，阅读奥杜邦[1]的书籍会让我感到悸动和兴奋：白玉兰、佛罗里达群岛[2]以及岛上温暖和煦的海风；栅栏、木棉树和迁徙的食米鸟；拉布拉多[3]的冬日悄然离去，密苏里河[4]岔道上的积雪渐渐融化。他把这些生机勃发的景象归功于繁茂的大自然。

> 周而复始的辛勤劳作，
>
> 蔚蓝色彩跃然而入，
>
> 春天在蜿蜒的小溪中尽情点缀，
>
> 纯洁的紫罗兰和银莲花绽放美丽，
>
> 慰藉心灵的至理名言，
>
> 仿若一瞬间失去真切。
>
> 依稀记得冬日来临，
>
> 寒霜冷夜，木屋高处，
>
> 月色宁静，天空疏朗，
>
> 枝丫、围栏、凸出的喷管，
>
> 冰霜拉长了矛尖，
>
> 直迎初升的太阳。
>
> 阳光直射的夏日午后，
>
> 不知哪一缕斜光穿过高原牧场，
>
> 映射在金竹桃上。
>
> 我青翠的心田，
>
> 仿若飞过蛰伏良久的蜜蜂，
>
> 它们流连在蓝鸢尾中，

盘旋在青青草地或喧闹的溪水旁，

忙碌奔波后，驻足收声，

树立自己的碑丛——

沿着山坡，飞越草地，穿梭嬉戏

直至青春的声音在洼地小溪戛然而止；

间或看到后面的田鹬

飞越新耕的田垄，

四周灰蒙，银装素裹。

借上帝举手之劳而充裕，

续本人冬日辛劳而欢愉。

冬日里，每当听到野莓、美洲商陆和杜松这些词语时，我都会感到神清气爽。天堂不就是由这些美好的夏日组成的吗？"拉布拉多"和"伊斯特梅恩"这类词往往蕴涵某种独特的健康含义，任何令人意志消沉的信条都理解不了；也不知胜过多少联邦州政府。正是缘于四季的更替，我们的兴趣才永不磨灭。相比于国会所掌握的内容，大自然中隐藏的奥秘要多得多。柿子、七叶树和北美条纹鹰都记录些什么样的日记？从夏到冬，卡罗莱纳州、大松林和莫霍克山谷都发生了什么样的变化？仅从政治方面看，这块土地从不令人振奋；当人们被认为从属于某一政治组织时，其人格就会被贬低。从这一角度上看，所有的土地都呈现出衰败的迹象。我曾游览过邦克山、新新监狱，哥伦比亚特区和沙利文岛，那里只有几条街道交错相通，除了东边或南边不时吹来的疾风外，其他都显得不足为道。

你在人类社会上找不到这般生机活力，它们只存在于大自然中。除非立足天地之间，否则我们就会脸色苍白，毫无生气。人类社会多为病态，愈发达的社会愈加严重。它没有像松树那样健康的气息，也没有高山牧场上永生花那沁人心脾、让人元气满满的芬芳。我总是随身携带几本自然史书籍，作为我的灵丹妙药，阅读过后我就顿感精神为之一振。

的确，对精神不健全者而言，大自然是病态的，但对健康心态者来说，大自然就是健康的源泉；而对于那些沉迷于大自然之美的人来说，大自然既没有伤害，也不会让人失望。绝望的教义、精神的奴役、政治的专横，这些都无法像大自然一样，分享出宁静安详之情。只要我们还受到野蛮人的两面夹击，英勇的战旗就不会在大西洋边界上空飘扬。任何情况下，这声音的出现都足以振奋人心。就像云杉、铁杉和松树永远不会令人绝望一样。我想，有些牧区和教堂的教义确实忽略了大奴湖[5]那些裹着兽皮的猎人和乘坐狗拉雪橇的爱斯基摩人。北美夜晚的暮色中，猎人仍然在冰上追逐着海豹和海象。他们沉浸在自己的痴心妄想之中，想象着世界的丧钟很快被敲响。这些久坐不动的教派每天为忙碌生活的人们准备裹尸布，撰写墓志铭。难道除此之外他们还能干些别的吗？所有人的实用信仰显示着传教士的安慰多么虚假。如果与别人的对话中我感受不到有像蟋蟀吱吱声那样令人踏实和愉悦的感觉，那这样的对话又有什么意义呢？树林在天空下映衬，波光粼粼的溪流让人不断振奋，如果没有这些，人类会使我疲惫不堪。的确，快乐是生活之需。想想在池塘里跳跃的幼鱼苗，夏日夜晚里的无数昆虫，春日树林里的沙沙雨声，蝴蝶翅膀上不经意间变化斑斓万千，溪里的鲦鱼坚韧不拔地逆流而上，鱼鳞在波光粼粼的溪流中闪闪发亮，这些又如何会让人不感到快乐呢？

我们想象一下，讲坛、演讲厅和会客厅里喋喋不休的宗教、文学和哲学在整个宇宙间回荡，天主教的声音就像地球轴运转的吱嘎声一样不断作响；但酣睡的人会在睡梦中忘却这一切，从日落睡到黎明。橱柜里那三英寸长的钟摆每一瞬间的摆动都是大自然用力跳动的脉搏。当我们睁开双眼，双耳聆听时，那声响就像消失在铁轨上嘎嘎作响的机车声，随即烟消云散。每每感知到自然深处之美，沉思静想生命中那无法言说的秘密——多么沉寂无声，多么与世无争。苔藓之美通常认为源于最神圣寂静的角落。对于更活跃的生命冲突而言，科学的训练是多么令人钦佩。的确，这些研究表明，这种无可匹敌的勇气，远比鼓吹英勇的战士们更令人印象深刻。正如泰勒斯的天文学发现所证明的那样，他深夜里的灵感萌发并非偶然，这让人满心欢喜。前往拉普兰德[6]的林奈[7]，动身前审视着自己的"梳子""备用衣衫""皮革马裤"和"防蚊纱帽"，就像拿破仑·波拿巴为攻打俄国排兵布阵一样自鸣得意，这种不张扬的勇气更值得称道。除此之外，唯有鱼儿、花卉、鸟儿、四足动物和两足动物才能入得他的法眼。科学总是勇敢无畏，不断探索，追寻真善美，将疑惑和危险抛掷身后。胆小鬼们匆忙中忽略的正是科学冷静审视着的对象——像一位开路先锋，它在艺术道路上勇敢前行。

但懦弱与科学相悖，因为不存在愚昧无知的科学。也许勇敢前进是一种科学；但是畏惧退却很难界定；如果运用得当，那么它也可以是审时度势地有序前进。

　　还是把讨论回到我们的话题上来。昆虫学把生命的极限朝着一个新的方向拓展，这样我享受着更为广袤自由的感觉，在大自然中漫步。除此之外，昆虫学还表明宇宙并不是粗制滥造的，反而在细节上完美无瑕。大自然接受着人们最近距离的审视；她邀请我们把目光聚焦在最小的叶子上，以昆虫的视角观察叶子上的平原。大自然没有空隙，每一个角落都充满了生机。我也兴致勃勃地探索着夏日正午那无数声音的来源，这些声音似乎正是构成永恒的颗粒。谁不记得丰收时秋蝉那尖锐的鸣叫声？很久以前，希腊就有人聆听过这些声音，正如阿那克里翁[8]的颂诗为证。

　　　　我们说你是快乐的，秋蝉，

　　　　你站在高高的树上，

　　　　啜饮几滴露水，

　　　　如王者般歌唱。

　　　　你所看到的一切，

　　　　田野庄稼，森林果实，

　　　　都属于你。

　　　　你是农夫的挚友，

　　　　不伤害任何生灵；

　　　　你是人们的赞许，

　　　　昭示夏日的甜蜜。

　　　　缪斯女神青睐你，

　　　　福玻斯[9]也钟爱你，

赐予你高歌的天赋。

你，唱功娴熟，

你，生于大地，

你，钟爱歌唱，

你，无需遭受苦难，

你，不必呕心沥血，

岁月不会摧毁

宛如天神艺术家的你。

秋日正午和夏日傍晚，蟋蟀的鸣唱响彻田野，它们用不休止的啁啾声迎接暮色的降临。困扰世界的虚荣浮华也无法改变这夏夜选定的旋律。每一次脉搏的跳动都伴随着蟋蟀的鸣叫和墙缝里昆虫的吟唱。如果可以的话，不妨让自己的脉搏跳动与虫鸣一唱一和。

马萨诸塞州大约有280种鸟类，有的久居此地，有的是在这里消夏，有的只是取道本地便远走高飞。而那些与我们一起过冬的鸟类最令人垂怜。五子雀和山雀结伴飞过树木茂密的山谷，其中一只尖着嗓子斥叫着入侵者，另一只则轻声劝说着它。松鸦在果园里尖叫；乌鸦与暴风雨齐鸣；鹧鸪群飞，像黄褐色的链环，穿起了从秋到春的更迭链；勇士般坚定的老鹰忍受着寒冬的肆虐；知更鸟和云雀在树林里的温泉旁蛰伏；人们熟悉的雪鸟不时啄食一些花园里的种子，或者是院子里的面包屑；偶尔有伯劳鸟漫不经心地唱起旋律，再次唤醒夏日——

他平稳翱翔的翅膀从不收起，

一年四季穿梭自如，

而此时在寒冬的鬓发边栖息，

冷风在他耳畔呼啸作响。

春天慢慢走来，河里的冰雪渐渐消融，最早飞走的鸟群已然飞回这片新英格兰土地上。正如古希腊提奥斯城的诗歌里赞颂的那般，鸟儿的歌唱赞颂着新英格兰，也赞颂着希腊，好比在诗歌《春回大地》中：

看，春天是怎样出现的，

美惠女神[10]送出玫瑰花；

看哪，大海的波涛是如何

因平静而变得平缓；

看，鸭子如何潜水；

看，吊车如何行进；

泰坦[11]不断地闪耀着光芒。

云层的影子在移动；

人类的作品在闪耀；

大地的丰饶在显露；

橄榄树硕果累累。

高举酒神之杯，

徜徉在枝繁叶茂的果园里，

看那硕果缀满枝头。

春日里，草地上春风拂过，野鸭在平静的水面上飞来飞去，海鸥也结伴飞来。鸭子三三两两地游来游去，有的梳理羽毛搔首弄姿，有的潜入水底啄食百合花的根部，啄食未解霜冻的蔓越莓。第一队大雁排成一列纵队，挥动着翅膀向北飞去；歌带鹀站在灌木丛和篱笆上向我们鸣唱致敬；草地上传来云雀明亮甜美的哀鸣；蓝知更鸟像一道蓝色的光掠过我们的头顶。春日里偶尔也会看到鱼鹰威风凛凛地从水面上掠过，曾瞻仰其雄姿的人都无法忘记其威风的飞行模样。空中飞翔的鱼鹰就像一艘划过水面的战舰，不畏狂风暴雨，不时往复盘旋，就像系在横梁末端上的船只，它举起锋利的爪子仿若要发射利剑，一副国鸟的威仪，像是河流主宰、森林之王一般。它的眼神从不在土地的主人面前畏怯，反而使对方感觉像是闯入了它的领地。就连撤退，也是平稳飞行，像是另一种前进攻击。我身边有一对鱼鹰，数年来都在周围区域捕鱼，其中一只身长两英尺，双翼展开达六英尺，被射杀在附近的池塘。纳托尔[12]曾提道："古人称，尤其是亚里士多德他们认为，鱼鹰教自己的孩子凝视太阳，那些做不到的小鱼鹰就会被遗弃。根据古老的权威说辞，鱼鹰的一只脚脚趾分开，而另一只脚则为蹼状，所以它可以一只脚划水，一只脚抓鱼。林奈对此深信不疑。"但鱼鹰那驯化过的双眼现已暗淡无神，爪子也毫无力气。那尖锐的尖叫好似哽咽在喉，振翅飞翔时仿若惊涛骇浪。朱庇特[13]主神的暴虐藏匿在它那利爪里，朱庇特主神的愤怒藏匿在它头颈处竖立的羽毛中。它让我想起了阿尔戈英雄[14]的远征，也激励着最愚钝的鱼鹰飞过帕纳萨斯山[15]。

哥德史密斯[16]和纳托尔所描述的麻鸦的轰鸣声，每当清晨和日暮之时，我们常常能在自己的沼泽地里听到。那声音听起来像水泵的声音，又或是像寒冷的清晨里，遥远的农场院子里传来的劈柴声音。这种发声方式我从未见过任何描述。

有一次，我的邻居看到一只麻鸦把它的喙伸进水里，铆足劲吸水，然后仰起头，脖颈咕噜咕噜抽动了四五下，将水进吐出来，喷出两三英尺远。

山坡上摇曳的橡树里，鸟群的振翅呼声和叽喳啾鸣终成夏季的永恒，一个新的时代悄然来临。

五六月里，森林里的合唱丰富多彩，多种鸣叫声在空旷的山谷里回荡，人类的耳朵充满了好奇，还有什么比大自然悦耳的合唱更能填补人们那空虚的心灵的呢。


每个夏日声响，
都是夏日轮回。


随着季节的推进，那些匆匆掠过的鸟儿离我们而去，森林又回归往日的寂静，鲜少有羽毛搅动这昏昏欲睡的氛围。然而，森林里那些孤独的漫步者仍能清晰分辨出森林深处每一声鸣叫。


有时我听到韦氏鸫的歌声，
又或是焦躁不安的松鸦高声鸣叫。
僻静隐居的森林中，
山雀偶尔啁啾几声，

仿若在赞美诸位英雄，
歌颂其美德的魅力与永恒。

闷热的夏日里，东菲比霸鹟仍在池塘边浅吟低唱。午后百
无聊赖的时光里，时而有它们的歌声做伴。

高大的榆木树冠如伞，
维丽俄鸟的歌声婉转甜美，
平凡的夏日里，
努力让思绪穿梭飞扬。

秋天的开始意味着新春的临近。草黄叶枯的牧场上空传
来珩科鸟的鸣叫，雀鸟在树与树之间跳来跳去，食米鸟和金翅
雀成群结队地飞翔，金翅雀乘着第一缕清风飞翔，就像一只长
了翅膀的雨蛙，在沙沙作响的树叶中活动。乌鸦也开始聚集起
来；鸦群低空飞行，间或单飞或是三两结伴，你可以驻足细数，
此时半英里的范围内就有上百只鸟儿翩然飞去。

我看到有人说，乌鸦是由白人引入马萨诸塞州的。但我更
愿相信是白人种下了这些松树和铁杉。乌鸦不是追随我们步伐
的西班牙猎犬[17]，而是在空地上自由飞翔的灵物，就像印第安
人那忧郁的灵魂。这使我想起了印第安人菲利普和波瓦坦，而
不是白人温斯罗普和史密斯。[18]乌鸦是黑暗时代的遗物，一点
点地潜移默化着影响人们，而后迷信占据着这个世界。英格兰
人迷信白嘴鸦，新英格兰人则迷信乌鸦。

你，黑暗的森林精灵，

古老的雏鸟，

你，孤寂地掠过长空，

仿若夏日流星。

你，辗转于丛林和山谷间，

低飞在森林、田野和小溪中，

你，有何要说？

你为何在夏日里出没？

你为何忧愁苦闷？

什么样的勇气激励你歌唱？

激励你飞跃云端，

俯瞰陆地上那失意的人群？

脚踩的哪一片云朵，

才是你的家？

10月的夜晚，晚归的路人或水手或许听到沙锥鸟的咕哝低吟，它们在草地上盘旋，发出自然界最具灵性的声音。深秋时节，寒霜染红叶，一只孤独的潜鸟飞来我们僻静的池塘，安静蛰伏其中，直至度过换毛季节，它那狂笑的声音一直回荡在丛林之中。北方潜水鸟——白嘴潜鸟，的确名副其实，每当被人类乘舟追逐时，就会像鱼一样潜入水中，一口气潜游60杆，甚至更远一些，其速度之快堪比水上飞驰的小船。如果追捕者想要再次找到潜鸟的身影，必须要把耳朵贴在水面上，判断潜鸟冒出水面的地方。而潜鸟一浮出水面，便振动双翅甩开身上的水珠，然后镇静自在地在水上游弋，直到危险再次来临。

这都是一年中最常出现的景象、最令人熟悉的声音，触动我们的感官世界。但有时，当你捕捉到一个独特的音调，那是来自南北卡罗莱纳州和墨西哥州里大自然的背景声音，与书中描述的完全不同，至此你会发现自己的鸟类学知识毫无帮助。

报告中显示，马萨诸塞州大约有40种四足动物，包括几种熊、狼、猞猁和野猫。人们听到这些动物的名字，总会心生喜悦之情。

春日之时，河流涨潮，河水漫过堤岸，草地上吹来的风弥漫着浓郁的麝香气息，清新的空气让我嗅到了未曾开垦的荒野气息。但那些偏僻的森林其实并不遥远。由泥和草制成的麝鼠小屋吸引着我的目光，它们矗立在高出河面三四英尺的地方，就像我在书中看到的亚洲冢一样。麝鼠就像是定居美国的海狸。近几年来，此地麝鼠数量有所增加。流入梅里马克河的诸多支流中，船夫称康科德河为"死河"，而据说印第安人称其为麝香河或草原河。与其他河流相比，康科德河的流速更加缓慢，水质更加浑浊，但其河流中的鱼类和各种猎物却更多。纵观康科德镇的历史，"皮草贸易曾在这里扮演着重要角色。早在1641年，此处的殖民地就成立了一家皮毛公司，康科德威拉德少校是该公司的负责人，享有与印第安人开展皮毛和其他物品贸易的专有权。印第安人穿着皮草和其他物品；不过享有这项权利的同时，他们也要将所有皮毛交易所得的1/20付给公共财政"。然而在我们周围仍有很多捕猎者，他们的身影甚至出现在遥远的西部溪流中。他们夜以继日地守候在布置的陷阱周围，丝毫不担心印第安人。其中有的捕猎者一人一年便可捕获150到200只麝鼠，有的甚至一天就能射杀36只麝鼠。麝鼠的皮毛价值不及以前，而且仅在冬季和春季皮毛成色才好。一旦冰融雪化，泛滥的河水就会将麝鼠从巢穴内驱出。无论麝鼠们是在水中游戈，还是在枯木残桩上落脚，或是在溪边草丛芦苇中栖息，绝大多数都会被划船前去的捕猎者射杀。尽管它们平时警觉狡猾，但极易上当受骗。捕猎者只需将陷阱放置在麝鼠巢穴内，或其经常出没之处，用麝香擦拭一下捕获器即可，无需任何钓饵。

在冬季，猎人们在冰上凿洞，当麝鼠爬出洞口时，猎人便开枪射杀。麝鼠通常在河岸高堤处搭建巢穴，其巢穴入口位于水下，河水一涨，其巢穴便与水面持平或高于水面。有时，麝鼠也会在河堤低矮或土壤松软易于塌陷的地方用干草和枯叶筑巢。每年春天，母鼠通常会产下3—8只幼崽。

清晨或傍晚之时，平静的水面上常常有一条长长的涟漪，这正是一只麝鼠要穿过小溪。它的鼻子露出水面，有时嘴里衔着一根绿色的树枝，那是它筑巢的材料。当它发现自己被人盯上，便会潜入水中，游出5—6杆开外，最后钻入洞中或隐匿在芦苇里。麝鼠一次可以在水中待上10分钟。有人见过在不受干扰的情况下，麝鼠在冰下悠闲地吹出一个气泡，气泡随着其呼吸而收缩膨胀。然而一旦麝鼠察觉岸上有危险时，就会像松鼠一样直立着竖起身子，一连几分钟一动不动地观察四周情况。

在秋季，如果麝鼠的洞穴与溪流之间有草地，它们就会用泥巴和小草在草地边搭建一个3英尺到4英尺高的小窝。虽然河水泛滥，被洪水冲击的小窝里会发现有一些幼崽，但这里并不是它们繁衍后代的地方，而是其狩猎住所。麝鼠在这里遮风避雨，贮藏过冬食物，主要包括菖蒲与淡水蚌类贻贝。所以春季时，其小窝周围便会发现大量被丢弃的空蚌壳贻贝壳。

美国皮纳布斯高族印第安人身穿一整张麝鼠的皮，麝鼠的腿和尾巴在其身上悬垂着，麝鼠的头夹在腰带下作为口袋，里面放着渔具和用来涂抹在捕获器上的麝香。

熊、狼、猞猁、野猫、鹿、海狸和貂都消失不见了。如今，水獭也极为罕见；水貂也不如以前常见。

也许在所有未驯养的四足动物中，从皮尔佩[19]、伊索时代延续至今，狐狸的名声最为响彻。冬日里散步时，总能看到狐狸变化多样的足迹。我曾循着狐狸几个小时之前留下的足迹前行，我的脚尖仿若开始有了某种期望，似乎只要沿着这些足迹便能找到栖息在丛林深处的那位精灵，期盼能尽快在其藏身处将其捕获。我很想知道是什么决定了那位精灵的优雅曲线，那优雅的曲线又是如何与其思想波动吻合一致。通过这些足迹，我能知道心灵前行的方式以及心灵面对的范围；通过分析足迹间隔的长短和特性差异，我可以判断出从心灵移动速度的快慢。因为即使是最快的脚步也会留下长久的痕迹。有时还会看到许多足印乱成一团，由此可以判断出狐狸们当时嬉戏了很久，这也显示出自然界中动物们倦怠和悠闲的时光。

每当看到自由自在地跑过雪中湖面的狐狸，或是在阳光下沿着山脊时隐时现的身影时，我都会觉得它们才是太阳和大地的拥有者。狐狸不是奔赴阳光之中，而是阳光追随着它，二者之间是一种清晰可见的志同道合。有时候，地上的积雪很薄，只有五六英寸深，或许你可以徒步撵上狐狸的步伐。

在这种情况下，狐狸往往会表现出非凡的镇定，选择最安全的方向逃跑，尽管它可能会因此而处于不利的局面。但尽管内心万分恐惧，它不会在逃跑中失了自己优雅的姿态。它跑步的步伐像是猎豹在慢跑，积雪仿佛没有对其造成任何阻碍，而它自己也只是在保留体力而已。当地面崎岖不平时，它逃跑的轨迹则是一系列优美的曲线，完美贴合道路的凹凸情况。狐狸一路奔跑的优美身姿，好似脊背上没有骨头一般。时而低下头，在离地面一两杆远的地方嗅来嗅去，然后高扬起头得意地摇晃几下，仿佛是对自己的逃跑路线非常满意。遇到下坡时，它会拨开面前的积雪，拢起前爪，迅速滑落。它的脚步轻柔，即使离得很近也几乎无法听见，可能你会觉得，无论距离远近，都不可能全然悄无声息。

马萨诸塞州报告中记述鱼类有75个属类，107个种类。渔民对此十分惊讶。他们认为内陆城镇的湖泊河流里只有十多个品种的鱼类，对那些鱼类的习性更是一无所知。人们感兴趣的仅仅是鱼类的名称和栖息地。我倒想知道不同鱼类的鳍条数量，还有鱼身两侧的鱼鳞片数。就综合知识来说，我还算是博学的，从而也就更善于抓住各种机遇，比如我知道河水里有鲦鱼可以拿来探索研究。我甚至觉得自己需要它的认同，在某种程度上和它们成为朋友。

以前，我在钓鱼和户外运动这些琐碎事务上体验过这样的简单快乐。这些快乐或许激发了荷马或莎士比亚的创作灵感；而现在当我翻阅《垂钓者的纪念品》，望着书中插图沉思时，不禁欣然欢呼道：

这些闲情逸致莫非真能
像夏日云彩一般征服我们的内心？

紧拥自然，人们的行为举止才会看起来是最放松自在的，才能与自然如此契合。河流的浅滩和清澈的水域之间有一些小的亚麻围网，像是太阳下的蜘蛛网眼，对大自然的美感没有任何损益。我把船停在河的中流，静静俯视着波光粼粼的河面下的渔网网眼，好奇镇上那些喧闹的人如何做出这般像小精灵一样精巧的东西。钓线好似河里新长出的芦苇，对河流而言，它是人类赋予大自然的美丽纪念品，就像沙子上的脚印会被静静地发现一样。

冰雪覆盖之时，我不会怀疑脚下是否藏着财富；因为无论我走到哪里，我都是脚踩在像宝藏一样的美好事物之上。满载货物的马车下，多少梭鱼放松警惕，悠闲地在水中游弋。对它们来说，季节更迭是一个奇怪的现象。待到最后阳光照射在水面上，微风吹开池塘的水帘，蓝天映入其眼帘。

初春时节，冰雪融化之后正是叉鱼的时候。突然之间，东北风或东风转为了西风和南风，草地上叮当作响、悬挂许久的冰柱开始融化，顺着茎干往下流，无数水滴争先恐后地汇聚在一起。每个屋顶和篱笆上都蒸汽氤氲。

> 我看到太阳想要炙干大地的眼泪，
> 但大地那喜悦的泪水愈加肆虐。

小溪里传来冰凌崩裂的声音，大小不一的冰块在水中或快或慢地漂浮，心怀满足与憧憬。

在天然形成的小桥下，溪水潺潺流淌，仿佛还能听到水中飞速而过的木筏喃喃细语。每条小溪都是草地输送汁液的通道。池塘里的冰凌碎裂发出欢快而振奋人心的喧闹声，宽阔的河水呼啸而下，一路跌宕倾泻，发出刺耳的咆哮声。这条河流不久前成为伐木工与福克斯人[20]的交通要道，有时冰面上还能看到滑冰者留下的痕迹以及为捕捉梭鱼凿开的冰窟窿。康科德镇的管委会焦急地勘查桥梁和堤道的情况，似乎眼巴巴地向冰雪求情，求其开恩以节省维修的费用。

> 河水愈发宽阔，
> 甜蜜地漫浸
> 这座顺从的小镇；片刻，
> 每个草坪变成一个小岛，
> 那里有亲切的阿勒山，
> 疲惫的麝鼠栖息于此。
> 麝鼠河没有丝毫涟漪，
> 深处的暗流涌动隐匿起来，

当思想在胸膛碰撞，

就像最深邃的灵魂得到最平静的休息。

炽热干燥的夏天，

麝鼠河里荡起水波，泛起涟漪，

从纳斯博塔克[21]沉睡到悬崖边，

一叶轻舟也未能搅乱心绪。

远方千座山峦，竖立而起；

千万流水，奔腾呼啸；

千眼泉水，缄默无言；

千道溪流，嗡嗡作响。

虽然，一路狂奔向前，

虽然，深埋在潮水之下。

我们的村庄，田园威尼斯的缩影，

潟湖宽阔，流淌在沼地那边；

像那不勒斯湾，美丽迷人，

枫叶丛中，宁静的港湾，

在我邻居的玉米地里徜徉，

我恍惚认作是金角湾。

大自然，年复一年，诲人不倦，

只有，印第安人前来聆听，

我想，正是这所艺术殿堂，

威尼斯和那不勒斯深悟自己的角色；

我想，女教师年轻的门徒，

远远追不上她的步伐。

渔夫们修理船只，准备下河。夏日里鱼儿喜欢去水深处纳凉，秋日里鱼儿又或多或少地喜欢躲在水草中央，而这个时节芦苇还未长出，鱼儿则在浅水中游弋，正是下水叉鱼的最佳时刻。叉鱼前木篓里要装好柴火，柴火大多用北美油松的树根。树木被砍伐8至10年后，其腐烂的根桩下便可找到这种树根。

将铁箍制成的篝灯装上火种系在离水面约3英尺的船头上，拎着木篓，拿上一把约14英寸的七齿鱼叉，一个装有柴火的大篮子或手推车，返程时把捕获的鱼放进其中，再带上一件厚外套，你就准备妥当可以下河起航了。选一个温暖安静的夜晚起航出发，当船头篝灯里的火种噼啪作响时，你划动船只向前驶去，就像萤火虫飞进夜空。没有冒险精神的愚蠢家伙怎敢在黑夜中探险；这样的探险就好像偷了卡戎[22]的小船，在午夜时分沿着冥河探险，闯入普鲁托[23]的王国。这颗游荡的星星给那沉思的夜行者带来多少思考，引导他不断前行，犹如一盏杰克南瓜灯[24]一般走过夜空下的草原；又或者，如果夜行者十分聪明的话，他会自娱自乐，想象在静夜中，如飞蛾扑火般的人类生活是怎样的景象。

沉默寡言的水手轻轻地推动双桨，充满了自豪感和施予恩惠感，仿佛自己是一个发光者，或是给这黑暗领域带来光明的使者，又或是某些姐妹月球，用它的光明为宇宙祈福。两侧的水域都有一两杆宽，水深数英尺，此刻河水被照亮得比正午时分还清澈透明。城市里喧嚣浮华，他却享受着世人渴望的时光，在静谧的午夜里悠闲地观察鱼群。鱼儿的姿态各式各样；

有的仰面朝天，白白的肚皮朝上显露；有的悬浮水中安然不动；有的用鱼鳍梦幻地轻轻游动；还有的十分活跃，但清醒警惕。这一幕和人类城市的景象如出一辙。偶尔他会邂逅一只口味挑剔的乌龟，或是一只栖息在草丛深处的麝鼠。如果觉得时机合适，他会精练手艺技术，捕捉距离较远、更机警些的鱼，又或是直接对小船附近的鱼儿下手，轻松将其叉进船舱，就像捡拾烹饪时跳到锅外的土豆，或是徒手擒住熟睡者那样轻而易举一般。但他很快认清自己追求的真正目标，将这些抓上来的鱼儿放生，在自己所处之处的美感和永无止境的新奇中寻求补偿。河畔松树的枝丫茂密，垂向水面，在船上火光的映射下展现新姿。篝火下，小船缓缓前行，惊醒了栖息在高处的北美歌雀。歌雀婉转歌唱，将本要献给清晨的小调提前在午夜时分献给了渔夫。渔夫收工后，在北斗星的指引下，穿越黑夜，划船归家。他会觉得自己在夜色中迷失了自我，但也会觉得离夜空中的星星更进一步。

夜里叉鱼大多捕捉的是梭鱼、亚口鱼、鲈鱼、鳗鱼、大头鱼、鲤鱼以及鱼鳞闪闪发光的淡水鱼，一晚上可捕获的鱼达30—60磅。但有些鱼在夜色中非自然的光线下难以辨别，尤其是鲈鱼，鱼身的黑色条纹被放大，显得极为凶残。然而，鲈鱼身上的横向条纹的数目变化无常。本州报告称鲈鱼有7条横向条纹，但在我们的湖泊河流中，有的鲈鱼有9条甚至10条横向条纹。

本地还有8种龟、12种蛇——但仅有1种蛇有毒——9种青蛙和蟾蜍，9种蝾螈[25]，还有1种蜥蜴，它们与我们朝夕为邻。

我深深地被蛇族的动作所吸引。蛇类的移动方式显得我们人类的手和脚、鸟类的翅膀和鱼类的鳍非常多余，仿佛大自然只有在创造蛇类时才完全打开了想象力。黑蛇遭遇追击时会一头窜进灌木丛中，轻巧优雅地盘绕在离地面五六英尺的稀疏细枝上，一圈又一圈地绕来绕去，仿若鸟儿在枝间飞来飞去，又或是悬挂于枝丫的花簇间。在这类较为简单的动物生命形式中，其灵活度和柔软度毫不逊色于四肢系统更为复杂的高级动物。倘若没有手脚的协助，人类需要像蛇类那样机智灵活，才能完成它们那样的高难技艺。

5月，人们经常在草地上、河里捕捉啮龟。河面平静，毫无波澜，渔夫远远看见几杆远的地方啮龟的口鼻露出水面，便能轻而易举地将其捕获。因为啮龟不愿搅动水面，不会仓促游走，只是缓缓将头埋入水中，待在原先的枝条上或水草间一动不动。

啮龟把卵埋在离水较远的地方，那地方像鸽子巢一样柔软，但却经常会被臭鼬吞食。它总在白天捕鱼，就像蟾蜍在白天捕捉苍蝇一样，据说啮龟会从嘴里喷出一种透明状的液体引诱鱼儿上钩。

大自然对孩子的教育和培养胜过世间最慈爱的父母。花朵对草地上挖沟人的无声感化，丝毫不亚于凉亭里的女士对其的影响。漫步于丛林中，我总会觉得有一位睿智的供应商先我一步来过这里，从而我才能享有这精美的体验。看到树上的苔藓慢慢覆盖上树叶的景象，我不禁震撼于大自然的美妙友谊与和谐。置身于壮观的景色之中，看到精致纤美的事物，仿若雾霭中的纤细花朵、涓涓晨露或羽状花枝，无不呈现出高雅的美感，仿若继承了高贵的血脉，一直延续至今。这就不难解释那些精灵仙子的传说，它们动作轻盈优雅，呈现出缥缈的文雅。

在林中采撷一枝花簇，或从溪边捡拾晶莹剔透的砾石，放置在壁炉架上装饰房屋。衬托之下，屋里那些世俗的装饰品顿时显得无比平庸。而它们自己展现出一种优越的美感，仿佛习惯处于高雅的圈子之中，对你的满腔热情和英雄主义也深表敬意，给予回答。

冬日里，在小路上短暂停留，欣赏树木是如何不顾时间和环境蓬勃生长，而不是像人类那样习惯等待。现在正是树苗生长的黄金时期。从远古时代以来，对它们来说，只要有土壤、空气、阳光以及雨水便足以生长。它们"不满的冬天[26]"从未来临。寒风霜冻中，本地白杨那光秃秃的枝干上，芽苞傲然挺立，尽显率直的自信。心怀愉悦，确信自己能找到杨柳或桤木的花絮之人，才可能成为荒野中的旅居者。我曾在巴芬湾和麦肯齐河边读到过北部探险家记叙的花絮，我认为我也能在那里安居落户。微不足道的花絮是我们的救赎者。我想我们会坚守美德直到花絮再次飞落大地。对造物者而言，它们存在的意义远超于智慧女神密涅瓦和谷神克瑞斯，是哪位仁慈的女神将其赐予人类？

大自然总是神秘莫测，展示出天才的放纵肆意和挥霍奢侈，享有艺术的奢华风格。要制作朝圣者酒杯时，她创造了所有这些——杯柄、酒杯、杯把、杯嘴，造型奇形怪状，好像传说中海神涅柔斯和海之信使特里同的马车。

　　冬日里，植物学者不必放弃户外探索，将自己禁锢于书籍和植物标本里，但可以开始一门新的植物生理学研究，也可以称之为晶体植物学研究。1837年的冬天是植物学者做研究的天赐良机。那年12月，植物神灵们每逢夜晚都以非同寻常的坚韧，在其夏季出没之处盘旋。日出之后，那种灰白色的寒霜在此地或其他任何地方都极为罕见，所以其最佳效果已无法一探究竟。尽管这类霜降屡次出现。

　　一个寒霜凛凛的寂静黎明，我想出门一探究竟。黑暗中，树木像是昏昏欲睡的精灵，在阳光无法穿透的僻静山谷的一端拥挤在一起，灰色毛发滴答流着水珠；这边水畔，它们像印第安人一样排成一行，沿着水道疾步而行。而灌木和草丛像夜幕中的精灵仙子，试图把自己愈发变小的脑袋钻进雪地中。从高处堤岸望去，一片银装素裹，唯有河水呈黄绿色。虽然每棵树木、每簇灌丛、每簇草尖都覆盖着厚实的冰叶，但都从雪中探出头来，一如往昔地展露着枝叶的夏季盛装。就连篱笆也在一夜间抽出新叶，叶片中央的脉络分叉以及两旁的细微纹理清晰可见，叶片边缘犬牙交错，呈锯齿状。这些新叶大多簇拥在背阴的枝干或残桩上，摇曳着身躯找到最合适的角度汲取更多的阳光，当然，在没有枝干或残桩支撑的地方也有新叶长出，它们彼此间贴合生长，从各种角度探出头来汲取阳光。当第一缕阳光洒向大地，草尖上像是挂起了无数珍宝，每当有人经过，它们就会快乐地叮当作响，随着人类的步伐，映射出五彩斑斓的光影。这些鬼魅般的树叶还有绿色的叶子令我震撼，它们是同一条法则的产物：一方面，植物的汁液逐渐汇聚充盈成完美的绿叶；另一方面，晶莹的微粒以相同序列汇聚成齐整的大军。倘若物质形式无关紧要，但生长法则却是唯一存在且亘古不变的。就像春日里每一株植物都蓬勃生长，而等到盛夏才会充沛，这已是一种经久不变的模式。

这种植物叶子的结构与珊瑚及鸟类羽毛的构造颇为相似，也与很大一部分生物和非生物的结构相近。通过许多其他事例来看，物质法则显然具有相同的独立性，正如自然韵律一样，某些动物的形态、颜色或气味与某些植物相互对应。事实上，所有旋律都意味着某种永恒的韵律，不受任何意义的约束。

就像已被确认的事实，植物只是一种结晶体的体现。你只需观察窗棂边的霜花如何融化，针状的微粒如何聚集呈现出麦浪起伏的田野模样，又或是残茬遍地垛起的玉米秆堆景象。这边分布着热带植物，高耸的棕榈树、魁梧的菩提树，这些都是呈现在东方风景画之中的植被；那边分布着坚韧挺拔、枝干低垂的北极松树。

植物的生长方式多种多样；但晶体状态下，其生长法则更为明晰，因为它们的物质形式较为简单，而且大部分都是稍纵即变。试想所有植物生长、充盈都受到自然界的约束，而结晶结构的生长或多或少更为快捷。那么这样的生长方式不是更富哲理、更便于研究吗？

此时，站在高处堤岸望去，无论是水流冲击还是什么其他原因已经形成了凹洞，其入口和边缘，像是通往城堡的入口一样，都凝聚出了一层闪闪发亮的冰盆。有的地方可以看到微小的鸵鸟羽毛，像是鱼贯而入堡垒的战士们头顶上摇曳的翎毛；

另一个是其中的主人的扇形旗帜；有的地方可以看到小人国国王的扇形旌旗；还有的地方，针状微粒裹扎成束好似松树羽针，也可以看作是一道长矛方阵。

小溪冰层下侧有处更厚的冰层，悬挂着达4—5英寸的冰晶，形状类似棱镜，低处末端裸露，当其光滑的一面置于冰层之下时，宛如一座哥特式城市的屋顶和尖塔，又或是像风帆蔽日下拥挤港口里的船只。冰雪融化过后的道路满是泥泞，笔直的车辙裂缝深处结满冰霜，车辙凹陷处四周大量的冰雪结晶特别像针尖状排列的石棉，残茬和花茎根部周围，冰霜聚集成不规则的锥壳或仙女环状。有些地方冰晶覆于花岗岩石表面，也就是直接覆在石英晶体上面，夜间形成冰霜花纹的时间越长，冰晶化的时间就越长。然而对于并不偏信人生苦短的人来说，冰晶融化与结晶同样迅捷。

在本州《无脊椎动物报告》的章节里记载了这一奇特的事实，让我们学会重新评估时间和空间的价值："作为地质学事实存在的海洋贝壳，其分布情况尤其值得关注。至于联邦右臂的科德角[27]，伸入至大西洋五六十英里，其岬角只有数英里宽，但迄今为止，这块狭窄的岬角确实成为了众多软体动物迁徙的障碍。区区数英里的陆地阻拦隔绝了数种科属、众多种类的海洋生物，它们无法在科德角正常交融混合，无法从一端迁徙洄游到另一端……197类海洋生物中，83种无法抵达科德角南端海岸，而也有50种生物只能在科德角南端海岸生存。"

常见的贻贝珠蚌，更贴切地说是河蚌。它们是春日里麝鼠留在岩石或树桩上的，看来现在已成为印第安人的一种重要食物。据说有个地方，印第安人聚餐吃蚌，河蚌数量巨大，大多位于距河30英尺，深1英尺的土壤里，其中还掺杂着灰土与印第安人的骨骸。

我们章节的开篇内容就像是牧师挑选的布道措辞，具有特殊的意义，这些内容充满着劳动的艰辛，并非只靠借研究的热情。马萨诸塞州需要本州自然丰富性的完整目录，和直接利于人类的具体数据。

然而，本州报告中有关鱼类、爬行动物、昆虫类以及无脊椎动物的记录，展示出辛劳的工作及其艰苦的研究结果，具有独立于立法机构目标之外的价值。

比奇洛[28]和纳托尔关于草本植物与鸟类的描述十分相近，那么本报告中关于这部分的内容没有太大价值，不过只是简要说明，或多或少准确地指出本州有哪些物种。我们自己发现了一些错误，经验更为老到的研究者无疑会发现更多错误。

有关四足动物的报告内容应该更为详实并具有指导意义，目前的研究还需进一步拓展。

这些著作中更多是测绘和细致的叙述，所以很难引起普通读者的兴趣，只有时而出现些华美词句才能吸引读者。这种描述就像生长在暗夜森林里的植物，只有叶子没有花朵。然而土壤的研究相对完整，如果那位先驱者第一次没有收获，我们不应苛责他。

不能低估事实的价值，有朝一日真理会开出花朵。一个世纪以来，鲜有重要事实补充添加进入动物的自然史中，这种情况让人震惊。但人类自身的自然史还处于逐步记录中，他们依照自己的方式去探索自然。农夫和挤奶女工都知道，牛的皱胃[29]膜可以凝结牛奶，或者哪种蘑菇更安全营养。你无法走遍所有的田野和森林，但似乎那里每块石头都被翻动过，每棵树的树皮都被剥开过。但当真相未水落石出时，查明事实比发现真相更为容易。俗话说得好："观察万物，贵在态度。"智慧并非审视，而是观察。观察良久才能洞悉一切，缓慢的行事步调才是人生哲理的开篇。着魔之人才能分辨法则、辨清事实。回想学会"水往低处流"这样简单哲理的学生时代，真正致力于科学发展的人具有更高的感知力，他的嗅觉、味觉、视觉、听觉和感知都优于常人，从而享有更深刻美好的阅历。我们不是通过推理演绎或是应用哲学运算的方式发现探索，而是通过直接交流和共鸣。借助科学和伦理的方法一样，我们都无法通过设计和方法来了解事实真相，培根学说与其他任何方法论一样存在漏洞。在机器和艺术的帮助下，最科学的人仍是最健康、最友好的人，并拥有印第安人那更完美的智慧。

---

1　约翰·詹姆斯·奥杜邦 (1785—1851)，美国著名的画家、博物学家。

2　佛罗里达群岛，位于墨西哥湾内，在美国佛罗里达州南部。

3　拉布拉多半岛，北美洲最大半岛，世界第四大半岛，为美洲大陆最东端。面积140万平方公里，人口3.4万，除白人外，还有印第安人和因纽特人 (爱斯基摩人)。

4　密苏里河，发源于蒙大拿州黄石公园附近的落基山脉东坡，流至密苏里州圣路易斯以北汇入密西西比河。美国密苏里河全长4126公里，流经美国中部10个州，流域面积达13.7万平方公里 (北端2.45%的流域面积位于加拿大)。密苏里河的名称来源于土著印第安人阿尔冈金部落，意为"大独木舟之河"。

5　大奴湖：又称大斯雷夫湖，加拿大第二大湖。大奴湖位于加拿大西北部，因曾在该地居住过的印第安部落而得名。

6　拉普兰德位于挪威北部、瑞典北部、芬兰北部和俄罗斯西北部在北极圈附近的地区，它有四分之三处在北极圈内，独特的极地风光和土著民族风情，使它成为旅游胜地，早在1732年，林奈曾远征至此考察。

7　卡尔·冯·林奈（1707—1778），瑞典生物学家，出生于瑞典斯莫兰。动植物双名命名法的创立者。自幼喜爱花卉。曾游历欧洲各国，拜访著名的植物学家，搜集大量植物标本。

8　阿那克里翁，纪元前约570—480年间希腊抒情诗人，诗作多歌颂爱情和欢宴。

9　福玻斯是阿波罗的别名。阿波罗被视为司掌文艺之神，主管光明、太阳、医药、畜牧、音乐等，是人类的保护神、光明之神、预言之神、迁徙和航海者的保护神、医神以及消灾弭难之神。他是古希腊艺术中男性美的象征，九位缪斯女神时常陪伴在他的身边。

10　美惠三女神，宙斯与欧律诺墨之女，分别代表女性的妩媚、优雅和美丽。

11　泰坦（或译提坦），是希腊神话中曾统治世界的古老的神族，这个家族是天穹之神乌拉诺斯和大地女神盖亚的子女，他们曾统治世界，但因为他们阉割了父亲乌拉诺斯，而受到乌拉诺斯的诅咒，最终被以宙斯为首的奥林匹斯神族推翻并取代。

12　托马斯·纳托尔（1786—1859），英国植物学家和动物学家。

13　朱庇特，是罗马神话中统领神域和凡间的众神之王，古老的天空神及光明、法律之神，也是罗马十二主神之首。

14　阿尔戈英雄指的是希腊传说中同伊阿宋一道乘快船"阿尔戈号"去科尔基斯的阿瑞斯圣林取金羊毛的50位英雄。

15　帕纳萨斯，希腊中部山峰名，传说为太阳神阿波罗及诗神缪斯的灵地。

16　奥利弗·哥德史密斯（1730—1774），18世纪英国著名剧作家。

17　西班牙猎犬，亦译獚狗。和警犬一样机敏的优秀猎犬，又名西班牙赛布斯奥长耳犬。

18　前两者为常见印第安人名，后两者为白人常用名。

19　此处指代《皮尔佩寓言》。该书为古代印度及东方寓言故事汇编，与《伊索寓言》齐名。

20　福克斯人，操阿尔冈昆语的北美印第安部落。

21　纳斯博塔克，康科德附近一座小山。

22　卡戎（或译作卡隆），希腊神话中冥王哈得斯冥河的船夫，负责将死者渡过冥河。

23　普鲁托，是罗马神话中的冥府之神，对应希腊神话中的哈得斯。

24　杰克南瓜灯，即用南瓜雕刻而成的灯笼。

25　蝾螈身体丰满，呈圆筒形，与爬行类的蜥蜴很像。

26　"不满的冬天"这一短语源自威廉·莎士比亚的《理查三世》中的一句台词："如今到了不满的冬天，它造就了辉煌的夏日……"最早引用这一词语的是《太阳报》编辑拉里·兰姆，后被广泛使用。

27　科德角，又称鳕鱼角，是美国马萨诸塞州南部巴恩斯特布尔县的钩状半岛。

28　比奇洛（1818—1890），美国著名外科医生、哈佛大学教授。

29　皱胃是反刍动物的第四个胃，附有消化腺，可分泌胃酸及消化酶，具备真正意义上的消化功能。

# 无 原 则 的 生 活

不久前，我去了一个演讲厅，发现演讲者选定的主题跟自身毫无关联，因此没能引起我的兴趣，而这是他本该做到的。他描述事物既不发自也不贴近内心，只是用四肢和表情来演说，根本就没有中心思想。我倒是希望他能像诗人们那样，讲一些更私人的经历。别人给我的最大褒奖便是询问我的看法并倾听我的观点。每当这种时候，我既惊讶又兴奋，因为人们难得能像这样发挥我的价值，好像他们已经对测量工具非常熟悉（不用再问我与它相关的问题了）。通常，一个人想从我这儿得到的，无非是能为他们测量出多少英亩的土地——因为我是一个土地测量员——至多也就是向我打听一些无关紧要的消息。他们才不会把我发自肺腑的话当一回事儿，相较于深奥的内涵，他们更喜欢浅显易懂的表象。曾有个人大老远跑来找我做一个关于奴隶制的演讲，但跟他交谈后我了解到，他和同伴希望7/8的演讲内容表达他们的观点，而我自己的观点只有1/8，因此我谢绝了邀请。由于已有些演讲经历，我自认为，受邀到某处做演讲，是因为有人想知道我对某件事的看法，即便我或许是这个国家最大的傻瓜；而且我不能仅谈论那些轻松愉快的话题，也不能仅发表一些观众认同的观点。因此，演讲时我决意要将鲜明的个人观点分享给听众。他们派人请我，又要给我酬劳，所以我下定决心为他们呈现真实的自己，即使我可能会史无前例地让他们感到无趣。

所以，听众朋友们，现在我会谈一些与你们相关的事情。由于你们是我的听众，而我又一点儿也算不上是一个旅行者，我不会谈论千里之外的人，而是谈那些跟我来自同一个地方的人。由于时间有限，我就不说那些迎合奉承你们的话了，并会始终保持批判的态度。

让我们思考一下我们的生活方式。

世界就是一个生意场。忙碌永无休止！几乎每天晚上，我都会被火车头隆隆的响声从梦中惊醒。休息日根本就不存在。看到人们处于闲暇，即使仅是一次，该是多么美妙。但生活除了工作还是工作。我甚至都买不到一个空白本去记录自己的思想，因为所有的本子都为了记账做了专门设计。一个爱尔兰人看到我在田野间记录着什么，会理所当然地认为我是在计算自己的薪水。如果一个人在婴儿时期被抛出窗户导致一生跛足，或者被印第安人吓得魂不附体，人们对他产生惋惜之情主要是他因此再也无法涉足生意场！在我看来，没有什么能——即便是犯罪——比永无休止的工作更违背诗歌、哲学和生活本身。

我们镇的郊野有个粗鄙、暴躁的家伙利欲熏心，他打算在山岗下沿着自己的草场修一道矮墙。当局向他保证不会找他麻烦，于是他想让我和他一起花三周时间挖土修墙。这样一来他可能会为家族赚得更多的钱，留给继承人肆意挥霍。如果我答应他，大多数人都会夸我是一个勤劳、肯干的男子汉；但是，若我选择投身于那些真正能带给我更多益处但却赚不了多少钱的劳动，人们便很容易把我看作是一个游手好闲的懒汉。即便如此，我不需要专管无用劳力的警官来约束我，也看不出这家伙的行为与我们的许多企业或外国企业相比能好到哪儿去。不管这对那家伙和其他人来说会有多么荒谬，我更愿意在另一所学校完成我的学业[1]。

如果一个人喜爱森林，每天花半天时间在丛林中漫步，他便面临着被贬为游手好闲之徒的风险；但要是他整天投机倒把、砍伐森林，让大地早早地荒芜一片，他就会被追捧为勤劳又富有进取心的好公民。就好像这个镇的兴趣不是保护森林而是将之砍倒！

如果有个人开价说，只要把砖头从墙的这边扔到另一边，然后再扔回来就能拿到钱，多数人会觉得受到了侮辱。但现在许多人得到的雇佣都不再具有什么价值。比如说，夏天的一个早晨，太阳刚从东方升起，我看到一位邻居紧跟他的牛队。牛群拉拽装载巨石的牛车，缓缓前行，整个场景弥漫着一种辛勤劳动的气氛。这开启了他一天的工作，他的额头开始冒汗，让所有懒汉和游手好闲之人看了都无地自容。走到与牛并肩的位置，他停下来，微微转身挥舞着仁慈的牛鞭，让牛队跟上他的步伐。我认为，这样的劳动——老老实实、辛辛苦苦——便是美国国会所要保护的。之所以老老实实，是因为一天有多长工作就得到多晚，这让面包更香甜，也维持着社会的友善，因此使他光环加身，被所有人尊敬，但本质上就是一群圣洁的人做着必要而令人厌烦的苦差事。我确实感到一丝羞愧，因为我只是从窗口看到了这一幕，并没有身处室外为同样的事情奔忙。白天消逝，夜幕降临时我经过另一个邻居的院子。他用人众多，挥霍无度，却没有为小镇做过丁点儿贡献。我看到早上的那块巨石被放置在一个形状怪异的东西旁边，用来装饰蒂莫西·德克斯特勋爵[2]府邸。依我所见，早上那位车夫的劳动顷刻失去了尊严。我认为，太阳应该照亮更有价值的劳动。我想补充的是，那位车夫的雇主蒂莫西·德克斯特勋爵欠了镇上很多人的债，早已经逃之夭夭，通过衡平法院的审判后，已经在别处定居，干着同样的勾当。

能够赚钱的方式几乎无一例外会使人堕落。不择手段一心赚钱，比虚度光阴更为糟糕。如果一个员工只能从老板那儿得到薪水，那他不仅被老板骗，而且自欺欺人。若你想以作家或演说家的行头赚钱，你必须得受欢迎，而这会让你坠入深渊。社会最乐意买单的服务往往做起来最令人生厌。你会被支付报酬，但那远远小于你作为人该有的价值。国家通常想不出更明智的方法奖励英才。就连桂冠诗人也不愿被迫去庆祝宫廷大事，必须用酒来贿赂他；或许，另一个诗人还会从他的缪斯女神那儿被叫走，做那管酒的品尝官。就我自己的工作而言，我最满意的测量方式，我的雇主们却不愿采用。他们更乐意我把工作做得粗糙些，不要太出色，甚至是差一点更好。当我发现多种测量方法时，我的雇主们通常会问哪种方式能为他们量得更多的土地，而不是哪种方法最准确。我曾发明了一种测量堆积木材的方法，打算引入波士顿，但那里的测量员告诉我，木材销售商并不想要精准的测量——对他们来说，这位测量员已经过于精准了——因此那些销售商通常会在查尔斯顿[3]测量木材，然后再通过查尔斯顿大桥到达港口。

劳动者的目的不应是赚钱糊口、得到一份"好工作"，而是把一份工作做得出色；即使从经济利益的角度来看，如果一个城镇能付给劳动者足够丰厚的薪资，让他们不要觉得工作只是在满足最低级的生活需求、只是为了糊口，而是为了科学发展，甚至是出于道德目的，这样做反而会节省很多开支。不要雇用一个为了钱而为你工作的人，要雇用一个热爱这份工作的人。

　　值得注意的是，很少有人会得到特别有价值的雇用，工作能起到丰富他们心灵的作用，相反，一点金钱和名誉通常便能将他们收买，让他们放弃当下的追求。我看到很多宣扬青年人活力的广告，好像有活力便是年轻人的一切资本。然而，当一个成年人信心满满地向我提议让我加入他的某项事业时，我吃惊不已，仿佛他确定我无事可做，迄今为止我的生活就是彻头彻尾的失败一般。给我这样的恭维太不合适！好似他在穿越海洋的中途碰到正和风浪搏斗、迷失于大海的我，提议我跟他一起走！若我答应他的提议，你们认为那些担保人会说些什么？不，我不会跟他走！在那趟航程中我并不是无事可做。事实上，我小时候经常在家乡的那个海港闲逛，看到过一张招聘身体健硕的航海员广告，等年龄刚好达到要求，我便下海航行了。

　　世界上没有什么东西能引诱得了智者。也许你腰缠万贯，能够花钱在山间开凿隧道，但无论你多有钱，都无法让一个耕耘自己事业的人为你工作。一个做事高效、有价值的人只做与自己的能力相匹配的工作，无论社会给不给他酬劳。做事低效的人向出价最高的雇主出卖自己拙劣的劳动力，每时每刻都在妄想着能升任要职。有的人还以为这类人几乎很少失望。

　　或许，在人身自由上，我异常珍视。我感到自己与社会的联系和对社会负有的责任轻如鸿毛、转瞬即逝。做一些无足轻重的工作维持生计，还让我在某种程度上成为对同代人来说有用的人，至今对我来说都是一大乐事，但我很少把工作当成生活的必需品。直到现在，我一直都成功地秉持这个信念。但我预料，若我的欲望大大增加，为此需要付出的劳作将会变成苦差。如果我和大多数人一样，将自己的上午和下午都出卖给社会，我敢肯定，对我来说，便再无什么活下去的价值可言。因此，我坚信自己永远不会为换一碗汤羹而出卖自由。我想说的是，一个人也许特别勤奋，却不会很好地利用他的时间。耗费生命的大部分时间只为谋生的人最愚不可及。所有伟大的事业都能让人独立自足。比如，诗人必须用自己的诗歌来养活自己，如同蒸汽刨磨机用其刨花给锅炉供料一样。你必须以你所爱谋得生存。但，正如商人们所言，100个人中有97个会遭遇失败，所以以此为标准，人们的生活普遍是一败涂地，破产无疑是预料之中。

一来到这个世界便继承大笔财富的人算不上是新生儿，更像是夭折的死胎。依靠朋友的施舍或政府的养老金苟且偷生——前提是你苟延残喘还有气息——或者依靠别的你能说得出来的类似关系生活下去，跟进救济院没什么两样。每到星期天，这些可怜的债务人就到教堂去梳理账目，当然，他们会发现自己的支出大于收入。特别是在天主教堂，他们走进衡平法院，彻底忏悔后，既往不咎，想着重新开始。因此，人们会在他们背后议论，谈论他们堕落以及永远不会努力振作起来。

至于人们对生活的相对要求，存在两种截然相反的情形，第一种是仅仅止步于某一种程度的成功，如近距离射击要全中靶心；另一种是无论生活多么低落、失败，都会不断提高自己的目标，即使每一次只提升一点点。我更愿意成为后者，——如东方人所言，"目光短浅之人无法接近伟大；而目光高远之人又难免于终身困厄"。

　　值得注意的是，关于"如何谋生"这类话题的文章，人们很少记得，或者根本没什么印象；如何使谋生不仅是诚实、值得尊敬的，而且是愉悦、光荣的，只因若谋生不是如此，那生活也不会如此。有的人可能会很疑惑，纵观文学作品，这一问题从未侵扰过独居之人的冥思。难道是因为人们太过厌恶自己的经历而不愿提起它吗？金钱教给我们宝贵的一课，也是造物主煞费苦心给我们的教训，我们却想完全忽视。至于谋生的手段，令人惊奇的是，不同阶层的人，就连所谓的改革家，对它都如此漠不关心——不管他们谋生是靠继承遗产、赚取薪资还是鸡鸣狗盗。我认为社会在这方面也没有任何作为，或者说至少没有把它所做的事情做完。比起人们已采取又想要逃避的谋生手段，寒冷和饥饿似乎更贴近我的天性。

　　智慧一词，很大程度上是被误用了。若一个人根本没有比他人更懂得如何生活，只是更奸诈狡猾、精于算计，他怎么能称得上是一个有智慧的人？智慧在脚踏机[4]上起作用吗？它会不会以身作则，教人取得成功？还有什么和智慧一样不适用于生活？难道智慧仅仅像磨坊主一样只研磨出最完美的逻辑？这相当于询问柏拉图是否比他的同时代人生活得更好或更成功，或者他是否像其他人一样屈服于生活的困难？他是不是仅仅因为漠不关心，或者装腔作势就比其他人成功？还是由于姑姑把他写进自己的遗嘱从而发现生活更加容易？大多数人的谋生之道，即生存之道，只不过是权宜之计，是对生活真谛的逃避。这主要是因为他们不知道什么是真正的生活，一部分原因是他们根本不打算过得好些。

例如，人们对加利福尼亚的狂热，不仅是商人，还有所谓的哲学家和宗教先知对这一现象所持的态度，映射出人类最丑恶的一面。如此多的人准备靠运气生活，从而获得能命令其他不那么幸运的人劳动的资本，对社会没有贡献任何价值，还美其名曰事业！我很吃惊，我从未见过如此不道德的交易还能得到发展，但这好像是普遍的谋生手段。这类人奉行的哲学、创造的诗歌和宗教，价值轻若鸿毛，不如一粒尘埃。就连以拱草根、翻泥土过活的猪都不愿跟这样的人为伍！若我也可以抬抬手指便获得这世间所有财富，我断不会为此付出如此大的代价。即使穆罕默德[5]知道上帝创造世界不是为了好玩，但淘金热让上帝成了一个有钱的绅士，随手撒一把便士只为看人们疯抢的画面。全世界都在抽彩票！就连自然界的物质也成了博彩的奖品！这对我们的制度是多么丑陋的批判和讽刺！由此的结论是，人类终将吊死在树上。难道《圣经》中的戒律告诫我们的只有这一点吗？难道令人艳羡的人类，造物主发明的最后一个物种，只不过比污秽耙子好不了多少？东西方人就是在这片土地上相遇的吗？是上帝指示我们以这样的方式谋生的吗？在那些从来没有耕种过的土地上凿金矿，运气好的话，上帝可能会奖励我们几块金子？

上帝给正直的人授予正义之书，让他享有衣食。不义之徒在上帝的藏宝箱内发现了它的仿制版并将其占为己有，与前者一样取得衣食。这是世界上最随处可见的假冒方式之一。我不知道人类正因渴望获得黄金而吃尽苦头。我只见过屈指可数的几粒黄金，我知道黄金有很强的可塑性，但决抵不过智慧。一粒金子煅熔后能镀金很大一块表面，但一丁点儿智慧所能做的远远大于此。

在深山峡谷里淘金之人和那些旧金山赌场里的人毫无差别，都是赌徒。摇土和摇色子有何不同？你若赢了，输家都是社会。无论淘金人能赚多少支票和报酬，他绝不是诚实的劳动者，两者不共戴天。你若争辩，为淘得黄金你勤勤恳恳，这套说辞根本无济于事。因为魔鬼作恶同样"孜孜不倦"。罪人的生活在很多方面本就困难重重。最愚笨的人去了淘金矿区后都会坦言淘金就像买彩票，完全是碰运气；淘来的黄金与诚实艰辛的劳作换来的薪资不可相提并论。但在行动上，由于只看到了表象而不谙实质，他将眼前的一切抛之脑后，加入到淘金队伍中，买了这张早被证明是碰运气的彩票，只是看起来不那么明显罢了。

有天晚上，读完豪伊特[6]有关澳大利亚淘金业的记述，整晚我的脑子里都在浮现无数溪流汨汨的山谷上星星点点布满污秽的矿井，每个大概有10到100英尺深，为了尽可能地多开凿，每隔6英尺就会出现一个，其中部分矿井中有水。有水的矿井令淘金者为之疯狂，他们渴望在那儿找到自己望眼欲穿渴求的财富。由于不确定从哪儿动工合适——但又成竹在胸金子就在脚下——他们有时要深挖160英尺才能碰到地下径流，而有时，仅差1英尺便前功尽弃。他们变成了恶魔，置彼此的天赋之权于不顾，如饥似渴地寻求财富。30多英里长的山谷，陡然被凿成蜂窝状，布满凹陷的矿井，致使数以百计的矿工淹死其中。双腿浸在水中，浑身污泥，他们昼夜不息地工作，最终死于长期暴露室外和病菌感染。读到此处，我的记忆已逐渐模糊，不经意间，思绪飘回到自己身上：若我所做之事与他们的别无二致，那我的生活也将不甚如意。刚才脑海里浮现的淘金画面依然清晰，我自问，为何我不每天洗一些黄金，尽管它们都是最细的颗粒；为什么我不在内心挖一个井，开采自己的金矿。你的内心本来就有一座巴拉瑞特[7]、一座本迪戈[8]，尽管它是一条肮脏的沟壑又怎样？不论如何，我都可能选择走上那条能让我满怀热爱和崇敬的路，无论它多么孤寂、狭窄和曲折。当一个人怀着这样的心境，选择脱离群体追寻自己，他总会看到一个岔路口，虽然普通行人只会看到栅栏有一个豁口。穿过路口选择的那条人迹罕至的道路，终将更为高尚。

人们争先恐后地拥向加利福尼亚和澳大利亚，好似在那儿能找到真正价值连城的黄金；但他们恰恰是背道而驰。人们持续不断地沿着错误的方向探测金矿，却离真正的路线越走越远，最不幸的是，他们竟还认为自己是最成功的人。我们的故土难道不孕育金矿吗？发源于金矿山的溪流难道没有在我们的山谷中流动吗？故土的金矿难道不是同样经历数个地质年代的积淀，为我们带来闪闪金粒、块块金砖吗？然而，说来奇怪，若淘金者偷偷地到我们身边的那片人迹罕至、未被探索的地方去寻找真正的金子，便不会面临有人尾随他的脚步，试图将他取而代之的危险。无论是已经开垦的还是尚未耕种的土地，他会向整片河谷索取并给它造成破坏，即使如此，他的一生是平静的，因为永远都不会有人对他的索取提出异议。没有人会在意他的托架和潜水器。他不会像在巴拉瑞特一样，被限制仅可在12平方英尺的土地上掘金，他可以在任何地方淘金，能戴着潜水器遨游整个世界。

豪伊特写到，那位在澳大利亚本迪戈金矿中挖到一块重达

28英镑金砖的淘金者："他即刻便开始酗酒；花钱买了骏马，疾驰各处，一遇到人便大声呼喊询问对方是否知道他的鼎鼎大名，还好心地提醒对方，他便是那个'找到了那块大金砖的大混蛋'。最后，他在骑马全速行进的途中撞到了一棵树上，脑浆差点儿飞泻而出。"然而，依我之见，他撞到树上时，脑浆不太可能飞泻而出，因为那块大金砖早就将他撞得脑浆四溢了。豪伊特补充道："他是一个被毁掉的废人，无药可救。"但他确实代表着一类人，一类急功近利的人。来听听几个他们淘过金的地方的名字："蠢驴坳""羊头沟""杀人魔滩"。这些名字难道没有讽刺意味吗？就让他们带着不义之财去吧，乐意去哪就去哪，我想，不是去"杀人魔滩"便是"蠢驴坳"，因为那儿就是他们的栖居之所。

最后一项我们愿意为之付出精力的事是到达连湾⁹海峡的墓地里盗墓，这项事业现在还处于初创期，因为根据最近报道，新格拉纳达¹⁰的立法机关二次宣读了一项最新法案以监管此项活动。《论坛报》的一位记者写道："到了旱季，天气状况允许人们好好地勘探这片土地，毫无疑问会发现其他葬品丰富的'瓜卡斯¹¹'（即墓地）。"他对外来者提议道："12月前不要到这儿来；优先选择海峡路线，避免走博卡斯·德尔·托罗¹²那条线路；只拿上贴身行李，不要给自己添麻烦带上帐篷；两条厚实的毯子很必要；一个锄头、一把铁锹和一把好斧子差不多就是你所需要的全部东西了。"这些建议很可能是从《伯克¹³指南》上照搬来的。文章最后，他用斜体小写字母写下这样一行文字："若你在故土过得不赖，就别到这儿来了。"这句话当然也可以这样理解："若你在故土能够靠盗墓过上好日子，就别到这儿来喽。"

　　既然如此，人们何必还要为一纸经文跑到加利福尼亚去，加州本就是新英格兰的儿子，是在新英格兰自己的学校和教堂里培养成人的。

## 第二部分

　　令人惊奇的是，如此多的牧师当中鲜有惩恶扬善的道德家。宗教先知也能花钱雇来为人类的恶行开脱。大多数德高望重的长者，这个时代的光照派[14]们，带着亲切、追忆往事时的微笑告诫我，不要对这些事过于较真儿，要忍气吞声，沉默是金，这让我既感到踌躇满志又不寒而栗。关于这些话题，我所听到的最高明的建议是保持奴颜婢膝的姿态。此建议的重点在于：在这方面改造世界是徒劳无功的；不要问面包上的黄油是怎么抹上去的，知道了会令你作呕，诸如此类。人还不如一下子饿死，也不要在争取面包的过程中丧失纯真。若一个老于世故的人内心没有一方净土，那他不过是恶魔的化身。随着年龄的增长，我们会变得粗俗，对自身奉行的行为准则有所松懈，而且一定程度上会放弃遵循内心最纯洁的天性。但我们一定要对保持头脑清明达到吹毛求疵的地步，全然不顾那些比我们不幸百倍的人对我们指手画脚。

　　即使我们的科学和哲学，通常也不会对事物进行真实、确切的描述。宗教和偏见已经将触角伸向星际。星空是否已经被人类占领？你只有探讨这个问题，才能找到它的答案。为什么我们污染了地球还不够，连天空也不放过？很遗憾，我们发现凯恩博士[15]是一位共济会[16]成员，而约翰·富兰克林爵士[17]也是其中一员。比这更为残酷的情况是，这很有可能就是凯恩博士寻找后者踪迹的原因。在这个国家，没有一家流行杂志敢刊登一个孩子对重要问题的想法而不作评论。所有文章都要交给神学博士审阅，但我宁愿它们被交给山雀[18]。

参加完人类的葬礼后去观察一下某种自然现象，稍微动一点脑筋你便能成为全世界的教堂司事[19]。

我从未见过哪个知识分子胸怀如此宽广、思想正真开明，与他相处你可以不假思索地畅所欲言。大多数你试图去交谈的人，很快就站出来反对某些制度，好像他们与之有切身利益关系一般，这便是典型而非普遍的看待事物的方式。他们持续不断地将自己低矮的屋檐强行挤进你和天空之间，那狭窄的天窗局限了你的视野，使你看不到本可以尽收眼底的天空。我会跟他们说，带着你那布满蜘蛛网的屋檐滚吧，擦一擦那污秽的窗子！在某些学园[20]，他们告诉我已经投票将宗教话题去掉了。但我连他们信奉的宗教是什么都不知道，我又如何知道何时离他们的宗教相差甚远，何时又算贴近呢？我曾经去过一个这样的文学团体，在那儿用尽浑身解数将我的宗教体验悉数讲出，听众自始至终也没有怀疑我演讲的真实用意。那次演讲对他们来说就像月光一样毫无害处。然而，如果我讲的是历史上最臭名昭著的恶棍的奇闻轶事，他们倒会以为我把教堂司事的生平抖了出来。通常我被问及的都是"你从哪里来"或"你要到哪里去"这样的问题。但有一次，我偶然听到一个更中肯的疑问，那是我的一个听众问另外一个人的："他讲这个干什么？"，令我为之一怔。

说句公道话，我所认识的最近乎完美的人并不宁静超脱，他们都算得上是社会人。大多数时候，他们拥有不止一副面孔，阿谀奉承、装腔作势，比一般人更甚。我们用花岗岩做房屋和谷仓的基石，用石块修筑围墙，却不以花岗岩般坚固的真理为自己支撑，那是最稀有的远古岩石。我们心中的道德基石已腐朽不堪。若一个人不能与最纯洁、最精妙的真理共存，那他还是血肉之躯的人类吗？我经常指责我最出色的朋友们过于轻浮，因为我们的行为举止未臻尽善尽美，有些溢美之词实属谬赞；我们也不会相互敦促，要像动物一样诚实、坦率，像岩石一般坚实、稳固。然而，过错通常是相互的，因为我们已经习惯不对彼此提高要求。

人们对科苏特[21]的狂热，想来是多么典型又多么浅薄！那仅是另一种派别之争或权谋之术。举国上下都在做有关他的演讲，但每个人讲的都仅是大多数人的看法或是观众想听的观点。没有一个人讲述事实。演讲者和听众抱成一团，内部相互倚靠，习以为常，但外部整体却无物可依，如同印度人把世界放在大象背上，大象站在乌龟身上，乌龟趴在毒蛇背上，而毒蛇身下却空无一物一样。非要说那场集体的狂热给我们留下了任何有益的东西，那便是科苏特戴的垂边软帽成了流行风尚[22]。

大多数情况下，我们的日常谈话是那么空洞、无用。问也肤浅，答也肤浅。若我们不再关注内心世界、注重独处生活，那交谈就成了闲言碎语。我们很少遇到一个人，他所知道的每件事不是从报纸上看来的或从邻居那听来的。我们和同伴唯一的区别多半是他看了报纸或被请去喝茶，而我们没有而已。当内心世界溃不成军，我们奔走邮局与他人通信的执着就更加迫切。你可能也认同，那个从你身边走过的可怜虫，拿着比任何人都多的信件，为拥有数量惊人的来信而洋洋得意，却不自知他已经很久没有倾听内心的呼唤了。

我不知道这样说合不合适，但是我认为一周看一次报纸实在太多了。最近我试着这样做，但这段时间以来，我感觉自己一直都魂不守舍，与自我脱离了。太阳、云彩、雪花、大树不像之前那样对我畅所欲言。因为你不可能侍奉两个主人。要想发掘并拥有仅一天所孕育的财富，你需要付出的不仅是一天的全身心投入。

我们很可能会耻于告诉别人今天所读到或听到的东西。我不知道为何我听到的新闻都是些鸡毛蒜皮的琐事，例如某人的梦想和期待是什么，为什么发展如此微不足道等。对于天才来说，我们听到的消息多半都不算是新闻，是毫无生气的反复报道。你可能经常感到疑惑，为什么你已经有过的某种经历还会受到如此重视，如阔别25年之后，你可能会再次在马路上碰见契据记录员霍宾斯[23]，那时你会不会一动不动呢？这便是每日新闻的内容。事实就像毫无价值的真菌芽孢[24]一样飘浮在空气中，撞击着微小的原植体[25]或我们思想的表面，这便构成了事实生存的环境，因此它是在寄生生长。我们应该远离这样的新闻。就算地球要爆炸，如果没有一个人身陷其中，后果又会如何呢？繁荣昌盛年代，我们对此类事件一点儿也不关心。我们活着不是为了毫无意义的消遣，我才不会躲到某个墙角等着看地球爆炸。

过去，整个夏天也许一直到秋天，你可能都在毫无意识地浏览报纸和新闻，现在你发现，那是因为早晨和晚上新消息不断向你涌来。你散散步会遇到各种意外事件。你所关心的不是欧洲发生的事，而是马萨诸塞州内与你息息相关的事件。若你有机会生活在、进入或置身于那个最薄的社会阶层——比刊印新闻的纸张还要薄——那里的新闻事件若被泄露，你的世界将会被这些新闻填满；但，若你高高翱翔于那个阶层之上抑或俯冲在它之下，你就会记不得甚至也想不起它们。平日真正留心日出日落，从而把自己和一个普遍事实联系起来，会让我们永远保持心智健全。国家！何为国家？无论是东欧人、中亚人还是中国人！人类就像昆虫，喜欢群体行动。历史学家努力使他们留存于人们的记忆之中，但徒劳无功。独立自主的个人才是栖居于这个世界的主人。上帝想要一个人，最后才有了如此多的人。任何会思考的人都会说起《洛丁的精神》[26]中的诗句——

> 我从空中向下俯瞰各个国家，
> 它们在我眼前灰飞烟灭；
> 栖居云层我从容不迫，
> 休憩旷野我怡然自得。

祈祷吧，别让我们坐在狗拉的车子上谋生。这是爱斯基摩人的风尚，那些狗撕咬着彼此的耳朵，翻山越岭一路狂奔。

感知到危险我也会微微一怔，我常常感到自己差一点就把一些鸡毛蒜皮的琐事——就是街上的消息——放进心里。我很惊讶人们如此情愿让这些垃圾信息塞满他们的头脑，任凭毫无根据的谣言和无关紧要的琐事闯入本属于思想的圣地。难道人的头脑是一个公共场所，主要用来讨论街谈巷议？抑或它本该是天堂的化身，就如古代的露天庙宇，是一个用来祭拜神灵的圣殿？让我对仅有的几个对我来说意义重大的事实置之不理，这比登天还难。我不愿费神把注意力放在无关紧要的事情上，只有神灵才能证明它们的真实性，新闻报纸和日常交谈多半可以归为此类。由此，保护思想纯洁至关重要。试想一下，把刑事法庭上一件案子的细节放入我们的思想，任其趾高气昂地在思想圣殿中走上一个小时，或好几个小时！亵渎心灵的神圣；把心灵最深处变成一个酒吧间，就好像长久以来我们的心一直布满街道上的灰尘，这条街道以及它承载的过往、它的喧闹和污秽，已经穿越了我们思想的圣殿！这难道不是理智和道德的自缢吗？我曾被迫作为观众或听众出席法庭长达几个小时，而我的邻居们却无人强迫，看到他们不时悄悄踮着脚尖进来，手和脸洗得特别干净，我的脑海里就会浮现这样一幅画面：摘下帽子，他们的两只耳朵瞬间就变成了两个硕大的漏斗状的声音接收器，夹在两耳之间的小脑袋其实已拥挤不堪。他们就像风车的轮叶一样，只能捕捉广阔而浅薄的声音，那声音在他们那迟钝的脑子里回荡了几下，就从另一边传了出去。我很好奇，当回到家时，他们是否会像出门时仔细洗手洗脸一样仔细地清洗他们的耳朵。于我来说，在这样的时刻，法庭上的听众和证人，陪审团和辩护人，法官和犯人，一律都是罪犯——如果我能在他们被定罪之前假定他们有罪的话——或许一道霹雳将会降临将他们全部劈死。

有些人通过各种各样的诡计和幌子，威胁神圣法律的终极惩罚，将这些侵犯者赶出你的脑海——你唯一的圣地。记住那些比毫无用处还差劲的东西，想要忘却就难如登天了！如果我要做一条大道，我宁愿山间小溪和帕纳塞斯的溪流从我身上淌过，而绝非城镇的污水。来自神圣法庭的流言蜚语传到有心人的耳朵里能带给他启发，同时也揭露了治安法庭以及酒吧间的腐臭和肮脏。双耳天生就能听到这两种不同的声音，只有听者才能决定对哪种消息闭耳不闻，对哪种又洗耳恭听。我认为，习惯将注意力放在无关紧要的小事上会永久性地玷污思想，导致我们的所有思考都会显得浅薄。我们的理智就如路上的碎石，根基已经瓦解破碎，任由车轮碾压；若你想知道何种材料胜过滚石、整齐的石块和沥青，能构建出最坚固耐用的路面，只需要看看我们一些人的心灵就可以了，因为长久以来它们一直经历着碾压。

因此，若我们已亵渎了自我——谁能不会呢？——补救的方法是提高警惕、一心一意地让自己恢复神圣，使自己的心灵再次成为不容侵犯的圣殿。我们应该把我们的心灵，也就是我们自己，当作天真无邪的孩子来对待，做它的监护人，对于何事何物占据它的注意力要十分审慎。不要读《泰晤士报》，读读永恒的东西。因循守旧无异于道德败坏。即使是科学事实，也可能因干巴枯燥而使思想蒙上灰土，除非在某种意义上，每天清晨灰尘会被抹去，或者更确切地说，被鲜活的真理的露珠滋润而变得肥沃。知识从不在细枝末节中显现，而由天堂之光点亮。是的，每一个流经头脑的想法都会磨损、摧残我们的思想，甚至加深自身留下的影响，就像庞贝古城[27]街道上那深深的车辙印一样，展示了思想被消耗的程度之深。有多少事情是我们需要深思熟虑要了解的，不管步伐多么缓慢，还是让它们自我兜售的手推车驶过那座辉煌、宽阔的大桥吧，我们相信，我们终会通过这座大桥，从时间的最远边缘到达离永恒最近的彼岸！难道我们没有文化、没有品德，有的只是维持粗鄙生活和为非作歹的"技能"？获得一些世俗的财富、名声或自由，然后装虚作假、骗人骗己，如同皮和壳一般，没有柔软、给予我们生命的内核？难道我们的制度就像那些果实发育不全、长满芒刺的坏栗子，只适合用来扎人手指？

据说美国是为自由而战的舞台，但这里的自由绝不仅仅指政治意义上的自由。即使我们承认美国已经从一个政治暴君手中解放出来，它仍然受经济和道德暴君的奴役。既然共和制已经建立——即联邦，现在是时候处理各邦的问题了——即各州，要像罗马元老院曾对其执政官所要求的那样，确保各州不受损害。

我们不是称这个国家为自由国度吗？那么，从英国乔治国王手中获得自由，转而成为偏见国王的奴隶是何道理？有生的自由，没有活的自由又是何道理？除了能够实现道德自由，政治自由又有何其他价值？成为奴隶是自由，还是追求自由才算自由？我们以拥有哪种自由为骄傲呢？我们的国家是政客的，他们只关心对自由最外围的防卫。也许，我们孩子的孩子才能获得真正的自由。我们的征税不合理，一部分同胞没有算在纳税人里，因此没有代表性。我们的身体里驻扎着军队、居住着蠢蛋和牲畜；臃肿、丑陋的身躯栖居在贫瘠的灵魂上，直到身体将灵魂榨干耗尽。

至于真正的修养和英雄气概，本质上，我们依旧是心胸狭隘的乡巴佬——典型的美国人——而非开放包容的城里人。我们迂腐狭隘，因为我们没有在这片土地上建立准则，不崇敬真理而唯真理的表象马首是瞻；因为我们一门心思只关注贸易、商业、制造业和农业等事务，心灵变得扭曲，视野变得狭窄，殊不知那些不过是手段而非目的。

英国议会同样是一群乡野鄙人，纯粹的乡下佬。一旦有任何稍重要的问题需要解决，他们就会暴露本性，比如爱尔兰人的问题[28]（我为什么不说是英格兰人的问题?）。所做之事压抑着他们的天性，而"良好的教养"只允许他们尊重二流的东西。当与更出色的人比相形见绌时，世界上最得体的举止便表现得笨拙和愚蠢。他们看起来遵循的还是过去的风尚，仅是谦恭礼让、戴膝扣、穿紧身短裤，而这些已经过时了。那些都是礼仪的糟粕而非精华，不断地遭到人们抛弃，就像脱下的衣服和扔下的壳，索求着主人应得的尊重。呈现在你眼前的仅是表象而非本质，而一般来说，要是表象比本质的价值还要大，那是毫无道理的。一个强我所难，逼我接受他举止的人，其行为就好像当我想看看他的庐山真面目，他却一意孤行非要给我展示他的古玩柜。诗人德克尔[29]称，基督是有史以来第一个真正的绅士可不是基于以上这一点说的。我再说一遍，从这个意义上说，基督教世界最出色的法院便是地方法院，它只有权讨论阿尔卑斯山北边居民的利益，而无权对罗马的事务指手画脚。因此，一个执政官或地方总督就足以解决备受英国议会和美国国会关注的各种问题。

政府和立法机关！我原以为这些都是受人尊敬的职业。在世界历史上，我们曾听说过上帝之子努马[30]、莱库格斯[31]和梭伦[32]，这些名字至少代表着理想的立法者应该有的模样；但是想一想那些管制蓄养奴隶和烟草出口的立法！神圣的立法者与烟草的进出口有何干系？仁慈的人类与蓄养奴隶又有何干系？难道上帝在19世纪就没有儿子吗？难道上帝家族要绝种了吗？要不去问问任意一个上帝的儿子，何种情况下我们才会重新得到一个上帝之子啊？像弗吉尼亚这样的州，在末日审判时会说些什么为自己辩护呢？烟草是这里的主要产物，而奴隶也是这里的"大宗产品"！在这样一个州，爱国精神根基何在？我从各州自己公布的数据中得出了我所讲的事实。

有一种贸易，为了寻找坚果和葡萄干而使每一片海洋遭到污染，让水手也成了奴隶。有一天，我在海岸边看到一艘夺去了很多人生命的沉船残骸，腐烂的货物、杜松子和苦杏仁撒落在岸上。为了一船杜松子和苦杏仁，冒险穿越利沃诺[33]和纽约之间的海域实在不值得。美国派人到旧大陆去找苦味料！难道苦涩的海水、失事的船只让生命永沉大海还不够苦吗？然而，在很大程度上，这就是我们引以为荣的商业，那些标榜自己是政治家、哲学家的人，简直是毫无理智才会认为进步和文明正是依赖于这种交易和活动——如同苍蝇循着糖浆桶飞来飞去。有人说，如果人是牡蛎的话，这样的活动很不错。要我说，人是蚊子的话，这样的活动确实不赖。

赫恩登[34]中尉受政府之命去探索亚马孙，据说是为了把蓄养奴隶的做法扩展到该地。赫恩登观察到亚马孙缺少一群"勤劳又积极肯干的人，知道什么是舒适的生活，有想要挖掘这个国家巨大资源的人为需要"。但他想鼓励的"人为需要"具体有哪些呢？我想，不是对奢侈品热衷，如中尉家乡弗吉尼亚对烟草和奴隶的狂热；也不是对物质资源的欲求，如我们的故土新英格兰对冰、花岗岩以及其他资源的狂热；也不是对"这个国家的巨大资源"的需求，不管它们是由沃土还是贫瘠的土壤孕育。我所到过的每个州，主要缺乏的是居民心中崇高而真挚的目标。仅这一点就能挖掘出大自然的巨大资源，最终将其掏空，不堪重负，人类也将自然消亡。当我们终于更需要文化而不是土豆，更需要启迪而不是蜜饯之时，世界的巨大资源也将不堪重负、消耗殆尽，而那时剩下的或我们主要产出的不再是奴隶、工人，而是人——那些像珍果一样稀有，被称作英雄、圣人、诗人、哲学家和救世主的人。

简而言之，就像风停了会形成雪堆一样，人们会说，事实尘埃落定，就会产生一种制度。但，若事实一直在它上方吹拂，最终还是会把制度吹垮。

相比之下，所谓政治，就是某种浮于表面、不人道的东西，实际上，我从来不觉得它与我有任何关系。在我看来，报纸会免费开辟一些专栏，专门谈论政治和政府话题，有的人会说，正因为如此，一份报纸才能存活下去；但我钟爱文学，在某种程度上也热爱真理，所以我从来没有读过那些专栏。我可不希望我的正义感变得太迟钝。我也不用为读过一篇总统致辞而负什么责任。这是一个奇怪的时代，帝国、王国和共和国纷纷求到平民百姓门前，凑在他们身旁倒着心中苦水。我不苟同报纸上的观点，但我发现，某些卑鄙的政党或它们的敌对党，被逼得走投无路，濒临垮台，恳求我——读者——投它一票，比意大利的乞丐还难缠。如果我有意看看它的证明材料——也许是由某个好心肠的商人职员制作的，也许是船长从国外带回来的——因为它连一个英文单词都不会说，我可能会读到维苏威火山[35]喷发或波河[36]泛滥的字眼——不管是真的还是它编造的——好像是这些不幸导致它沦落到现在这步田地。在这种情况下，我毫不犹豫地建议它投入工作或进救济院，或就像我经常做的那样，保持沉默。可怜的总统，既要保住自己的声望，又要履行自己的职责，彻底迷失了方向。报纸被当权者掌控，其他党派被打压成保卫独立堡的几个水兵。如果一个人忘了阅读《每日时报》，政府就会跪地求他，因为这是目前唯一的叛国行为。

那些现在最能引起人们关注的事情，例如政治和日常事务，确实是人类社会的重要功能，但应该悄无声息地运作，就像身体的相应功能一样。它们跟人很类似，像一种植物。我有时会朦朦胧胧地意识到它们在我周围发生，就像一个人生病时会感受到消化的某些过程，患了所谓的消化不良症。就像思考者将自己放到宇宙的巨胃里面去磨碎一样，政治就像社会的胃，充满了沙砾和结石，而两个政党就是它相互对立的两半儿，有时可能分裂成四半儿，各个部分相互碾磨。不仅是个人，还有各个州，都患有根深蒂固的消化不良症，你可以想象一下要拥有怎样的雄辩之才才能表达清楚这个症状。因此，我们的生活不完全是一种遗忘，而且，唉！在很大程度上，是一种记忆，去记住那些我们永远不会意识到的，也绝不会出现在我们清醒时刻的东西。为什么不在消化不良的时候见见面，聊聊彼此的噩梦呢？（也别总是在消化不良的时候才见面）有时，在消化良好的时候，为什么不在阳光永远明媚的清晨互道祝贺呢？我提的要求并不高，我保证。

1　作者在这里使用类比的手法，实际指自己不会参与这样的劳动，更愿意做别的事情。当时美国公立学校称为common school，而梭罗理想的学校是uncommon school。

2　蒂莫西·德克斯特勋爵是18世纪美国的一位商人，他一生做出许多愚蠢的商业决策，但却歪打正着地取得了成功。

3　查尔斯顿市是美国最古老的城市，始建于1670年，18世纪后半期发展成费城以南的最大港口。这有美国最早的海关，美国最早的贩卖黑奴交易市场，美国南北战争纪念碑，还有历史悠久的古炮台。

4　或称踩踏车，旧时由人或牲畜踩动踏板使之转动的踏车，其在动力机器发明之前就出现了。后来，脚踏机也被用来惩罚那些苦役服刑之人。

5　政治家、宗教领袖，穆斯林认可的伊斯兰先知，广大穆斯林认为他是安拉派遣人类的最后一位使者。伊斯兰教教徒之间俗称"穆圣"。享年63岁，葬于麦地那。

6　威廉·豪伊特（1792—1879），英国杂文作家、诗人。1852年启程前往澳大利亚，在那里的金矿区度过了两年，随后出版了《澳大利亚旷野的男孩历险记》（1854年）。

7　巴拉瑞特是澳大利亚维多利亚境内的第三大城市，澳大利亚第二大内陆城市，是澳大利亚最著名的金矿产地。

8　本迪戈是位于澳大利亚维多利亚州中部的一座小城，1851年在此发现金矿后开始发展成为重要的矿业城镇。

9　加勒比海最南端的三角形延伸部分，是哥伦比亚的卡里瓦纳角和蒂布龙角之间的一个浅湾。大航海时期，哥伦布到达这里并建立了城镇，以天然良港而闻名，1979年，考古学家在巴拿马海岸的喀里多尼亚湾畔发现有17世纪苏格兰殖民地遗址、沉船和堡垒。

10　新格拉纳达是西班牙在南美洲北部的殖民地从1717年开始使用的名称，19世纪南美洲的独立运动结束了这个殖民地政府。

11　此处为西班牙语音译，原文为：Guacas。

12　博卡斯·德尔·托罗（西班牙语，意为"牛的河口"）是巴拿马的一个群岛省。它的面积为4,643.9平方公里，包括大陆和9个主要岛屿。19世纪初由黑人移民兴建，曾两次被焚毁。是热带种植园作物区的贸易中心和港口。

13　伯克，一个以谋杀罪而臭名昭著的凶手，杀害受害者并将他们的尸体卖给解剖学家，用于科学解剖。

14　光照派，又被翻译为光明会或光明帮。广义上是指自从传说中的人类上一次文明亚特兰蒂斯灭亡以来，一直秘密控制人类的古老神秘组织。狭义上是指启蒙运动时期的一个巴伐利亚秘密组织，成立于1776年5月1日。"光照派"经常被指控合谋控制世界事务，透过策划事件（如法国大革命、滑铁卢战役和美国总统肯尼迪遇刺案），并安插政府和企业中的代理人，以获得政治权力和影响力，最终建立一个"新世界秩序"。

**15** 以利沙·肯特·凯恩（1820—1857）是一位美国北极探险家。他在家乡费城学习医学，并于1843年进入美国海军任外科医生。1850年，他以高级医务官员和博物学家的身份参加了探险队的航行，搜寻1845年在加拿大北极地区失踪的英国海军军官和探险家约翰·富兰克林爵士（1786—1847）。1853—1855年，凯恩负责指挥第二次探险，但仍然未能找到富兰克林。凯恩将这两次北极探险经历编写成书。

**16** 共济会出现于18世纪的西欧，自从1717年成立英格兰第一个总会所，至今其已经遍布全球。共济会是一种类似宗教的兄弟会，基本宗旨为倡导博爱、自由、慈善，追求提升个人精神内在美德以促进人类社会完善。会员包括众多著名人士和政治家，有些要求申请者必须是有神论者，有些则接受无神论者申请。而反对者则认为，共济会主要是富人和权贵的阴谋组织，其有着不为人知的统治世界的秘密计划，比如世界新秩序等。

**17** 约翰·富兰克林爵士，英国船长及北极探险家，早年在贝勒罗丰号上服役，参加过特拉法加战役，后在搜寻西北航道之旅中失踪，他和其他队员的下落在其后十多年间成谜。

**18** 北美山雀。雀形目山雀科山雀属中7种北美鸣鸟的俗名（模拟其鸣声而得）。本属中的旧大陆成员称为山雀。分布于北美各地的黑顶山雀，体长13厘米（5吋），顶部和前额为黑色。

**19** 教堂的下级职员。作为教区牧师的助手，司事通常负责看管教堂的教区集会场所，管理教会设备并承担次要工作，如清洁教堂、鸣钟、挖掘墓穴等。在英国圣公会中，现在由会督和教区教会政务会任命。

**20** 或称学苑，这里指以演讲为主要活动的文学团体，类似于讲习所或讲堂，通常在小城镇集会，由专业的演讲者来主持。梭罗曾担任康科德文学团体（康科德学苑）秘书一职。

**21** 拉约什·科苏特（1802—1894），匈牙利律师、政治家，1849年匈牙利的总统。1849年匈牙利宣布脱离奥地利帝国独立，科苏特任国家元首。由于未能解决农民土地问题和团结非匈牙利民族，在俄国、奥地利联军侵入和反动军军队叛变下，被迫辞职。革命失败后，流亡国外。

**22** 垂边软帽（在美国叫作科苏特帽）最早出现在澳大利亚军队，是一种便帽，在第一次世界大战期间传播到其他国家。1852年，科苏特为争取匈牙利自由而发起的运动得到了许多人的支持。在科苏特到美国的一次巡回演讲中，这种垂肩帽被引入美国，风行一时。一顶古老的科苏特帽是梭罗在缅因森林之旅的必备之物。

**23** 霍宾斯（英格兰人的姓氏），这里没有特指，表示任意普通人。

**24** 孢子是真菌的主要繁殖器官。孢子在适宜条件下发芽，形成菌丝而进行分裂繁殖；当外界环境不适宜时可以呈休眠状态而生存很长时间。

**25** 原植体指藻类、真菌及其他类似等低等生物的植物体。原植体为丝状或片状，大小不一，小的仅数个细胞，大的形态复杂如树状。那些可进行光合作用和所生的细胞呈线性结构，但原植体则无根、茎、叶的分化，无输导组织。大部分的原植体现在被归属为复杂的原生生物。

**26** 这首诗歌是梭罗摘自苏格兰作家詹姆斯·麦克弗森的诗集《奥西斯》中的一首。

**27** 庞贝，或译庞培，为古罗马城市之一，位于拿波里湾岸边，"庞贝"的词根来自奥斯坎语中的"五"，可能是此地有五个村落，或者最初是一个庞贝宗族。庞贝城始建于公元前4世纪，公元79年毁于维苏威火山大爆发。但由于被火山灰掩埋，街道房屋保存比较完整，从1748年起考古发掘持续至今，为了解古罗马社会生活和文化艺术提供了重要资料。

**28** 作者在这里指的是爱尔兰独立运动。

**29** 托马斯·德克尔（1572—1638），英国17世纪剧作家，以"城市喜剧"而著称，与本·琼生齐名。

**30** 努马·庞皮留斯（公元前753年—前673年），是罗马王政时期第二任国王。跟初代国王罗慕路斯以发动战争扩大罗马疆域不同，在其43年的统治中没有进行一次战争并充实内政。

**31** 莱库格斯被认为是斯巴达的宪法的立法者，而其实莱库格斯只是一个神话式的人物，最初本来是一个神，名字的意思是"驱狼者"，这个神源自阿加底亚。

**32** 梭伦（约公元前640年—约公元前558年），生于雅典，古希腊时期雅典城邦著名的改革家、政治家，立法者，诗人，是古希腊七贤之一。

**33** 利沃诺是意大利西岸第三大港口城市，或称"来航港"。中世纪时为渔村，19世纪末起发展成重要的工业中心。意大利最大海港之一。在文艺复兴时期被认为是"理想的城镇"，当时的建筑至今仍存在于社区之中。

**34** 威廉·赫恩登（1813—1857），美国海军指挥官，于1851—1852年考察了从秘鲁到巴西的亚马孙流域。1854年，华盛顿将他与吉本（两人都是美国海军中尉）向国会所作的题为《亚马孙河流域考察记》的报告作为官方文件发表。该报告非常详尽地报道了在亚马孙水系的各河段进行汽轮航行的可能性、可开发的资源、保健问题、社会环境以及进一步移民和开发的可能性。

**35** 维苏威火山是一座位于欧洲大陆上的活火山，位于意大利南部那不勒斯湾东海岸，是世界著名的火山之一，被称为"欧洲最危险的火山"，海拔1281米（4200英尺）。世界上最大的火山观测所就设于此处。前文中出现的庞贝古城，便毁于该座火山爆发。

**36** 波河，意大利最长的河流。

# 冬 日 漫 步

(选)

　　风轻轻穿过百叶窗，柔声细语地絮叨着，时而对着窗户吹起一阵羽毛般的柔软，又偶尔拂过叶梢，像夏日的和风一样轻轻叹息，萦绕在这漫漫长夜。草甸鼠已经在地下舒适的地道里安然入睡，猫头鹰栖坐在沼泽深处的空心树上，兔子、松鼠还有狐狸都舒舒服服地酣睡在窝里。看家的狗儿静静地躺在炉边，牛儿默默地站在牛棚里。大地也睡了，仿佛是第一次安睡，而不是永远长眠。夜里只听到街上哪块路牌或木屋门上的铰链发出吱呀的微弱声响，像是在为大自然孤寂的午夜工作喝彩。这一星半点儿的声响在金星火星间回荡，让我们想起内心深处的温暖，一种神圣的愉悦与情谊，诸神在两星之间相聚，但这里却荒凉清冷得让凡人难以忍受。此时，大地已经沉沉地睡去，羽毛般的雪花一飘落，所有的空气像有了生机，仿佛北方的农神克瑞斯[1]降临，向大地抛撒银色的谷粒。

　　我们睡了一整夜，在这冬日宁静的清晨醒来。窗台上积了一层厚厚的雪，看着像棉絮一般温暖。透过宽敞的窗棂和结满霜花的玻璃，一束朦胧幽静的光照进来，屋里瞬时变得舒适惬意，让人欢喜不已。清晨的寂静令人难以忘怀。移步窗前，脚下的地板就开始吱呀作响，透过窗户，田野上广阔无垠的空地尽收眼底。一个个屋顶上堆着皑皑白雪，屋檐和栅栏上挂着冰凌，院子里立着冰笋，里面裹着其他的什么东西。树和灌木向四周伸出玉臂般的枝丫，笔直地指向天空。在原本是墙和篱笆的地方，朦胧的大地上呈现出千奇百态的样式，它们在雀跃、在嬉戏，仿佛大自然一夜之间在田野上撒满了新奇的设计图案，为人类提供了各种艺术模型。

轻轻地推开门，积雪摔落一地。走到门外，寒风凛冽刺骨，星星暗淡无光，一层铅灰色薄雾笼罩在地平线上。东边出现了一抹明艳的黄铜色亮光，宣告白昼降临，而西边地平线仍朦胧幽暗，弥漫在混沌的地狱微光中，像是虚幻神秘的国度。你能听见来自地狱的声音：公鸡打鸣、狗儿狂吠、噼啪的劈柴声、牛儿在低声叫唤，一切都仿佛来自冥王的谷仓，跨越了冥河。倒不是这些声音充满悲伤忧郁，只是朦胧中的这些喧响对大地而言太过庄严神秘。院子里，狐狸和水獭留在雪地上的足迹清晰可见，使人不禁浮想联翩：夜晚的分分秒秒都上演着什么样的故事？原始大自然的工作一刻也不曾停歇，它仍会在雪地上留下各种痕迹。打开大门，沿着孤零零的乡间小道轻快地走着，干爽的雪地上留下一串清脆的嘎吱声，还有木雪橇留下的刺耳清晰的吱吱声。它已经躺了一整个夏天，在碎屑和麦茬间做了一个长长的梦。而此刻，它从农户家早早敞开的门前，一路滑向了远处的市场。沿着雪堆和白雪粉砌的窗户远远看去，农户家早早点亮的烛光，像是一颗苍白的星星，散发出孤独的光芒，仿佛哪种美德正在那儿进行郑重的晨祷。一家又一家的烟囱开始升起了缕缕炊烟，盘旋在树林和雪地里。

未知的深谷轻烟袅袅

寒冷凝滞的空气触动破晓

白昼逐渐蔓延

去往天国的计划被耽延

烟雾缭绕得漫不经心

不知目的慢慢前行

好像那半梦半醒的主人躺在炉边

昏昏沉沉神思不明

还未准备好融入上升的气旋

新的一天——它正飘向远方

伐木人径直走去

想要早早挥起板斧

迷蒙的晨光中，他最早派出

清晨的侦察兵，他的使者，那轻烟

如最早的朝圣者破顶而出

感受这冰冷的空气，报告这一天的种种

当主人还依偎在炉边

没有勇气打开门闩

轻烟已随着微风飘下山谷

原野迎接它肆意的烟圈

覆盖树梢头、游荡在山岗

温暖早起鸟儿的翅膀

在天高气爽的空中

鸟瞰白昼下大地的边缘

来到主人低矮的门前把他迎接

化作天边的云霞璀璨万千


　　各家农户门前的劈柴声在冰天雪地里远远地回响，看家的狗儿汪汪叫个不停，远处还有公鸡清脆的啼鸣。空气冰冷稀薄，只传来十分细微的声音，带着短促悦耳的振动，一碰上纯净清亮的流水，声波便迅速沉淀下来，粗糙的杂质全都渐渐沉到水底。声音从地平线的远处传来，依然清晰可闻，清脆透亮像是铜铃一般，似乎不再像夏天有那么多阻隔，容易变得模糊不清。地面的声音响亮，像是干木材掉落的声音。即便是乡间普通的声音也十分动听，树上悬挂的冰晶都会发出甜美清亮的叮当声。空气中的水汽所剩不多，不是被风干就是已凝结成霜，空气变得极其稀薄富有弹性，使人心情愉悦。天空高高拱起，弯成一道弧形，像是教堂的走廊拱道。连空气都被打磨得闪闪发亮，仿佛飘浮着无数冰晶。在格陵兰岛²住过的人说，天寒地冻时，"大海会像燃烧的草地一样冒起烟来，升起一层薄雾，人们称之为冻烟"，这种烟"常常使脸或手上长出水疱，对身体十分有害"。但这种纯净刺骨的寒冷与冻烟不同，它更像是仲夏结晶的薄雾，经过寒冷的净化，对肺部十分有益。

隐隐约约仿佛有钹敲击的声音响起，太阳终于从远处的树林升起来了，空气在阳光中融化，随着晨间时光匆匆流逝，西方的远山早已镀上了一层金边。我们也加快脚步在粉末状的雪里穿行，心里像是有股暖流，思绪与感觉的逐渐丰盈，让我们更能享受这小阳春般的温和清爽。如果，我们的生命更顺应自然，我们会像草木兽禽一样无需抵御她的酷暑严寒，反而会发现她永远给予着呵护和友善。如果，我们仅靠简单纯净的养料为生，不依赖那些刺激味蕾和加热好的食物，那么我们的身体就不会像秃枝枯草一样无法抵御寒冷，而会像树林一般繁茂，即便在冬天也能适宜地生长。

　　到了冬季，大自然令人惊奇地纯净，这是最让人感到愉悦的事。一块块腐烂的树桩，长满青苔的石块与铁轨，还有秋天的残枝落叶，无一不掩藏在洁净雪白的方巾之下。在光秃秃的田野和叮咚作响的树林里，看一看还幸存着哪些美德。瞧，在那最荒凉寒冷的地方，依然有最温暖人心的仁爱驻足停留。寒冷刺骨的风吹走了一切疾病，没有什么可以与之抗衡，只有心存美好的东西才能存活下来。于是，不管在寒冷荒凉的地方——例如在山顶上——经历何种遭遇，我们都对一种坚定的纯真，一种清教徒式的坚韧心怀崇敬。身边的万事万物似乎都聚集起来寻求庇护，而那些置身事外能傲然挺立的必定是宇宙原始结构中的一部分，如同上帝一般勇敢。纯净的空气呼吸起来令人神清气爽，这种优质的纯净肉眼可见，我们都愿意在外面待得更久一些，北风或许会在我们身边呼啸而过，就像穿过那些光秃秃的树林，让我们适应冬天的寒冷。仿佛我们期望如此就能借走一些纯净坚定的美德，以应对一年四季的变换。

　　大自然里蛰伏着的地火，从未熄灭，何种严寒都无法降低它的温度。最终，它会融化厚厚的积雪，只是在1月被掩埋得深一些，而7月浅一些罢了。到了最寒冷的时候，它会四处蔓延，每棵树边的积雪一经触及便都会融化。田野上的冬黑麦在深秋抽出嫩芽，现在地里的冰雪消融得极快，正是地火掩埋得浅的缘故。我们也被这地火温暖着。冬天里，温暖代表一切美德。我们不由得想到涓涓细流的小溪，阳光下水中裸露的石块在闪闪发亮，想到树林里温暖的泉水，像野兔和知更鸟一样渴望它的甘露。沼泽和水塘里升起腾腾的水汽，像家里烧开的水壶一样亲切熟悉。当草甸鼠从墙边钻出来,山雀在林间小路上唱起歌来,何等火焰竟能与这冬天的暖阳相媲美呢?这温暖不是像夏天那样从地表辐射出来的,而是直接来自太阳。走在积雪很厚的山谷,我们能感受到后背上暖洋洋的阳光,仿佛得到了一份善意浓浓的优待,心中满怀感激,感谢太阳一路跟随我们来到如此偏远的地方。

每个人心中都有一个属于地火的圣坛,因为在最寒冷的日子,在最荒凉的山丘上,总有旅人珍爱衣袍下的那团火焰,它胜过任何在壁炉里燃起的火苗。其实,健康的人与四季相辅相成,虽身处严冬,却心藏夏日。那里有南国的温暖,群鸟百虫都迁徙过去,心田里的几眼温泉,聚集着知更鸟和云雀。

终于,我们把悠闲的小镇甩在身后,来到了树林边。沿着一家农舍的檐下走过,跨越门槛,进入这片密能藏身的树林,每一棵树都顶着一层白雪,它们依旧美丽让人心生欢喜,仿佛冬天夏天都一样亲切欢快。站在这松林之中,地上光影斑驳,四散开来,却没有哪束光影指出一条能深入这片迷宫的路。我们不禁在想,镇子上的人们是否听说过这个林子的故事。在我们看来,从没有旅人来探访过这里,虽然科学每天都在揭秘各地的奇迹,但谁会不愿听听这片树林的历史呢?防风避雨的木板是从这借的,烧火取暖的木棍也是这儿采的,坐落在平原上简陋的村落,都得益于它们的贡献。树林四季常青,像永不枯萎的草地,属于夏日的那抹绿色终年不曾褪去,这对于冬天是多么重要的景象啊!简单来看,不需要多高的海拔,地面的植被也可以丰富多样。但如果没有这些森林里的自然风光,人类的生活会怎样呢?站在山顶上看,这些树林平整得像是修剪过的草坪,不在这片高耸的"草地"上散步，我们还要去哪儿呢？

林间空地上的灌木，经历了整整一年的成长，看看这银色的粉末是如何把每片枯枝落叶装点的，它们落在姿态万千的残枝落叶上，形成了美轮美奂的造型，弥补了色彩的不足。你看，每枝树干旁都有老鼠的小爪印和野兔成三角形状的足迹。纯净的天空弹性十足，高高悬挂在头顶，好似夏日晴空经过纯洁的冬日严寒提纯浓缩，空中的杂质都掉落到了地面上。

大自然在这个时节打翻了夏日的景象。天空似乎离地面更近了，各种元素不再含蓄遮掩而变得更加鲜明独特。水凝结成冰，雨固化成雪。这儿的白昼相当于斯堪的纳维亚³的黑夜，冬季也只是北极夏天的化身。

大自然的生命多么顽强呀！寒风刺骨的夜晚，皮毛动物仍能生存下来，站在千里冰封的田野和树林里，看着次日的太阳冉冉升起。

荒野食物遍寻无
褐衣居民倾巢出

灰松鼠和野兔身手矫健，在远处的峡谷里玩得正欢。即便星期五的清晨寒冷刺骨，也没有让它们兴致稍减。这里便是我们的拉普兰⁴和拉布拉多⁵，对爱斯基摩人、克里族人、多格里布族人、新地岛居民还有斯匹茨卑尔根人⁶来说，这里不是正好有破冰器、斧子，狐狸、麝鼠和水貂吗？

即使在这种严寒天气，我们仍可以追寻到夏天的踪迹，并对这个时代的某种生命产生怜悯。冰霜覆盖的草地中央流淌着几条小溪，我们俯身凝视，或许能发现石蚕的水下小屋。这类毛翅目昆虫的幼虫用菖蒲、木棍、杂草、枯叶还有贝壳、小石子等各种材料，绕着身体四周，搭建起圆柱形的小房子，外形颜色都像是散落在水底的船只残骸。小房子时而在布满小石子的水底漂荡，时而在小水涡里打着旋儿，再沿着陡峭的瀑布直冲下去，或是随着急湍飞速地奔流，又或是围着草叶或草根来来回回摇摆个不停。不久这些幼虫会离开水下的住所，爬上植物的枝干，或者蜕变为两翼的小虫来到水面。从此它们就是完美的昆虫了，要么在水面上自在地飞舞，要么就在夜晚扑向美丽的烛焰，献出短暂的生命。远方小峡谷的深处，灌木丛被压弯了枝丫，白色的雪地衬着接骨木的果实，更显红艳鲜亮。雪地上留下无数只足印。太阳骄傲地爬上这座峡谷，仿佛爬上塞纳河[7]或是台伯河[8]的峡谷一般。这里好像孕育着一种纯粹、自立的勇气，不知道恐惧失败为何物，也从未被人发现。原始时代的简单纯净统治着这儿的一切，有着远离城镇的健康与希望。远在这深山密林之中，仿佛遗世独立。看着风轻轻摇落树上的积雪，身后留下一串串脚印，我们发现此刻思绪的丰富远胜于城镇生活。居住在这儿，你会发现山雀与五子雀的清脆啼叫比政治家和哲学家的高谈阔论更鼓舞人心。若是回到那群人身边，便是与鄙俗不堪的人为伍。孤寂的峡谷中，溪水沿着山坡涓涓流淌，水上冰层纹路曲折，冰晶五光十色；云杉铁杉耸立在溪水两岸，灯心草和干枯的野燕麦簇插在溪水之中，看着这些，我们的生活愈发平静，也愈加值得深思。

随着时间一点点推移，阳光的热能在丘陵地带显现，一首微弱但美妙的乐曲传入耳朵，原来是溪流挣脱冰雪的束缚在潺潺涌动，树上的冰柱正在融化，五子雀和鹂鸹在现身歌唱。午时，温暖的南风吹来，融化了层层的积雪，大地裸露出来，露出枯萎的草地和残枝败叶。地面飘来的芬芳就好像浓浓的肉香，令人精神振奋。

接着我们走进伐木人废弃的小木屋，看看他是如何挨过这漫长的冬夜，又是如何打发那风雪弥漫的短暂白昼的。这片地方在小山坡的南面，因为有人住过，看起来也像是个文明的公共居所。我们站在这忍不住浮想联翩，像是一个旅人站在帕尔米拉[9]或是赫卡通皮洛斯[10]古城的废墟旁。歌唱的鸟儿和芬芳的鲜花或许已经开始在这露面了，毕竟花花草草都会跟随着人的脚印而来。铁杉在他的头顶窃窃私语，山核桃圆木给他做柴火，油松根帮他点燃火堆。远处的山谷里流淌着一条小溪，薄薄的水汽一如既往地向上轻快地升起来。尽管伐木人现在已经离开了，那儿曾经也算是他的水井。屋里，粗壮的铁杉树枝撑起了一个高高的台子，上面铺着一些稻草，那便是他的床，一个缺口的碟子盛着他的饮料。但这个冬天他一直没有来过这儿，因为菲比霸鹟去年夏天就在货架上搭了巢。我发现地上还有一些灰烬，仿佛是他刚烤完一锅豆子出去了似的，灰堆里还放着一个没有柄的烟斗。如果他有伙伴的话，他晚上或许是一边抽着烟斗，一边和这唯一的伙伴聊天，谈论外面纷纷扬扬的大雪在第二天会积多厚，或者争辩刚才的声响是猫头鹰的尖叫还是大树枝发出的嘎吱声，又或许只是自己的想象。在这隆冬的深夜，躺在草床上之前，他通过宽大的烟囱向上看，试图了解风雪肆虐的情况。或许看到头顶仙后座星光闪烁，他便能心满意足地入睡了。

　　来数一数我们能从多少痕迹中窥见伐木人之前的生活。从这个木桩上，我们可以猜出他的斧子有多锋利，从截面的倾斜角度，我们能猜到他站在哪边挥舞斧头、有没有绕着圈砍、中途有没有换手。从木屑弯曲的形状，我们或许能知道树倒下的方向。这一块小小的碎木片上面，镌刻着伐木人与世界的整个历史。林间的一根圆木上飘落着一张废纸片，或许之前是用来包糖或盐，又或是给猎枪做填弹塞原料[11]所用。出于好奇，我们兴致勃勃地浏览纸片，在上面看到关于城镇的一些消息，比如那些坐落在商业大街和百老汇大道上的大房子，和这个小屋一样，正空着可以租出去。小木屋的屋顶十分简陋，朝南一面的屋檐在滴滴答答地滴水，松林里的山雀也唧唧喳喳叫得正欢，门边的阳光温暖又亲切，似乎带有些许人情味。

　　两季时间过去，这间粗陋的小屋并没有破坏自然的风景。鸟儿早已经来到这里，搭起了巢穴，你还可以在门前发现许多四足野兽留下的爪印。就这样，大自然一直都没有计较人类的侵犯与亵渎。树木依旧毫不怀疑，反而十分欢乐地应和着斧子砍在身上的敲击声，尽管声音稀疏，却也显得树林更富有野性，林里的万物都在竭力让这种声音融于自然。

　　这时，脚下的路渐渐往上爬升，一直通向山顶。南面的陡坡上，视野开阔，一眼可以俯瞰整个村落，森林、田野、河流还有远处白雪皑皑的山脉都能尽收眼底。远处，某个不见踪影的农舍飘出来一缕炊烟，从林间袅袅升起，几家农庄的屋顶还飘着旗子。我们发现，泉水蒸发的水汽形成了一团云朵，笼罩在树林上面，想必山下还有处更加温暖宜居的好地方。站在林中高地发现这缕轻烟的旅人和住在山下的住民，有着何等奇妙的缘分呀！这轻烟缓缓升起，如同林叶呼出水汽一般恬淡自然，又随着山下的主妇在壁炉边烧火，不停地翻滚出环环烟圈。它是人类生活的象形文字，暗含着比晨炊星饭更温馨重要的事情。那缕轻烟飘荡在森林上空，仿佛一面军旗，人类的生活便这般扎根下来。这样的开端也是罗马的发源伊始，是艺术建立的初芽，帝国开创的基石，不论是在美洲或是在亚洲的大草原上，皆是如此。

现在，我们向山下行进，来到林地中的湖泊边缘。这湖坐落在群山之间的低洼地带，仿佛是它们榨出来的果汁，和树叶年复一年浸泡出来的茶水。虽然看不见进水口和出水口，它依然有着自己的历史，浪涌浪退、岸边散布的鹅卵石，还有沿着湖边生长的松树记录着它的一点一滴。尽管波澜不兴，它并不是闲散无事，而是像占星术家阿布·穆萨[12]所说："家中静坐合天道，出门足下尘世路。"水汽蒸发的时节，它也曾云游到过远方。夏天，它是地球水汪汪的眼睛，是大自然胸膛上的一面明镜，林里的一切罪恶都在这里洗涤干净。你看，树木绕着湖泊好像围成了一个圆形的露天剧场，这儿是大自然汇聚所有亲切善意的地方。树木都在引导旅人来到湖边，所有小路也通向此处，鸟儿和四足野兽纷至沓来，地面也向这里倾斜。这儿是大自然的会客厅，她在这里梳洗打扮。看着她这么沉静、整洁又节俭，太阳每天早上带着氤氲的水汽来扫去湖面的尘埃，于是，新鲜明澈的湖水源源不断地涌上来。每年，不论这里堆积了什么杂质，春天的湖水都会再次变得清澈透亮。夏天，湖面似乎还有隐隐约约的音乐拂过。此刻，一层平整的雪毯遮住了湖面，寒风扫过才露出冰面。枯叶在冰面上顺风滑行，在短短的航行中不断变化方向。只有一片干枯的山毛榉叶，关键时刻紧贴住一块鹅卵石，迎风摆动，仿佛还要再次启航。我想，或许有一位技艺精湛的工程师从它掉落树干那一刻起，就为它计划好了航线。这一精密计划的所有考虑因素都在眼前：落叶当下的位置，风向，湖泊的水位以及其他天时地利要素。枯叶伤痕累累的边缘，身上遍布的脉络走向，记载着它的航行日志。

我们想象自己置身于一个大房子里：湖面相当于我们的案桌或沙子铺成的地板，兀然耸立在湖边的树林是屋舍的外墙，穿过冰层捕梭鱼的网好像是为了盛大的烹饪而做的准备，而闲立在白色雪地上的人则是林中的一件件家具。站在半英里远处看他们在冰雪上的活动，让我们印象深刻，仿佛眼前所见就是史书里描述的亚历山大的赫赫功绩。他们与这幅美景浑然一体，在其中扮演的重要性不亚于征服王国一般的角色。

我们再次上路，沿着树木形成的拱门漫步前行，一直到树林边上，远处河湾的冰块碎裂，发出轰鸣声，仿佛有一种大海才知晓的轻柔细浪推动着冰块。于我而言，它有一种属于家的奇特声音，像一个高尚的远亲发出的呼唤，令人莫名感动。阳光和煦，拂照着树林和湖面，尽管数杆远的地里只见一片绿叶，却也不妨碍大自然享受这安详的健康时光。每一种声音都满载着同样的神秘讯息，代表着健康的保障，1月里树枝的嘎吱作响是如此，7月里柔风的沙沙声亦是如此。

当冬天用奇异的花环

装点每一枝树干

将这一刻的寂静

封印在树下的叶片上


当每条小溪从高山的阁楼

汩汩地开始奔跑

田鼠在地道

细细地啃着干草


我想夏天并没有走远

只是潜藏在地下

像草甸鼠一样舒服地躺在

去年的石楠树下


若山雀偶尔

唱出的小调隐约婉转

雪变成了夏天自己

撑起的华盖大伞


鲜花点缀的树木欣喜万状

累累硕果挂满枝头

北风故作夏日和风一样轻叹

却难抵住刺骨霜寒

当我侧耳倾听

风带来的消息令人欢欣

这一瞬永恒的宁静

使人无需恐惧冬日降临


寂静无声的池塘

冰层开裂令人心慌

池塘精灵却在上面尽情嬉闹

不顾脚下的舞台震耳欲聋破碎的声响


仿佛听到了美好的消息

我多想快点赶去山谷

大自然举办了如此盛大的节日

我可不想错失良机


我在附近的冰上玩耍得正欢

感受着冰面的震颤

新的裂痕在一瞬间

爬上了这欢乐的湖面


有人带来土里的蟋蟀

和壁炉边成捆的木柴

少有的居家的声响

天黑之前，我们会穿上冰鞋，沿着蜿蜒曲折的河流滑行。这对整个冬天都坐在农舍火堆边的人来说煞是新奇，仿佛是跟随帕里船长或富兰克林船长[13]在极地的冰上航行一样。我们跟着河流蜿蜒前行，它先是进入群山之间，再漫延至美丽的草地，而后形成了无数水湾，那儿的松树与铁杉高耸入云。河流一直流向小镇的后方，我们也由此看到了万物崭新又充满野性的一面。河滨的田野和花园，坦率且不加掩饰，在公路边却没有表现出这番景象，可以算得上是凡尘边缘的世外净土吧！这些对比异常鲜明，但我们已经十分熟悉了。农户的篱笆最后一段插着粗大的柳枝，随风摇曳，仍然焕发着生机。最终，所有的藩篱延伸到这儿消失不见，我们也不用在各个道路间穿行了。现在，我们可以顺着最幽静平坦的马路，一直走到村子的尽头，不需要再爬山，沿着宽阔平坦的马路就能走到高山草甸。河流缓缓流淌是对顺应法则最完美的诠释：在这条平坦的公路上，一枚橡实壳都能载着货物安全漂流，正适合病人缓步行走。偶尔出现的悬崖并没有为大自然增添更多的景观，但它形成的瀑布却得到水雾和浪花的歌颂，吸引了远远近近的游客。它从遥远的内陆开始奔流，或是迈着轻松宽阔的步子，或是沿着平缓的斜坡顺势而下，一路奔入大海。这样早早顺应地势的崎岖不平，长此以往，它为自己找到了一条最为舒畅轻松的河道。

　　大自然的任何领域都不会对人类一直大门紧闭，这会儿，我们就走进鱼儿的王国看看。伸出脚在深浅难测的河流上飞速滑过，若是夏天，我们会在这抛下钓线引诱大头鱼和鲈鱼，而气势威武的梭鱼会潜游在芦苇丛形成的通道里。沼泽淤泥很深，难以穿越，但苍鹭却在赤着脚蹚水，还有麻鸦蹲伏在里面，而我们穿着冰鞋速度飞快也可以在这随意穿梭，仿佛下面埋了一千条铁路。一个猛冲，我们被带到麝鼠的小屋旁，它是这儿最早的居民，只见它在透明的冰层下飞快地逃窜，像是一只长毛的鱼，钻进岸边的洞里。我们飞快地滑过草地，穿过几大苗圃的蔓越莓，这些蔓越莓都已被冻住，和六月禾杂草[14]混在一起。最近这片草地上，还有"除草人磨着大镰刀"[15]呢！我们一路滑到了拟鹂、山鹬和食蜂鹟[16]在水上搭窝的地方，沼地的枫树上还有大黄蜂筑巢。等到太阳升起，白桦树叶和蓟种子冠毛搭就的窝里该传出多少欢乐的歌声啊！沼泽的外沿，还漂浮着一个"水上小村庄"，从未有人涉足。北美鸳鸯住在那儿的空心树洞里，养育着雏儿，每天还会溜去另一边的沼泽觅食。

　　到了冬天，大自然就变成一座陈列各种奇珍异宝的橱窗，满满都是风干的标本，按自然的位置摆放得井然有序。草地和森林简直就是植物标本集。在空气挤压之下，不用螺丝钉和胶水，草叶也能站在那里纹丝不动。鸟巢可没有挂在人工做的树枝上，而是鸟儿们亲自选的位置。我们在茂盛的沼泽地里四处查看夏天留下的印记，看看桤木、柳树、枫树长得多么茁壮，吸收了多少温暖的阳光，淋浴了多少雨露，还要看看它们的枝干在这盛夏时节长高了多少——不久后，这些沉睡的芽儿醒来，又会带着它们向上生长，直入云霄。

　　偶尔在雪地里跋涉，积雪很厚，方圆数杆之内都看不到河流的踪影，但它又会在我们最意想不到的地方出现，时而在左，时而在右。它仍在地下继续奔流，发出微弱的像鼾声一样的轰鸣，仿佛熊和土拨鼠一样在冬眠呢。我们循着夏日的模糊踪迹，找到了它藏于冰雪下的身影。我们原本以为，河水到了隆冬就会干涸或者被冻得结结实实，直到春天才会消融。但实际上，河流的水量竟然一点也没有减少，只是表面结起了一层冰。供养河流与湖泊的千百眼泉水仍在静静地流淌，只有几处地表的泉眼冰封了，转而流去充盈地下的深层水库。大自然的水井在这冰霜之下。夏日的溪流不全是积雪融化而成的，除草人也不会仅靠雪水止渴。等到春天来临，积雪融化，溪水便会上涨。整个冬天，由于大自然的工作被拖延，水变成了冰雪，冰雪的颗粒没有多么光滑圆润，溪流也就无法快速恢复相应水平的流量。

冰面远处，在铁杉林和冰雪覆盖的群山之间，站着垂钓梭鱼的渔夫。他把鱼线布置在某个幽僻的小河湾里，像芬兰人一样，双臂插进呢子大衣的口袋里，脑子里无聊地想着雪花，想着鱼。他自己就像是一条没有鳍的鱼，和族群只隔了几英寸冰层的距离。他一声不响站立在那儿，笼罩在云雾与冰雪之中，就像岸边的松树。在荒凉的野外，人无论是闲站，还是从容沉着地走动，都不再有城镇里那种欢快和活力，而会变得像自然一样寂静沉稳。他的存在并没有使这儿的风景减去丝毫的荒凉，他就与松鸦和麝鼠一样，已经融为大自然的一部分。就像早期航海家在努特卡海湾[17]和美洲西北海岸航行中看到的土著居民，他们全身裹着厚厚的毛皮不说一句话，直到有人拿出一块铁片引诱才开始健谈起来。渔夫也属于自然家族的一员，比起住在城镇的居民，他在自然中扎的根更深并与其有着更多渊源。若走上前问问他运气如何，你会发现他也崇拜着未知的事物。你听，他比手划脚地讲起湖里从未见过的梭鱼，谈论着那些想象中的原始鱼群，语气里满是真诚与恭敬。他和湖岸的联系好像是通过一根鱼线搭着，他还记得以前在湖面冰洞上捕鱼的季节，家里菜园种的豌豆正在茁壮成长。

但就在我们四处游荡的时候，天空又阴云密布，几片雪花开始飘舞起来。它们落得越来越快，远处的景物渐渐在我们眼前消失不见。雪花飘落在每一片树林和田野上，一个角落也没有漏掉，河流与池塘边，山间和峡谷里都有它的踪影。此刻万籁寂静，四足野兽不得不待在洞穴里，鸟儿栖坐在树枝上。这儿没有天气晴朗时那么喧闹，渐渐地在寂静中，每道斜坡，灰墙和篱笆，光滑的冰面，干枯的树叶，全都掩埋在了白雪中，人和兽的踪迹也被隐去。大自然不费吹灰之力就这样重申了自己的法则，抹去了人类的痕迹。看看荷马是如何描绘这般景象的吧："冬日里，雪花下得又快又厚。风渐渐平息了，雪却依旧落个不停，盖住了山顶，小山坡，还有那长着忘忧树的平原和开垦过的田野。雪花还飘落在水湾边，落在泛着泡沫的海岸上，静静地消融在波浪里。"大雪夷平了万物，将它们都深深地拥入大自然的怀抱，就像在夏天，植物爬上庙宇的柱顶，爬上城堡的角楼，帮助大自然彰显她远胜于艺术的魅力。

粗粝的晚风哗啦啦地穿过树林，警醒我们按原路折回，这时太阳也下沉消失在了漫天的风雪后面，鸟儿在寻找它们的窠，牛儿也在寻找牛棚。

牛儿累得精疲力竭

静静伫立，全身盖满白雪

索求辛劳换来的成果

尽管在年鉴上，冬天都是以老人的形象出现，迎着寒风雨雪，裹紧他的斗篷，我们还是更愿意把他看作是一个快乐的伐木人，一个热血的青年，像夏天一般欢快又充满活力。暴风雪那未被发现的壮丽景象，让旅人精神振奋。它并没有轻视我们，而是对我们抱着极大的亲切与热情。冬天，我们过着更贴近内心的生活。心里充满了温暖与欢乐，就像皑皑白雪覆盖着的农舍，虽然门窗都半掩着，但炊烟还是会欢快地从烟囱里冒出来。雪堆环绕，好似囚禁一般，但却给房子增添了几分舒适。寒冷至极的日子，我们很愿意坐在壁炉边，透过烟囱顶看天空，也可以待在烟囱旁边一个温暖的角落，享受这宁静祥和的生活。整个下午，你能听见街上牛儿的低哞，或是远处谷仓的连枷声，静静聆听，还能感受到自己脉搏的跳动。毫无疑问，一个医术精湛的医生，通过观察这些简单的自然之声会对我们产生何种影响，就能判断出我们的健康状况。此刻，我们围着温暖的火炉，欣赏着阳光下尘埃微粒飞舞的身影，享受着北方式的闲暇，而非东方式的悠然。

有时，命运在表现严肃时，不免太过平常亲切，显示不出残酷的样子。你想想，这三个月的时间，人类的命运不都裹在毛皮大衣里嘛！满含虔诚的希伯来语《圣经》，并没有注意到这欢快飞舞的雪花，难道温带和寒带地区根本没有宗教？新英格兰的冬夜，众神带来了纯洁的白雪，可据我们所知，并没有哪部经文记载了这一善举。人们从未给他们唱过赞歌，只会抨击他们愤怒时的行径。毕竟，再完美的经文记载的也只是一点贫瘠的信仰，里面的圣人都过着自我克制的苦行生活。让勇敢虔诚的人去缅因州或拉布拉多的森林待上一年吧，从寒冬伊始到冰雪解冻，看看希伯来语《圣经》能否充分描述他的境遇和经历。

漫长冬夜的序幕拉开，农夫坐在火炉边，思绪在天地间徜徉，这一刻，本性和需要使然，人对万物十分仁慈宽容。收获了辛劳的成果，想想自己为过冬做好的准备，农夫开始满心欢喜地开启抵御严冬的旅程。此刻，暴风雪停歇，他的心情无比恬静，透过闪闪发光的窗格，他向"北极熊的府宅"望去。

圆月高挂
世界广阔无垠令人神往
繁星漫天
在南北两极间拉起一件闪耀夺目的帷裳。

**1**  克瑞斯是罗马神话中的农业和丰收女神，对应希腊神话中的德墨忒尔，可使土地肥沃，五谷丰登。

**2**  格陵兰岛位于北美洲东北部，是世界第一大岛，大约81%的面积都被冰雪覆盖，终年严寒，属于阴冷的极地气候。

**3**  斯堪的纳维亚位于欧洲北部，冬季漫长且寒冷，在地理上指斯堪的纳维亚半岛，包括挪威和瑞典，文化与政治上则包含丹麦、芬兰、冰岛等北欧国家。

**4**  拉普兰是斯堪的纳维亚半岛的最北端地区。

**5**  拉布拉多是加拿大东部一地区。

**6**  爱斯基摩人、克里族人、多格里布族人、新地岛居民、斯匹茨卑尔根人都是生活在严寒气候地区的民族。

**7**  塞纳河是法国北部大河，流经巴黎，属温和的海洋性气候，夏无酷暑，冬无严寒。

**8**  台伯河是意大利中部河流，意大利的第三长河，流经罗马，受地中海气候影响，上游水位变化较大，下游集水面积大，干旱的夏季仍可通航。

**9**  帕尔米拉古城遗址是叙利亚境内"丝绸之路"上的著名古城，因地处几种文化的交汇处，艺术和建筑既有古希腊、古罗马恢宏大气的风格，又有本地传统和波斯文化的神秘与华丽。

**10**  赫卡通皮洛斯，或译赫卡托姆皮洛斯，伊朗古城，公元前238年左右成为安息国的首都，可能是中国史书中的《汉书》的番兜城和《后汉书》的和椟城。

**11**  填弹塞原料，用于挡住发射火药、霰弹的小钢球或是铅芯弹的弹头，能影响子弹的爆发力。

**12**  阿布·穆萨（805—885），古代波斯最具影响力的占星术士。

**13**  帕里、富兰克林都是英国航海家、北极探险家。

**14**  六月禾，即草地早熟禾，喜湿耐寒，广泛分布于欧亚大陆温带与北美，是重要的牧草和草坪水土保持资源，世界各地普遍引种栽植。

**15**  "除草人磨着大镰刀"出自英国诗人弥尔顿的诗歌《欢乐颂》，收录在《英诗金库》中。

**16**  拟鹂、山鹬和食蜂鹟都是生活在美洲的鸟类。

**17**  努特卡海湾，太平洋的小海湾，位于加拿大不列颠哥伦比亚的温哥华岛的西海岸。

# 康科德和梅里马克河上一周

(选)

星期三

人类的敌人和命运皆导源于自身。

——科顿

清晨，当我们卷起带着露水的水牛皮并将它装到船上时，篝火的余烬仍在冒着袅袅青烟。在船闸工作的石匠（前一天晚上，我们查看暗礁时曾看见他们在驾船渡河）在去上班的途中恰巧与我们相遇，这时我们才发现我们的帐篷正好搭在他们上船的必经之路。这是我们唯一一次在露营地被人发现。就这样，我们远离了车水马龙的交通要道，远离了旅途的尘土与喧嚣，逍遥自在，无拘无束地欣赏乡村美景。公路用粗暴的方式对待大自然，将游客带到她面前，使其苦不堪言。而河流却悄无声息地汇入自然风景中，默默地创造和装饰它，像风一样来去自由。

当我们在日出前驶离这个多岩石的海滨时，岸边的小精灵——小麻鸦[1]，有的沿着岸边闲荡，有的站在泥里觅食，尽管它们看上去认真专注，但始终在偷偷留意着我们；时而，它们又像一位穿着雨衣的打捞工作者，沿着一块块湿滑的石头奋力奔跑，搜寻着蜗牛壳和扇贝壳。突然其中一只缓缓起飞，却不知道该在哪降落，直到它看到桤木丛中的一块清沙才落脚；而如今在我们逐步靠近之下，它不得不再次寻找新的落脚点。这种鸟是最古老的泰勒斯学派[2]，它们坚信水是万物本源；这是暮色苍茫的上古时代的遗迹，它们至今仍同我们美国人一起栖息在这些明亮欢快的美国河流上。在这种忧郁、爱沉思的鸟类身上存在某种令人肃然起敬的品质，在地球还是一片混沌时，它们就已经踏足了。或许，它们留在石头上的足迹还清晰可见。在每个耀眼夺目的夏日都能看到它们的身影，它们勇敢地与命运抗争，丝毫不需要人类的同情，仿佛期待着某种它们并不确定的第二次降临。我想知道，它们通过对岩石和沙质海角的耐心研究，是否已经掌握了大自然的全部秘密。它长时间保持单腿站立，忧郁地长久凝视着日月星辰以及雨露，已经获得的经验是多么丰富啊！关于死水潭、芦苇和潮湿的夜雾，它又能说出怎样精彩的故事呢！走近它，仔细看它那睁得大大的眼睛是颇有意思的，此刻，它正用它那忧郁，带点黄又带点绿的眼睛孤独地注视着外界。我想，我自己的灵魂也一定是一片无形的明亮绿色。我曾见过这种鸟三五成群地站在岸边浅水中，它们的喙伸入水底的泥中寻找食物，整个头都看不见了，只留下脖子和身体在水面上形成一个拱形。

科哈斯河是马萨比西克湖的出水口，它距此处约五六公里远，水域面积为1500英亩，是罗金汉县最大的淡水水域，由来自东面的水流汇入而成。我们航行在曼彻斯特和贝德福德之间，在凌晨经过一个渡口和一座瀑布(它被印第安的科哈西特人称为戈夫瀑布)。此地附近有一座小村庄，还有一座景色怡人的绿岛坐落在河中央。我们听这里的人们说，建造洛厄尔所用的砖块是从贝德福德和梅里马克河由船运过来的。大约20年前，在贝德福德有一位叫摩尔的人，在他的农场里有大量烧砖所需的黏土，于是他便与那座城市(洛厄尔)的建造者签订了供应合同——在2年内向他们提供800万块砖。他只用一年时间就完成了合同规定的数量，自此以后，砖块就成了这些城镇出口的主要商品。这样一来，农民们也为他们的木材找到了销售市场——砖窑，他们先把一车木材运到窑厂，再将用木材换来的砖块拉到岸边去卖，由此养家糊口维持每日生计。这样，双方均能从中获益。洛厄尔城内那些被挖出来的"大坑"很值得一看。同样，曼彻斯特也是由砖块建造而起的，只不过这些砖块来自于河上游的胡克西特。

现在的贝德福德镇坐落在梅里马克河岸边，靠近戈夫瀑布，以"蛇麻草[3]和精美的居家用品"而闻名遐迩，在这里，我们仍然可以看到一些土著人的坟墓。这片土地依旧保留着这个伤疤，而时间正在慢慢腐蚀着这个民族的遗骨。自从土著人开始在这里捕鱼和狩猎以来，每年春天，褐色的打谷鸟总是站在一根白桦或是桤木树枝上宣告新一天的到来，而永不消亡的食米鸟(又称芦苇鸟)从枯萎的草丛中匆匆穿过，沙沙作响。然而，这些遗骨却再也不能发声了。这些腐朽之物正在慢慢准备另一种蜕变，为新主人服务，而过去印第安人的意志在不久以后则会化作白人的力量。

我们了解到，贝德福德不像以前那样以盛产蛇麻草而闻名遐迩，因为蛇麻草的价格波动较大，再加上现在资源不足。不过，如果有旅行者沿着这条河往回走几英里，仍会对所见到的蛇麻草窖好奇不已。

我们今天上午的航行顺风顺水，而现在，河上的礁石增多，瀑布也出现得更为频繁。我们连续划行数小时后，突然发现自己置身于一个幽僻之处，这倒是一个令人愉快的转变。在附近没有船闸管理员的情况下，我们通常会留一个人在船上，另一个则费力地一边发出"嗨哟"声一边将船闸打开，耐心地等待河水注满，再关闭船闸。我们为拖船而准备的轮子一次也没派上用场。有时，我们利用涡流，几乎都能漂流到瀑布对面的船闸处；这与浮运木材时，任何一块浮木都会打着圈反复地被卷入激流中，最后才顺流而下的道理是一样的。这些古老的灰色水坝，在阳光的照射下从容地向河里伸展手臂，如同自然之景一般，翠鸟和矶鹞在这上面飞落，就像飞落在树桩或是礁石上一样悠然自得。

我们悠闲地溯河而上，连续划行几个小时后，直至艳阳当空，我们的思绪随着这单调的桨声而飘向远方。我们背朝上游坐在船中，此时，只有河水的流动和不断后退的河岸才能证明外界事物的变化，岸边景色不断地在我们面前展开又闭合；至于内心世界的变化，也有缪斯女神勉强给予我们思想灵感。我们经常经过一些景色迷人的低矮河岸，或是高高突起的堤岸，然而，我们从未上岸观赏一番。

在我们人生的旅途中
有过许多的景色与我们擦肩而过

可以看出，人类是凭借什么特权拥有地球的。最小的溪流是地中海，是较小的陆间海，在这里，人们可以沿他们农场的边界和屋舍灯光驾船行驶。就我个人而言，若是没有地理学家，我竟不知地球上大部分都是水，我的人生也就基本上是在这个深海湾中度过了。但是，有时候我会出门探险，远至斯纳格港河口。我喜欢从斯塔滕岛上一座破旧的堡垒中整日看着一艘船，早晨我已通过望远镜看清了它的名字，当时它第一次靠岸，整个船身在阳光下闪闪发光，从领港员和最爱冒险的新闻采访船，穿过胡克岬，驶向宽阔的外海湾的狭窄航道与它相遇的那一刻起，直到卫生官员登上船，它会在检疫站停泊，或是继续沿着它那无可置疑的航线驶向纽约码头。观察极少数富有冒险精神的新闻记者也颇有趣味，他公然冲破瘟疫和检疫法，冲向经过纽约湾海峡的航船，把他的小艇缚在它巨大的舷侧，紧接着爬上去，随后消失在船舱中。接下来，我便能想象船长会透露何种重大的消息，让所有美国人都闻所未闻，什么亚洲、非洲、欧洲——全沉没了；最终记者还是为这条消息付出了代价，只见他带着一捆报纸从大船的舷侧走下来，但那里却不是他起先上船的地方，因为这些船客无法忍受空穴来风；于是他匆匆划桨离开，继续将消息卖给出价最高者，不久我们便又能听到那些耸人听闻的消息——"据最近抵达"——"据那艘大船"。星期天，我曾在某个内地小山上观看一支长长的船只队伍入海的情形，它们从城市的码头出发，穿过纳罗斯海峡，接着途经胡克角，最终抵达海洋。放眼望去，它们庄严地扬帆起航，希冀航行顺利；但毫无疑问，每次都会有一些船只葬身海底，永远告别此海岸。此外，在天气好的傍晚，数数视野之内的帆船也是我的一大乐趣。不过，随着夕阳西下，更远处的地平线上出现了越来越多船只，最后一次计数总是更为精确，因为直至最后一束阳光洒向海面时，我已将最初的数目增加了两至三倍；但可惜的是，由于此时它们大多都已模糊不清，所以我无法精确地将它们归到海船、三桅帆船、双桅帆船、纵帆船或者单桅帆船中的任何一类了。而后，黄昏的柔和光线映照在某个正在驾船回家的水手身上，他的思绪早已远离了美洲海岸，直奔我们梦想中的欧洲。我曾站在同一座小山顶上向远处眺望时，一场雷阵雨从天而降，乌云从卡茨基尔山脉和丘陵地带涌来，席卷了这座小岛，豆大的雨滴瞬间淹没陆地；当阳光将它从我身边赶走时，它那倾泻而下的、带有巨大阴影的雨墙又接连追上海湾里的船只。明亮的船帆如同谷仓的外墙，顿时耷拉下来、一片漆黑，它们的身躯似乎在暴风雨的肆虐下骤然缩小；然而透过这层幽暗的雨幕望去，在大海的更远处，那些风暴尚未追上的船帆在灿烂的阳光下闪闪发亮。午夜，当四周和头顶都一片漆黑时，我看见远处海面上抖动着一片银光，原来是海水反射的月光，它从这片夜色中脱颖而出；月亮穿过万里无云的天空——在那片银光中，偶尔中间也会出现一个黑点，那是一艘幸运的小船正趁着夜色欢快地航行。

但是，对于长期生活在海上的水手来说，太阳从来不是在海浪中升起，而是从某片绿色的灌木林中升起，在某座幽暗的大山背后落下。我们，同清晨的鹭鸶一样，只不过是河岸上的居民；而我们所追逐的，也不过是蜗牛和鸟蛤的残骸而已。不过，我们能了解到这个更美好、更独特的海岸就十分满足了。

> 我的生活犹如海滩上的一次漫步，
> 尽我所能亲近海洋边缘，
> 海浪偶尔会追上我缓慢的步伐。
> 有时我也会停下脚步，尽情享受浪花的亲吻。
> 我唯一的工作，亦是我所关心的，
> 就是使我的收获不仅限于潮汐的馈赠，
> 每一块更光滑的鹅卵石，以及每一枚更稀有的贝壳，
> 都被海洋温和地送到我手中。
> 我在岸上的伙伴很少，

而在海上航行的同伴又蔑视海岸，

但我始终认为，他们所航行过的海洋，

比我在岸上了解的更为深不可测。

海洋中间并不存在深红色的红皮藻，

其更深处的海浪不会扬起珍珠，

我的手沿着海岸抚摸海洋的脉搏，

我也能结交到许多遇难的船员。

　　沿河岸零散分布着一些小房子，彼此间隔一英里或是更远。通常情况下，我们不会注意到它们，但当小船驶近岸边时，院子里的母鸡发出焦躁的咯咯声，或某种轻微的家庭中特有的声音就会传入我们的耳中，如此一来，我们就能发现这些房子。船闸管理员的房子地理位置优越，一般坐落在临近瀑布或急流处，地势较高且隐秘，可以俯瞰河流最宜人的河段——因为瀑布上方的河流一般都像湖泊一样比较宽阔，船闸管理员便在此处等待过闸的船只。这些岸边的住宅，简陋却不乏朴实，仍以壁炉作为屋内最重要部分，但它们却比辉煌的宫殿或是城堡更令我们赏心悦目。同往常一样，在这几天中午，我们偶尔会上岸，走进这些房子，要杯水喝，还会与屋里的居民交谈一番。房子高高矗立在绿树成荫的河岸上，周围通常是一小片玉米、豆子、南瓜和甜瓜，有些房子一侧则是一片雅致的蛇麻草园，窗户上方还有蔓生的藤蔓，使窗子看上去就像夏季采集蜂蜜的蜂箱。我还未曾读到过有哪一种田园牧歌式的生活能与这些新英格兰居民舒适而宁静的生活相媲美。至少就表面镀金而言，他们所处的时代就已是黄金时代了。当你走近洒满阳光的门口时，即便你脚步的回声响起，这些沉睡着的房子仍保持缄默；或许，你担心的是，对东方的睡梦者来说，就算是最轻的敲门声也会显得粗鲁无礼。房门被轻轻地打开了，也许是某位扬基—印度教妇人，她的声音虽小，却是出自她那沉静的天性，而且她也真诚好客，同时她小心翼翼，有所保留，生怕将这种好意强加于人。你轻轻走过洗得发白的地板，来到明亮的"碗柜"前，仿佛害怕打搅这家人的祈祷——自从餐桌最后一次摆放在那里，东方的王朝似乎就开始相继灭亡——接着，你来到人们常去的井栏，井底映出你那张早已被遗忘且胡子拉碴的脸，井旁放着新做的黄油和鳟鱼。一个微弱的声音似乎对你说，"或许你还想要一些糖蜜和生姜"。有时，一些海员兄弟会坐在那儿休息，他们中的杰出代表只知道最近的海港距此处有多远，对稍远处的海港却一无所知，只知道其他所有海港都在大海和遥远的海角上。他们或拍拍，或逗弄趴在锚索和船桨上伸展四肢的小狗和小猫，任小船迎着朔风[4]或信风[5]自由前行。他以一位水手的目光，抬头望着这位陌生人，半惊半喜，仿佛他是只近在咫尺的海豚。如果人们相信这一切，*sua si bona nôrint*[6]，那么，说起新英格兰民居里的生活，世界上就再没有比这里更宁静的氛围，也没有比这里更诗意、更田园牧歌式的生活了。我们推测，这里的居民白日里或许做些照料花草和牧群的工作，到了晚上，就像古时的牧羊人一样，聚在河岸边为满天繁星命名。

今天上午，我们经过了一个林木茂盛的大岛，它位于肖特瀑布与格里菲斯瀑布之间，岛的顶端有一片漂亮的榆树林，是我们所见过的最美的岛屿。若是夜幕降临，我们会很乐意在此宿营。不一会儿，我们又经过了一两个岛屿。船夫告诉我们，近来，这里的水流变化较为明显。岛屿总能满足我的所有想象，即便是最小的岛屿也不例外，因为它是一小块陆地，是地球必不可少的一部分。我幻想着能在小岛上建一个自己的小屋，即使是一个荒凉、杂草丛生、一眼就能望到边的小岛，对我来说，也有一种难以名状的神秘魅力。像这样的小岛一般位于两条河流的交汇处，形成漩涡的水流会将各自携带的泥沙在此沉积下来，最终形成一片岛屿，仿佛它就是大陆的发源地。每一个岛屿都是靠如此微妙、如此长途跋涉的馈赠构筑而成的！大自然像蚂蚁一样辛勤，任劳任怨地运送金色和银色的沙子以及森林的遗迹为未来的大陆奠定基础，这是一项多么伟大的事业啊！品达[7]给出了以下关于锡拉[8]的起源的叙述，在后来的时代，利比亚的昔兰尼[9]被巴图斯所占领。特里顿[10]以欧律皮洛斯[11]的形象出现，在阿尔戈诸英雄之一的欧斐摩斯[12]要启程回家时，向他献上了土块。

> 他知道我们行色匆匆
>
> 迅速伸出其右手
>
> 抓起一块泥土，作为礼物
>
> 竭力献给一位素昧平生的陌生人。
>
> 那位英雄并未漠视他，而是跳上河岸，
>
> 向他伸出手，
>
> 收下这神秘土块。
>
> 可我听见它从甲板掉落，

随海水消逝。

夜晚，伴着轻柔的海水，

我常常叮嘱那粗心大意的仆从

看管好它，但他们却习惯性遗忘。

如今这岛上广阔的利比亚不朽之种，

时日未尽便遭湮灭。

品达还讲述了一段美丽传说，一天，赫利俄斯（即太阳神）俯视大海——此时，或许他的光芒第一次由一片日渐灿烂的沙洲反射出来——看到美丽而富饶的罗得岛：

从海底升起，

能够养育百姓，放牧牲畜

经宙斯点头同意，

这岛屿从一片汪洋大海中，喷薄而出；

只有光芒四射的仁慈上帝，

喷火马的主人，才能拥有它。

这些四处漂泊的岛屿啊！谁会不愿意自己的房子被这样一个敌人暗暗动摇！岛上的居民可以分辨出：何种水流形成了他耕种的土地；这块土地仍然在不断被开发或冲毁。又或许，他门前的那条在很久以前曾带来肥沃农场的小溪依旧穿流而过，而且仍然源源不断地为他带来或是冲走沃土——这温文尔雅的"强盗"。

不久，我们就看见皮斯卡塔匡格河或称闪光河的河水在我们左侧倾斜而下，同时还听到了上游阿莫斯基格瀑布的流水声。正如我们在地名词典上读过的那样，每年都有大量木材沿着皮斯卡塔匡格河被运送到梅里马克河，而且在这条河上有许多设计巧妙的磨坊专用通道。就在该河的河口上游，我们经过了一个人工瀑布，曼彻斯特制造公司的运河就是在这儿注入梅里马克河的。这个瀑布十分引人注目，而且拥有与巴尔皮什瀑布相媲美的怡人风景，吸引远近的游客前来参观，仅凭这些就足以让它拥有一个好名字。瀑布从30或40英尺的高处飞流而下，或许是为了减弱自身的冲击力，故意坠落在七八块陡峭狭窄的石阶上，化为一大团泡沫。运河水似乎并没有因长期使用而受到半点影响，而是像山洪一般，浪花四溅，水汽缭绕，轰隆作响，令人震撼。尽管它是从一个工厂下面流出来的，我们却能在这看到这一幻象。下游一公里处便是阿莫斯基格瀑布，但我们并没有驻足欣赏，而是匆匆穿过附近的一个村落，直到再也听不见河岸上为修建另一座洛厄尔城打地基的铁锤声为止。以前航行时，我们为了获取一些清凉的水，曾在曼彻斯特上岸，并逗留了一会儿，那时它是一个大约只有2000居民的村子，一位村民告诉我们，他习惯去河对岸的戈夫斯敦取水喝。但现在，据我所闻所见，它的居民已增加到了14000人。我站在戈夫斯敦与胡克西特之间的山路上眺望，在4英里外的远处，我看见一阵雷阵雨刚刚经过，接着太阳冲破阴霾，阳光洒在城市的各个角落，9年前，我就是在这片原野上岸的。该城博物馆的旗帜随风飘扬，在那里，你可以看到"美国唯一完整的格陵兰鲸或称河鲸的骨架"，同时我也在《曼彻斯特博物馆与美术馆》这本书的目录上看到过这一标本。

　　根据地名词典，梅里马克河中最引人注目的是阿莫斯基格瀑布的落差，在半英里内足有54英尺。我们在一群村民的围观下，颇费周折地一阶一阶爬上这河流阶梯，通过了此处的船闸。他们幸灾乐祸地看着我们为了防止翻船而小心翼翼地在运河中划行。阿莫斯基格或纳玛斯基格的意思是"巨大的捕鱼场所"。那位沃纳伦塞特酋长正是居住在这一带。传说，他的部落在与莫霍克族人[13]交战时，曾把他们的食物供给藏在了瀑布上方的岩石洞里。这些将供给品藏在石洞里的印第安人断言："上帝创造这些石洞的目的正是在此。"上世纪，英国皇家学会在自己的会报上谈及这些洞穴时，声称"很明显，这些洞穴是人工制造的"。与皇家学会相比，他们似乎更能深刻地了解这些洞穴的起源及用途。在该河的斯通峡谷、在奥塔韦河、在康涅狄格河的贝洛斯瀑布以及在马萨诸塞州迪尔菲尔德河的谢尔本瀑布的石灰岩地带都能看到类似的这种"洞穴"，总之，几乎所有瀑布周围都有这一奇观。在新英格兰，这类奇景中最受瞩目的也许要数彭米格瓦赛特河上著名的水坞了。它是这条河的河源之一，宽20英尺、长30英尺，面积与深度比例适当，四周河岸平坦，略呈圆形，河水冰凉清澈，泛着绿光。在阿莫斯基格境内，此河被礁石分成若干条激流以及涓涓细流，由于其大部分溪流均汇入诸多运河，导致河流量骤减，无法填满河床。河水暴涨时，会漫过这里一座有许多洞穴的礁石岛屿。这些洞穴同我第一次在谢尔本瀑布观察到的洞穴一样，直径和深度都为1英尺到5英尺不等，是标准的圆形，边缘如高脚杯一般光滑，且线条优美。即便对最不细心的观察者来说，它们的由来也是显而易见。受急流裹挟而下的石块在遇到暗礁后停下脚步，急速旋转，像在枢轴上转动一样，几个世纪过去，它们不断深陷入礁石中，而一次又一次的河水暴涨又将新石块冲进这陷阱里，石头注定无限期地在此处旋转，如同一个个以苦行赎罪的西西弗斯[14]。直到它们的生命消磨殆尽，或是穿透束缚它们的礁石，又或因某种自然变革而重获自由。这个岛上的石头大小不一，从小的鹅卵石到直径为一两英尺的石头，其中一些是在今年春天才得以解放的，而有些则早已风化很久，高高地静卧在此处——我们注意到，有些石头至少高出当前水面16英尺——而其他石头仍在旋转，一年四季从未停歇。在谢尔本瀑布某处，这些旋转不停的石头早已穿透礁石，以致瀑布尚未泻落就有部分河水抢先从磨穿的石洞中流出。阿莫斯基格的一些洞穴位于一块十分坚硬的棕色岩石上，与它们相称的还有一块同样质地的椭圆的柱形石头。有一个深15英尺、直径为7或8英尺的洞穴已有水流经过，洞穴里面还有一块质地相同，表面光滑但形状不规则的巨大岩石。岩石上到处可见河水侵蚀后残留的痕迹和凹槽，以及漩涡留下的坚硬贝壳。这些质地坚硬的岩石在历经九九八十一难后，似乎依靠相互扶持、相互慰藉的力量在努力地旋转，或流成近似于液体的形态。最优秀的石匠并不是利用铜制或铁制工具来进行打磨，而是利用风和水长年累月的温柔爱抚。

在这类水坞中，不仅有历经千百年仍在自我完善的洞穴，还有早在先前地质时代就已成形的洞穴。1822年，工人们在深挖波塔基特运河时，就曾发现过带有洞穴的暗礁，那里可能曾经是该河的河床。除此之外，别人还告诉我们，在该州的迦南镇，有些洞穴里仍嵌着石头，它们位于梅里马克河和康涅狄格河之间的高地上，高出河面足有1000英尺，这也证明了山川与河流早已易位。或许，静卧在那里的石头在人类学会思考之前就已经完成了自身的旋转，重获自由。尽管中国和印度的历史可以追溯到人神混淆的古老时期，但与这些石头所经历的漫长岁月相比，也就短暂得不足挂齿了。在时机尚未成熟时，那里的岩石只能在一场不公平的竞赛中以一块鹅卵石形式结束自己的生命。正是得益于时间和自然力的这种造就，我们的铺路石才应运而生。这些默默无闻的工人们教会了我们——世界上的确存在"石头中的布道词，溪涧中的书卷"[15]。印第安人确实曾将他们的食物藏在这些石洞中；但现在洞底没有面包，只有面包的老邻居——石头。谁知道这些石洞曾为多少个民族效劳过呢？或许，按照某条简单的法律或是某一附属条例，我们的制度早已自我完善，随时为其居民效力。

这些石洞以及诸如此类的东西一定是我们的古物遗迹，因为没有人类的痕迹。这条河的河岸上曾经矗立着英雄纪念碑和神庙，然而现在，一切都归于尘土，化为一片荒野。那些未载入编年史的民族萦绕在河畔的窃窃之声早已消失，而洛厄尔和曼彻斯特又一次踏上了追踪印第安人足迹的征程。

罗马人曾经在这里居住，这一事实反映了大自然本身的尊严；罗马人曾从某座山上眺望大海。大自然不必为其子孙的遗迹而感到羞耻。古物学家很高兴地告诉我们，他们的船舶曾进入这海湾，或驶入某个遥远的小岛的河流上游！他们的军事纪念碑仍然保存在山上和山谷中。这个被人再三说起的罗马故事在旧大陆的每个角落都以清晰的文字书写着，但在今天，一枚新的硬币被挖掘出来，上面镌刻的文字重述并证实了他们显赫一时。某个"朱迪亚女神"，画着一名妇女在一棵棕榈树下默哀，通过无声的争辩和示威证实一页页历史。

> 罗马生活曾是世界上唯一点缀；
> 如今罗马消亡是世界上唯一遗迹。
> ……
> 现在她仰卧着，以自身之重量沉沉下压，
> 以层层堆积证明其影响巨大。

若是有人质疑希腊人的英勇无畏和忠贞爱国并非诗人们虚构，他可以去雅典，去那里看看在波斯战争[公元前6世纪至公元前4世纪，波斯（伊朗）国王对亚洲、北非、黑海北部沿岸地区和巴尔干半岛各民族进行的征服性远征]中，从敌人那里夺来的仍然挂在密涅瓦神殿墙上的盾牌所留下的圆形痕迹。我们不难找到现存的确凿证据。这些尘土成形并证实了我们曾读过的某个故事。正如富勒评论卡姆登的热情时所说，"一口破缸就是一个完整的证据；或是一扇在全城覆灭却仍幸存的古老大门"。当梭伦努力证明萨拉米斯[16]起初属于雅典人而非麦加拉[17]人时，他命人打开坟墓，事实证明：萨拉米斯的居民将死者的脸转向雅典人的同一侧，而麦加人则转向另一侧。在那里他们将受到审问。

有些人的头脑同自然一样缺乏逻辑性或争辩性；它们（大脑）无法提供任何理由或"推测"，它们只呈现出庄严的、不容置疑的事实。要是出现一个历史性问题，他们便令人打开坟墓。他们缄

默不语和实事求是的逻辑同时使理智和理解力信服。唯一恰当中
肯的问题以及唯一令人满意的回答总是属于这一类。

我们自己的国家同其他国家一样，也拥有历史悠久、经久不
衰、价值连城的古迹，至少岩石上也有青苔覆盖，至于土壤，处
女地不仅是未开垦的松软沃土，还是大自然特有的尘土。假使我
们无法在这些岩石和土壤上看到罗马、希腊、伊特鲁里亚[18]、迦
太基[19]、埃及或巴比伦的历史遗迹，也无关紧要；难道我们的悬
崖峭壁是不毛之地吗？岩石上的青苔是早期未臻完善的大自然
为自己量身定制的粗糙而简单的防护衣。而如今，她那饱经风霜
的纪念品仍悬挂在上面。在这里，即使是在有限的时间里，诗人
那敏锐的目光也仍能发现铭文上的铜钉，若是他有慧眼识珠的天
赋，便能凭借这一线索破译这些文字。保护着我们的田地、现代
罗马以及帕台农神庙[20]的围墙，都是由这些废墟建筑而成。在这
里，你可以听到河流的喧嚣，而早已失去其名字的远古的风从林
间穿过，飒飒作响。比起雅典繁荣的夏季，这里的春天所发出的
第一声微弱之音似乎显得更为久远——林中山雀在低语，松鸦在
啼鸣，蓝色的知更鸟婉转歌唱，还有嗡嗡作响的——

蜜蜂绕着黄华柳那争奇斗艳的花朵盘旋飞舞

这便是远古时代的暗淡黎明，而我们的未来至少应在我们将
其置于身后的事物之后出现。红枫和白桦叶子都是尚未破译的古
老神秘符号；柔荑花序、松果、葡萄藤、橡树叶以及橡树果，撇开
它们在石头中的形态不谈，仅仅就其本身而言，已堪称是古老而

珍贵的遗迹了。一位白发苍苍的全能艺术大师的传说，甚至在今年夏天仍在广泛流传，他曾使每一块土地和每一块树林都遍布雕像和庄严的建筑物，而且它们上面的精美图案后来都被希腊人竞相模仿；现如今，这些遗迹均已归于尘土，一块块堆积的石料也已消失殆尽。几世纪的日晒雨淋已逐渐摧毁它们，直到从那个采石场再也找不到一块碎片；而诗人们设想：或许是众神曾将这些石料从天国送到世间。

即使旅行者向我们讲述关于埃及遗迹之事，也无关紧要。因为我们又不是病入膏肓或无所事事，以至于我们不得不为某个模糊不清且令人倦怠的故事牺牲我们的美国和美好的今天。卡尔纳克[21]和卢克苏尔[22]只不过是名称而已，要是它们的遗骸尚存，则需要更多的黄沙，最终需要地中海的海浪去冲刷那附着在它们金碧辉煌之上的污迹。卡尔纳克！卡尔纳克！这就是我的卡尔纳克。我看见了一根更雄伟、更纯洁的神殿圆柱。

> 这是我的卡尔纳克，它那无边无际的穹顶
> 为测量技艺与测量者的家园遮风避雨。
> 注视这些花朵吧，让我们跟上时间的步伐，
> 莫要追忆三千年前往事，
> 抬头挺胸，不去打扰这些圆柱，
> 莫要俯身举箭刺苍穹。
> 那个时代的精神在何处？
> 只在今天，抑或是此行诗中？
> 流逝的三千年并未流逝，

它们依旧徘徊于这夏日清晨，
门农的母亲此刻愉快地迎接我们，
眉梢间洋溢着青春的光彩。
愿卡尔纳克圆柱依然矗立于平原之上，
依然停留在那里享受我们的机遇。

大名鼎鼎的帕萨科纳韦酋长[23]曾居住在这一带，古金[24]遇到他时，"在波塔基特，当时他大概120岁"。人们普遍认为他是一位智者、一名巫师，他禁止他的子民同英国人交战。他们相信"他能火烧海水，移动礁石以及舞动树木，还能化身为火球；冬天，他又能从枯叶的灰烬中变出一片绿叶，从蛇蜕下来的皮中变出一条小蛇，如此这般的奇迹数不胜数"。据古金的说法，1660年，在一次盛大的宴会和舞会上，帕萨科纳韦向他的子民做告别演讲。在他的演讲词中他曾说到，因为不会再有这样的机会大家齐聚一堂，所以他要把这一忠告留给大家，即要留心与英国邻居的争端，因为尽管起初他们能尝到甜头，但最终还是自取灭亡。他说，他自己在英国人初来乍到之时，也同其他人一样对他们视若仇敌，并费尽心机试图消灭他们，或是至少阻止他们在此定居，但一切努力均未奏效。古金认为，他"身上可能具有巴兰[25]身上的那种精神"；巴兰在《民数记》[26]第23节中说道："毫无疑问，没有任何妖术可以对付雅各布，也没有任何占卜不利于以色列。"帕萨科纳韦之子沃纳伦塞特谨遵其忠告，当菲利普王战争[27]爆发时，他带着百姓从战场撤退到佩纳库克，也就是现在新罕布什尔的康科德。后来在归途中，他顺道拜访了切姆斯福德的牧师，并且，根据该镇史实记载："他希望了解切姆斯福德在战争中是否深受其害；当他得知小镇安然无恙并应为此感谢上帝时，沃纳伦塞特回答道，'其次应该感谢我。'"

约翰·斯塔克居住在曼彻斯特，他是两次战争的英雄，第三次战争的幸存者，直至他去世时，他仍是美国独立战争时期的最后一位将军。1728年，他出生于毗邻伦敦德里的小镇，当时的纳特菲尔德。早在1752年，他在贝克河附近的茫茫荒野中打猎时曾被印第安人掳去；在法兰西战争中，他作为骑兵巡逻队上尉表现出色；在邦克山战役[28]中，他率领新罕布什尔的民兵团冲锋陷阵；1777年，在本宁顿战役[29]中，他英勇奋战并大获全胜。在最后一役后，他光荣退役，然后于1822年长眠于此，享年94岁。他的纪念碑矗立在此河的第二道堤岸上，位于瀑布上游大约1.5英里处，从那里可以俯瞰梅里马克河上下几英里的景色。它表明，在风景中，一位英雄的坟墓比那些苟活者的居所更令人印象深刻。谁是真正的死者——是你面前纪念碑上的英雄还是他那闻所未闻的子孙后代？

帕萨科纳韦和沃纳伦塞特的墓地是建在他们故乡的河岸上，没有纪念碑标志。

如果我们相信地名词典的话，那么我们所经过的每一个小镇都是某位伟人的故居。但是尽管我们拜访了很多家庭，甚至做过针对性调查，我们还是没能在这里寻到一位至今尚在人世的伟人。在利奇菲尔德这一标题下，我们读到：

"尊敬的怀斯曼·克拉杰特在这个小镇走完了他的一生。"根据另一资料，"他是一位古典派学者、杰出的律师、智者和诗人。"

我们在大内森凯格河的下游见到了他那古老的灰色故居。——在梅里马克这一页中写道："尊敬的马修·桑顿，美国独立宣言的起草者之一，曾在本镇居住多年。"同样，我们也在该河看到了他的旧居。——"乔纳森·戈夫医生，以温文尔雅、才华横溢以及技术精湛而著称于世，曾在这镇上（哥夫斯镇）居住。他是本镇上资历最老的从业医生之一。作为立法机关的一名成员，多年来，他一直积极为其效力。"——"尊敬的罗伯特·敏斯，于1823年1月24日与世长辞，享年80岁，生前长居在阿默斯特。他是爱尔兰人，于1764年来到美国。在美国，他通过自身努力，勤于经商，积累了一大笔财富，同时也赢得人们的尊敬。"——"威廉·斯丁森（丹巴顿郡最早的移民之一），生于爱尔兰，随父亲一道来到伦敦德里郡。他备受尊崇，贡献巨大。詹姆斯·罗杰斯，祖籍爱尔兰，是罗伯特·罗杰斯的父亲。他在树林里被人误当成一头熊而被射杀致死。"——"马修·克拉克牧师，伦敦德里郡的第二位牧师，祖籍爱尔兰，早年曾任陆军军官。公元1688年至1689年，在被国王詹姆斯二世的军队围攻时，他在伦敦德里城的保卫战中一战成名。后来，他结束了军旅生涯，从事神职工作。他意志坚定，性格也相当古怪。1735年1月25日，克拉克逝世，在他的特别要求下，他的灵柩由他以前的战友抬进墓地，这些战友中有许多人是该镇的早期移民；其中几位因在那次值得铭记的保卫战中冲锋陷阵，威廉皇帝特批他们免除一切税负。"——乔治·里德上校和戴维·麦克拉里上尉也是伦敦德里城的居民，是两位"出色英勇"的军官。——"安德鲁·麦克拉里上校，本镇（埃普瑟姆）人，于布里德山战役中牺牲。"——当莱克星顿大屠杀的消息传来时，这些英雄中的许多人，就像著名的罗马人一样，正在犁地。他们当机立断，扔下手里的犁耙，奔赴战场。距我们此刻所在地几英里处，曾立着一块路标，上面写着："乡绅麦克高家距此三英里。"

但总的说来，现如今在这块土地上，人口数量极度贫乏，我们怀疑是否真像书上读到的有成百上千之多。或许是因为我们离得太近了。

向西五六英里，从阿莫斯基格可以望见戈夫斯敦的昂肯努努克。当我们从故乡眺望时，它位于地平线的最东北端；但从阿莫斯基格看过去，它呈现出一片缥缈蓝色，甚至不像我们这类人曾攀登过的地方。据说它的名字意为"双乳"，因为那里相隔一段距离有两处凸起的高地。最高一处，海拔大约1400英尺，从那里俯瞰梅里马克河山谷和毗邻乡村，可能比从其他任何山岭极目远眺，视野更为开阔，尽管森林或多或少会遮挡视线。虽然只能看见几段较短河段，但你能沿着河岸上的沙质地带向下追溯其流向直至远方。

据说大约60年前，在离昂肯努努克山不远的南面，一位老妇人外出采集薄荷油，在一片枯草和灌木丛中，一只小铜壶绊了她一跤。有人说，那里还发现了燧石、木炭和一处营地的一些痕迹。这只容量约为4夸脱的铜壶依然保存至今，还用来给线染色。据说它是某个法国或印第安老猎人的，他死于一次狩猎或侦察行动中，从此便与这只铜壶"天人两隔"了。

但我们对薄荷油更感兴趣，它令人欣慰地联想到：大自然会培育一切对人类有用的东西。人们也知道什么东西是大有裨益的。有人说它是皱叶酸模[30]，还有人说它是赤榆皮、牛蒡、猫薄荷、风轮菜<sup>31</sup>、土木香<sup>32</sup>、贯叶泽兰<sup>33</sup>或薄荷油。当一个人的食物亦是他的药物时，他可能觉得自己很幸福。其实世上没有这种药草，只不过有些人认为它有好处罢了。听到这儿，我格外高兴，它让我想起《创世记》的第一章。但是他们又是如何得知这种药草是有益处的呢？对我来说，这至今是个谜。我总是失望中带点欣喜；他们竟然发现了这种药草，真是令人难以置信。既然万物皆有益，人类最终将无法分清哪种是毒药，哪种是解药。肯定会有两种截然相反的药方。饱食或挨饿是治疗感冒的两种方法。这两种做法总是备受吹捧。但是，你必须接受某一做法，仿佛另一种做法不存在。就宗教和医术方面，所有民族仍处在野蛮状态。在最文明的国度，牧师只不过是巫师，而医生也只不过是一剂良药。仔细想想：世界各地的人们对医生的意见毕恭毕敬，百依百顺。没有什么比医术更能暴露出人类的盲目轻信。江湖骗术随处可见，人们也都会上钩。既然如此，可以毫不夸张地说：相较于人类的盲目轻信而言，没有任何欺诈行为是过分的。牧师和医生永远不应该正视彼此。他们没有任何共同点，他们之间亦无法斡旋。一个来了，另一个就会走。没有欢声笑语或是意味深长的沉默不语，他们就无法走到一起，因为一方的职业是对另一方的讽刺，一方的成功意味着另一方的失败。奇妙的是：医生竟会逝世，而牧师却能永生。为什么人们不请牧师来和医生商量呢？是因为人们实际上相信物质是独立于精神之外吗？但是，何谓江湖骗术？通常它是试图通过只关注病人的身体来进行治疗。现在需要的医生是既能关注病人的心理又能照料他的身体，即关注身心健康。而目前的医生陷于二者之间。

我们驶过船闸后，撑船通过这里长约半英里的运河，进入该河可行船的河段。在阿莫斯基格上方，该河延展出一片平静的湖泊，一两英里内没有一处弯曲。有许多运河船从此处驶往8英里处的胡克西特，当他们正空船顺风驶向上游时，一位船工主动提出，若是我们愿意等的话，他可以拖着我们的船一起航行。但是，当我们靠近他们的船时才搞清楚，他们原来是想让我们搭乘他们的船，否则我们的船会妨碍他们的前进；但是我们的小船过于沉重，无法将其吊上他们的大船，于是我们只能继续像先前一样溯河而上，而此时船工们则开始用餐。最终，我们停泊在对岸的几株桤木下，在那里我们可以享用午饭。尽管我们离对岸很远，但每一声声响，都从对面堤岸、运河港口飘入我们耳中，我们还能看到途经此处的所有船只。不久以后，驶来几艘船，每艘相隔2.5英里，在微风习习中驶向胡克西特，陆续消失在上游的转弯处。它们的船帆鼓胀，在阵阵柔和的微风中缓缓溯流而上，就像《圣经》中所说的大洪水来临前的单翼鸟一样，似乎受到某种不可思议的逆流驱动。这是一种崇高的运动，它是如此缓慢而庄严，正如"离岸驶出"这一航海短语所描述的船只徐徐前进的情景，仿佛仅仅靠的是正确的判断和倾向驱动，使其丝毫不偏离航向。扬起的风帆平静依旧，像抛向空中的碎片指示着风的方向。后来，之前和我们打过交道的那艘船一路驶来，它始终保持在河流中央行驶，当我们的距离近到可以讲话时，它的舵手略带嘲讽地朝我们大声喊道，如果我们现在愿意靠上去，他就会拖着我们的船行驶；但我们并不理会他的嘲弄，仍待在树荫下，直至吃罢午饭。当最后一艘船鼓动船帆消失在转弯处时，风势有所减弱, 于是我们扬起风帆, 奋力划桨, 如离弦之箭飞速向前紧追不舍。当我们驶近那艘船时, 他们正徒劳无益地祈求埃俄罗斯（希腊神话中的风神）的援助, 于是我们便以德报怨, 提议道, 如果他们愿意扔过来一根绳索, 我们将"拖着他们走", 结果这些梅里马克的水手们尴尬得无言以对。就这样, 我们逐渐赶上并超过一艘又一艘船只, 直至这条河又为我们独有, 任由我们航行。

**1**  麻鸦: 属鹭科, 沼泽鸟, 鸣声响亮。

**2**  泰勒斯: 古希腊著名思想家、哲学家, 他提出"万物皆源于水", 是古希腊首个提出"万物本原"的哲学家。

**3**  蛇麻草: 多年生缠绕草本, 具有小刺钩, 因其花序用于酿造啤酒, 因此又称作啤酒花。

**4**  朔风: 指冬天的风, 也指寒风、西北风。

**5**  信风: 在赤道两边的低层大气中, 北半球吹东北风, 南半球吹东南风, 这种风的方向很少改变, 故称信风。

**6**  *sua si bona nōrint*: 拉丁文, 意为"倘若他们知道自己的用处"。

**7**  品达: 古希腊抒情诗人, 他在诗中歌颂奥林匹克运动会及其他泛希腊运动会上的竞技胜利者和他们的城邦。

**8**  锡拉: 古希腊的一个城市, 位于爱琴海。

**9**  昔兰尼: 是利比亚境内的古希腊城市, 位于利比亚东北部绿山省, 于公元前630年由锡拉岛的殖民者建立。

**10**  特里顿（或译特里同）: 希腊神话中的人身鱼尾的海神。

**11**  欧律皮洛斯: 希腊英雄欧海蒙之子, 是希腊联军中最勇猛的将领之一。

**12**  欧斐摩斯: 海神波塞冬的儿子。

**13**  莫霍克人: 是易洛魁联盟中位于最东侧的北美原住民部族, 起源于纽约上州的莫霍克谷, 现在主要聚居于安大略湖和圣劳伦斯河一带。

**14**  西西弗斯: 希腊神话中的暴君, 触怒了众神, 死后坠入地狱, 被罚把巨石推上山顶, 但石头每当接

---

近山顶就会滚落下来，前功尽弃。于是他只能不断重复地服此劳役，永无止境。

15　出自莎士比亚的《皆大欢喜》。

16　萨拉米斯：是希腊爱琴海萨罗尼克湾内的一个岛屿，爆发过"萨拉米斯海战"。

17　麦加拉：也作墨伽拉，是希腊阿提卡的一座古老城市，位于萨拉米斯岛对岸。在萨拉米斯岛未被雅典占据的古时，萨拉米斯岛属于墨伽拉的一部分。

18　伊特鲁里亚：古代城邦国家，在公元前罗马城之前是意大利半岛上的一个重要城市，古罗马的伊特鲁里亚时期是其鼎盛时期，位于现在的意大利中部。

19　迦太基：古国名，存在于公元前8世纪—公元前146年，位于今北非突尼斯北部，临突尼斯湾，当东西地中海要冲。

20　帕台农神庙：是希腊女神雅典娜的神庙。它是被保留下来的古希腊最重要的建筑。

21　卡尔纳克：是埃及中王国及新王国时期首都底比斯的一部分，在开罗以南的尼罗河东岸，是太阳神阿蒙的崇拜中心。

22　卢克苏尔：埃及古城，位于南部尼罗河东岸，因埃及古都底比斯遗址在此而著称，是古底比斯文物集中地。

23　帕萨科纳韦：新英格兰地区的印第安人领袖。

24　丹尼尔·古金（1612—1687），殖民地时期负责印第安事务专员，著有《新英格兰印第安人历史》（1674）等。

25　巴兰：古代幼发拉底河附近的一名术士，他不是以色列人，是外族人的预言家，他有诅咒和祝福的本领，他为谁祝福，谁就得福；诅咒谁，谁就受诅咒。

26　《民数记》：《民数记》是《圣经·旧约》的一卷书，本卷书共36章。记载了神带领百姓走旷野道路及两次数点百姓。

27　菲利普王战争：菲利普王战争是发生在17世纪晚期北美殖民地的一次种族冲突，是印第安原住民和英国殖民者间爆发的一次大规模战争。在此战役中，进攻新英格兰的印第安人超过万人，成为北美历史上印第安人发动的最大战争。

28　邦克山战役：美国独立战争期间的第一场大规模战役。战役共造成1000多名英国士兵和约400名美国爱国者伤亡。战役结果表明，经验相对不足的美军在战场上能直面英军。

29　本宁顿战役：发生于1777年8月16日。美国独立战争中，美国民兵保卫佛蒙特州本宁顿的军用物资仓库的战斗。

30　皱叶酸模：一种在缓解长期慢性皮肤病方面颇具价值的草药，有人说它是蜀羊泉（中药名，具有清热解毒的功效）。

31　风轮菜：多年生草本，又名节节草、蜂窝草，性凉味苦，有解毒消肿功效。

32　土木香：为菊科植物土木香或藏木香的根部，有健脾和胃、调气解郁的功效。

33　贯叶泽兰：菊科，原产北美洲，叶和花可药用，可治疗登革热。

# 种子的信仰

(选)

## 柳树吐絮

五六月的时节，柳树和杨树毛茸茸的种子便会飞满整个天空，若是落在水面上，就形成厚厚一层，如同泡沫一般。

柳树花有雌雄之分，几乎总各生于不同植株之上。碰巧我们堤道两岸引种的银柳大多均为雄树。而雌树的柳荑每当成熟之时，便会绽放出一片灰白，远远望去就可凭此轻松区分出来。据说我国还未引进任何雄垂柳，当前仅有的也只是雌树，因此也就寻不到完好的种子。此外我还发现，河边常见的两种本土柳树基本均为同性，而其中多数的吉利香柳都是雌树。

雌柳絮呈绿色，形似毛毛虫，通常有一英寸多长。落黄的雌花败落后它们便迅速生长起来。单个柳絮上能有25到100个小籽荚，每个籽荚都呈卵状，有喙。而覆于柳棉紧紧包裹之下的，便是那无数的种子。这些种子极为微小，肉眼几乎难以辨认。待籽荚成熟之后，尖喙便张开，两瓣各自向后弯曲，像马利筋[1]一样将其中毛茸茸的种子显露出来。若不计较其大小，就好似绕着秆子呈圆柱形排列的数百个马利筋籽荚。

柳树种子比桦树种子更小，更轻。据我测量仅为一个原子大小，长度约为1英寸的1/16，宽还不及此1/4。种子根部环绕着一簇柳棉，向上延伸六七毫米，将种子紧紧包裹其中。正是由于这一结构，柳树种子成了我们所有树种之中浮力最大的。哪怕是最小的风力也能在水平方向上将其送至最远。而它下降的速度却十分缓慢，即便在室内的静止空气中亦是如此，倘若遇到炉子上方热气的烘托便会急速上升。种子包裹在这样一团蛛网似的柳棉里，如一缕游丝般在空中飘来飘去，人们着实难以察觉。而若想把这些种子从柳絮中分离出来，殊为不易。

5月13日前，生长在草地边缘的柳树最先返青，一二英尺长的枝条开始变得青翠碧绿，随之上面便吐出柳絮，约莫3英寸长，弯弯的形状如毛毛虫一般。同榆树的果实一样，柳树也是在叶子还未完全显露之前，便已现出一片惹眼绿色。但有些如今也开始吐蕊绽放，露出柳棉，因此，柳树是继榆树后紧接其脚步开始传播种子的灌木。

三四天后，生长在林间和林边干沟中的矮柳，以及高处林间旱道上的苦柳也开始吐絮。其中苦柳是最小的柳树。每每逢至吐絮时，它的细枝上很快便会铺满厚厚一层柳絮，就像一根灰白色的棒子。小小的种子裹在其中，如同一颗颗绿色毛毛虫的粪球。

与此同时，早期白杨也开始吐絮。而齿缘大叶杨的时间则要晚不少。其籽荚一般长相奇特，个头很大，且会逐渐呈现亮黄色，因此看起来更像是品相良好的成熟果实。

到了6月上旬，柳棉伴着各式各样的树种，被风吹过堤道和草地，飘荡盘旋在其上空。

## 柳絮与柳树种子传播

1860年6月9日，这里先后下了六七场阵雨。起初是西边和东北方突然出现乌云，并开始朝着这方压来，随后便雷声大作，还不断伴有大颗冰雹砸落。下午一场雨歇过后，我站在米尔大坝上放眼望去，四处都弥漫着某种绒毛，离地不过一房高。起初我还误以为是羽毛或从某个房间飞出的棉绒。它忽起忽落，好似一群飞舞的蜉蝣，又像大块跳动的白色尘埃，还不时地落到地面上。转而我又猜想它是某种翼薄如纱的昆虫。建筑之间和房上拂来的微风吹送着这些绒絮，沿着街道穿行的一股气流继续飞行。西边天空的乌云仍徘徊未散，在其映衬之下，潮湿空气中飞舞的这些小绒絮尤为明显。商店店主也来到门口，站在那里想弄清楚这是些什么东西。其实也不过就是些银柳的绒毛，一场雨落柳絮于是松动下来，然后带着其中微小的黑色种子开始四处飘荡。刚刚被雨水打湿的土地则是为这些种子提供了落地生根的绝佳时机。我追根溯源，找到了在20杆开外的一棵大柳树。此处距离街道尚有12杆，正处在一家铁匠铺后。

这棵柳树正是以这样的方式播撒下自己的种子。这些毛茸茸的种子，吹在脸上人们或许都浑然不觉，未承想却可能长大成材，树冠直径可达5英寸。

又过了一周后，7月15日，我注意到康科德河[2]背风的一岸变成了白色，大致有两三杆距离的范围，十分明显；那里还有一处海湾，正处在黑柳和风箱树之间。这一抹白色使我想起曾见到的一艘残船，它搁浅在岸边，上面就有块白色破布，掉下后被水冲上了岸；同时我还回想起见过的白色羽毛。绕过河岸去到另一侧一看，我才发现这些是风给吹来的银柳絮，同往常一般其中也满是微小的种子，像一团密集的白色泡沫，盘踞在水边足有一两英尺宽，如羊毛或棉絮覆在水面之上，或堆积如沫，或隆起如脊。我之前未考虑过会是柳絮，是因为这河岸边并未有任何银柳树，附近的黑柳也尚未到吐絮的时候。最后才弄明白，这些柳絮是在西南风的影响下，从20杆以外堤道上的银柳树上吹来的，在地上跨越了15杆的距离。

这种绒毛也是柳树和杨树的一大特性。有些人不喜欢吉利香柳，正是因为其柳絮飞得满院皆是。还有一种叫棉白杨的杨树也是如此，好在康科德并无此树种。

普林尼[3]认为，柳树种子在其成熟之前，裹挟于蛛网般的柳絮之中四散飞去。荷马在《奥德赛》一书中将其称作"柳树之籽"，包括普林尼在内的一些评论者将其解释为"落果"，尽管其他人认为它的意思是"致贫"。引导奥德修斯[4]进入冥界的喀尔刻[5]曾这般说过（依据蒲柏[6]的英译本译出）：

> 不久你将抵达古老海洋的尽头，
> 那里有倾斜的海岸与大陆相守，
> 贫瘠之树生于冥后播种的幽深林木，
> 波浪滔天，棵棵杨柳于此摇曳不休。

据此我推断，冥河的海岸定同萨斯喀彻温河、阿斯尼班河以及我国西北草原上的许多河流外观相差无几。诗人对冥界的认识源于天界最偏远贫瘠之地。有曾到我国广袤无垠的西北平原探险过的人便会知道，从麦肯齐直到罕德，最常见的树木就是小白杨和柳树，一般都傍河谷而生；有人认为，如果印第安人每年不再烧荒，有了这些树做基础，那里最终或成为一片广袤林海。

## 四散传播的种子

我观察过缅因州[7]甚至是附近一带的荒原，常常发现杨树在烧过荒的土地上生长得十分迅速。值得注意的是，也只有那些种子最为细微轻巧的树，才能散布得最为广泛。它们可以说是所有树木中的先行者，在更靠往北方的荒原地带尤为如此。细微的种子飘浮在空中，随风飘散去往很远的地方，很快便给烧过荒的北方荒原以及整个英属领地披上绿装。此地的海狸和野兔便也就此多了种食物，多了些庇护。河水同样有助于种子的传播，尽管传播速度较慢，但也足以将一些较重的种子送往各方。

无论是旱地还是湿地，沙漠或是高山，即便到了极地，也仍能发现一些柳树的身影，且不论这些栖息地如何之奇特。1858年7月，我登上怀特峰，此处高寒地带的不少地方都因小熊莓柳的绒毛而落上一片灰白。这是种四处蔓延的丛生灌木，踩在上面就同踩在地衣上一般。四处飞散的种子弹力甚佳且极具活力，不可遏制，不断沿着怀特山脉从一个山头散至另一个山头。我在那里还发现了苦柳，倘若这种柳树算不上所有灌木中最矮小的一类，作为最小的柳树倒是无可置否。据说同极地柳一样，它是所有木本植物[8]中生长地点最靠北的。

虽然我们通常不会注意到这些飘浮在空气中的种子，但稍加测验便会发现它们其实无处不在。林中那些草木不生的空地，或是因为如铁轨两侧砂砾成堆，或是因为寒霜而遏止了其他树种的生长。唯有柳树（矮柳或苦柳）和杨树无所顾忌，照样能生根发芽。

杨树的种子似乎和马利筋的种子一样，大多扎根在没有风势影响的低洼地带。或者由于不耐寒的植物难以适应这里的寒霜天气，它们便恰好生在此地。这附近有许多这样的洼地，里面长满了杨树。

修筑堤道总要穿过一些公用地坪，若无人加以干涉，其边缘很快便会镶上丛生的柳树（且不算桤木等其他树种），即便先前此地并未生长过什么植物，或是栽种过其他树种。正是如此，人类于是学会大量栽种柳树，以此来增强堤道抵御洪水的能力。

### 研究柳树的习性

1844年前后，我们在这里修建铁路时，出现了一块开阔的巨大空地，多半为草地，位于村子西端以南与树林之间，其间没有任何灌木生长。铁路沙石路基穿越此地而建，高15英尺有余，横亘南北，从河道上垂直而过。十余年后，我惊奇地发现，路基沿道自然形成了一面绵延不断的柳篱，尤其是堤岸东侧，那里原有一道护网，从距河道半英里处开始，继而向树林方向延至同样的距离。这道柳篱于是沿着铁道而生，同边缘的护网一样笔直。

实际上，此地形成的柳篱十分自然，也极便于我对柳树的习性展开研究。这道柳篱包含了8种柳树，占却了康科德所有柳树种的半数，包括喙蕊柳、矮柳、褪色柳、白柳、櫃柳、丝柳、海花柳以及明柳，而其中仅有一类为本土树种。你或曾想，修筑堤道时，从附近林中运送来的沙土之中便有这些柳树种子或细枝，但那其间所生长的柳树至多也只可寻得前3种。最后4种即便是往北找出半英里，或是寻遍村庄的另一端也不得影踪，只有在河畔的洼地才寻见它们的踪迹。如此一来，在这个村子的地域范围内，便是要到了河岸边及与之相邻的洼地上才可找到这些柳树的一些蛛丝马迹。尤其是最后两种柳树，我顺着岸边洼地找出很远才得以发现，发现落地生根于此的不在少数，不免些许惊讶。白柳是我唯一所了解到曾长于路基边的树种。

因此，我认为在这8类树种中，至少半数甚至大多都是借由风从远处刮来，遇上堤岸阻拦便就停留此，落地生根，几分看似不断堆积的落雪。这其间我也见到了白蜡树，其树种定是从洼地靠东10杆外的白蜡树上吹来的，因为到了其他地方便丝毫不见新生的白蜡树。此外，我还在这片柳篱之中发现一些桤木、榆树、落叶松以及杨树，有些着实已长得不小了。如此一来，若是其他条件同样适宜，人们定也期待柳树能如雨后春笋般涌现，毕竟空气中所飘浮的种子仍以柳树的居多。

在一些空旷的洼地上，有时经年也未必可见有一棵柳树生根发芽，但凡有如此一道类似屏障出现其中，便可将种子聚集在此处，很快，屏障两侧便会生出两排柳树，如此也避免了人类的介入以及其他的敌害。这些柳树只沿底部而生，就同沿河岸而生一般。于它们而言，洼地为湖，沙堤为岸。它们在此享受沙石的温暖和庇护，任凭根浸润于洼地之中，尽情享受其中温润。

若我们稍加考虑，便可发现任何草木树种的来源都大抵如此，先是种子如雪花一样从空中飘落，落向能为它们成长提供条件与庇护的篱笆和山坡，之后便在此落地生根。

柳树早早开花后，马上变得躁动不安起来，时刻跃跃欲试准备飞向远方。就连它们的拉丁名"Salix"也与"跳跃"有所关联，其词根"salire"就正有此意。它们生长迅速，在所有树种之中尤为瞩目，无论干地或是湿地，都几乎只吐一芽。待银白的柳絮随之吐露，金色的花朵绽放笑脸，毛茸茸的种子便凭其令人惊异的速度开始奔走四方。正因如此，它们在四处留下了自己树种的足迹，慢慢这些树种积聚一团，逐渐形成种群。而这些种群也在四处扩张，即便是铁路间的间隙，它们也可占为己有，其他树种的领地也开始遭其侵犯，受其干扰。

## 多种多样的传播方式

尽管每年弥漫于空气中的柳棉都携带着种子飞往四方，林间、洼地的每一处间隙都可寻得柳树种子的踪迹，但最终可长成灌木或柳树的种子仅有其中的百万分之一。可是，这已然足够，大自然的目的也已全然达到。附近堤道沿线长有不少白柳，但天然生成的极为少数，别处也未发现有这一树种。因此我猜测，此处的多数白柳或是碰巧遇上丢在这里的细枝落地发芽成树，而非由种子生根发芽长成。哪怕是河边同黑柳长在一块的那几棵也可能是自堤岸漂流而来的树枝。

若是人们相信传说，我们房前那些树中最古老、高大的那棵便有一个，但其实也就是这树的来历，对此大家也都众口一词。大腹便便的爷爷坐在那里，回想起他的孩提时期。那时他正在院子里玩骑马游戏，玩罢将一根柳枝插在地上，随后便忘记了此事。如今，那一柳枝已成长为那棵大树，所有路过的人无不投来钦羡的目光。当然像这样成功的例子相较而言也并不是很多，毕竟大自然也不会放由这些柳树种发展到这种地步，若是如此，短短几年我们整个星球将会是柳树泛滥成灾的一片局面。

红皮柳作为另一类外来树种，进入这个镇子纯属偶然。几年前，有捆树苗是由红皮柳的柳条捆着运来此地。有个好事的园丁将其插到地上，如今这一柳枝早已在此繁衍出子孙后代。

到6月中旬，河边的黑柳开始结籽，柳絮掉落在湖面上，就这样，簌簌落落接连掉了一月有余。到6月最后一个星期时，柳树上白绿相间，色彩斑驳，就像结着果实的树木，十分引人注目。水面上也被点缀得到处都是。

6月7日，我将采集来的一些种子放在玻璃杯中，置于窗台上，两天后便发芽了，露出圆圆的小绿叶。这让我好生惊喜同时又兴趣盎然，因为植物学家还常在抱怨培育柳树种是如何之艰难。

如此，我便明白柳树是如何传播种子的了。这些棕色种子几乎微不可察，裹在柳棉之中才得以为人所见，随同柳棉一起被吹到水面，漂浮在上形成一层厚厚的浮沫，6月25日前后这段时间尤其可见如此。当然这其中也不乏柳树自身之外的其他物质。尤是在水流平缓处，遇上岸边所生的某些桤木、跌落其中或是低垂于此的灌木，这一浮沫通常便会沿着与岸边垂直的方向慢慢弯成一道新月形，长约10到15英寸，向着河流下游勾勒出一道弧线。这么大片厚厚的白沫，不免让我时常联想到那结上一层白霜的水晶。两三天内，许多种子便发芽了，一对对圆圆的小绿叶从一片白茫茫中显露出来，为这浮沫表面或多或少增色几分，就好似草籽在盛有水和棉花的杯中显了绿，发了芽。这一团浮沫沿着河畔继续漂流，不少便滞留在风箱树、柳树、莎草和其他灌木之间。或许正当这些种子生出些许细弱纤维时，又恰逢水位降落，于是便缓缓搁浅在荫庇之下的裸露河泥中，而其中不少种子，也许正因如此得获了长大成材的良机。可若是它们落入深水抑或未逢时机寻得河泥栖身，便可能无法生存。我曾经在多处见到被染绿的此种泥滩，其中也不乏一些种子被风直接吹来此地便落地生根的。

**独特的柳枝传播**

但如果上述方法不奏效，柳树还有其他的生长途径，其中一种方式十分独特。和其他一些沿岸生长的树种一样，每条柳枝根部都极为脆嫩，稍加一碰便会齐齐整整地折断。而不同于脆弱易折的根部，柳梢部分却是十分坚韧，若是拧作一股粗壮的缆绳，甚至可以用来系船，在部分国家，柳条便是当此用途。可正是这些柳条，也能同种子一样，随水而去，飘散四方，遇见首个河岸，便就此栖身。

阿萨贝特河边有一块沙滩，大量的湿木屑、树叶和沙砾都裸露在上。某一年6月，我在那其间发现了一棵贴地而生的小黑柳，刚刚生出柳花，我将其拔地而出才发现，这其实是根16英寸长的柳枝，2/3的部分都埋在潮湿的地下，上面已长出不少一两英寸长的细根，地上部分则已生出叶子和柳絮。或许它是遭遇冰冻折毁，从树上被带落下来，之后便冲上河滩掩埋在此。柳树就是这般生命力顽强，充分利用每一次机会沿着河岸拓展。冰块使其从树上断落分离，不过是让其有了更为广阔的传播天地。

## 脆弱而坚韧的柳树

岸边黑柳低垂，枝条舒展，有的甚至已触及水面，每每偶然经过于此，我的小船之中通常都会顺势留下不少柳条。此前，我不知所以，还曾感慨其生来如此脆弱，不似芦苇坚韧，为其时运不济而叹惋。而今，我却赞赏它这一脆弱。倘若对此有感而发，我愿立起竖琴，为这柳树歌咏。坐在康科德河畔，我为自己这一发现几乎喜极而泣。

啊！柳树，我多想似你那般心地善良；
多想同你枝条一样生命力顽强，挥手间便可抚平自己的创伤；
有人将你视作绝恋的象征，但我不解其意；
而他们总说，失恋的人们常编柳成冠，戴在头上。

柳树更像是象征着爱的胜利，象征着对自然万物的共情与关怀。它或许会低落，甚至柔弱无比，但绝不会悲伤崩溃。巴比伦柳在此扎根，尽管其伴侣并不在新英格兰，也从未到过此地，但它仍旧柳絮盛放，一派生机盎然。它低垂的柳枝并非为纪念大卫王[9]的眼泪，而是在勾起众人回忆，当年在幼发拉底河畔它又是如何拂去了亚历山大头上的皇冠。

古时人们总爱用柳木制造盾牌，这已不足为奇。因为和整棵柳树一样，这种材料不仅质地柔软、易于加工，且柔韧无比、弹性十足；一击之下非但不会开裂，伤口还会迅速愈合，不再继续扩大。但它也无法逃脱身为一棵树的平凡宿命，每隔两三年便会遭伐。可它却从不会就此消失、伤心难过，而是在刀砍斧凿之后吐出新芽，更添快活生机，并努力追求着其生命的极限。富勒曾在《价值》一书中提及："柳树喜湿地，亦成功扎根在伊利艾斯的沼泽之中。其树根加固了此地堤岸，树枝则供作柴火。且其长势之快，令人难以置信。对此这里还留存着一个笑话：林主用柳树所得购置一匹马，随后便指望能靠其他树种再添置一件马鞍。"

希罗多德[10]说过，柳棒是塞西亚人[11]的占卜工具，他们又能上何处寻得比这更好、作此用途的细枝呢？因此当我第一眼见到柳枝时，便开始将自己代入了占卜师的角色。

12月初，在隆冬时节的雪地上，我路经某个干坑中的莎草堆，发现从中竟长出一根柳条。尽管它极为纤巧，但我精神仍为之一振，仿若在沙漠中见到一方绿洲。柳树的英文"sallow"一词本身就有"流动的汁液"一意 (该词源于拉丁语"salix"，其中"sal"在凯尔特语中表示"靠近"，"lis"表示"水")，而这一用以占卜之用的柳棒也不例外，其下便是水源所在。

是啊，柳树绝不会与自暴自弃相联系，绝望亦与它毫不相干。大自然的任何水分但凡流经过它，都无不转变成为树液。它是青春、欢乐与永恒生命的象征，何处才会存在它有所不满的冬日苦寒？四季都无法阻滞它成长的节奏，待至正月正暖时，银色的柳绒便开始显现它们的身影。

杨树亦不是坐在轻便马车上装模作样哭泣的女子，因为什么也不及见到太阳神的战车让她们感到欣喜。

## 柳籽借助动物传播

在讲述完柳树这类树木是如何四散繁衍之后，再来谈及其如何传播种子则要简短得多。据我了解，没有任何一种动物能够传播柳树种子，除却某些鸟类会衔来柳棉用以筑巢。亚丁在写给威尔逊的一张便笺中曾提到朱顶雀的窝——他常在英国北部的冷杉林中发现这种鸟巢——一般在接近季末时才开始修筑，而它们无一不是将柳絮上的绒毛填充其中。穆迪表示，我们这里的黄雀搭窝有时就是如此。威尔逊则说紫山雀乐以杨树籽为食。

## 种子从微粒长成参天大树

按照米肖的说法，悬铃木是本纬度地区最大的落叶树，其果实相较桦树和柳树的都要大上不少，但还是不及大多菜园的果实。

悬铃木的果实直径约为2厘米多，每个上面有三四百颗柱状种子，每颗种子长约六七毫米，各占其位，紧密地簇拥在一起好似一窝插在球状针垫上的针。种子底部环绕着一圈黄褐色的硬毛，这些硬毛在种子散落时便会打开，起到降落伞的作用。高大的悬铃木结出的这些果球，通常都悬挂在又长又韧、看似纤维分布一般的枝丫末端。而在果球结得少的年头儿，我注意到只在树冠部分还生有一些。在冬春时节风雪来袭之下，果球不断晃动摇摆，渐渐有所松动，或许就在一场猛烈的暴风雪过后，种子就此纷纷脱落下来。尽管种子在空中的浮力不见得有多大，但也能在如此情况下被风吹走很远距离。我曾见过它在母树周边10或20杆的范围内轻松扎根的情形。我也曾于书中见过这样的描述："冲积平原或草原上的内陆林地中，白杨和棉杨占据了很大比例。"威尔逊表示，果园里的金莺通常用悬铃木的绒絮填在巢内，而种子则是紫山雀的冬日美食。吉劳德也表示，紫山雀爱以这种树籽为食。

可以说，许多参天大树起初的存在，均是一粒尘埃般微小的树种，而后它们才慢慢长大成材。普林尼曾这样论及柏树："这一事实确是绝妙，也不当被人忽视，参天大树的起源竟如此渺小，相较之下，小麦和大麦的种子则要大上不少，更不必说豆类作物的种子。"他同时补充说道，蚂蚁极爱柏树种，为此还肆意感慨了一番："如此一棵参天林木，然而小小一只昆虫却能在其最初的萌芽阶段便将之毁于一旦。"

伊夫林似乎也受到普林尼的感染，他写道：

这是何等优秀的一位解剖学家，即便是再微小的种子，也能将其划作千份，以此去探讨那难以为人察觉的初源，或是那生机蓬勃的活力，究竟是如何造就如此体态高大的冷杉以及广为分布的橡树？(谁又愿相信)如今这些高大且宽广的参天大树，正如我等所见的榆树、悬铃木和柏树一般，或硬如钢铁，或坚如磐石(大多还是西印度群岛盛产的大理石)，起初竟也仅是襁褓之中如此渺小一物(若其还尚可称作物件的话)。它们毫无松动，亦无一丝慌乱，只是裹挟于这般微小而脆弱的物体之中；当其深埋入大地湿润的子宫，遇上质地柔软的黏液或是腐质，轻易便会遭其分解侵蚀，即便如此，它柔弱却亦刚强。如今岩石也需为它让路，一旦挡道，便或遭其顶裂石碎的风险，那劲道有时或令铁锹尚且不及，甚至有撼山之势。正因如此，树木成长的胜利势不可挡，也正是如此，我们的树木尽管落种于腐质之中，却逐步光荣立足，开始拥有坚韧秀丽的身姿，随后便如高塔般坚实矗立。不多时日前还能被蚂蚁轻易搬至洞中，而今已巍然屹立，不论狂风骤雨如何肆虐，亦无所畏惧。

加利福尼亚红杉，曾被普林尼和伊夫林均视作世界第八大奇迹，它亦是生于毫末（据说果球与五针松的相差无几），却历经世间众王宫国度不曾延续之久。

假若地球也是源于这样一颗种子，以柳树籽及柳树两者间的比例衡量，按我计算，地球之籽至多不过一个直径不足两英里半的球体，倘若放置此地，估计尚且不足该城镇的1/10。

如此一来，人们便也无需再臆测我所谈及的这各类树种是凭空而生，它们拥有如此丰富的种子，加之专为所用的翅翼或茸毛，便可四散传播。说树木源自种子，我对此未有丝毫觉得奇特之处，尽管在大自然授意下种子的繁殖模式鲜有人问津。其中多数树种均广泛起源于欧洲，有了种子后，很容易便扎下了根。大批树木就此而生，继续孕育它们那既轻盈又会四散的种子。

### 依靠鸟类传播的樱桃籽

至于颗粒较重或是并无翅翼的种子和坚果，它们在先前从未见其踪迹的地方落地生根，可究竟何时传播至这些地方，人们对此仍未达成共识。有人认为某些地方以一种非同寻常的方式，自发形成了这些树种或是其他本源。也有人表示，这些种子在地下休眠沉寂了数百年，许是被一场燥热所唤醒激活。这些言论着实难令我信服，在此我将据我所察，以说明树木成材化林的些许方式。

这些种子其中任何一类，均具备翅翼或"腿脚"，只不过其形式有所差别。各品类樱桃树四处分布也绝非佳事，众所周知，其果实最为各种鸟类所青睐，正因如此，许多樱桃被唤作"鸟樱桃"，即便其中大多本非在此之类。食用樱桃如同鸟类所从事的一项工作，我们人类同食樱桃，可却不能同鸟儿一般，不时承担起将种子播撒四方的职能，若是如此，我认为鸟儿吃樱桃则最有资格。

为方便鸟类传播种子，可见樱桃构造如何之巧妙。其果皮十分诱人，果核则恰处于正中位置，因此啄食樱桃的鸟类常常就着果核一并吞下。若你先前吃樱桃并非一口一口尝味，那定是你早已知晓，一小口甘美过后，舌头中央便会留下一大块泥土般的残渣。豆大的樱桃核于是留于口中，一聚就是十来颗。但凡大自然欲达其目的，无论何事，都可劝服我们采取行动。匆忙之下，一些大人和小孩会如同鸟儿一般，出于本能将这些樱桃籽咽下，以最为简单快速的方式摆脱这一困扰。若要想吃到去了核的樱桃，怕是只有王公贵族才可享有的待遇。正因如此，他们的生活也变得更为奢侈而空虚。或许他们也会去栽种树木，以期可借此聊作补偿，但也不忘不时大肆鼓吹一番自己的这般作为。

因此，尽管这些较重的种子不具备植物形态上的翅翼，但在大自然的驱策之下，被鸫属鸟类所吞吃，也算是在另一层含义上获得了翅膀。且相较松籽而言，这类种子的飞行更为高效，无惧逆风仍可继续向前。由此而生的结果往往是樱桃树四处落地生根。许多其他树种亦是如此。

可这类种子若是落在叶间或是掉在树根处，便不会还得以如此一番传播。

在与樱桃树（樱桃园中满园皆是樱桃树）相距甚远的林中，我常在鸟巢里发现不少樱桃核，经观察确认均为人工培养的品种；而且我俯身取饮泉水时，发现泉底也沉有这些樱桃核，这定是和我一样来这泉边喝水的鸟儿所落下的，可这些果核即便距离最近的樱桃树也足有半英里。传播至此，樱桃树于是也拥有了自己的一方天地。简言之，鸟儿们忙于散播樱桃核也可谓"声名在外"，人们若想留住一些樱桃等待上桌，也是一番难事。

有位邻居告诉我，他栽种的欧洲甜樱桃品种不佳，鸟儿对此都不加理睬。它们将目光都放在了所有嫁接品种上，甚至周边的野生黑樱桃也不曾放过。而待这些樱桃都吃完后，他的甜樱桃树便也在劫难逃了。

## 随遇而安的樱桃树

因此，不论是萌芽新生之地，还是无林木扎根的一方荒土，人工培植的樱桃树都将四处涌现，广泛传播；但由于森林与耕地均对其生长有所阻碍，因而只有在萌芽林和篱笆沿线，它们才可长至人们有所察觉的高度。这类樱桃苗最喜山顶之地，或是因为鸟儿们热衷携带那处的果核而去，又或因为山顶处的光线、照射和土壤都更得其所爱。

我仍记得瓦尔登湖畔的山上曾有过14棵英伦樱桃，生于山顶林间，长势良好，但早在12年前便都已被砍掉。费尔黑文山上的林中也有，且高大不少。去年秋天我还在该处挖走过3棵，带回种在自家园中。如今长势甚好，比我园中任何樱桃树都要长得快，虽其生长活力清晰可见，但由于当时根部体积较大，情况也不甚乐观，并不宜作移植。

凭借同样的方式，黑樱桃或朗姆樱桃的分布范围还能更为广泛。这种灌木在新耕种的土地上十分常见。在鸟儿作用下，大量种子被携入密林之中，因此林木砍伐过后，最先长出的便是这类灌木树苗，极为常见，但又活不太长，我很少在林中见到这一树种长大成材。你只需在自家房屋左右或是田野边种下这样一棵树，每当樱桃成熟时节，鸟类便会群集于此，有樱桃雀、食蜂鹟以及知更鸟，来来往往飞跃远程，每日至此。

玛拿西·卡特勒博士曾于1785年谈及怀特峰地区所生长的北方红樱桃，这一树种在此镇内较为少见。他说："在没有此类樱桃树生长的地方，过去也只有过云杉、松树、山毛榉和桦树一类主要树种，这些树被砍掉之后，地上也烧了荒，可到次年夏天，此地竟涌现出这种红樱桃，且量还不在少数。"

米肖也曾提到过同样的事实，他表示："这类樱桃树具备同纸皮桦一样的显著特点，在这类生存环境下，都能自行繁衍。"

我曾注意到缅因州这类樱桃树茂密丛生的地方，或是处在伐木工人栖身的营地，或是位于稍作清理的道途，抑或是形单影只的露营者夜晚曾露宿之处。樱桃树同人类一样热爱阳光和空气，与紫莓以及草莓一起，追寻着人类的足迹。乔治·B.爱默生在其《各类树木报告》一文中提到，他在攀登缅因州和新罕布什尔的山峰时，"时常能见到这种樱桃核，虽然周边很大范围内不曾有这类树种，但在那早已被人们视作路径的河床之上，却赫然躺着不少"。这些果核许是由激流冲刷至此，抑或是被鸟兽留在此地。无论如何，但凡想到鸟类如何持之以恒地广为传播树种，便也能容易解释如此环境之下那茂密丛生的樱桃树是何来由了。

## 备受其他鸟类青睐的樱桃

可能再无其他树种果实能如樱桃这般饱受鸟类青睐。尽管部分野生樱桃着实不合人类口味，但于鸟类而言，无论野生在外或是人工培植，都能为之喜爱；其中大多鸟类或就此将这些种子带入了深林。据我从鸟类学所得知识，加之个人观察，啄食樱桃的鸟类中最常见的有知更鸟、樱桃雀、灰猫嘲鸫、褐嘲鸫、食蜂鹟、松鸦、蓝鸫、红大嘴雀、啄木鸟和朱顶啄木鸟。

一些种子常常借助鸟雀进行传播，古时人们便对此有所注意，继而推断，鸟类是种子传播不可或缺的媒介。在谈及用以制作粘鸟胶的冬青籽时，伊夫林表示："人们普遍认为，这些种子若不在鸟儿的胃里过一遍，根本都不会发芽，因而流传有'秽物见佳粮'这一说法。"

若想研究鸟类的生活习性，那便去看看它们觅食的地方。例如，你可在9月的第一天去探寻此地野生的黑樱桃、接骨木、商陆和花楸。除却越橘正处于干枯之时外，小镇中的野樱桃和接骨木应是正合时令。

1859年，同样也是在这一天，我步入林肯市的一片密林深处，偶然在其中遇见一棵小黑樱桃树，上面结满累累果实，我便从上采摘了一些。也正是在此处，我平生第一次听着樱桃雀婉转啼语良久，也见到近期已几近绝迹的知更鸟。先前我还曾与同伴谈起鸟类如今稀有及灭绝的现状。我们在这棵樱桃树旁的石头上坐下，聆听这些现在已非寻常的声音。偶尔会有一两只鸟儿从空中飞来，向着这棵树径直冲来。但一见到我们，便又失望地继续盘旋在天空，有的或许在附近的某些树枝上稍作停留，等待着我们能尽早离去。

樱桃雀和知更鸟似乎对镇中的每一处野生樱桃树所在之处都有所了解，凡是寻到了樱桃树，便也就找到了这两种鸟，这便同见到蓟花就不愁蜜蜂蝴蝶的踪迹一样。若是我们在此停留不走，它们便会很快飞去别的树上，至于去到哪一棵它们自是清楚，而我们就对此不得而知了。待到野生樱桃树果实满枝时，周围一片鸟鸣不绝，恍若一个小春天，又再度来临。

随后我们继续前行，穿过一片僻静荒地和森林，走出一两英里路程的时候，我经过一排篱笆，于是便从中采摘了一篮子接骨木果，就在这时，我惊奇地发现一群金胸知更鸟和蓝鸫，且还都为幼鸟，显然正在这一堆果实中觅食，在我们眼前的树丛间不断飞来飞去。因此，无论何时来到接骨木果实的生长之地，都能发现喜食该浆果的鸟类群集于此。

鸟类每年都会传播樱桃核，田地林间，皆是如此。个头稍小或是野生樱桃的果核易于鸟类吞咽，因而更是方便得以传播，这般想来，樱桃核所及范围该是何等广阔！

林火过后的土地又见新芽，这并不足为奇。有的林木年头儿不久，或是长势不佳，但只要根系未遭林火损害，均仍可在此生长（如果树林不复存在，它们便难以存活）。此外，地面经火一番清理，种子便更利于在此扎根了。

1　萝藦科，宿根多年生草本，灌木状；叶对生，披针形，全绿。

2　美国马萨诸塞州东部的一条长16.3英里（26.2公里）的河流，是梅里马克河的支流。

3　盖乌斯·普林尼·塞孔都斯，世称老普林尼，古代罗马的百科全书式的作家，以《自然史》著称。

4　又译俄底修斯、尤利西斯，古希腊神话英雄。

5　希腊神话中的巫术女神、魔女之神。

6　18世纪英国最伟大的诗人，古典主义诗人。

7　位于美国的东北角的新英格兰地区，别名"松树之州"。

8　木本植物是指根和茎因增粗生长形成大量的木质部，而细胞壁也大多被木质化的坚固植物。

9　大卫建立了统一而强盛的以色列王国，是以色列历史上杰出的君主。

10　古希腊作家、历史学家，著成《历史》一书，被尊称为"历史之父"。

11　一般指斯基泰人，公元前8世纪—公元前3世纪位于中亚和南俄草原上印欧语系东伊朗语族之游牧民族。

# 科　　　德　　　角

（选）

瑙塞特平原

次日（10月11日，星期四）清晨，雨势并未消退；但即便如此，我们仍决定徒步向前赶路。考虑可能受沿途溪流与沼泽带来的不便，我们事先做好攻略，看是否能沿大西洋海岸到达普罗文斯敦。希金斯说那条道上并无什么路障，且比走大路也远不了多少。但又顾及走沙路可能会"寸步难行"；大路上已经行走不便，马蹄会陷下去。但酒馆里一位"先行者"说到，沿途难免会有不便，甚至陷入危机：不期会遇见涨潮，加之东风，进而导致流沙；但即便如此，我们这一行应会走得顺畅。前四五公里我们沿大路走，及科德角最狭窄的北肘部，其也属我们右侧奥尔良瑙塞特港的一部分，也是经由此我们得以通过海湾。在路边我们装满了行囊，但在途中这些马就要"遭罪"了。途遇大风，那势头可不比雨小，又夹杂如昨日的飘雾——我们便收伞，放置身后，借大风快速助我们通过沙地。之后的种种迹象表明我们来到了一片陌生海岸。所谓的路不过是一条小径，蜿蜒在荒芜、贫瘠、阴冷的陆地上。住户零星散碎分布着，虽然看得出勤于修补，但看起来仍又小又旧。而他们的庭院便是未"砌墙"的科德角，那倒是很"干净"；又或者貌似房子周围的空地是大风给"打扫"干净的。周围树木稀少，自然没什么木桩及其他木栅栏，这么一来，这般景象的由来也就想得通了。这些房子好比水手，只是静静看着这片广袤与坚实的土地，也不必花心思在自己仪态与穿着打扮上，对他们来说，这里只是已知的坚实土地，并非肥沃与生机。即便是早已枯燥沉闷不堪的土地，但每一片对我来说也有独一份的美丽，而这片土地的韵味又久经气候沉淀。我可以从这里的一草一物探寻到大海的足迹，即便其遗迹不得寻、涛声不得听：如鸟类中的海鸥、田野里的马车、靠房屋倾翻的船只，甚至时而被嵌进"路边围墙"上的鲸鱼肋骨；就树木而言，那是比房屋还要稀少的 (除了苹果树)，但仍在几处空洞里寻见几处小树丛。这些苹果树木要么"瘦弱"要么"个高"，且早已不见其枝丫，就好像生长在裸露的环境下的梅子林，抑或像在地上能瞬间发出新枝的木梨树，异常低矮。这些树丛似乎诉说着道理——即使在如此这般的环境下，一切树木最终还是会习得生长之道。之后，我又观察到科德角全熟的苹果树也不过人高；人站在平地上就能摘到果林树上的果实；但你却不能从树下钻过。果林庄主告知一些果树已生长20年有余，大概长到6英寸的时候，便会生出枝丫伸展至5英尺长；同时其外又有柏油盒子包围，以此预防尺蠖[1]。这些果树如"温室花朵"，冬天似乎都要移植屋里照料。在另一处我又看见一些红醋栗树丛差不多高的；但庄主告诉我今秋已从此处丰收一桶半的苹果。如果这些树能凑近一点，我定会一跳就把它们"尽收脚底"。我测量过一些靠近特鲁罗[2]市海兰莱特镇的树木，它们都是由海岸附近幼苗嫁接而来。其中一株已种植十余载，高18英寸，属均身高，由平顶处延伸9英尺。它于两年前结出一蒲式耳[3]苹果。另一株，可能种下已有二十余年，高5英尺，左右宽8英尺，同样的是地面蔓延枝丫，所有人也不得从树下穿过。这株两年前也曾结出一桶的苹果。这些树的主人都会用不同的专属代词来叫它们，如："它是我从树林里搞来的，但不结果。"我在那附近看见过最大的一株是到最顶端叶子足有9英尺高的，左右宽33英尺，朝五个方向伸展枝丫。

在一户院子里，我注意到一株长势极好的独株，而其余的看起来病恹恹的——枯木难以回春。住户说他父亲已将所有的树上肥，就单单除了那"漏网之鱼"。

如此种植习性毫无疑问理应鼓励；正如一些资深旅行家所言，它们就不应被修剪。1802年，于奥尔良市北部附近的查塔姆镇无任何水果树；奥尔良市流传着一则古老说法："水果树不可能在近海一英里的地方活下去的。就算是被种植在较远距离的也难免受东风摧残而尽毁；此外，春季的风暴肆虐后，甚至从树皮上都能闻到咸味。"我们注意到它们经常裹着一层类似于锈的黄苔藓，即梅衣属蜈蚣苔素。

对我这个内陆人来说，科德角上最奇特、最独特的建筑物，除制盐厂外，便是风车——灰色外表看起来像八角形的塔楼；长长的木材倾斜到其后的地上，端部放置于车轮上，风扇便得以借风转动。同样的措施也适用于支撑物抵御其自身压力。建筑物周围也被车轮磨损出了一个很大的圆形车辙。即使没有风向标，聚力将风车转至风口的左邻右舍可能也知道风吹向何方。但风车看上去似乎不牢固，松松垮垮的样子，看起来就像受伤的鸟儿，它们耷拉着一对翅膀或一只腿，这不由得让人想到荷兰景象。但这些风筝位于高地上，以身高加持，自然是地标一般的存在——因为该地本身就没有高大的树木，抑或是其他能在水平线上远距离看到的常见事物——虽然陆地本身的轮廓已经极为坚固且明晰，甚至不入眼的松果或是沙堆的边缘都能清晰地在海上远距离观看到。水手们经常依靠风车或教堂的位置来掌舵。但在这个国家里，我们却单单只能依靠教堂一种方式。但是教堂也是"一种风车"，它也是每7天运作一次，教义、公众意见，抑或是更罕见的

"上帝旨意"是他们行动的风向标——而对此另一种观点却遭断然否定：如果没有麸皮或霉味，如果没有灰泥，我们相信可以制造生命。

在地里到处堆着大量的贝壳，里面的蛤蜊肉早已被取作鱼饵；奥尔良素以贝类海鲜闻名<sub>(尤其是蛤蜊)</sub>，抑或按作家的话来说"更贴切地说，是虫类"。海岸与干涸陆地相比，异常肥沃。居民们衡量农作物的价值不仅按谷物的重量，还按蛤蜊装桶数量。1000桶的蛤蜊饵的价值相当于6或8蒲式耳的印度玉米，从前收获蛤蜊并不费力费钱，且一向被认为是"取之不尽、用之不竭"的。"因为，自古以来，据说一旦海岸上某块地被'掘地三尺'，挖完蛤蜊之后，2年后此地也还会是蛤蜊的天堂，其数量，亦如往年。"此外，许多人也坚称翻动蛤蜊田要像耕锄土豆地一样勤；因为，如若在这项环节上"偷工减料"，那蛤蜊便会泛滥成灾、拥挤不堪，同时其生长大小也会受限制。但我们得知软壳蛤这类小型品种近些年的产量不似往年。究其根本，也许就是因为蛤蜊田翻动得过于频繁。事虽如此，但一居民抱怨到软壳蛤减少，全因其他人都将其用作猪食；且他在特鲁罗整个冬天仅仅就挖出价值126美元的软蛤。

我们穿过一条位于奥尔良与伊斯特汉之间，长度不足14杆的小溪，名为杰里迈亚沟。据说大西洋的海水时而会与这片海湾汇流，就此隔开科德角的北部。但因空间狭窄，科德角溪流大多较为"袖珍"，因此并未能一股流奔入大海。此外，同理我们在沙漠中行走也异常艰难。因而，那条有水流<sub>(或是可能会有水流)</sub>中最短的海峡就显得十分重要，为此还特被冠以名称。我们得知在邻镇的查塔姆港没有流动水。这片土地的贫瘠程度令人咋舌。单从表面观察该土壤（或者说是陆地），就知道内陆农民绝不会想着去开垦，更别提围拦。总的来说，科德角已被耕犁过的土地看上去又白又黄，就像是印度咖喱和盐的混合物。而竟也被称为土壤。任何一个内陆人但凡造访这一片土地，他对于"土壤"以及"肥沃"的一切认知将会完全被颠覆；同时，他在之后的一段时间里，会将沙子和土壤混淆。查塔姆港的一位历史学家浅谈了那座经大海演变来的小镇："当地土壤的初始形态颇令人生疑，因为许多人不知其来历，更有许多人根本不承认它是土壤。"我们认为用这句话来形容科德角总体而言较为得当。在伊斯特姆西面有一片我们于次年夏天穿越的"沙滩"，宽达半英里，蔓延至小镇，占地1700英亩；当年盛产小麦，如今却连蔬菜腐蚀痕迹都已不见。无论是海浪或是凶猛的风浪，只要"根"在海岸上，那么只要是沙子所在地，便都称之为"沙滩"。"滨海草旁边的沙地，"查塔姆的历史学家说道，"早已堆积起25英尺高的小山，25年前未曾有山。"而在其余地方，沙子已填满小峡谷，并将其吞并。有且仅有一株顽强的灌木扎根：大量的土壤和沙子紧黏在其周围，好似一座小塔。在局部地区，那些曾被土壤掩盖的石头终于"现真身"，它们日日受尽风沙"鞭刑"，模样像似刚从采石场运回的原料。

伊斯特汉虽已是肉眼可见的贫瘠和荒芜，但仍种有大面积玉米。我们听闻于此，尤为震惊。我们在奥尔良的房东告知我们，他一年不仅玉米种的有三四百蒲式耳，饲养的猪也不在少数。在尚普兰[4]《航海记》中有一幅画描绘着印第安人于此的玉米地，其棚屋居于正中。1605年朝圣者们[5]到达此地，正如他们自己说的，

"买了8到10桶瑙塞特印第安人的'玉米和青豆',以此充饥"[6]。

1667年,伊斯特汉镇投票决议每家每户应杀掉12只乌鸫或3头牛,因为它们对玉米成长造成极大破坏;此后,该项决议保持多年。1695年,一项新增决议通过,规定"本镇每一位家庭主妇都应杀掉6只乌鸫或3头牛;若未能按规定履行义务,便要受罚——遵守决议之前都不得成家。"因为乌鸫残害玉米。我在来年夏天就把正做坏事的乌鸫"抓个现行",但即便有许多人形稻草人也吓不住它们。对此我得出结论:要么单身汉多,要么乌鸫早已"成双成对"。但它们将三四颗谷粒放置于山丘上,甚至让比我们人类数量还少的作物存活下去。于1802年发行的"历史集"中有一篇伊斯特汉传说,其中说道:"玉米的产量供大于求,每年大约有1000蒲式耳用于商用。土壤里没石头,犁地速度就较快;待玉米冒出芽儿来,俩孩童带着一匹比山羊稍大点的科德角马,一天之内就能犁完三四亩地;个别农户在60亩地创收800蒲式耳后不久,年收500蒲式耳粮食也是常有的。"类似传说也流传至今;的确,近年故事在某些方面也有老话新说之嫌,我可以斩钉截铁地说,他们陈述的不过是意料之外,情理之中,并且现今还有比故事中更大片的荒芜贫瘠之地。任何农作物都能于此地种植的情况足以称为不凡。对此其他人猜测说道,这可能归因于此地大气的水分度、沙子温度及少见的霜冻。一位正磨石器的磨坊主告诉我,40年前他曾去那里做剥皮工,当时一晚就剥完500蒲式耳的玉米,中间至少堆得有6英尺高;但如今每亩地均产也就15到18蒲式耳不等。在这小镇上,我还从未见过占地如此小,又如此贫瘠的土地产出过玉米。或许当地居民对于此处犁地容易、种地面积较广、收成却很低的局面欣然接受。最肥沃之地并不一定就是收成最好的，况且此处沙地也会像西部肥沃的地底层，对开垦种植有利。更有人说生长在沙地且未经施肥的蔬果虽然在播种后，其种子会在地下迅速腐坏，但吃起来却格外可口，尤其是南瓜。我能证明此地的蔬果完全成熟过后，看起来确实格外鲜绿且健康，当然这也有可能是沙子颜色映衬的缘故。但是科德角镇上居民一般不饲养牲畜。他们的花园一般都较为"娇小"，且大多是从沼泽"魔爪"里给挽救回来的。

即便是隔着几英里的东海岸，整个早晨我们依然能听见大海在嘶吼；因为席卷圣约翰的风暴余威未消——路途中曾遇见的小学生虽不知我们所指何物，但他的耳朵肯定听过"答案"。他肯定之前在贝壳里也听过同样的声音。它填充着整片空气，带着大海激吻陆地的记忆，以鼓舞人心之力传至几英里外的内陆。是一条看门狗在你们前狂吠吗？不，是海，是大海，是大西洋在整个科德角为之咆哮、为之澎湃！总的来说，我们对这场风暴的来临是喜悦的，因为它让我们看到了大海最愤怒的一面。查尔斯·达尔文确信——在狂风后的某个平静夜晚，"尽管相隔千山万水——21海里的距离"，你依旧能听见奇洛埃岛海岸边海浪汹涌之声。一个8岁大的男孩（上文提到的）走在我们的伞檐下，一路上我们交谈着；因为不仅要了解科德角上成年人的生活，孩童的观点也很重要。我们从他那儿得知附近最优质葡萄的所在地。他当时提着晚餐桶；出于礼节我们并没问任何逾矩的问题，但最终我们还是能猜到食物内容。最朴实的真相往往是求知者最易接受的。最终，在到达伊斯特汉镇教堂前，我们另辟蹊径，走上乡野小路，朝着瑙塞特莱茨东海岸方向走去，那儿有三座灯塔紧挨着，全程2到3英里。这些灯塔数量较多，风格鲜明；但这条路似乎是最直接、最耗时的方法。因为我们即刻意识到我们正处于一望无垠的平原，没有任何树木、栅栏以及房屋。但不必透过栅栏，我们还是可以看到地上时而耸立而起的山脉。同行之人称其好似伊利诺伊州成片连起的牧场。我们穿过了这片平原，虽伴有风暴及淅沥雨水，但不可否认的是，我们寻到了其更为广袤与荒凉的一面。四处茫茫，倒是荒原中部有且仅有一个干涸山谷，但又碍于前方浓雾，所以我们对于山谷深浅度不得而知。远处见一位独行者漫步，其身形好似巨人，四肢仿佛被绑住，又仿佛被这平原拽着，无精打采地拖动向前。由于没有参照物，从远处看，无法辨别他是小孩还是成人。确实，对于一个内陆人来说，科德角的地形就是一片恒久的海市蜃楼。类似的乡野地幅各有一到两英里。这些零星连成片，便是"瑙塞特平原"。这里曾树木茂盛，但由于冬季寒风呼啸，旅行者也就受着无情风雪的拍打。这个季节，我终于离开了我常感刻薄与肮脏的城镇；终于离开了马萨诸塞州充满成年人野蛮与陋习的酒吧间；终于离开了满是呛人烟草雾气的氛围。我的精神世界终是因外围的沉寂得以升华。城镇需要重新"排气"。如果众神看到祭坛飘起纯洁的火焰，定会十分欣慰。相反，他们对于香烟可不感冒。

由于我们路途上一遇城镇，便一概从其后绕过，因而到普罗文斯敦我们才进到村落。我们全程打着伞，了解着他们的历史，但几乎未和任何人攀谈。

古老的记述对于地形的表述可谓极致详细，也正是我们最想了解的；现今说法确有值得一读之处，但其关于城镇的描述也无外乎是引自老话，都是那些已被大众认可以及未被接受的，毫无新意。这些城镇和教堂同根同源，相生相惜；人们将关于它的记述代代相传，并引用已故牧师的拉丁语墓志铭做结语（或用古拉丁语或古希腊语书写）。他们会重温每一位时任牧师的任命，并真挚地告知祈祷开端之人、讲经布道之人、授予圣职之人、管理经费之人、对宗教大有助益之人、宣布祝祷之人；除此还有应召前来探讨某些牧师正教说法的教会理事会数量，以及其与会人员的名字。鉴于穿越这片平原会耗费我们一个小时，加之沿途风景无异（虽这样看来有些许怪异），所以我要趁这点时间，浅读一会儿伊斯特汉历史。

时值普利茅斯派出委员会已收购属印第安人位于伊斯特汉的领土，"这意味着，谁有权占领比灵斯盖特？"这被理解为科德角北部所有地区均是其已购买区域。"而最终回答是目前为无主之地。'既是如此，'委员会声称，'那这块土地便是我们的了。'印第安人回答道，确实如是。"此番声明与许可意义非凡。初期移民者似乎早已将自己视为"无主之地"的代表。也许这开创了和平"占有"无主之地的先河；至少至今他们的后代仍按这套方法广泛地实施着，说明该方式的实质内容也并未得到提升或改变。似乎是美国人之前，没有任何人独占整块美洲大陆。但历史却是，当时移民者已占领比灵斯盖特多年，终于，"有一印第安人将自己打扮成安东尼中尉"，并宣称自己已占领此地、该地所有贩卖人口均归他所有。谁会料到就是这位安东尼中尉有一天会敲响白宫的大门？无论如何，我相信因果报应，天道轮回。

托马斯·普林斯是平定伊斯特汉的领军者，他也曾多次担任普利茅斯殖民地长官。原本在其原农场之地，长有一株梨树。据说此树是200年前他远从英格兰带来，并由其亲手栽种的。但在我们到达这儿的几个月前，不幸被风吹倒。最近有消息说它已恢复生机；其果实虽形小，但其味上好；结果均量为15蒲式耳。不乏有优质诗句将其描绘，接下来我将会引用一位叫希曼·多恩先生所写的诗句；一是由于这些是我记忆中有关科德角的唯一诗句样本；二也是由于其内容的确不俗。

两世已过，一切如白驹过隙，

见证着旁人的悲欢离合，年老的你！

发出新丫，在这异国他乡地，

漂洋过海，移植至这荒夷。

★★★★★★★★★★★★★★

【此处星星代表宗教色彩更为强烈的诗句】

那些流亡的人群早已死去，

啊，只有你，老树，依旧立于原地

立于普林斯旧日亲手栽种你之地，

这是一处对其种族和时间的天然纪念仪；

它属于我们光荣的先驱，

当其自普利茅斯荣归，葬身于此；

多恩、希金斯、斯诺以及其他英雄豪杰，

你们的名字后人会永久铭记。

★★★★★★★★★★★★★★

时间已削弱你的躯干，我年老神圣的树！

岁月的重量压弯了你的背脊

但，即便严寒酷暑，你依旧繁华无误，

年年之际，你依旧以果实相递。

　　我还有另一些诗句想要引用，但无奈其在韵脚上不能独美，倒被繁杂无用之句连累。若一头公牛倒下，那另一只站着的也会受其连累。

　　迪肯·约翰·多恩是首批到达伊斯特汉的定居者，于1707年去世，享年108岁。相传他在晚年都是躺在摇篮里的。他显然过得不如阿喀琉斯[7]。他母亲为了使其完好不受摧残，一定曾让他滑进液体里，使脚跟，最后整个身体浸泡于液体。他曾用石头围起一座农场，至今都还留存着，上面还镌刻着他姓名的首字母。

　　整个镇上的宗教历史莫名地吸引着我们。相传"他们最初建了一座20平方英尺的小型教堂，并用稻草盖做屋顶，这样可以在屋内朝室外开枪"，当然，这是针对魔鬼的。"1662年，镇上决议捕到的每一头鲸鱼都要按份侍奉给牧师。"毫无疑问，牧师能获得供奉部分是由于他们侍奉着上帝，也只有上帝才能掌管着风暴；因此，当捕鲸数量不足，他们便会怀疑自己对上帝的虔诚度。每当有风暴之际，那些牧师想必定会爬上悬崖峭壁，忧愁地守望着海岸。我若是一名牧师，与其相信某个熟知教区的慷慨虔诚，不如相信科德角背面的汹涌海浪会替我卷来一头鲸鱼。通常情况下，你不能说教区牧师薪资"等同于获取一条鲸鱼"。但不管怎样，一位深度依靠微薄工资度日的牧师，其生活一定倍感艰辛。我宁愿携一根鱼叉前往福克兰群岛捕鲸，并亲手将其了结。试想一头鲸鱼被风暴折磨得奄奄一息，人类又举力将其拖拽上岸，这一切都是为了供奉牧师！这对他来说是多么大的慰藉啊！我曾听闻一名牧师之前身为渔夫，久居布里奇沃特，甚至可以分辨鳕鱼和黑线鳕。渔夫改行成为牧师，本不足为奇，但长此以往，乡村教区的布道坛将为之一空，因为与其费力去捕鱼，不如接受渔夫的供奉。此外，该地的马鲛鱼也会收税，以此来资助一所公益学校；换句话说，要想去学校免费就读，马鲛鱼学校也要按规矩征税。"1665年法庭通过一项法规，规定凡居于政府管辖范围内的公民，若有反抗《圣经》者，将遭受肉刑。"试想一人在春日早晨遭受鞭刑，为的就是必须承认《圣经》的真理性！"该镇也通过决议：在祭礼举行时，教堂之外的所有人都应脚戴镣铐。"该镇有必要明白坐在教堂里与陷于镣铐中根本就是两个概念，以免出现遵纪守法倒还要受比违法更重的罪。伊斯特汉近年来盛行丛林集会——海湾周边所有人群蜂拥而至。我们推测这一不凡举动的原因——如若不是宗教感情的畸形发展——便是该镇大部分人口为独居妇女，其丈夫及儿子要么身居海外，要么死于溺水；全镇上下除了自身和牧师，也别无他人了。古老的记述中说道："情绪失控症状多发于奥尔良、伊斯特汉，及其之下的城镇；尤其是在祭礼的星期日。只要一位妇女情绪失控，那便会有五到六人与其产生共鸣；照此，集会便会陷入极度混乱。几位老人往往毫无怜悯、毫无理智地猜想：这与意愿只是一部分原因，而嘲笑与威胁将会变成抵抗邪恶的趋势。"但这些话是我们目前还未理解的。在这片平原的一间房屋里我们见到一位妇女，极具男子气概，但丝毫看不出其有失控发狂痕迹，或曾与发狂之人产生共鸣；或许，对她来说生活早已是失控的艰辛，是无尽的粗鄙，但这些可能都是男性从未经历或能想象到的。她桀骜不驯、坚韧刚强；钢铁般的下巴小小一口可能会将铁板咬成两块；她们随时做好反抗世界的准备；虽穿着衬裙，但谈吐倒像是战士，通过断路器在向你大声说话；但也能看出她没少为生活发愁，极其艰难。看着她像一个杀婴儿也不会心软之人；无兄弟姐妹，就算有可能也是早年夭折，有何之用？其父亲也定是在她出生前就离世。这位妇女告诉我们，去年夏天为防霍乱的发生，集会并未举行；而今年夏天也会提早进行。但黑麦收获期还未到，因而无从准备稻草（因为他们是要躺在稻草里）。这里时而会聚集150个牧师及5000名听众。一个名为米莱尼姆林之地可谓科德角里最为适合，但又相当不适合之选，它为一家波士顿公司所有。该地已被围住，而帐篷的支架一直以来都被看作是橡树丛林的点缀。他们带有炉灶及水泵，并将所有的餐具、帐篷、被套及家具都放进一恒久建筑内。他们会将集会时间定在满月之时；并派一人提前将所有水泵都清洗干净；牧师们则提早清好嗓子；但是，后者可能没有前者清洗得彻底。我看见桌下还堆有去年狂欢留下的蛤蜊壳儿，我想这一定是那些不知悔改之人、没有毅力之人及嘲讽者的"杰作"。从这看出来集会必定是祝祷集会与野餐的融合。

牧师塞缪尔·特里特是首位定居（1672）于此的牧师。这位先生据说是"新英格兰福音传道士中的佼佼者"。他在世期间，改变了众多印第安人甚至白人的宗教信仰；同时还将《信仰告白》[8]译为瑙塞特语。这些印第安人便是他们第一任老师理查德·伯恩所关心的人群，1674年他曾在写给古金的信中说到他已经去看望了一位生病的学生，"但是，至于他们大多数人，"他说到，"事实上，在课程上都表现松散，不尽如人意——对此我内心深感悲痛。"特里特先生被称为最严厉的加尔文教徒。他不属随意舍弃或搪塞理由之辈，因为那样最终只会成为一头好似褪去所有刚毛的豪猪；他终保初心，言行一致，将自己的繁琐外翼褪去，并勇敢地自我保护。这儿依旧保留着其布道训诫的手稿集，"这些，"一评论家说道，"似乎早已被设计好，准备出版。"我从一些二手资料中摘引了几段与《路加福音》[9]第16章第23节相关的布道文：

"尔等不久便会下无底深渊。地狱早已收拾好自己，准备迎接汝。供汝享乐之地，不在少数……"

"试想，汝将去的地方是上帝精心准备，彰显其公平公正之地，且仅做折磨纠缠之用。地狱是上帝用于改邪归正之地；此外，记住，上帝凡事都像其本身。当上帝欲展其公正，且极度愤怒时，他便会决心将地狱打造成……替你的灵魂哀叹吧，因为它将变成全能之神弓箭的靶垛……"

"试想，上帝自身是你痛苦的主理人，他的气息便是将地狱之火凶猛点燃的怒吼，且永不停息；如若他将你惩处，如若他见你时狂怒，他便不是以人肉之身与你相见；他将赐予你全能之力。"

"一些人认为生命结束，罪孽便也会终止消散；但这是错误的。万事万物都是按一永恒定律运转；该死之人其罪孽早已在地狱累积。或许提及至此，你会心情大悦。但记住罪孽是令人愉悦的；在地狱，不得进食、饮酒、歌唱、舞动、与水性杨花女人调情及偷饮水：有的只是该死的罪孽、苦涩、凶恶的罪孽；经折磨而加重的罪孽、诅咒上帝、怨恨、狂怒、亵渎。汝对自身所有罪孽的愧疚感都会一五一十摆在灵魂上审判，加之不穷尽的烈火炙烤……"

"罪人，我恳求你，意识到这些事物的真理。不要天真地想着这是对上帝怜悯的不敬，又或者将其看作是吓唬孩童的空洞寓言。即使上帝让你受苦，那他也是仁慈的。对于那些珍贵的伟绩，他已有足够的纪念碑，就像闪耀着光荣的星星，以哈利路亚高歌上帝对众生的救赎；虽然为了表扬其公平正义，他已诅咒无数的罪孽者。"

"然而，"这位作家继续写道，"借着宣扬恐怖的教义，自然产生了崇高而令人印象深刻的雄辩风格，他并不能成为一个受大众欢迎的牧师。他的声音很大，甚至无论在教堂远距离之外、在发狂女人的尖叫声中、在瑙塞特平原号叫的风声中，都能听见；只是在这些嘈杂的声音中缺少了音乐性。"

"这传道的影响力，"据说，"在经过牧师的授课后，使其听众无比清醒与深受警醒，效果奇佳；例如一相当天真的年轻人被吓破了胆，特里特先生就只得想着法将地狱描绘得更利于其接受"；但我们确信"特里特先生的举止是令人愉悦的，谈话内容是舒心的，甚至时常有些许滑稽，但大多时候都是正经得体的。他喜欢略带诙谐，带一些小恶作剧，并通过大笑和长笑给他们带去乐趣。"

正是这位牧师，他的轶事为后世津津乐道，我的读者也应听说过多次了；但即便如此，我还是要"冒险"引用：

"与威拉德先生（波士顿南教堂的牧师）的女儿结婚后，他时而被那位绅士邀请在讲台上布道训诫。威拉德先生谈吐优雅，阳刚却又不失幽默风趣。尽管他的'神性身体'并没有赢得太多声望，但他的讲道却充盈着思想的力量和语言的活力；虽然《神之躯体》一书并未使他名声大噪，甚至还经常受到嘲讽，尤其是那些读过它的人。但在其布道中却能感受到思想的深度与语言的力度。因而他受到普世爱戴，也是情理之中的。特里特先生以他那习惯性沉闷的方式向其岳父讲解了他布道生涯中最精彩的布道之一；但这却引起了大众的不适。之后，几位评审员等着威拉德先生，并向他说明特里特先生的确是一位优秀又虔诚的人，但却是一位令人失望的传教士，所以恳求不要再邀请他上讲台了。威拉德先生对此要求未作任何答复。但他希望其女婿能将讲义内容借予他。几周后，他将无差别地将这些讲授给群众。他们跑向威拉德先生，并希望得到这份讲义的复印件。他们喊道，'看看，这就是您和自己女婿的差距。''您与特里特先生讲道的文字相同，您讲得十分精彩，而他却可鄙。'正如在笔记中看到的，'威拉德先生，在用特里特先生所作讲道之后，也许已经用费德鲁斯[10]的话向这些贤哲批评家致以歉意。'"

在一场令人难忘的风暴后，特里特先生就死于中风瘫痪。那场大风暴使他房屋周围的地面完全裸露，但积雪堆积在道路上的高度却不寻常。便是通过这种方式，一条拱形的路得以挖出，印第安人又借此将他的尸体放在坟墓上。

读者会一直想象着，在瑙塞特沙滩偏东北方向上，我们毅然穿越那片宽阔的平原；在航行过程中，我们在伞下阅读；然而夹杂着薄雾和雨水的风呼啸着，好像我们前往参加特里特先生葬礼周年纪念日。我们认为这是一个荒原，有人甚至因风雪葬身于此，就像《苏格兰生活的光影》中提到的那样。

下一位定居于此的牧师是"塞缪尔·奥斯本牧师，他生于爱尔兰，在都柏林大学学成"。据说他是"智慧与美德并存之人"，还教会民众如何使用泥炭，以及其烘干和准备之道——因为他们几乎没有其他燃料，这是上天对他们极大的恩赐。他还引进先进农业。但尽管他提供了许多服务，他在信奉阿米纽斯[11]信仰时，他的某些追随者却变得不满意了。最终，一个由10位牧师组成的教会理事会代表着各自教堂，将其审判，并且（不出意料）自然而然将其贬低得一无是处。该理事会是在两位神学家约瑟夫·多恩和纳撒尼尔·弗里曼组织下召开的。

他们在报告中说："就理事会来看，奥斯本牧师向他的民众布道宣讲时说，基督所为和遭受的苦难丝毫没有减弱或削弱我们应遵守的上帝律法的义务；且基督所受苦难以及顺服是他自己应受的；我们认为，这两个部分都存在致命的错误。"

"此外，他们说，'奥斯本先生已经被指控，并在我们看来奥斯本先生已宣称，服从是一个人称义的重要原因，对于这点我们认为这包含了非常危险的错误认知。'"

他们(例如我的一些读者)做出的许多类似区分可能比我更熟悉。因此,根据旅行者的证词,在遥远的东方(包括耶兹迪斯人或魔鬼崇拜者,即所谓的迦勒底人及其他人),您可能仍会听到关于教义论点的这些显著争议。因此,奥斯本被解雇。他被迁往波士顿,在那里他继续求学多年。但是,凭借泥炭草地上的工作,他最终还是得到了公正的待遇——一个证明是,他活到了90多岁高龄。

**1**　一种林间害虫,其身体细长,行动时一屈一伸像个拱桥,休息时,身体能斜向伸直如枝状。

**2**　马萨诸塞州一城市。

**3**　重量单位,一蒲式耳=36.3677升。

**4**　萨缪尔·德·尚普兰(1566—1635)是法国探险家、地理学家,魁北克城的建立者。1608年,尚普兰带领9个法国士兵和300个印第安人探索了易洛魁河(今魁北克的黎塞留河)流域,由此发现位于今日美国佛蒙特州的尚普兰湖。

**5**　英国清教派别支,或称"朝圣客",受詹姆斯一世迫害,先逃至荷兰,后抵达美洲。

**6**　此后,他们到达了一个名为马塔斯特斯的地方,在那儿他们又买入玉米;但他们的小舟在一场风暴中被卷走,为此领队者被迫徒步穿越50英里的丛林,最后返回普利茅斯。《莫特的故事》中说道:"他安然到家,但浑身狼狈不堪,脚底已被磨破。"——原注

**7**　希腊神话人物,他骁勇善战,最厉害的是全身刀枪不入,只有脚跟是他的唯一弱点。阿喀琉斯的父母是英雄珀琉斯和女神忒提斯。阿喀琉斯在襁褓中的时候,被母亲倒提着放进地府的冥河里,浸出了一身铜皮铁骨,不过脚跟因为被母亲抓在手里,于是成为他的死穴,即"阿喀琉斯之踵"。

**8**　基督教徒的《信仰告白》从《使徒信经》而来,其主要内容为信上帝得永生。

**9**　《路加福音》是《圣经·新约》的一卷书,本卷书共24章。记载了施洗约翰、耶稣的出生、童年、传道、受难、复活。

**10**　费德鲁斯,古罗马寓言作家。希腊北部皮埃里亚人。曾在罗马宫廷为奴,后被奥古斯都释放。著有《寓言集》5卷,现存130多首。此处引文原为拉丁文。

**11**　16世纪末17世纪初,追随荷兰神学家雅各·阿米纽斯的宗教派别,即阿米念派(或称阿米尼乌派)。该派受苏西尼主义和罗马天主教神学影响,提出了关于恩典与救赎的五个观点,统称为阿米念主义。

# 缅因森林

(选)

第二天一早，我们将行囊装上马背，便准备沿西支流涉水而上。我的同伴已将马在草场上放养了7至10天，想着让马吃一点鲜草、尝一点活水必将大有裨益，正如马的主人尝试偏远山林的野食、探访未曾涉足的乡村一样。跃过一道藩篱，我们走上佩诺布斯科特河北岸的一条隐蔽小道。再往前便没了路，河是唯一的通道，沿岸30英里仅有五六座木屋倚岸而设；河两岸尽是不见人烟的荒野，漫无边际一直延伸至加拿大，从未有任何牛马车辆从此经过。冬季，牛群以及伐木工所用的几件大型器械通过河冰运往上游，又在冰面融化前运回下游。常青林木散发着一股沁人心脾的甜香；空气仿佛一汪清水，我们一列人马也心情舒畅，阔步前进。沿岸不时可见为滚运原木而开凿的小缺口，由此可一览这涟涟河水中密布的礁石。耳边除了急流咆哮声，还有河上哨鹬、四下鸟、山雀以及旷野金翼啄木鸟的鸣叫声，声声入耳。营房零星几座，几条小路皆自然形成。这里或可称得上是一个全新的国度。在这里，人们便再不能归罪于制度和社会，而必须直面罪恶的根源。

经常探访或是长居此地的有三类人。一类是伐木工，尤以冬春两季最为多见，但夏季除了少数林木勘测者外，再无人踏足此地；第二类是先前提到的少数居民，也是这里唯一的常住民，他们住在森林边缘一带，为伐木工提供补给；第三类是猎人，多为印第安人，他们会于狩猎季在林中上下搜寻。

走了3英里后，我们来到马塔森克河边的锯木厂，那里竟还有一条粗陋的木制轨道，直通向下游的佩诺布斯科特河，这也是我们见到的最后一条木轨道。河岸边原有一片一百多英亩的茂密森林，树木刚刚被砍伐焚烧，现在还余烟未尽。我们的路线从森林中间穿过，现在已几乎消失不见。树木全倒伏在地，垒起来有四五英尺高，枝丫交错，全烧成了炭黑色，内里却还完好，还可做上好的燃料或木材；不久它们就会被砍成长短不一的薪柴再次被燃烧。这里有成千考得[1]的薪柴，足够供波士顿及纽约的穷人整个冬天取暖之用，而堆在这里只会堵塞道路，妨碍定居者通行。渐渐地，这一整片蓊郁幽深的林木终将被大火吞噬，如同木屑一般，不会给任何人带去温暖。克罗克木屋坐落在离岬角7英里远的萨蒙河口。一名队员开始给那里的孩子们分发许多便宜的连环画，还教他们识字；孩子的父母则拿到不少近期出版的报纸，对于偏远林区的山民来说没有比这更受欢迎的了。在我们的行囊里，这些绝对是必不可少的一项，有时还会是唯一可以流通的货币。我穿着鞋蹚过萨蒙河，河水不深，却还是浸湿了双脚。再往前走几英里，我们来到"马姆·霍华德木屋"。小屋位于一大片林间空地的尽头，那里一眼就可瞧见两三间木屋。其中一间在河对岸，此外还有几座坟墓，由木栅栏围着，村民的先祖就埋葬于此；千年后或许会有某位诗人写下《乡村教堂墓园挽歌》[2]，而那时"村野里的汉普登""默默无闻的约翰·弥尔顿"以及"不染"自己"同胞之血"的克伦威尔们还尚未出生。[3]

> 于这片荒野或将埋下，
> 某个曾满腔炽火的灵魂；
> 他或手握一国之权杖，
> 或拨动里拉琴弦飞扬。

　　下一间是菲斯克木屋，位于距岬角10英里处的东支流河口，对面是尼卡多岛又称福克斯岛，这也是最后一座印第安人的岛屿。由于这片森林里的每一间木屋都对外提供住宿，所以我特意给出这些住所的名字和距离，这些信息对那些可能经过此地的人会十分有用。我们渡过佩诺布斯科特河后，又沿河流南岸前进。队伍中有人进屋去找人安排我们住宿。他回来后告诉我们，有一处住所十分整洁，屋内书很多，还有一位刚从波士顿搬来的新主妇，是这片森林的新住民。我们发现东支流河口处水面宽广，水流湍急，河水比表面上看起来要深得多。由于再难找到我们来时的路，我们只好继续沿西支流也就是主干河的南岸前进，途中经过几处名叫罗克坞比梅的险滩，湍急的流水声响彻整片森林。不久，在树林最深处，几间闲置的伐木工营房映入眼帘。营房都还较新，只在去年冬天有人住过。我们随后又发现了几间，这里我索性将它们一起概括一下。这些房屋正如缅因伐木工在荒野过冬所用的营房一样，包括营房和牛棚，二者之间的唯一区别只是后者没有烟囱。这些营房约20英尺长，15英尺宽，都由像铁杉、雪松、云杉或黄桦这样的原木所建，有的单用一种木材，有的则是几种木材混用，原木的树皮都还保留着；通常先用两三根粗大原木做地基，一根垒在一根上，两端相嵌，直堆到三四英尺高，再用较小的原木架在两端横木上，一根短过一根，由此建成屋顶。房屋中间长方形的洞孔就是烟囱，直径有三四英尺，由屋脊一般高的原木栅栏围着。原木缝隙间覆满青苔，屋顶则铺着细长美观的雪松、云杉或松木条，这些薄木条都是用木锤砍刀劈成。屋内最关键的构造就是火炉。形状大小同烟囱一般，就设在烟囱下方，地上由一圈木栅栏也就是火炉栏围着。炉灰已堆到一两英尺高，火炉四周还围着一圈原木劈成的坚实木凳。火焰将雪融化，雪水还未及落下将火苗浇灭便早已蒸发干净。两边屋檐下都张着金钟柏叶子铺成的床，叶子早已褪了色。此外还有专门放水桶、猪肉桶及洗脸盆的地方，通常在某根原木上还能发现一盒破旧的扑克牌。门闩是按铁门闩的样子用木头做成，削制一根门闩往往要耗费好一顿工夫。屋内炉火日夜都烧得旺盛，住起来很是舒适。屋外却往往是一片浑朴萧瑟；伐木工的营房就如沼泽里某棵松树脚下生出的蘑菇一样，包裹于层层林木之中；除头顶的天空，便再无其他景色；除为房屋建造或薪柴燃烧而辟出的场地外，便再没其他空地。营房只需能遮风挡雨，方便工作，又临近山泉，他就再无更多想法。这些营房是典型的林中住宅，全由树枝的层叠交错为人筑起一片可遮风避雨的居所：这里有覆满青苔地衣的青绿枝干，卷着毛须的黄桦树皮，还有散发着湿气、新鲜欲滴的树脂。而生长于房屋周围的伞菌总令人想起某种恒久的生命力。⁴ 茶、糖蜜、面粉、猪肉 (有时是牛肉) 以及豆子是伐木工的主要食物。马萨诸塞州所产的豆子大部分都销往此地。若是外出远行便只有硬面包和猪肉。猪肉通常是生的，切成片状，有时还会配点茶水。

原始森林总是十分潮湿，处处布满苔藓，以至于旅途中我常常以为自己是置身于沼泽地里；只有听别人提起这片或那片林地上的木材质量上乘，砍伐这片林地会盈利颇丰时，我才会想起，如若有阳光射进来，此处便立刻会变成一块干燥的田地，一如我之前见过的几处田地一样。即便穿着质量上乘的鞋子，旅途中大多数时候双脚也会变得潮湿。如果在最为干燥的旱季，地面也会湿软如此，可想到了春天会变成什么样子？林中这一带生长有许多山毛榉和黄桦，其中一些黄桦长得十分高大；此外还有云杉、雪松、冷杉和铁杉；在这里我们只见到白松树的树桩，有些树桩很是粗壮。由于需求庞大，这里的白松早已被砍伐一空，只剩下低矮的树桩。除白松外，人们只砍伐了一点云杉和铁杉树。卖到马萨诸塞州提供燃料的东部木材都来自班戈下游。仅是这里的松木，尤其是白松木就能吸引除猎人以外的任何人踏上我们这条线路。

离岬角13英里的韦特农场，面积宽广且地势较高，从这儿可以一览远处山脚下波光粼粼的河流。之前我的同伴曾在这里欣赏过克塔登山等一众山川容貌。而今天一片烟雾迷蒙中却完全没有看见。不过我们还是可以俯瞰一大片延绵不断的森林顺东支流而上，北至西北面一直延伸至加拿大，东北面则伸展到阿鲁斯图克峡谷；再想象一下会有哪些野生动物于林间游走。此处还有一块玉米地，占地面积相当大，眼睛还未及看见，远远便能闻到那特有的干燥气息。

离岬角18英里处，麦考斯林[5]营房或者说是"乔治大叔营房"映入眼帘。我们对乔治已经相当熟悉，便直接唤他乔治大叔。我们已许久没有吃过东西，便打算在他那里歇脚。乔治的房屋在佩诺布斯科特河对岸也就是北岸，位于小斯库迪克河河口处的一片广阔低洼地之中。为便于他发现我们，我们聚集在岸边，再鸣枪为号。枪声唤来了他的狗，接着乔治大叔也跟了过来，用平底船[6]将我们接过河。除了靠河的一面外，空地另外三面都由森林里光秃秃的树干包围，就好像在1000英亩的草场中划出那么几平方英尺的空地，又在上面放上一枚顶针一般。这里整片天地都归乔治大叔所有，太阳似乎整天只在他这片空地上东升西落。由于上游没有适宜的宿营地，我们便决定在此过夜，等待印第安人到来。乔治大叔还未见到有印第安人经过此地，如果有的话，他通常都能知晓。他相信，有时候在印第安人到达前半小时，他的狗就会有所察觉并通报他。

麦考斯林是肯纳贝克人，苏格兰人后裔，做船夫已有22年，已经连续五六个春天驾船行驶于各个湖泊以及佩诺布斯科特河源头。现在他在此定居，给伐木工也给自己提供补给。他以苏格兰人特有的好客精神招待了我们一两天，并且不接受任何报酬。他为人风趣机敏且通晓万事，这是我在这偏远林区不曾遇见的。事实上，你越是深入丛林，就越能发现这些林中居民的智慧，或者说你会发现他们并没有那么迂腐狭隘；因为来此开荒的先前都是旅行家，可以说都是通晓世事的人；而且随着熟悉的区域范围越来越广，他所了解的信息会比村民知道的更加全面深入。如果要去找一个狭隘无知且迂腐守旧的人，来与那些人们以为出自城市的智慧文雅之人形成对比，这种愚钝之人也应该在古老的定居地，在耗尽常年作物而土地荒芜的农场，在波士顿周围的城镇，甚至是康科特的公路上去找，而绝不是在这偏远的缅因森林里。

宽敞的厨房内，主人就在我们面前备好晚餐，他生起的炉火简直可以烤上一头公牛；用来为我们烧煮茶水的是许多像白桦、山毛榉，或槭树这样的整根原木，都有4英尺长，无论冬夏皆是如此；热气腾腾的饭菜很快就摆上桌，接着又用到靠墙的一把扶手椅，原先坐在椅子上的人不得不离位。饭桌用椅子的扶手支撑，将圆桌竖起来靠墙后，就形成椅背，贴在墙上，便不会妨碍行动。我们发现，为了节省空间，这种做法在这些原木屋里很是普遍。晚餐有现出炉的小麦饼，都是用平底船从下游运来的面粉制作；但这里吃不到玉米面包，因为缅因州北部只出产小麦；而火腿、鸡蛋、土豆、牛奶、奶酪等农产品倒是一应俱全；此外还有河鲱和鲑鱼，加了糖蜜的热茶、甜饼，以及不加糖的热饼，一种饼是白色，另一种是黄色，都留在饭后享用。我们发现，这样或普通或特别的食物在沿河流域很是常见。煨煮后加糖的越橘是常见的餐后甜点。这些食材都产量丰富且品质极佳。黄油也十分充足，以至于人们常用没加过盐的黄油来抹靴子。

夜里，我们听着屋顶雪松条上的雨滴声入睡，次日早晨醒来，还会有一两滴雨珠落在我们的眼皮上。不久暴风雨来袭，此情此景下我们遂决定继续待在这舒适的容身之所，等待天气转晴和印第安人的到来。整整一天内，天气由暴雨，微雨，再到初晴轮番变换。我们在那里做什么，如何消磨时间，讲出来或许没多大意义；我们不知用黄油擦了多少次靴子，也不知有多少次看见某人迷迷糊糊走进卧室。雨停时，我就沿岸边散步，采摘长于那里的叶风铃草和雪松浆果，要不然我们就轮流试着用长柄斧劈砍门前的原木。斧柄设计是为了便于人站在原木（自然是最原始那种）上劈柴，因此斧柄做得几乎比普通斧柄还长上1英尺。我们还随麦考斯林一起走过农场，到他那富足的谷仓里参观了一下。这里只有一男两女在饲养马、奶牛、公牛和羊。我记得，麦考斯林自称是第一个将犁和奶牛带到如此偏远之地的人；若不是他之前已经养了2只羊，他本来还可以将羊也算进去。前一年，尽管他自己培育了种子，可由于受到土豆枯病的侵袭，作物收成只达到了一半或2/3。他主要种植燕麦、草和土豆，也少量地种些胡萝卜和白萝卜，还有"一点母鸡吃的谷物"。他担心其他作物不会成熟，所以就只敢种植这些。甜瓜、南瓜、甜玉米、豆、西红柿等其他种类的蔬菜都无法在此生长。

沿这条河定居的几位居民显然是因地价便宜才搬来此地。当我问麦考斯林为什么没有更多移居者搬过来时，他说原因之一是他们买不到土地。这片土地归个人和公司所有，他们担心这片荒地有人定居后会被并入城镇，那样的话他们就得为这片土地纳税；而如果是国家的土地，就不存在这种情况。就他自己而言，麦考斯林也不希望有邻居，他不想在自己房子周围看到任何道路。再好的邻居也会带来麻烦，尤其是修筑牛棚和栅栏，就会带来一笔开销。他们或许可以住在河对岸，但不能住在同一边。

狗负责保护这里的小鸡。麦考斯林说："母狗先担负起保护者的责任，然后再教给小狗，现在它们已经明白，绝不能让任何鸟类出现在这附近。"它们吠叫着绕农场驱赶盘旋于上空的猎鹰，绝不会让它们停落在农场上。就连落在枯枝或树桩上的鸽子以及一种叫作"黄锤"的金翼啄木鸟也会被立即赶走。这就是这两只狗每天的主要任务，它们就这样不停歇地跑来跑去，只要一只狗发出一点警报，另一只便立即冲出房子。

暴雨之时，我们回到屋内，翻看架子上取下的书册。架子上有一本印制精美的简装版《流浪的犹太人》，还有《刑事案一览》

《教区地理》以及两三本市井小说。因天气所迫，这些书我们只能粗略翻过。天意难违，出版物的引领作用委实不可小觑。这间房屋以巨大的原木建成，是河边住宅的典型代表。房体各处都能看见伸出来的原木，空隙处填满了泥土和青苔。屋内有四五个房间。墙四面并没有用锯好的木板、木瓦或是护墙板包住。因为建造过程中除了斧头外，几乎没用到其他工具。隔断墙都是用长长的墙板状云杉或雪松夹板做成，已经被烟熏成了浅橙色。屋顶及四面也没有用木瓦或护墙板，而是用同样的夹板覆盖。地板则是用某些更厚重大块的木材铺成，这些木材笔直光滑，非常适合做地板。粗心的观察者不会觉察到，这些木板并没有经过任何锯割或抛光。石头筑成的烟囱和火炉体积很大。扫帚是用几根金钟柏细枝绑在一根木棍上做成。在壁炉上方，靠近天花板的地方悬挂着一根横杆，用来晾干袜子和衣服。我还注意到地板上到处是阴暗的小洞，看起来似乎是手钻钻出来的。但实际上，为了避免在潮湿的原木上打滑，伐木工的鞋底通常会有许多一英寸多长的鞋钉，而这些小孔便是由这样的鞋钉造成。从麦考斯林营房向上游走，有一处湍急多礁的险滩，春天时原木就汇集于此；许多"船夫"也聚集在这里，他们经常来麦考斯林的营房寻求补给，我所看到的小洞就是他们留下的足迹。

日落时分，麦考斯林手指着河对岸的森林尽头。天空中几片红色晚霞钻出云层，预示着明天的好天气。即便在那里，通过指南针也能掌握日升日落的方向：日升时太阳划过1/4的天空，日落时又会从另外1/4的天空上经过。

第二天早晨，天气如我们所愿，我们便准备就此启程；由于印第安人并没有与我们会合，我们便说服麦考斯林代替印第安人领我们上路。麦考斯林也乐意重访他驾船行驶过的地方，还打算在途中再雇一位船工。于是，一条搭帐篷用的棉布，几条够全体人员盖的毯子，15磅重的硬面包，10磅"净"猪肉以及一点茶叶就构成了"乔治大叔"的整个行囊。最后三样食物再加上我们或许会在途中捡拾到的东西，算起来足够供6个人吃上一个星期。在最后一间房子里我们又拿了一个茶壶，一口煎锅和一把斧子，就这样配齐了我们的全部装备。

我们很快就离开了麦考斯林那片林间空地，再次进入四季常青的森林。由上游两个移居者开辟出的小路现在已经模糊不清，有时即便是伐木工也难以辨识，不久这条小路又穿过林中一条杂草丛生的狭长空地。这片空地叫作火烧地。先前这里曾燃起过一场大火，火势向北蔓延近10英里，一直烧到米利诺基特湖。再走3英里，我们来到沙德湖，印第安人称它诺里斯麦克，这个湖泊是由河扩展而成。1837年6月25日，缅因州助理地质勘测官霍奇曾经到过此地。他说，"我们驾船穿过一英亩多的睡莲池，这些植物根植湖底，花开水面，开得极为繁盛。"托马斯·福勒的房子距麦考斯林营房4英里远，位于米利诺基特河口处沙德湖的湖岸边，距米利诺基特河上的另一条同名湖泊8英里远。穿过这片湖便可径直到达克塔登山，但我们更愿意选择沿佩诺布斯科特河到帕马杜姆库克湖区的这条路线。我们抵达时，福勒刚刚建成一间新原木屋，他正准备从近2英尺厚的原木中锯出一块窗户来。他已经开始用云杉树皮来包裹房屋，他将树皮翻转过来，这样可以更好地与周围环境相协调。在这里，啤酒代替水成为唯一的饮品，这是我们乐意的也是更好的选择。啤酒口感清爽细腻，味道却像雪松汁液一样浓烈。我们仿佛是在松林密布的自然怀抱中，吮吸她由米利诺基特所有植物汁液凝结而成的乳汁一般。在这片原始森林最高处，枝丫散发的异香，以及溢出的清香浓稠的汁液精华全都融入进这乳汁，成为伐木工的特饮，它能让人立刻融入这片水土，令着眼处尽是绿意盎然，睡梦中可听松风萧瑟。此外还有一支横笛正待吹响，借这横笛中吹出几支悠扬小调，便可以驯服林中的野兽。站在门旁的木屑堆上，几只鱼鹰从头顶掠过；而沙德湖上空则是秃鹰的天下，每天都能看到秃鹰在此作威作福。汤姆给我们指了指河对岸一个一英里外仍清晰可见的秃鹰巢。鹰巢就筑在林中高耸而出的松树枝上，年年都有同一对秃鹰在此栖居。汤姆认为这个鹰巢很是神圣。于是，这里除了他自己这座低矮的木屋，以及那悬在空中的秃鹰巢外，便再无其他建筑。后来，托马斯·福勒也在劝说下加入进我们的队伍。因为平底船很快将成为我们主要的交通工具，而平底船需要两个人才能驾驶，这两人必须沉着冷静、技术娴熟，才能保证在佩诺布斯科特河上平稳航行。汤姆的背包收拾起来很快，因为他的船靴以及红色法兰绒衬衫就在离他不远处。红色是最受伐木工喜爱的颜色。而红色法兰绒据说拥有某种神奇的功效，对于出汗多的人最为方便健康。因此大多数伐木工都穿得像只红鸟。我们乘一艘破旧且底部漏水的平底船由此出发。为绕开佩诺布斯科特河上的大瀑布，我们在米利诺基特河中撑行2英里远，最终抵达了老福勒家，并打算在那里换一艘更好的平底船。米利诺基特河水流细小，清浅而多沙，在我看来是七鳃鳗或亚口鱼的鱼窝在河中随处可见，河两边则排满了麝鼠窝。不过据福勒说除了河流出口处，河中便再没有任何湍滩急流。此时他正在草地以及河中的低矮小岛上采割当地特有的草类植物，他称这些植物为灯芯草以及红花草。我们注意到，河两岸的草地上有几处格外平整。福勒说前天晚上有一只麋鹿死在了那里，而这片草地里还生活着几千只麋鹿。

老福勒家离麦考斯林家6英里，距岬角24英里，是米利诺基特河边最后一间营房。吉布森营房在索瓦德尼亨克河边，是上游唯一一块林间空地。但那所营房建得很失败，早已荒废不用。福勒是这片森林里最早的定居者。他之前住在离这里几英里远的西支流南岸。16年前他曾在那里建了自己的营房，那是法夫群岛上的第一所房屋。在这里，我们用细树枝做成一架马拉雪橇，准备用它拉载我们的新平底船，绕过佩诺布斯科特大瀑布，翻越途中的无数礁石，通过第一段2英里长的水陆联运线[7]。但在此之前，我们还得先等上几小时，让他们把马牵过来。这几匹马都放养在离这儿很远的树桩间吃草，后来又散落到了更远处。他们刚捕获到这个季节的最后一批鲑鱼，腌制后的鱼肉都还很新鲜，足够填满我们的空壶。就这样，我们进一步品尝到更为质朴的林区饮食。上一周，拜这里的狼群所赐，他们的第一批羊群中走失了9只羊。当时幸存的羊聚集在房屋周围，似乎是受了惊吓，他们这才出去寻找剩下的羊。结果发现有7只羊已经被撕咬而死，另有2只尚还活着。他们将这2只羊抱回屋。福勒太太说，它们只是被抓伤了喉部，除了几处像是针刺导致的伤口外，并没有其他明显创伤。她将羊喉部的毛发修剪干净，清洗伤口后上了一点药膏，便将它们放了出去。可片刻后，羊就不见了踪影，此后再也没寻到它们的踪迹。事实上，这些羊都中了毒，那些找回来的羊后来都立刻浮肿起来，他们只好将它们连着羊皮和羊毛全都丢掉。就这样狼与羊的古老寓言变成了现实，这令我相信旧时的敌意仍会存续至今。由于狼、水獭和熊通常不会用獠牙而是用爪子抓捕猎物，为了防止它们侵袭，门边设下各种大大小小的钢制陷阱，用来夹住它们的筋腱。对付狼群时，他们通常还会用上有毒的诱饵。如此一来，就不用等牧羊童来发假警报了。

终于，我们享用完这些边远林区的伙食后，有人将马牵了过来。我们从河中拖出平底船，将船绑上枝条编成的雪橇架，将背包扔进去，然后便出发走在了前头，只留下船夫以及汤姆的兄弟在后面驾驶雪橇。我们的路线正穿过那片羊群遇害的野草地，而后又翻过许多乱石岗。有些地方道路崎岖，马也是第一次走上这样难行的道路。雪橇一路颠簸滑行，仿佛一艘穿梭于暴风雨中的航船，必须得有一个人站在尾部，就像在巨浪翻腾的海上，舵手必须站在船尾才能防止船身倾覆一样。我们按这样的方式前进：每当滑板撞上三四英尺高的岩石，雪橇便会后弹而起，而由于马不停地向前拉，雪橇又会从石头上方落下，我们就这样越过这片乱石岗。这条水陆联运线最初可能是旧时的一个印第安人运输货物时为绕开这些瀑布所开辟的小道。奎基什湖入湖口处有一段瀑布。下午两点钟，一直领路在前的我们最终抵达这段瀑布的上游河流，在那里等待他们将平底船运过来。我们刚抵达没多久，一阵雷雨就从天空西面滚滚而来，越过那些还未及看清的湖泊，以及那片我们极渴望熟悉的迷人荒野；很快大颗的雨滴便开始噼里啪啦地打在我们身边的树叶上。幸运的是，我刚好靠近一根伏倒在地，直径有五六英尺粗的巨大松树干。我正要爬到树干下躲雨，船就到了。第一场暴雨来袭时，躲在避雨处的人看着我们如何将船从雪橇上解开，再翻转过来，一定会觉得很有意思。我那心急的同伴一接到船，便开始着手将船解下，又将船抛转过来并调整完毕；你或许会见到他们都俯身钻入船板之下，像鳗鱼一样在船下蠕动着，直到将船完好地放置在地上。乘他们都在船下忙活，我们则靠在船背风的一面，忙着削制我们在湖上划船时必用的桨耳；我们还唱起了记忆里的那些船歌，歌声在这片时不时就雷声轰鸣的森林中回荡。暴雨一阵一阵倾盆而下，马在雨中被淋得浸湿，一个个垂头丧气，皮毛在雨水的冲刷下显得柔顺发亮；而在我们上方，船底形成的"屋顶"还能为我们挡住雨水。在此耽搁了两小时后，我们前进的西北方向终于出现了天气转好的迹象，今晚或许能在一片祥和下赶路；马夫将马牵了回去，我们则赶紧将船推下水，正式开启我们的旅程。

我们一行6个人，其中2个是船夫。我们将背包堆在船头，自己也像行李一样分在船身两侧，以保持船只平稳；船夫交代我们不要移动，以免船身摇晃，于是我们便如许多桶猪肉一般安稳坐在那里。就这样，我们安全渡过第一道急流，但这不过是这片水域里的一次小考验。乔治大叔坐在船尾，汤姆则坐在船首，两人各用一根约12英尺长，尖端包铁的云杉木做撑竿[8]，从同一侧撑船前进。我们的船像鲑鱼一样冲过激流，河水在船身四周奔流咆哮，只有经验丰富的人才能分辨出一条安全航线，他们会密切关注船身两侧是否会遇上礁石，从而让船身从深水区避石而过，这样惊险的避让能上演几百次，就如同阿尔戈号在辛普架盖兹河里历经艰险一样[9]。尽管我以前也划过船，却从未有过如此惊心动魄的经历。我们庆幸将素不相识的印第安人换成了他们，这两人再加上汤姆的兄弟都是这条河上最好的船夫，很快就成为我们离不开的领航员和好伙伴。首先独木舟体积较小，容易翻转损坏；而且据说印第安人并不擅长驾驶平底船，他们性格冲动易怒，多半靠不住。而那些对平静的溪流或大海最为熟悉的人，也未必能胜任如此惊险的航行。即便是在其他地方驾船技术最为娴熟的船夫，来到这里也不得不上百次地将船抬出水面，绕开礁石而行，而这样不仅耽误时间而且风险极大。老练的平底船船夫却可以相对轻松安稳地撑船而行。在应对上游奔腾的激流时，坚毅的"船工"以难以想象的意志力将船成功撑到瀑布脚下，接着只需将船抬起绕过一些陡峭的礁石，再放入"平缓的水流中，让船顺流冲下"。[10]

印第安人说这条河原本有两个流向，一半往上游流，另一半往下游流，但自从白人来到这里后，河水就只剩下下游这个流向。因此他们现在必须辛苦地撑独木舟逆流而上，还得抬着它们越过数不清的水陆联运线。夏天时，磨刀石、垦荒者用的犁、面粉、猪肉以及勘测用具等储备物都必须用平底船运到上游。这片水域吞噬了许多货物甚至是船夫的生命。而这里的冬季却很漫长且气候稳定，河水结冰后就成了最佳运输公路。伐木工的队伍会深入奇森库克湖，一路向上抵达班戈上游200英里处。请想象一下这样的场景：驾驶一辆雪橇，独自深入一片雪域荒原，方圆100多英里内森林环绕，树木常青，接着又径直划过冰封的广阔湖面！

　　不久我们便置身于平静的奎基什湖中。我们轮流摇桨，划过湖面。这片小湖泊湖岸曲折，景色秀美，四周林木环绕，了无人迹，唯有远处湖湾内搁置着几个低矮水栅，留待春天用。挂着灰色苔藓的云杉雪松矗在岸边，像树鬼一样凝视远方。几只鸭子在湖面上游来游去，一只孤独的潜鸟犹如一朵鲜活的水花，在湖面上欢吟着嬉戏着，伸展它的细肢，样子很是有趣，给湖面增添了一番景致。乔梅里山于西北方向俯瞰整片湖面；在这里，克塔登山首次出现在我们眼前，可山体却不得全见，云雾缭绕中山峰仿佛一座黑暗的地峡，矗立于此，将天地贯通。平稳行驶了2英里后，我们穿过湖面，再次进入河流。通向水坝的1英里河段上全是连续不断的激流，船夫得用尽全力才能将船撑上去。

　　这座水坝是当地一项十分重要且耗资巨大的工程。夏天牛马都禁止入内。修建水坝使整条河的水位上升了10英尺，而且据他们说，由于这条河连通无数湖泊，河水上涨最终淹没了大约60平方英里的土地。水坝修得高大而坚固，水坝上游不远处还建有斜墩。斜墩用圆木做框架，中间填满石块，用来破碎河冰。[11]在这里，每一根原木过闸时都要收取通行费。

　　这里的伐木工营房与先前描述的一样粗朴简陋，我们也不拘礼节全鱼贯而入。当时屋内只有一个厨师，立刻就开始为我们准备茶水。屋内那已被雨水浇成泥坑的火炉很快又燃起熊熊火焰。我们坐在火炉周围的原木长凳上，将身子烘干。我们身后的屋檐下，伸展着一张金钟柏叶子铺成的床，平整的床面上躺着《圣经》当中的某一页，是一章关于《旧约》中某个家族的内容。我们还在树叶下发现了爱默生的《关于西印度解放的演说》¹²，那是之前某个同伴留在这里的。据说，这篇演说已经使这里的两个人转去支持了自由党。床上还有几本1834年出版的《威斯敏斯特评论》，以及一本小册子，名为《在米隆·霍利墓地立碑的历史》。对于这样一间伐木工营房，位于缅因森林之中，距公路30英里远，不到两个星期就会被熊占据，能在这里找到这样的小册子，已经算是不错的阅读材料。因而这些书早已被翻得污迹斑驳。这帮人的首领约翰·莫理森是典型的北方佬，自然除了修建水坝外，其他技艺也都在行。除了会用斧子等各种简单工具外，伐木驾船也都精通。即便在这里，晚餐时我们也吃到了白如雪球、不加黄油的热饼，以及原味的甜饼。想到此后一段时间内我们可能都吃不到这样的饼了，我们便将这些甜饼装满了口袋。美味的马勃菌似乎是边远山林里特有的美食，此外还有加糖蜜不加牛奶的热茶。我们同约翰·莫理森那帮人打过招呼后，就回到了岸上，又换了一艘更好的平底船后，便乘着离天黑还有一点时间，抓紧赶路。这间营房按我们来时的路线计算，离马特沃姆凯格角整整29英里，从班戈走水路大约有100英里，是这个方向上最后一处还有人居住的地方。再往后便无路可走，只能乘平底船或独木舟从河流湖泊中前行。现在，克塔登山峰已近在眼前，直线距离可能已不足20英里，但从河上走还有约30英里的路程。

这是一个温暖宜人的满月之夜。为避免次日起风影响行程，我们决定乘着月光划行5英里到北特温湖的源头。我们在被船夫称为"航道"（因为河水最终沟通起诸多湖泊）的河水中行驶了1英里，经过几处因水坝作用而水流平缓的小险滩，终于在日落时分进入北特温湖。接着我们又航行4英里前往河上的"航道"。这片水域景色壮丽，令人感觉是由一个全新的国度与一片"森林之湖"完美组合在一起。这里既没有木屋或营房里升起的袅袅炊烟，更没有任何自然爱好者或沉思着的旅行家从远处山冈上眺望我们的平底船，甚至连印第安猎人的踪影都见不到。这些猎人通常不走山路，而是像我们一样从河上通行。因此，迎接我们的只有一片自由祥和的常青树林，枝叶层层叠叠，在这片古老的家园中曼妙起舞。起初，红霞悬于西岸之上，绮丽绚烂，好似俯视整座城宇。霞光下河水尽情铺展，水光旖旎多姿，仿佛期盼着人们在此发展商贸，开拓城镇。我们能分辨出通向南特温湖的入湖口，据说那边的湖岸青雾缭绕，入口更为宽阔，因此能够从这边的狭窄入口出发，越过整片广阔湖面，去眺望那更为朦胧遥远的湖岸风光，便是不负此行了。湖岸随森林覆盖的低矮山峦缓缓上升；事实上，就在这片湖泊周围，最为珍贵的白松木也遭到砍伐，但在湖中航行的人却不会有任何察觉。我们仿佛身处美国与加拿大之间的一座高原之上，圣约翰河和乔迪埃河从高原北边流过，南边则是佩诺布斯科特河及肯纳贝克河，而现实中情况也确实如此。只是湖岸并没有我们想象中的那种陡峭山崖，而只有几座孤立的山丘矗立在高原之上。这里便是新英格兰湖区。湖区由湖中的群岛组成，各湖泊间的海拔高度只相差几英尺，船夫只需通过一段短途联运线或根本什么都不需要，就可直接从一个湖泊到达另一个湖泊。他们说等水位上升到一定高度，佩诺布斯科特河与肯纳贝克河就会相互贯通，那时你便可以躺下，将脸放在一条河上，而同时让脚伸进另一条河水中。就连佩诺布斯科特河与圣约翰河之间也已经由一条运河连接起来，因此阿尔莱加什河上的木材并非是从圣·约翰河上游运下来，而是通过佩诺布斯科特河运输。而印第安人说佩诺布斯科特河曾经有两个流向，非常方便通行，在某种意义上，当时的情况又得以在今日重现。

我们一行人中除麦考斯林外，没有一个人曾经来过这片湖泊，因此我们只能靠麦考斯林给我们带路。不得不承认的是，在这片水域中航行，有一个领航员是多么重要。在河水中，你不会轻易忘记哪条航线通往上游；可一旦进入湖泊，河流便消失得无影无踪，即便再仔细察看远处的湖岸，也无法发现河流的入湖口。而一个不熟悉这里的人一旦迷路，就必须先去寻找河流。若是湖面长度超过10英里，且湖岸曲折无法在地图上迅速标出，那么沿着这样蜿蜒的湖岸线去一路寻找会相当累人，而且还会消耗时间和补给。他们告诉我，曾经有一队很有经验的伐木工被派往河上某处工作，结果却在这片浩渺的湖区迷失了方向。他们一路披荆斩棘地穿过灌木丛，背着行李将船从一个湖泊搬到另一个湖泊，有时要一连走上数英里。他们最初进入一条河流上的米利诺基特湖，湖面10英里见方，湖中有百来座小岛。他们沿湖岸仔细探查，接着又进入另一片湖泊，就这样一个接一个地寻找。经过一个星期的焦虑与疲倦后，才终于找到佩诺布斯科特河，而那时他们的补给已经耗尽，便只得返回。

湖源头处有一座小岛，远看犹如水面上的一块小斑点。乔治大叔操舵驶向这座小岛，而我们则一边轮流摇桨，快速前进，一边还唱着我们记忆里的船歌。月光下，湖岸似乎离我们无限遥远。偶尔，我们也会静下来，扶桨倾听是否有狼嚎声。夜里经常可以听到狼嚎声，同伴认为这声音最是凄厉可怖，可这次我们却什么也没有听见。不过尽管没听到狼嚎声，我们到底是满怀期待地仔细倾听了一番，所以我可以告诉你们，在这枝杈交错，晦暗阴森的荒野深处，只有某只野蛮聒噪的猫头鹰在扯着嗓子凄声鸣叫，丝毫不为自己的形单影只感到不安，更不介意自己的声音在旷野上四处回荡；此外或许还有麋鹿正从远方的某个隐蔽幽深处静静注视着我们；而某只乖戾的熊或是胆小的北美驯鹿也可能因我们的歌声受到了惊吓。此时我们又高声唱起了一首加拿大船歌。

划呀，弟兄们，划呀，流水奔驰，
湍滩将近，白日已逝！

这首船歌是受到类似生活经历的启发而创作出来，准确地描述了我们这次冒险之旅。湍滩已无比接近，而白日却早已流逝；岸上，树影阴森，尤塔瓦斯河的潮水从这里倾入湖中。

我们为何还不扬帆？
四下静无风，碧水空波澜！
但待到风起两岸，
哦，我们便可扶桨暂歇。

*尤塔瓦斯的潮水啊！月影轻颤，*

*再看我们划过激流，为时不晚。*

终于，我们驶过具有里程碑意义的"绿岛"，大家一齐放声歌唱，仿佛我们要从这河湖相接的水路，向地球上的无边无际漂去，在这场不可思议的冒险之旅中彼此守护。

*绿岛的圣灵啊！请听我们祷告，*

*哦，请赐我们和风煦煦，晴空浩浩！* [13]

9点钟左右，我们到达河对岸。我们驶进岩石之间形成的天然港湾，将船从水中拖到沙滩上。麦考斯林过去伐木时已经对这块宿营地相当熟悉，如今他能在月光下不偏不倚地指出它的位置。我们听到溪流潺潺流入湖水的声音，这条溪流将为我们提供清凉的饮用水。但首先我们需要生火，由于下午那场倾盆大雨已经将燃料及地面浇湿，我们费了一番工夫才将火生起来。无论冬夏，火都是营地里最大的慰藉，而且在任何季节，火苗都可以生得旺盛，给人带来欢乐、温暖与干燥。只要在营地某一边生起火，光亮便可到达每一处角落。为准备生火，一部分人分散去找枯树枝，乔治大叔则去劈砍附近的白桦和山毛榉，不一会儿我们就生起一个10英尺长，三四英尺高的火堆，火迅速就将周围的沙地烘干。我们打算让这堆火燃上一整夜。接下来，我们开始搭帐篷。我们以两根尖头长杆做椽木，相隔

10英尺，斜着插进土里。接着在杆上盖上棉布，拉下棉布两端系紧，让棉布前面像棚屋一样敞开。只可惜当天晚上，风吹起火星，点燃了整座帐篷。于是，我们只好匆忙将平底船拉上来，拖到火堆前方的森林边缘处。将船的一边撑起三四英尺高，将帐篷铺在地上睡觉。我们用毯子角或任何能找到的东西盖在身上。头和身体都躲在船下，腿脚放在沙滩上，伸向靠近火堆的方向。起初我们还躺着睡不着，便谈论起我们的行程。后来我们发现躺着的姿势非常便于观测夜空，月光与星光洒在我们脸上，我们的话题也自然转向天文学。我们轮流列举了天文学领域最有意思的发现。终于我们都沉沉进入梦乡。半夜醒来时发现，队伍中有人睡不着，便悄悄起身添置柴火，把火堆烧旺。黑暗里他奇特怪异的样子与动作看起来很有意思。当时，他正蹑手蹑脚地从黑暗中拖来一段枯树枝，用力投进火中，再用树杈将余火拨旺；有时他又踮着脚四处走走，仰望星空。躺在地上的或许有一半都屏着呼吸，默默看着他。大家虽已醒来，却都以为身旁的人还在熟睡，因而让当时的氛围有些许紧张。我既然醒了，便也起身去添柴，然后便乘着月色，沿岸边的沙滩散步，想着能遇见一只来此饮水的麋鹿，或是一匹野狼也行。潺潺的流水声愈发清晰，在我听来已经响彻整片荒野。沉睡的湖泊如一片光滑的玻璃，以湖岸为线描绘出一片崭新的世界，湖中随处可见形状怪异的黑色礁石伸出水面，这样的景象实在叫人难以描述。如此刚毅而又和顺，是这片荒野给我留下的长久难以磨灭的印记。临近半夜时又下起了雨，雨水打在我们的腿脚上，又将我们一个个唤醒。湿冷的触感让我们立刻反应过来，只好长叹一声，将脚缩进来。我们慢慢挪动身子，从一开始躺着与船身构成直角，到渐渐变成锐角，这样便完全躲进船身的庇护之下。再醒来时，月亮与星星还在天上闪烁，东方一角却已泛起了曙光。至此，我便已详尽叙述了我于这林中一夜里所产生的种种感触。

**1**　考得，木材的层积单位，一般为128立方英尺，即3.62立方米。

**2**　《乡村教堂墓园挽歌》，原名《乡村教堂墓地诗篇》，由英国诗人托马斯·格雷于1750年创作。

**3**　引自《乡村教堂墓园挽歌》第57—60行；约翰·汉普登，英国清教徒政治家，反对国王查理一世的政策；约翰·弥尔顿，英国诗人、政论家，代表作《失乐园》；克伦威尔，英国内战期间议会派领袖。

**4**　斯普林格在他的《森林生活》(1851年出版)中说，在建营房前，他们先把这里的树叶和草皮清除，以免发生火灾，而且"由于云杉木质地轻，枝干挺直又没有树汁，一般都选用云杉木做建材"；"屋顶建完后会覆上一层冷杉、云杉以及铁杉树枝，这样严寒之季，雪落满整间营房时，屋内还能保持温暖"，他们还将云杉或铁杉劈成两半做原木凳子放在火炉前，木凳一边留三四根粗树枝做凳脚，这样的凳脚很结实，他们将这种木凳称为"迪肯的椅子"。——原注

**5**　乔治·麦考斯林，19世纪30年代定居于缅因州东米利诺基特镇，当地第一位白人移居者。

**6**　平底船，船身浅而两端尖，广泛出现于北美地区，殖民时期用于皮毛运输贸易。

**7**　水陆联运线，一段通过陆地运输水上船只或货物的路线。北美丘陵地区，当地人为避开急流险滩，会采取搬运船只货物的做法。

**8**　加拿大人称之为picquer de fond。——原注

**9**　阿尔戈号，希腊神话中，伊阿宋和一群阿尔戈英雄出海寻找金羊毛时所乘坐之船；辛普莱盖兹河，希腊神话中，博斯普鲁斯海峡中一对会相互碰撞的岩石，是伊阿宋和阿尔戈英雄在寻找金羊毛途中遇到的险阻之一。

**10**　引自苏格兰诗人托马斯·坎贝尔(1777—1844)的《怀俄明的格特鲁德》，第三部分，第五节。

**11**　即便是熟悉圣劳伦斯河等加拿大河流的耶稣会传教士，在对阿伯纳奎努斯河展开首次远征时，也谈到这条河中遍布礁石。参见《关系》1647年第10期，第185页。——原注

**12**　1844年8月1日，拉尔夫·沃尔多·爱默生在英属西印度群岛黑人解放周年纪念日上发表的演说，是爱默生对奴隶制第一次强有力的抨击。

**13**　以上诗句均出自爱尔兰诗人托马斯·穆尔(1779—1852)的《加拿大船歌》，1805年首次出版。

# 秋　　　　　　　　　　色

(选)

来到美国的欧洲人对我们这里秋叶之绚烂倍感惊讶。在英语诗歌中从未有对如此现象的描述，因为那里的树木鲜有缤纷之色。这最多也就是汤姆森在其诗作《秋》中谈及过，包含在以下字里行间：

但看那颜色渐隐的五彩树林，
深荫一层又一层，周围乡野融入褐色之中；
树叶簇簇，黄昏渐浓，暮色堆积，
从淡绿到乌黑的各种色调——

此外，还有他提及的下列诗行：

秋天在黄色的树林里熠熠生辉。

森林的秋色变化尚未在我们的文学中留下深刻印记，10月也未曾在诗歌中留下色彩。

许多人在城市里度过一生，从未在这个季节到过乡下，也从未欣赏过秋季的花朵，或是成熟的果实。我记得曾和这么一位市民一同骑马，即便绚丽的秋色距今已过两个星期，可他还是惊讶不已，不相信还有比这更灿烂的颜色。在以前，他对这种现象闻所未闻。在我们大大小小的镇子里，不仅有许多人从未亲眼目睹，而且年复一年，很少有人能够记得这一景象。

多数人似乎把变色的叶子与枯萎的叶子混淆，就好像他们把成熟的苹果与烂掉的苹果搞混一样。我认为叶子颜色逐渐变得鲜艳起来，表明它已经处于晚熟以及完全成熟的阶段，也意味着果实的成熟。一般来说，底部的叶片以及最先长出的叶子首先变色。但是正如羽翼丰满且颜色艳丽的昆虫生命短暂，叶子也是一样，成熟也便飘落了。

通常，果实慢慢接近成熟，在还未坠落之前，它便开始以一个更加独立自由的个体存在，从供给中汲取的养分变少，茎从泥土中获取的给养愈少，却在阳光和空气中积淀明亮的色调。叶片也是如此。生理学家说，这是"由于增加了对氧气的吸收"。这一科学性解释——仅仅是对事实的重申。我并非想知道少女吃何种特别食物，而是对她那红润的脸颊更感兴趣。正是森林以及草本植物，即大地的表皮，都得浸染上鲜艳的色彩，这一其成熟的明证——仿佛地球本身就是茎梗上的果实，自始至终面朝太阳。

花朵不过是彩色的叶片，果实也不过是其成熟的一种。正如生物学家所说，大多数果实的可食部分是"叶片的薄壁组织或肉质组织"形成的。

一般而言，我们的食欲把我们对成熟及其表象、颜色、醇厚和完美的看法局限在我们所吃的果实之上，并且习惯于忘记我们不吃的、几乎从不使用的硕果累累每年都因大自然的催熟而收获。正如我们所想的那样，一年一度的牲畜展览会和园艺博览会上许多好看的果实亮相，然而，它们的主要价值并不在于其美丽，所以注定会遭遇相当不光彩的结局。可是，在城镇里里外外，每年都会举办另一场规模无限宏大的果实展览，然而这些果实仅仅满足我们对美丽之物滋味的品尝。

10月属于绚丽多彩的树叶，它们的璀璨光芒在遍地闪烁。如同果实掉落、树叶凋零和白昼逝去前呈现明亮色彩一样，一年也快要落幕了。10月是落日余晖的天空，11月便是接踵而至的晚霞。

曾经的我认为在每一棵正在生长变化的树、灌木和草本植物上取一片叶子做标本很有意义。那时，树叶从绿色到棕色的过渡中表现出最鲜明的特有色彩，在书中涂画，勾勒它的轮廓并准确地复制它的颜色，这书应当命名为《十月，或秋色》——从最早变红的植株开始——忍冬属植物和根生叶，接着是枫树、山胡桃树和漆树，以及许多鲜为人知的美丽的雀斑叶，再是最近的橡树和白杨。这该会是多有纪念意义的书啊！只要你愿意，只需翻动书页就可以在秋天的树林中恣意漫步。或者，如果我能保存树叶，不受影响，那就更好了。我在撰写本书时进展甚微，但我努力按照它们呈现的顺序来描述所有这些明亮的色彩。以下是我笔记中的一些摘录。

**紫 草**

已是8月20日，我们都自然而然感受到秋的气息，树林里和沼泽中处处都是菝葜叶和灌木丛，枯萎发黑的臭崧和黑藜芦，河边还有一片黑黢黢的梭鱼草。

在这一时段，紫草的美已是无以复加。我仍然记得初次特别留意这种草时的场景。我站在河边的一个山坡上，看见远处30至40杆距离开外，一块狭长的紫色区域在森林边缘处延伸六七杆远，那里的地势向草地一侧倾斜。它即便不是很绚烂却也如同鹿草一样色彩鲜艳且引人注目，只是颜色偏深紫色，就像洒落的浆果渍，堆叠得又密又厚。我走过去仔细一看，发现这是一种花开得正盛的草，不到1英尺高，只有零星几片绿叶，细小的紫色花朵绽放形成一层浅紫色的薄雾，在我周围起起伏伏。它近在咫尺，看起来只是暗紫色，一点儿也不亮眼，甚至很难被注意到；如果摘下一株，你会诧异地发现它的叶片有多薄，颜色有多浅。但是光线充足时，从远处看，它便是一种美丽活泼的紫色，如花一般，装点了大地。正是这些微不足道之缘由，稍加点缀，便造就了如此明显的效果。一般而言，草具有冷静和谦逊的色彩，我不由得对此更加惊讶，更加着迷。

此处被亮丽紫红色装点，这也让我想起几近消失的鹿草，那可是8月里最有意思的景象之一。它的最佳生长地点在干燥高地的山脚下，草地的边缘之上的狭长荒地和断泥层。草场上，贪婪的割草人不愿屈尊挥动镰刀，因为长得稀稀落落的草根本不在他注意范围内。或者，也许正因为它如此美丽，割草者却不知其美的存在，因为同一只眼睛不能既注意到这个又看到梯牧草。他小心翼翼地收割牧地干草和旁边生长的更富含营养的草作为喂牲畜的草料还一并囤积起来，但他把这漂亮的紫色的薄雾拱手相让给步行者观赏。山坡的更高处也许还生长着黑莓、金丝桃以及那无人问津、衰败枯萎、硬而粗糙的六月禾。它生长在这样的地方而非置身于每年都被采割的杂草丛中，这是多么幸运啊！因此，大自然将使用价值和美丽有所区别。我知道很多地方每年都会长这种草，时节一到便给大地染上一层绯红。它要么生长在大片连续田地中，要么零散地长在缓坡上，成长为一簇簇直径为1英尺的圆形丛生植物，直到因初降的凛冽霜冻而被冻死。

在大多数植物中，花冠或花萼是颜色最为鲜明、最引人注目的部分；在许多植物中，花冠或花萼是种皮或果实；在一些植物中，如红枫，是叶片；而在另一些植物中，其本身就是草茎，这一主要的花朵或开花部位。

尤其要说的是最后一种植物：石蕊商陆。现在以及9月初，一些伫立在悬崖之下的紫藤让我眼花缭乱。对我来说，它们和大多数花一样有趣，也是我们这里秋天最重要的果实之一。每一部分都是花朵（或果实），这就是它颜色的额外品——茎、枝、花序梗、花梗、叶柄，最后甚至还有那淡黄紫色脉叶。它那浆果圆柱形总状花序颜色各异，从绿色到深紫色，长6至7英寸，优雅地向四周下垂，为鸟儿提供食物；甚至连鸟儿采摘的浆果萼片也是明亮的湖红色，带有深红色火焰般的倒影，堪比任何同类——一切都因成熟而熊熊燃烧。因此，从紫胶、胭脂红[1]中得来虫胶。同时还有花蕾、花朵、绿色浆果、深紫色或成熟的浆果，以及这些花状萼片，都在同一株植物上。

我们喜欢看到温带地区植被的红色，这是缤纷色彩中的一种。石蕊商陆象征血液的红色，它需要阳光普照，以使它展示最好的风貌，一定要在一年中的这个季节被人们看到。在温暖的山坡上，到8月23日，它的茎已经茁壮成长。那一天，我走过一片美丽的有六七英尺高的石蕊商陆林，它们在峭壁的一侧早已成熟。伏在地面上的是一片盛开的深紫色，这与依然青翠的叶子形成了鲜明对比。孕育这样一种植物，让它成熟似乎是大自然少有的胜利之举，好像绿叶便是整个盛夏。它达到了多么完美的成熟啊！它是成功生命的象征，在正当时的时候以死亡来终结生命，成为大自然的点缀。如果我们像石蕊商陆的根茎一样完好成熟，便能够在腐朽衰败的过程之中熠熠生辉！不得不说，看到它们，我便饶有兴致。我砍了一根当拐杖，因为我经常把手放在上面，倚靠着它。我喜欢用手指夹住莓果，看着它们的汁液染红我的双手。漫步在这些挺立、枝丫纵横的紫色酒桶中，看着它们保留并散发着落日余晖，并用眼睛一一品尝，而不是细数伦敦码头上的运酒输送管道距离有多远，这该是多大的特权啊！因为大自然的收获期并不仅属于葡萄藤。诗人歌颂过葡萄酒，一种他们从未见过外国植物的产物，就好像我们本土植物产生的汁液不比歌颂者多一样。事实上，一些人称其为美国葡萄，尽管它是美国本土葡萄，但它的汁液在境外一些国家被用来改善葡萄酒的颜色，因此诗人可能会在不知情的情况下赞美石蕊商陆的优点。只要你想，就有足够多的浆果来重新描绘西方的天空，与酒神共舞狂欢。它那血染般的茎干可以用于制作笛子，在这样的舞蹈中派上用场！它确实是一种宝贵植物。我可以在石蕊商陆林中沉思以此度过一年之中的夜晚。也许在这些小树林中会出现一个新的哲学或诗歌流派。石蕊商陆生长着，持续了整个9月。

与此同时，接近8月底，我感兴趣的一个草属，须芒草或叫胡须草，长得正盛。大须芒草，叉状须草，或称紫指草；帚状须芒草，紫檀草，还有高粱属禾草（现在称为高粱），印第安芒草。第一种是又高又细的秆草，3到7英尺高，顶部有4到5个紫色的手指状尖刺朝上。第二种也很纤细，长在2英尺高、1英尺宽的簇状花序中，它的草茎通常有点弯曲，当穗状花序繁花落尽，便呈现白色毛茸茸状外观。这两种草在这个季节遍布干燥沙地和山坡两侧。

先不论它们美丽的花朵，就这两种植物的茎秆便呈现紫色调，进一步宣告一年的成熟。也许我更为怜悯它们，因为它们遭到农夫厌弃，又只是生长在贫瘠和无人涉足的土地。它们像成熟的葡萄一样色泽鲜艳，表现出春天所没有的成熟。只有8月的骄阳才能照亮这些草茎和叶子。很久以前，农夫在高地上堆积草垛，他不会屈尊把镰刀带到这些野草纤细、花朵开得稀稀拉拉的地方。在它们中间，你经常可以看到一片光秃秃的沙地。我穿过一丛紫檀草，走过沙地，沿着灌木橡树丛的边缘漫步，很开心结识这些天然质朴的同时代人。我产生了将它们大片收割的念想，因为如此一来就可以将它们拥有，我还想着用马耙将它们聚拢成干草堆。耳聪目明的诗人可能会听到我镰刀的摩擦声。这两种草几乎是我学会区分的第一种草，曾经我周围不知道有多少朋友，但我竟无从知晓——我只是把它们视为伫立的草丛。它们茎秆的紫色就像石蕊商陆的色泽一样让我欣喜不已。

8月还未结束，想一想逃离大学毕业典礼和孤立隔绝的社会，那里对于一个人来说真是个庇护之地！我可以隐躲在"广袤原野"边界的一处紫色草丛中。这些天下午，无论我走到哪里，紫指草如同指路板一样矗立着，指引我的思想走上更富有诗意画面感的道路，而不是它们近来遍布生长的小道。

也许，一个人匆匆忙忙走过，踩踏与自身同样高度的植物，即便他可能割除过数吨这样的植物，多年来一直把它们丢在厩棚里喂牲口，却也不知道它们的存在。然而，如果他细心关注，就很可能会被它们的美折服。每一种最卑微的植物，或者我们称之为杂草的，它们生长在那儿就承载着我们想法或情绪的表达；然而，它却徒劳地站立了许久！许多年间的8月，我走过那片"广袤原野"，却从未清楚地认出曾在此处相识的紫色同伴。我与它们擦肩而过，确确实实也践踏过它们。如今它们伫立着，仿佛在欢迎我。美丽和真正的财富总是如此廉价又遭人鄙夷。天堂可能被视为人们逃离躲避之所。谁会疑惑这些草的存在呢？对农夫来说无关紧要的草却因你的欣赏而找到了某种价值。可以说，我以前从未见过它们——不过，当我近距离面对面看时，它往年的紫色光辉映入眼帘；现在，无论我走到哪里，所见无他物。放眼望去，皆是须芒草的领地。

几乎连沙子都感受到8月阳光的催熟作用，我想，连同在沙滩上摇曳的纤纤细草都反射出一种柔和的色调。紫色的沙海！阳光深入植物的每一寸毛孔，泥土吸收每一缕阳光，这就是最后的结晶。现在，汁液或血液都是深红色的。终于，我们不仅拥有紫海，还拥有了一片紫土。

栗须草、印第安芒草或林草，生长在各处的荒地上，但比前者更罕见（从2到5英尺高），比它的同类更漂亮，颜色更鲜艳，很可能引起印第安人的注意。它有一个狭长、单侧、微微下垂的穗状花序，开着明亮的紫色和黄色的花，像一面旗帜在它的芦苇叶子上高举。这些鲜亮的旗帜在远处山坡上行进，不是浩浩荡荡的大部队，而是分散的部队或单列纵队，犹如印第安人[2]向前挺进。它们就这样站在那里，美丽而绚烂，代表着以它们命名的种族，但在大多数情况下，它们并未被注意到。我第一次路过时注意到它，瞥了一眼，然后这片草地的模样就在脑海萦绕整整一周。这印象就像一位印第安酋长观赏他最喜欢的狩猎场最后一眼的感觉。

## 红 枫

到了9月25日，红枫一般开始成熟。一些大枫树在一周时间里出现显著变化，一些单株树现在也很是绚丽。半英里外的草地上，靠着绿色的树林，开着一棵小红花，它的红色比夏天任何一棵树的花都要鲜亮，而且更加显眼。我观察过这棵树，整个秋天它总是比同类变化得早，就像一棵树的果实比另一棵树成熟得早。也许它可以作为这个季节的标志。如果它被砍掉了，我应该会深感遗憾。我知道在镇上不同的地方有两到三棵这样的树，它们可能是由早熟的树种或9月的树繁殖而来。如果我们对它们的照料多一些的话，它们的种子和萝卜的种子一样会在市场上标价售卖。

目前，这些燃烧的灌木丛主要分布在草地的边缘，在各处的远山上，我都把它们辨别出来。有时候，你会看到沼泽里的许多小树都变成了深红色，而周围的树都还是翠绿色，相较之下，前者显得更加鲜艳。当你在季初穿过田野，从一边走过时，它们会让你大吃一惊，仿佛这是印第安人或其他护林人的欢乐营地，而这些人的到来却悄无声息。

一些完全鲜红色的单株树，与其他鲜绿色的同类或常绿植物（常青树）相映，不久之后，整片树林会更令人过目难忘。一整棵树像一颗充满了成熟汁液的硕大鲜红果实，每一片叶子，从最底部的枝干到尖端，无一不闪闪发光，尤其是当你向阳而看之时，那是多么美丽啊。目光所及之处还有什么景物比这更引人注目呢？这在好几英里外都能看见，实在太美了，令人难以置信。如果这种现象只发生过一次，它就会因风俗而传承给后代，最后成为神话。

这种比同类植物先成熟的树木独具特色，卓尔不凡，绚丽的色彩可以维持一到两星期。我一看到它就激动不已，那鲜红的旗帜高高挂在周围的绿荫林中，我徒步半英里前往察看。单株树因此成为了草原山谷的绝美，周围的森林也因它立刻变得生机勃勃。

在距离路边1英里远的隐没山谷的尽头生长着一棵小小的红枫树，没有人注意到它的存在。整个冬天和夏天它都忠实地履行了枫树的职责，没有忽视自身的经济价值，更增加了枫树的美德品性，已经成长了这么多月，从不蔓生到外面，比在春天时更接近天空。它忠实地保存着树液，为流浪的鸟儿提供庇护所，在很久以前把种子催熟，并让它们随风飘扬，它满足于知道，也许，1000棵完好生长的小枫树已经在某个地方稳扎生根。它无愧于枫树之名。它的叶子时不时地低声问："我们什么时候能变红？"现在，这个9月，旅行之月，当人们奔向海边，或山峦，或湖边时，这种谦逊的枫树，仍然无动于衷，作为枫树好好生长，在山坡上升起它猩红色旗帜，这表明它先于其他树种完成了夏天的工作，然后就从比赛中撤退了。在一年中的最后时刻，这棵树，在它最勤劳的时候就连人也无法在这里发现它，因此，它成熟的颜色，它的绯红，最后展示给自由遥远的旅行者，并把他的思想从尘土飞扬的道路带到它生长的那些勇敢的孤独的地方。它闪耀着枫树的所有美德和美丽。我们现在可以清楚地阅读它的标题或红字题目。它的美德，而不是它的罪恶，都鲜红无比。

在所有树木中，尽管红枫是其中最为猩红耀眼的，糖槭却是最著名的，而米肖在《森林志》中并未对红枫之秋色有所描述。大约在10月2日，即便许许多多的枫树仍是一派绿意，但糖槭无论大小都最为耀眼。在萌芽的土地上，它们似乎个个争先恐后，而在树丛中，总有那么一种特别纯粹、更加鲜艳的颜色，即使隔着一段距离，也能吸引我们的目光，博得一片赞誉。当处于色彩变化巅峰期时，那一大片红枫林在我住处周遭的所有肉眼可见的事物中最抓人眼球。而且这种树木数目繁多，在形状和颜色上有很大不同。许多是纯黄色，更多的是猩红色，一部分猩红色颜色加深，变为深红色，与一般的红色有所不同。看看1/4英里之外松树覆盖着的山坡脚下的那片沼泽，枫树和松树混杂在一起，这样映入眼帘的就是交相辉映的明亮色彩，而不会注意叶片的完整性。目光所及，黄色、猩红和深红色等各种颜色混合在一起燃起的火焰与绿色形成对比。有些枫树还是绿意葱葱，只是在它们的叶子边缘是黄色或深红色，就像榛果的毛刺边缘；有些则完全是明亮的猩红色，有规律地、精细地向两边放射，如同叶脉一般；还有一些形状更不规则，有些脱俗的叶片隐匿在枝干上，重重叠叠。当我微微侧首，仿佛沉重地倚靠在叶片之上，这叶子似一片片黄色和猩红色的云，又似堆叠着的花环，抑或像被风吹得分层的飘雪，在空气中飘动。在这个季节，它极大增添了沼泽的美丽，即使没有其他树木点缀其间，它也不是简单的一团颜色，而是不同树木的异彩纷呈。每个新月形树顶的轮廓都不尽相同，一个重叠在另一个上。即便是画家也几乎无法在1/4英里外把它们描绘得如此清晰。

在阳光明媚的下午，穿过草地径直走向一处低矮的高地时，我看到朝着太阳的方向大约50杆远的地方，一片枫树沼泽的顶端正出现在山坡边缘上面，那山坡泛着光泽呈赤褐色。在最耀眼的猩红和橙黄色中清晰可见的是那条20杆长、10英尺深的条纹，其颜色堪比任何花朵、水果及彩绘色彩的艳丽。我一路前行，走到如画景色中最坚实前景或画框下部那山的边缘低处。我一步一步走入树林深处，绚烂的色彩也伴随出现，估计整个幽谷满是如此色彩。人们不禁要问，镇上的官员[3]和先辈们为何不出去欣赏这些树木，感受它们鲜艳色彩和旺盛生命力的内涵。原因是他们担心这会带来某种伤害。我看不出枫叶在猩红色中燃烧时清教徒们在当下季节里做了什么，那时他们当然不可能在小树林里做礼拜。也许这就是他们为了建造会面室并用厩棚将其围起来的原因。

## 榆 树

现在是10月1日，或在稍晚些时候，榆树正值秋色之美的极致，大片棕黄色的榆树群在9月的火炉里烘烤，悬垂在公路上空。叶子完全成熟了。我想知道在树下生活的人们是否在生活中寻求到生命成熟的答案。当我俯瞰长满榆树的街道时，那树木的形状和颜色让我想到一捆捆黄色的谷物，就好像村庄迎来了收获，我们可能会期望在村民们所思所想中找到些许成熟的风味。在那些即将落在行人的头上沙沙作响的黄色堆积物下，思想或行为的粗俗幼稚怎么可能占上风呢？当我站立在房子间，上方有6棵大榆树垂挂下来，我便好像站在熟透的南瓜皮里，自身如同果肉一样醇厚，只是可能有些难嚼又肮脏。与美国榆树的早熟和金黄相比，英国榆树姗姗来迟的绿意就像过季的黄瓜，不知道什么时候成熟。街道里是家家户户喜迎收获的场景。如果仅是利用这些树木秋天的价值，那么种这些树是有作用的。想想这些高挂在我们头顶以及房屋上方那巨大的黄色檐篷或阳伞，它们绵延到英里开外，让整个村庄成为一个紧凑的整体——一处榆树苗圃，同时也是人类的育婴室！然后，它们是多么温柔而不被注意地放下自己的负载物，在需要的时候让阳光照射进来，直到叶子落在我们的屋顶和街道上时才听见它们的声音；就这样，村庄的阳伞收拢又恢复原状！我看见市场商人驱车进入村庄，好像走进了一个大粮仓或谷仓院子，又满载着庄稼消失在榆树冠顶的树荫下。我被吸引着去到那里，就好像是去到探讨思想的农家碾米会，谷子现在既干燥又成熟，即将和它们的外皮分开；但是，唉！我预见最终收获的无非是外壳和琐碎的思想，细碎的玉米，只适合做玉米面——因为种瓜得瓜，种豆得豆。

## 落 叶

到了10月6号，在霜冻或秋雨后，树叶通常开始如阵雨般簌簌飘落；在盛秋时节，叶子的主要成熟期一般在16号左右。在那个日子的某个早晨，或许会出现我们未曾见过的严重霜冻，水泵下面结了冰。现在，晨风吹起，树叶如骤雨般落下，比以往更密集。在温和的空气中，抑或甚至没有风，它们会突然在地面上形成厚厚的床铺或地毯，其大小和形状与上方那棵树的大小形状一致。一些树，如小山胡桃树，仿佛突然间叶子就掉落了，就像士兵在信号发出时放下武器；山胡桃树的叶子虽然枯萎了，但仍然是鲜黄色的，从它们生长的地方反射出耀眼的光芒。秋天的魔杖一挥，它们就从四面八方飞来，发出雨点般的声音。

或是在潮湿多雨的天气过后，我们才会注意到树叶在夜晚飘落是多么壮观，尽管这一感受稍不及糖槭来得震撼。街道上散落着密密麻麻的收获物，榆树的落叶在我们脚下铺就了深褐色的人行道。经历了几天异常温暖的"小阳春"[4]后，我意识到主要是异常的高温导致树叶飘落，也许已经有一段时间没有霜冻也没有降雨了。酷热突然使它们成熟而后枯萎凋落，就像它使桃子和其他水果软化和成熟导致它们坠落一样。

晚红枫树的叶子依然鲜亮，散落在地上，经常在黄色的地面上点缀着深红色的斑点，就像一些野苹果——尤其是下雨的时候，即便它们在地面上保持鲜艳的颜色只有一两天。在堤道上，我途经树林，处处光秃秃的，烟雾缭绕，失去了光彩夺目的华服；但是它伫立在一旁，几乎和以往一样绚烂，也和近来树上的图案一样整齐。我想说首先注意到的是那些匍匐在地面的树，它们宛如永久的彩色影子，指引我去找寻承载着它们的枝干。英勇挺拔的枫树在泥地上铺展开层层亮丽的斗篷，女王走过其间应该会倍感骄傲。我看见马车在投下的阴影或反射的映象中滚动前行，车夫和以往一样对红枫树荫少有留意。

越橘和其他灌木丛中，以及树冠上的鸟窝已经填满了枯叶。森林里飘落的树叶如此之多，以至于能够听到松鼠追着落下的坚果奔跑时的声响。男孩们在街上刮擦着树叶，哪怕只是为了享受处理这种天然松脆之物的乐趣。有些人小心翼翼地将小路打扫得干干净净，然后站着看下一秒又一次飘落的树叶把路铺满。沼泽地被落叶厚厚地覆盖着，石松在叶子中间显得更加绿意葱茏。在茂密的树林中，落叶已半覆盖着三四杆长的池塘。前几天，我几乎找不到熟知的一眼泉水，甚至怀疑它已经干涸，原来它完全被刚落下的叶子给掩盖了；我把树叶扫在一边，泉眼露了出来，这就像用亚伦神杖[5]敲击地面一样，由此诞生新的泉源。沼泽边缘的湿地落满枯叶，看起来很枯槁。在一片沼泽中，我在那里勘察，想从栏杆上踩到树叶茂密的岸边，结果陷入了足足有1英尺深的水里。

落叶大量飘落的第二天，也就是16日，我来到河边，发现整艘船都被遮盖住了，船底、座位满是金色的柳叶。船恰好停泊在金柳树下，我带着一船沙沙作响的树叶起航了。如果倒空这些树叶，明天又会满的。我不觉得它们是要被扫除的垃圾，而是欣然接受，把它们当作合适铺在我的马车底部的稻草或垫子。当我驶到阿萨贝特河河口，那里树木茂盛，大片的树叶漂浮在水面上，仿佛要出海一般，有宽阔的空间戗风行驶。但是在河岸边再往远处一点，那儿树叶比泡沫还要厚实，完全遮盖了一杆宽的水面，在桤木、风霜树和枫树的中间和下面，它依然非常轻盈、干燥，纤维也很紧致；在岩石耸立的弯道，晨风把落叶吹拂堆积到一起又互相阻碍，有时形成宽阔密集的新月形亘在河流中间。当我调转船头，船身掀起的波浪拍打着落叶。它们相互摩擦，发出一种令人愉快的沙沙声。通常只有它们起伏波动时才会露出下方覆盖着的水面。林龟在岸上的每一个动作都因为落叶的窸窸窣窣声而暴露，甚至在河心航道，起风之时，我听到它们被风吹得沙沙作响。在更高处，它们在河流形成的巨大漩涡中慢慢地旋转，如同在"倾斜的铁杉"中旋转一般。漩涡处水深莫测，水流正侵蚀两侧河岸。

也许，在这样一天的下午，当水面完全平静，映出倒影的时候，我沿着干流水势缓慢划动，朝阿萨贝特河上游驶去，到达一个宁静的小河湾，在那里我意外地发现自己被大量的树叶包围着，就像其他航行者一样，它们似乎和我一样有着同样的目的。在这平静河湾里，我们划行其间，看到一大片散落着的树叶船，每一只都在阳光的照耀下向内卷曲向上翘起；每一根脉络都是坚硬的云杉之膝；如同皮船以及有各式各样图案的船一样，卡戎的小船[6]可能就不包括在内了；还有一些船船首和船尾很高，像古时候的大船一样，在缓慢的水流中几乎不动——犹如庞大的舰队，密集的中国船之城，当你进入某个大商场，某个叫纽约或广州的地方，你就会和它们融合在一起，我们都在稳步地靠近它们。每片树叶是多么轻柔地沉积在水面上，未曾激起猛烈的水花，即便在下水时可能会起伏不定。还有彩色鸭子，华丽的林鸳鸯，经常在彩色树叶间航行漂浮——这些还是品种更为高贵的树皮！

如今沼泽地里有多少有益健康的草药饮料啊！腐烂的树叶散发出多么浓郁而又厚重的气味啊！雨水落在近期干枯的草药和树叶上，干净又迅速地从上面滑落掉进池塘和沟渠，并将它们填满，不久就会把它们泡成茶——绿茶、红茶、棕色茶和黄茶，茶的浓度各不相同，足以满足大自然畅聊所需。不管我们喝不喝，在它们的力量还未被吸收之前，这些叶子在大自然的铜板上晾晒，呈现出各式各样既纯净又精致的颜色，这足以使其成为东方茶的名品。

包括橡树、枫树、栗树和桦树在内的各类树种是如何融为一体的呢？好在大自然并没有因它们而杂乱不已。她是一个勤劳的农妇，把这些都储存起来。想一想，每年落在地上的植物数量是多么庞大啊！这是一年中的大丰收，比任何一粒粮食或种子的收成都丰厚。树木现在正在用它们从大地所获得的养分回馈大地。它们在不断减少，同时正要累积落叶增添泥土的厚度，这正是大自然获得肥料的美妙方式。当我与人闲聊时，大多会谈起硫黄和运货的成本。因为树木变质腐烂，我们变得更加富有起来。比起草地早熟禾或玉米，我对这种植物更感兴趣。它为后来生长的玉米田和森林提供原始的土壤，土地因而肥沃，家园欣欣向荣。

就美的多样性而言，没有任何作物能与之相比。这里不仅仅有谷物的纯黄色，还有我们所知道的几乎所有颜色，最亮的蓝色也不例外。早早变红的枫树，猩红色如燃烧罪恶的毒漆树，白桑皮，白杨的浓重铬黄色，鲜红的越橘，装点得一如羊背的山坡背部异彩纷呈。霜冻来临，伴随着白昼回归的微弱气息或是地球轴承的震动，看看它们在怎样的阵雨中飘落下来。地上都浸染上它们的颜色，但是它们依然生活在土壤中，存在于萌长的森林里，化为泥土为大地增添肥力。它们俯身弯腰向上爬，在来年爬得更高，通过微妙的化合作用，通过体内树液的支撑向上攀爬，树苗最初的果实就这样脱落下来，最后蜕变，能够装饰树冠。几年后，它就成了统治森林的君主。

在这些新鲜、清脆、沙沙作响的树叶的床上漫步是一件愉快的事。它们是如此优雅地走向自己的坟墓！是多么轻柔地飘下而后发霉——描绘着千姿百态的色彩，足以铺就我们的生活之床。于是它们成群结队地走向最后的安息之地，轻盈而活泼。它们无需杂草装扮，也无需栅栏围挡；它们一路叽叽喳喳穿过树林，欢愉地在地面上蹦蹦跳跳，最终选择一处地点。有些落叶选择人类尸体腐烂之处，以及可能半途与之相遇的地方。它们在静静地安息在坟墓之前曾有过多少次翻飞啊！它们曾经那么高傲地翱翔，现在又多么满足地归于尘土，低低地躺着，听天由命地匍匐在树根下腐烂，为自己的下一代同类提供养分连同支持它们朝高处飞翔！它们教会我们怎样是死亡。人们不禁要问，是否有那么一天，人们带着他们自诩的不朽信念，优雅而成熟地躺下来——带着小阳春的宁静，脱离自己的躯体，就像修剪头发和指甲一样。

当树叶凋落的时候，整个大地就是一块墓地，人们在其间愉快地散步。我喜欢漫步，喜欢沉思坟墓里的落叶。这里没有谎言，也没有徒劳的墓志铭。即便你在奥本山没有一块地那又如何？你的那块地一定会投入这个大型墓地的怀抱。这块墓地自古以来就是神圣的，你无需参加拍卖就能获得一席之地，而且这里有足够空间。在你的尸骨之上，珍珠菜将会开花，越橘鸟将歌唱。伐木工和猎人将是你的教堂司事，孩子们将随心所欲地践踏边界。让我们一同走进树叶墓园——这是你真正的绿林墓地。

糖槭

可是不要以为一年的辉煌已经结束，因为一片树叶不能构成夏天，一片落叶也不能构成秋天。早在10月5日，街道上的小糖槭树比任何树木都更为壮观。当我抬头望向大街之时，它们就像油漆过的屏风一样矗立在房屋前面，但很多都还是翠绿色。但是现在，或者一般到10月17日，几乎所有的红枫和一些白枫都光秃秃的时候，大糖槭树长得一派绚烂，泛着黄色和红色的光芒，呈现出意想不到的鲜艳精致色彩。它们很引人注目，常常形成鲜明的对比：一边是深红色，另一边是绿色。它们最终变成浓密厚重的黄色，在暴露的表面带着一层猩红色，胜于绯红，如今它们是街道上最璀璨夺目的树木。

我们公共用地里的高大糖槭树尤其美丽。它那种浅浅的、比金黄更带暖意的颜色盎然展露，糖槭的面颊也带着猩红色。就在日落之前，当西边的阳光穿过糖槭照射下来时，我站立在公地东侧，没有注意到鲜红的部分，只看到与近旁的榆树淡柠檬黄相比，黄色的糖槭已是猩红色。通常，它们是一大片一大片规则椭圆形团块，呈黄色和猩红色。这个季节的温暖阳光，秋日的"小阳春"，似乎都被它们的叶子吸收了。挨着树干的最下端和最里面的叶子依旧是精致的黄色和绿色，就像在家里长大的年轻人的肤色一样。今天，公共用地上在举行拍卖，可是在这璀璨夺目的颜色中，它的红色却难以辨认。

小镇的先辈们并没有料想到这一辉煌的成就，他们从更远的乡间引进了截断树梢的笔直木杆，称之为"糖槭"。我记得先辈们把它们种下之后，附近商店职员开玩笑似的在糖槭树周围播种了些豆子，那些当时被戏称为豆秆的东西，如今成为街道上最美丽的景色。它们的价值远胜一切辛劳付出——尽管其中一个行政委员在种树的时候感染风寒而不幸离世——要是它们在一年又一年的10月里用绚丽的色彩明媚孩子们睁开的双眸的话，该是多么地好。既然它们在秋季里为我们展现如此美丽的景色，我们也不会要求它们在春天里给我们产糖。室内财富可能是少数人的遗产，但是在公地上是平均分配的，所有孩童都可以纵享这片金色收获。

当然，街道上应该种上树木，这样人人都能欣赏到它10月时的壮丽景象；尽管我怀疑"树木协会"是否考虑过这个问题。"你不认为孩子们在枫树下成长会获得一些难得的好处吗？"成百上千的眼睛沉醉饱览色彩，甚至逃学的学生在踏出教室时也受到这些老师的吸引与教育。事实上，无论是逃学者还是用功者，目前在学校里都没有受过彩色教育。药店和城市橱窗中的亮色取代了它们。很遗憾，街道上没有更多的红枫和山胡桃树。我们的颜料盒很不完整。相反，除了填充颜料盒，我们可以给年轻人提供这些自然的颜色。在更大的优势下，他们还会在哪里学习色彩？还有什么设计学校能与之媲美呢？想想看，各种各样的画家、布料和纸张制造商、染纸工以及其他许多人的眼睛会从这些秋天的色彩中受到多少教育呢？文具商的信封可能颜色各异，但比不上一棵树的叶子那么丰富多彩。如果你想要不同的阴影或色调的特殊颜色，你只需要进一步置身或在外围观察树木或森林。这些叶子并不像在染坊里那样在一种染料中浸过很多次，而是在无限不同强度的光线下染色，然后在那里放置晾干。

我们许多颜色的名称还能沿用模糊的外国地名名字吗？如那不勒斯黄、普鲁士蓝、生赭色、深褐色、藤黄——（此时此刻，泰尔紫

一定已经褪色了）——或者源于相对琐碎的商品——巧克力、柠檬、咖

啡、肉桂、红葡萄酒——（我们是把山胡桃与柠檬比较呢，还是把柠檬与山胡桃相比呢？）或者源于少有人见过的矿石和氧化物。当我们向我们的邻居描述我们所见之物颜色时，不把它们视为我们附近某种自然物体，而是视为偶然从地球另一端采集而来的一小块泥土，邻居们可能会在药房找到，但可能他们和我们都没有见过。难道我们脚下没有一片土地，唉，头顶也没有一片天空？还是最终都是群青色？我们对蓝宝石、紫水晶、绿宝石、红宝石、琥珀等知之甚少——我们大多数人接受这些名字又是徒劳？把这些珍贵的话语留给家具商人、艺术鉴赏师和女傧相，留给印度的大富翁、贵妇和看门人，或者留在其他地方。我不明白为什么，自从发现了美国和它的秋天的树林，我们的叶子在给颜色命名时不应该与宝石竞争，事实上，我相信随着时间的推移，一些树木和灌丛还有花朵的名字将进入我们流行的彩色命名法。

但是，比了解颜色的名称和区别更重要的是这些色彩斑斓的树叶所激起的喜悦和兴奋。大街上的这些灿烂的树木没有任何变化，至少与一年一度的节日，或者一周的假期时间长度类同。这些是单纯简单，无需耗费大成本的狂欢派对，所有人都在庆祝，不需委员会或司仪的帮助。这样的表演可以安全地获得许可，不吸引赌客或小贩，也不需要任何特别警察来维持治安；而乏味是属于10月的新英格兰乡村，因为那里街道上没有枫树。这个10月的节日不需火药，无需钟声，每棵树都是生机勃勃的自由之柱，数千面鲜艳的旗帜在上面飘扬。

难怪我们每年都要举办牲畜展览和秋季训练，也许还有康

沃尔郡——我们9月的庭院，诸如此类——大自然本身在10月举办一年一度的博览会，不仅在街上，而且在每个山谷和山坡上。最近，我们朝那片红枫沼泽放眼望去，那里的树木都披上了最耀眼的外衣，锦衣之下难道不是表明上千名吉卜赛人？——一个可以纵情狂欢的种族——或是寓言中的小鹿、森林之神和林中仙女降临人间？或者我们想到的只是一群疲惫不堪的伐木工人，或是来视察土地的物主举行的聚会？又或者，更早些时候，当我们在9月的清风中泛舟过河时，在波光粼粼的水面下，除了木桨的晃动，似乎并没有什么新的事情发生，所以我们匆匆赶路，以便及时到达。两旁一排排泛黄的柳树和风霜树，难道不像是一排排的亭子？亭子下面，也许有一种同样是黄色的蛋状泡泡在流动。——所有这些不都表明，人的精神应该像大自然一样高涨——人们应当把自己的旗帜悬挂出来，而且日常生活也应该被一种类似的快乐和欢愉所打断吗？

一年一度的士兵训练或集合，飘扬着旗帜和披巾的庆典，都不能把我们每年10月的辉煌景象的百分之一带到镇上。我们只需要种树，让它们能够完好生长，我们就会看到大自然色彩斑斓的帷幕——她所有国家的旗帜，其中有些旗帜的私人标志连植物学家都看不懂——我们行走在榆树的凯旋门下。至于日期是否与邻近各州相同，就让大自然来定夺吧，让神职人员来宣读她的宣告，如果他们能理解的话。看哪，她的忍冬植物是一种多么华丽的帷帐！你认为，是哪个热心公益的商人为这部分演出做出了贡献？没有比这藤蔓更漂亮的贴板和绘画颜料了，目前这藤蔓覆盖了一些房子的整个侧面。我不相信从未枯萎的常青藤能与之相比。难怪它被广泛引入伦敦。那么，我说，让我们种更多枫树、山胡桃树和猩红栎吧。开始！难道炮室里那卷肮脏的彩旗就是一个村庄所能展示的全部色彩吗？除非村庄有这些树木来标注季节，不然它将是不完整的。它们就像市政钟一样重要。没有这些存在的话，村庄将无法很好地运转。它有一个螺丝松了，就缺乏了一个重要的部分。春天有柳树，夏天有榆树，秋天有枫树、胡桃树和紫树，冬天有常青树，一年四季都有橡树。房子里的画廊和街道上的画廊有什么不同，每位商人会不会都要穿过它呢？当然，乡间没有画廊，对我们来说没有什么风景画廊比在主街榆树下欣赏日落时的西边景色更值得。它们是一幅画的框架，这幅画几乎每天都被绘制在画框背部。一条3英里长的榆树林荫道，跟我们这儿最宽敞的一条街道一样，通向一个令人羡慕的地方，虽然道路的尽头只能看到大写的首字母C——。[7]

一个村庄需要这些充满光明和欢乐景物的简单刺激物来扫除忧郁和迷信。我看到两个村庄，一个掩映在丛林中，闪耀着10月的光辉；另一个在一片微不足道的荒芜之地上，那里只有一两棵人们用来自杀的树，我确信在这两个村庄里，一定会找到最饥渴、最固执的宗教主义者和最绝望的酒徒。每个洗碗盆，每个牛奶罐，每块墓碑都会暴露出来。居民们会突然消失在马房和房屋后面，就像沙漠中站立在岩石上的阿拉伯人一样，我注意到他们手里拿着长矛。他们将接受最无益、最绝望的教义——因为世界正在迅速走向终结，或者已经走到了尽头，或者他们自己已经转向外部世界的错误面。他们可能会互相打破结合点，并称之为精神交流。

可是，我们自己局限在枫树上。如同我们用种植它们所花的努力来保护它们一样！不要傻乎乎地把马拴在大丽菊的茎上，那该会怎么样呢？

先辈们在教堂前打造一个实体建筑意味着什么？它不需要修复也无需再次粉刷，因为它随着成长而不断"扩大和修复"。

当然，它们

带着悲伤的真诚；
它们无法从上帝那里解脱出来；
它们比自己了解的种植得更好；——
树木有意识地向美而生。

事实上，这些枫树是唾手可得的传教士，永久定居，宣扬它们半个世纪、一个世纪乃至一个半世纪的布道，其功能和影响力不断增强，服务于许多代人，我们能做的微薄之事是在它们无法茁壮生长时为其提供相适应的同伴。

## 猩红栎

它是一种以美丽叶片形状而闻名的树木，我猜测有些猩红栎叶子因其多层次而具野性的轮廓美而胜于其他栎树叶片。基于对12个物种的了解以及所浏览的其他物种的图画，我做出这样的判断。

站在树下，你会看到它的叶片在天空映衬之下是多么地精致，好像只有些许尖点从叶的中脉延伸出来。它们看起来像双重的、三重的或四重的十字架。它们远比浅薄的栎树叶更加轻盈。它们拥有枝叶茂密的土地是如此之小，仿佛在阳光下融化了，几乎不会遮挡我们的视线。细嫩植物的叶子，和其他种类的成熟栎树的叶子一样，轮廓更加完整、简单，而成块状，但是这些在老树上高高生长的叶子，没有树叶层层的困扰。它们越长越高，逐步升华，每年都摆脱一些泥土的气息，与阳光建立亲密关系，最终，它在最低程度上存留世俗性，又在最大限度上领悟和传播天空的支配力。在那里它们手挽着手在阳光下舞蹈，踩着有趣的鼓点轻快地跳着，在空中殿堂找寻合适的舞伴。它们是如此紧密地交织在一起，细长叶片和光泽表面让你几乎分不清舞动着的是叶子还是光。没有和风吹拂时，它们充其量不过是森林窗户的一个层次丰富的花色窗棂。

　　一个月后，它们一片接一片地堆积在我的脚下，厚厚地散落在树林的地面上，我再次被它们的美丽所震撼。它们上面是棕色的，下面是紫色的。狭窄的叶，轮廓深深的月牙边几乎伸到中间，这说明这种物质很容易获得，要不然就是在创造过程中浪费许多，好似被裁剪过。或者，在我们看来，它们是用模具切割叶片剩下来用作填充的边角料，事实上，看着树叶堆积，这不禁让我想到一堆废锡。

　　或者把一片猩红栎树叶带回家，闲暇之时在炉边仔细研究它。它不是牛津的字体，不存在巴斯克语中，也不是箭头状字符——在罗塞塔石碑[8]也没有发现，如果它们在这里切割石头的话，注定有一天它会被复制在雕刻中。多么狂野又迷人的轮廓，优美的曲线与角度相结合！看见那是叶片或不是叶片的东西，我同样地欢愉——在宽阔、自由、开阔的裂片上，在长而锐利、像鬃毛一样尖的裂片上。如果连接叶片的尖点，一个简单的椭圆形轮廓将把它们包围起来；但是它比这丰富多了，它有6条深深的月牙边，人的注意力和思想都被包围在其中！如果我是绘画大师，我会让我的学生临摹这些叶子，这样他们就能学会专注而优雅地画画。

猩红栎叶片被视作是水，它就像一个池塘，有6个宽阔的圆形岬角，有一半从两边延伸到中间，而它的水湾则延伸到遥远的内陆，就像狭长的海湾，有几条细流汇入——几乎是一个绿叶成荫的群岛。

但它常常暗示着陆地，正如狄奥尼修斯和普林尼把摩利亚半岛的形状与东方梧桐叶的形状相比较，因此这片叶子让我想起了海洋中的某个美丽的荒岛，其广阔的海岸、交错的圆形海湾和尖尖的岩石岬标志着它适合人类居住，最终注定要成为文明的中心。在水手的眼里，这是一个凹凸曲折的海岸。事实上，它不就是空中海洋的海岸，风的海浪拍打着它吗？一看到这种叶片，我们都成为了水手——如果不是北欧海盗，西印度海盗和海上掠夺兵。我们对安静的热爱以及我们的冒险精神都得到了体现。在我们最不经意的一瞥中，我们认为如果自己成功地将那些狭长的海角面积扩大一倍，我们就会在宽阔的海湾里找到深邃、光滑、安全的避风港。这和白栎树叶是有多么不同啊！它那圆形的岬角上无需安放灯塔！那是一个有着悠久历史的英国，它的历史会被人类阅读。这是某个新发现的未涉足的纽芬兰岛或西里伯岛。我们去那里做酋长，如何？

　　到10月26日，高大的猩红栎正处于它的全盛时期，而其他的栎树通常都枯萎了。过去一周，它们蓄力点燃火焰，如今是熊熊燃烧之势。仅这一种本土的落叶树（除了我不知道的6棵桦木，它们只是大灌木丛），现在正处于闪耀时刻。在日期上，这两棵白杨树和糖枫最为接近，但是大部分的叶子已经掉落了。在常青树中，唯有北美油松还是绿油油的。

　　可是，如果不喜爱这些现象，那么欣赏猩红栎分布广泛、姗姗来迟且出人意料的炫彩就需要尤其关注了。在这里，我并非指那些常见的、现在已枯干的小树和灌木，而是指那些大树。当最耀眼、最令人难忘的色彩还没有被点亮时，大多数人走进家中，关上房门，心里想着黯淡无光的11月已经到来。

　　这棵非常完美、生机勃勃的树大约有40英尺高，矗立在一片开阔的牧场上。12日还是鲜亮的绿色，现在26号完全变成了鲜艳的深红色。你和阳光之间的每一片叶子，就像是浸入了一种猩红染料。整棵树的形状和颜色都很像一颗心，这难道不值得等待吗？10天前你没想到，那棵冰冷的绿树会变成这样的颜色。它的叶子仍然紧紧地附着在树上，而其他树的叶子却在它周围飘落。似乎在说——我是最后一个变成红色的，但我的红比你们的都要深。我披着红外衣殿后。我们猩红色树种，唯独栎树，没有放弃战斗。

　　现在，甚至一直持续到11月，树液经常在猩红栎里快速流动，就像春天时树液在枫树里快速流动一样；显然，在其他大多数栎树都枯萎的情况下，它们绚丽的色彩与这种现象有关。它们生机勃勃，我用刀轻敲它们时发现这种烈性的橡木酒有一种令人愉快的涩味，是橡树果实般的味道。

放眼望去，这片1/4英里宽的森林山谷，那些猩红栎在松林的衬托下显得多么茂盛，鲜红的枝丫分明和它们交织在一起了！它们的风姿尽显无遗。松枝是绿色的花萼和红色的花瓣。或者，当我们沿着树林小路走时，太阳穿过路的尽头，照亮了栎树的红色帐篷，帐篷的每一边都混合着绿油油的枫叶，构成一处异常美丽的场景。的确，如果没有常青树的对比，秋天的色彩的效果就会大打折扣。

猩红栎需要晴朗的天空和10月下旬的阳光。这些能让它的颜色突出。如果太阳进入云层，它们就变得相对模糊。当我坐在我们城镇西南部的一处悬崖上时，太阳正渐渐低下去，位于我南部和东部的林肯镇树林被水平光线照亮；猩红栎均匀地散布在整个森林中，颜色艳丽，比我想象的更红。这个物种的每一棵树，在水平和垂直方向上都可以看到，甚至在地平线上都很醒目。在邻镇，一些高大的猩红栎树把红色的背部高高升起越过树林，就像有着无数美丽花瓣的大玫瑰；在地平线的尽头，东边的松山上有一小片五针松，那些纤细的猩红栎树与边缘上的松林交相辉映，看上去就好像红衣士兵置身绿衣猎人中。这次林肯镇也满是绿意了。直到太阳落山，我才相信森林部队里有这么多红衣军。它们是熊熊燃烧的红色，我想，每走向它们一步，它们的力量就会减弱一些；在这个距离上，隐匿在树叶间的色彩并不显现，一致是红色。它们反射颜色的焦点远在这边的大气中。每一棵这样的树都变成了一个红色的核心，仿佛随着夕阳的落下，红色就在那里生长和发光。有一部分是借来的火焰，当太阳照耀进眼睛时从中吸取力量。它只有一些相对暗的红叶作为集合点，或者引火物来启动它，然后它就变成了强烈的猩红色，红色的薄雾或者火，在空气中为自己找到燃料。红色一派热闹。在这个时刻和季节，围栏反射出玫瑰色的光芒。你看到一棵树，其实这棵树比它本身实际上还要红火。

如果你想计算猩红栎的数量，那现在就行动吧。在晴朗的日子里，站在树林里的山顶上，当太阳升起一小时时，除了西面，你视野范围内的每一处都将显露出来。否则，你可能活到玛士撒拉[9]的年龄，却永远无法寻觅到它们的1/10。然而，有时即使在黑暗的日子里，我也认为它们是我所见过的最明亮的。向西望去，它们的颜色消失在耀眼的光芒中；但在另一个方向，整个森林是一个花园，这些晚季玫瑰在燃烧，与绿色交替着，而那些所谓的"园丁"，也许拿着铁锹和水罐在下面走来走去，只看见枯叶中间有几个小紫菀。

这些是我的翠菊，姗姗来迟的花园之花。对于园丁而言，它没有耗费我什么。森林里到处散落的树叶在保护我那些植物的根部。仅注意能够看到的，无需加厚院子里的土壤，你就会充分拥有花园。只要把视野抬高一点，就可以把整个森林看成花园。猩红栎开花——森林之花，比一切光彩夺目（至少是在枫树开花以来）！我不知道，但它们比枫树更让我感兴趣，而且在森林中分布得如此广泛而均匀；它们是如此坚韧，总的来说是一棵更高贵的树；它的花朵是11月的主角，伴随着冬天的来临，给11月初的场景带来温暖。值得注意的是，近期鲜艳之色应当是这深沉浓重的猩红和红色，这是颜色中最浓烈的。一年中最成熟的水果像是来自寒冷的奥尔良岛的一颗坚硬、有光泽的红苹果的脸颊，要到明年春天才能吃到它！当我爬到山顶时，1000朵这样的硕大栎树玫瑰分布在四面八方，一直延伸到地平线！我在四五英里外欣赏它们！这是我对两周过去的无限憧憬！这迟来的森林之花胜过所有的春夏之花。相对而言，它们的颜色很少见，相较之下也很精致（专为行走在最渺小药草中和下层林丛中近视的人设计），远远望去，没有留下任何印象。现在，它是一片延伸的森林或山坡，突然间开花结果，我们日复一日地穿过或沿着它行走。相比之下，我们的花园规模就小得多了——园丁还在枯草丛中照料几株紫菀，对那些庞大的紫菀和玫瑰不予理睬，仿佛它们把园丁遮蔽了，也不需要它的照料。它就像碟子上一小块红色颜料，在落日天空中被举了起来。为什么不以更高和更广阔的视野走在大花园中，而是偷偷躲藏在一个"污秽"的角落？为什么不想一想美丽的森林，而仅仅注意围栏里的几株药草？

　　让行走变得更冒险些吧，爬山去。在10月底左右，如果你爬上我们镇郊外或是你那边镇郊外的任何一座小山，然后眺望森林，你可能会看到——嗯，我一直在努力描述的。所有这些你肯定会看到，而且如果你准备看到它，如果你去寻找，你会看到更多。否则，尽管这种现象是规则的、普遍的，不管你是站在山顶上，还是站在山谷里，你都会认为在这个季节里，70年来树木皆是干枯焦黄。事物之所以隐藏在我们的视野之外，倒不是因为它们不在我们的视线范围之内，而是因为我们无法用心观察它们；因为眼睛本身并不能看清东西，如同其他胶状物本身一样。我们不知道我们要看得多远、多广，要看得多近、多窄。由于这个原因，大部分的自然现象在我们一生中都被隐藏起来。园丁只看到自己的花园。在这方面，正如在政治经济领域一样，供给也应满足需求。大自然不会对牛弹琴。在我们看来，风景的美与我们准备欣赏的美是一样的，一点也不差。一个人从某个特定的山顶上所看到的实际物体与另一个人所看到的物体是不同的，就像观察者是不同的一样。在某种意义上，当你走出去的时候，猩红栎一定在你的眼睛里。只有在我们被一个事物的概念所吸引，把它带进我们的头脑的时候，我们才能看见它，而后我们就几乎看不到其他的东西了。在植物漫步中，我发现，首先，一种植物的想法或形象占据了我的思想，尽管它对这个地方来说似乎很陌生——比哈德逊湾更远——几个星期或几个月来，我一直在想着它，并无意识地期待着它，最终我肯定会看到它。这是我发现二十多种可以叫出名字来的珍稀植物的历史时刻。

一个人只看到自己关心的事情。一个专注于研究草类的植物学家，辨别不出牧草里最茂盛的栎树。可以说，他在散步时无意中踩倒了栎树，充其量也只看见树影。我发现，在同一个地方，需要眼睛有不同的意图才能看到不同的植物，即使它们是密切相关的——如灯芯草科以及禾本科植物——当我寻找前者的时候，我并没有在它们中间看到后者。更何况它需要眼睛和头脑的不同意图，去关注不同的知识类别！诗人和自然学家看待事物的方式是多么截然不同啊！

挑选一名新英格兰地方行政委员，把他安置在山顶上，让他观察——最大限度地敏锐观察，戴上最适合他的眼镜（嗯，如果他愿意的话，可以用望远镜）——做一份详尽的报告。他可能会看见什么？他会选择看什么？当然，他会看到自己的布罗肯幽灵[10]。他会看到几个会议场所，至少，也许会看到评价高于他的人，既然他有这么一大片林地。现在就让朱利乌斯·恺撒，或者伊曼努埃尔·斯韦登堡[11]，或者一个菲吉岛人，将其安置在那里！或者把所有人都安排在一起，然后让他们交换意见。看起来他们欣赏同样的风景？他们看到的将会是天壤之别，就像罗马不同于天堂或地狱，抑或最与菲吉群岛不同——据我们所知，像他们这样奇怪的人，总是在我们身边。

为什么即使是像沙锥鸟和丘鹬这样的小猎物也需要神枪手才能击中？因为神枪手必须有明确的目标，而且要知道他瞄准的是什么。如果得知有沙锥鸟在天上飞，他对着天空胡乱开枪，那么击中的机会是很小的。对他而言，这也是向美景射击；即便等到夜幕降临，但如果他还不了解猎物的季节、出没之处和翅膀的颜色，他是不会捕获到任何东西的——如果他不曾梦到它，便可以期望遇见它。之后，确实，他每走一步都把它惊动，甚至在玉米地里也是如此，手持两杆枪在翅膀上对它加倍地扫射。狩猎者训练自己，不厌其烦地伪装和观察，为狩猎装载弹药，做好准备。他祈祷，献祭，所以他得到了。经过应当付出而漫长的准备，他训练眼睛和手部，梦醒又睡着了，带着枪、桨和船，出去追赶草秧鸡，这是他镇上大多数人未曾见过也从未梦想过的，他在逆风蹚水好几英里，涉水到膝盖，一整天下来没吃晚饭就出去了，因此他得到了猎物。当他开始时就成功了一半，仅仅就是将它们射落。真正的狩猎者几乎可以任意从他的窗口为你射得猎物，但他的双眼又在找寻着其他什么呢？它终于来了，栖息在他的枪管上，但是世间其他人从来没有看过长着羽毛的猎物。雁群就在天顶下面飞来飞去，一到那里就发出鹅叫声，他就把烟囱里的火点着，以此来维持生活的补给；20只麝鼠不愿进入陷阱之中，因为里面有东西。如果他活着，他的精神高亢，天地将比猎物更快地让他失望；当他死后，他将去更广阔的，也许更快乐的狩猎场。渔夫也梦见鱼，梦见软木塞在他梦中摇动，直到他几乎可以在水槽口捕捉到它们。我认识一个女孩，她被叫去采摘越橘，她一夸脱一夸脱地摘野醋栗，谁也不知道那里有野醋栗，因为她在老家就采摘习惯了。天文学家知道去到哪里可以观察到群星聚集的现象，在别人用望远镜看星星之前他就清楚地看到了。母鸡就在它所站之地下方抓食，但鹰的取食方式却不是这样。

我提到的这些鲜艳的叶子不是例外，而是规则，因为我相信所有的叶子，甚至草丛和苔藓，在它们衰败前都会获得更璀璨的颜色。当你开始忠实地观察每一种最微小植物的变化时，你会发现每一种植物迟早都有它特有的秋天色彩，如果你着手列出一份明亮色调的完整清单，你邻近地区植物种类有多丰富，那么这份清单的目录几乎就会有多长。

1　Lake，化学名词，胭脂红。

2　红种人，曾被认为是第五大人种，"red man"是对美洲印第安人的一种误称。

3　此处镇上的官员一语，乃旧时英格兰乡村官吏之称谓。梭罗文风由此可见一斑。

4　在加拿大与美国的交界处，魁北克和安大略南边，一个很特别的天气现象，深秋时节，在冬天来临之前忽然回暖的天气，宛若回到了温暖的春天。

5　亚伦是犹太民族最伟大的先知摩西的哥哥，他是祭司职位的创始人。亚伦神杖是祭司的权杖，其首先要传达给世人的讯息，即基督的复活。

6　在古希腊神话中，卡戎是冥界中用小船载鬼魂前往冥府的艄公，习语"卡戎的小船"用来比喻人死后前往阴间的过程，相当于中文"黄泉路上"。

7　此处可能指代梭罗的家乡康科德。

8　罗塞塔石碑由上至下刻有古埃及国王托勒密五世登基诏书的三种不同语言版本，是研究埃及历史与文明的重要文物。

9　玛士撒拉，《圣经》中记载的人物，据说他在世上活了969年，是最长寿之人，后来成为西方长寿者的代名词。

10　布罗肯现象或称作布罗肯幽灵，中国人称之为"佛光"。即气象学中的光环现象，是一种阳光透过云雾反射，并经由云雾中的水滴发生衍射与干涉，最后形成一圈彩虹光环的光象，在光环中经常包括观察者本身的阴影。

11　斯韦登堡（1688—1772），瑞典科学家、神学家、神秘主义者，其代表作包括《真正的基督教信仰》（1771）等。

野　　　苹　　　果

(选)

## 苹果树的历史

神奇的是，苹果树的历史与人类历史联系十分紧密。地质学家告诉我们，包括苹果、野草在内的蔷薇科植物以及唇形科（又名薄荷属）植物，出现在地球后不久，人类便诞生了。

最近在瑞士湖底发现了神秘原始人的遗迹，这些原始人的出现应该比罗马建国要早，那时甚至还没有金属用具。在他们的仓库里发现了一整个皱缩的黑色野苹果，似乎苹果是他们的一种食物。

塔西佗[1]说，古代德国人用野苹果等食物充饥。

尼布尔[2]表示："房子、田地、犁、犁地、葡萄酒、油、牛奶、羊、苹果以及其他与农业和平静生活相关的词汇，在拉丁语和希腊语中是一致的；然而，所有与战争或狩猎相关的词汇在拉丁语和希腊语中却截然不同。"因此，苹果树同橄榄枝一样，也可以被视为和平的象征。

在早期，苹果十分重要，且分布极其广泛，因此追根溯源，这个词在许多语言中代指水果。希腊语中，Maelon既指苹果和其他树的果实，也指羊或牛，最后还是财富的总称。

苹果树为希伯来人、希腊人、罗马人和斯堪的纳维亚人称颂。有人认为，亚当和夏娃就是受其果实的诱惑。传闻道，女神争相抢夺它，巨龙负责看守它，英雄受雇采摘它。[3]

《旧约》中至少三处提到了苹果树，还有两三处提到了它的果实。所罗门咏唱道："我的良人在男子中，如同苹果树在树林中。"接着他又唱道："求你给我葡萄酒增补我力，给我苹果畅快我心。"[4]人最高贵的五官中最高贵的部分便用苹果命名,"眼中的苹果"指的就是"眼中的瞳孔"。

荷马和希罗多德[5]也提及过苹果树。尤利西斯在阿尔喀诺俄斯富丽堂皇的花园里看到,"梨树、石榴树和苹果树上挂着饱满的果实。"[6]在荷马笔下,坦塔罗斯[7]无法摘取的水果中就有苹果,风总能把结满果实的树枝吹离他的身边。提奥夫拉斯图斯[8]对苹果树了如指掌,并对其进行了植物学记载。

据《散文埃达》[9]中的相关描述:"伊登女神[10]藏了一箱苹果,若是众神察觉老之将至,只需尝上一口果肉,便可恢复青春。诸神黄昏(即诸神的毁灭)来临前,他们用此法保持青春。"

我从劳登[11]那里了解到:"古威尔士游吟诗人若以吟唱见长,可获得苹果枝作为奖赏,"并且,"在苏格兰高地,苹果树是拉蒙特家族的徽章。"

苹果树主要生长于北温带。劳登说:"它自发生长于欧洲除寒带以外的每个角落,生长范围遍及西亚、中国和日本。"北美原生的苹果种类有两三种,而人工种植的苹果树最先由早期移民引进。他们认为,这片土地比其他地方更适合种植苹果树。也许,现在栽培的某些树种最先是由罗马人引进英国的。

普林尼采用了提奥夫拉斯图斯的分类方法,他表示:"树分多种,有些桀骜不驯,有些典雅端庄。"提奥夫拉斯图斯将苹果树划分到后者;确实,从某种意义上来说,苹果树是所有树中最典雅的。它同鸽子般纯良,如玫瑰般动人,似牛羊般珍贵[12]。它比其他树种的培育时间久,因此更为驯良。它也许会像狗一样,最终一点儿不像自己野蛮的祖先,这谁又说得准呢?人类迁移时会带上它，正如带上狗、马、牛一样。许是先从希腊迁到了意大利，再从那里移到了英格兰，最后到达美洲。我们的西部移民还在稳步行进，朝着夕阳走去，他们的口袋里揣着苹果的种子，或是行李上捆着几株小树。因此，今年至少有100万棵苹果树被种植在比去年更靠西的地方。想象一下，草原上的开花周一年一度，花开遍野，就像安息日一样规律。因为人类迁移时，不仅会带上家禽蔬菜，挟裹着昆虫走兽、草皮泥土，还会搬动整座果园。

苹果树叶和嫩枝是许多家畜喜爱的食物，牛、马、羊都爱啃食它的枝叶。牛和家养猪还会寻觅苹果树果实。因此，从一开始，这些动物和苹果树之间似乎就存在着一种天然的联盟。据称，"法国森林里的沙果是野猪的主食"。

欢迎苹果树来到这片大陆的不止印第安人，还有许多本土的飞禽走兽和昆虫。枯叶蛾将卵产在苹果树新生的嫩枝上，自此，它喜欢的产卵地便不只有野樱桃树了。尺蠖似乎也在一定程度上抛弃了榆树，转而以苹果树树叶为食。苹果树生长迅猛，蓝知更鸟、知更鸟、樱桃鸟、食蜂鹟及其他许多鸟类蜂拥而至，在树枝上筑巢啼啭。它们成了果园鸟，数量比以往任何时候都多。那是它们种族历史上的一个时代。羽毛蓬松的啄木鸟在树皮底下发现了美味，于是它绕树打了一圈洞，然后飞走了——据我所知，它之前从未这样做过。没多久，鹧鸪便发现苹果叶芽的甜美。时至今日，每年冬夜它都会飞到树林里去采摘，让农民伤心不已。兔子也很快发现了苹果树嫩枝和树皮的美味；果实成熟之际，松鼠将其翻滚搬运，送往自己的巢穴；夜晚，就连麝鼠也从小溪里爬上岸来，贪婪地吞咽果实，直到在草地里磨出一条小路才作罢；苹果冻融后，乌鸦和松鸦时而也来品尝。猫头鹰悄悄钻进第一棵空心的苹果树，开心地呼叫起来：它发现这是块宜居之地。于是，它在里面安家落户，自此从未离开。

鉴于我的主题是"野苹果"，在我讨论主题之前，我想简述一下每年栽种苹果的生长季。

苹果花也许是所有树中最漂亮的，花朵繁密，气味芬芳，是视觉和嗅觉的双重盛宴。苹果花常常引得路人转身，流连于那几株异常漂亮的果树旁，这些树上的花朵要比其他花朵大2/3。就这一点而言，苹果树要比梨树更胜一筹，因为梨花既不艳丽，也不芬芳！

到了7月中旬，青苹果是那么大，让我们想起了受宠的孩子和秋天。草地上常常散落着小苹果，它们还没成熟便夭折坠落——似乎是大自然在为我们淘汰部分果实。罗马作家帕拉蒂乌斯[13]说过："如果苹果成熟前有掉落的迹象，在裂开的树根里放上一块石头，便能保住果实。"这种看法现在仍然存在，也许能够解释我们看到的某些石头嵌入生长在树杈上的现象。英格兰萨福克郡有这样一种说法——

秋分时节，或是早些时候，
一个苹果里有一半都是果核。

第一批苹果大约在8月初成熟；不过我认为，这些苹果虽然闻起来香甜，但是尝起来未必如此。一个苹果足以让手帕留香，香味胜过商店里售卖的任何香水。有些水果的香气就像花香一样，让人难以忘怀。我在路上捡起的一些苹果，果皮粗糙，但其气味芬芳无比，让我想起了波摩娜[14]拥有的一切——时间好似回溯到了采摘果实的日子，金黄色和红彤彤的苹果成堆摆在果园，旁边就是酿酒坊。

一两周后，你经过果园或花园，尤其是夜晚，步入这方寸天地，里面浸润着成熟苹果的芳香。而你分毫不花便能享受四溢的果香，也不会侵占他人财物。

事实上，所有自然产物在一定程度上都具备捉摸不定、虚无缥缈的特质，这恰恰代表着它们的最高价值，因此不能将其庸俗化，或是进行买卖。凡人无法完全体会果实的美味，只有超凡脱俗之人才能领略它的芳香品质。我等凡人麻木的味觉无法感知神酒和仙果的细腻口感，而世间所有水果都具备这种口感——这就好比我们占领了神祇的天堂，却不自知。每当我看到一个凡夫俗子把一车鲜艳芳香的早熟苹果运到市场，我脑海中会浮现一场较量——一边是人和马，而另一边是苹果。在我看来，获胜的一方总是苹果。普林尼认为，苹果是万物中最重的东西，牛光是看上一眼载满苹果的车子，都会冒汗。车夫一旦试图将苹果送往它们不该去的地方，比如那些世俗之地，苹果便开始流失。尽管他时不时走出来，看到了苹果，以为它们一个不少，可我却看到那一股转瞬即逝的神圣品质从马车里流逝，升向天空，被送去市场的只有果肉、果皮和果核罢了。它们不是苹果，只是果渣。这些难道还是伊登女神的苹果吗？尝上一口能让诸神永葆青春吗？难道你以为洛基[15]或夏基衰老之时，会把这些苹果带回巨人之家？

不，因为诸神的黄昏（诸神的毁灭）还未到来。

通常8月末到9月前后，苹果数量会再次减少，尤其是雨后风至，地上满是被刮落的果子。在一些果园里，你可能会看到足有3/4的果实掉落于地，它们尚且青涩生硬，在树下排列成圆形——倘若苹果树长在山坡上，果实会一路滚下山，滚得很远。然而，这种风无法吹给人们好处。整片乡野之上，人们忙着捡拾被风吹落的果实，以此制成的首批苹果馅饼极为廉价。

10月，树叶飘落，树上的苹果更加显眼。有一年，我在附近小镇看到一些树上硕果累累，我印象中从未见过如此丰饶的苹果树，小小的黄苹果垂下，挤占了马路上方的空间。树枝承了重，弯出优雅的弧度，如同伏牛花灌木一般，整棵果树别有一番风味。就连最顶端的树枝也不是笔直的，而是向四面八方伸展低垂；还有许多支柱根支撑着下端的树枝，看起来就像画中的榕树。据一部古老的英国手稿记载："树上结的苹果越多，它就越是屈身，向人鞠躬。"

毋庸置疑，苹果是所有水果中最高贵的，只有最美丽或最敏捷的人才配拥有它。这才是苹果应有的通行价格。

10月5日至20日间，我看到苹果树下放上了些木桶。我上前同一个果农攀谈，他正在木桶里挑选优质苹果，或许他需要完成一笔订单；他将一个有斑点的苹果翻来覆去看了很多遍，最后丢弃了它。我脑海中闪过一个想法，若要表述出来，便是他挑选的所有苹果都污迹斑斑；因为他把所有朝气都揉搓掉了，因此那些转瞬即逝、虚无缥缈的特质也随即消逝。夜晚的凉意催促着农民，他们匆忙完成任务，最后只剩梯子斜靠在树上，七零八落，随处可见。

如果我们带着更多的喜悦和感激接受果树赐予的礼物，而不是认为把新鲜肥料撒在树周围就足够，那该多好。一些古老的英国习俗至少发人深省。这些习俗主要收录在布兰德[16]的《古代流行风俗》一书中，似乎"圣诞前夕，德文郡的农民及其雇工会倒一大碗苹果酒，里面放上一片烤面包，郑重地将其端到果园，称颂苹果树，祈求它们在下个季节结出累累硕果"。整个仪式包括"在树的根部附近洒些苹果酒，在树枝上挂几片面包"，然后"人们围绕在果园里收成最好的几棵树旁，举杯祝酒三次之多——"

> 举杯敬你，老苹果树，
> 祝你发芽，祝你开花，
> 祝你果实满枝丫！
> 装满帽子！
> 装满篮子，麻袋子！
> 还有我的口袋子！万岁！

除夕夜，英格兰的许多郡都会吟唱所谓的"苹果颂歌"。一群男孩前往不同的果园，围绕苹果树，重复下面的祝词——

> 根，扎牢！果，结满！
> 祈求上帝赐予的果实又大又圆：
> 小树枝上苹果大；
> 大树枝上苹果多！

"接着，他们齐声歌唱，其中一个男孩用牛角伴奏。仪式上，他们用棍棒敲打果树。"这被称作祝酒仪式，有人认为，这是"异教徒供奉波摩娜的遗俗"。

赫里克[17]唱道——

向果树举杯，
祝李子、梨子充沛；
越是称颂功绩，
越是果实满枝。

迄今为止，比起葡萄酒，我们的诗人更有理由歌颂苹果酒；但他们的诗歌理应比英国的更出色，否则便无法为其缪斯女神增光。

## 野苹果

有关栽培苹果（普林尼称其为都市品种）的叙述就到此为止。我更喜爱穿行于古老的天然苹果树林中，此地四季皆宜——苹果树排列得毫无秩序，有些地方两棵树靠得很近，而有些地方，几排树都歪歪扭扭的，你会以为它们是趁主人睡觉时长出来的，甚至是主人在梦游状态下移栽的。那些嫁接的果树无法吸引我漫步林中。不过我啊，也只是谈论记忆中的感觉，最近并无这般体验，这是多么糟心的事情！

有些土壤非常适合苹果生长，比如我家附近的一块叫作伊斯特布鲁克 (Easter-brooks) 的岩石地，那里每年只需松一次土，甚至根本不用打理，苹果的成长速度都要比很多地方精心培育的要快。这片土地的主人知道这里的泥土非常适合果实生长，却因地势崎岖不平，他们没有耐心耕种，而且路远，所以才荒置下来。不久前，那里长出了一大片参差不齐的苹果树，现在也许还在。它们长势汹涌，果实颇丰，夹在松树、桦树、枫树和橡树之间。我常常惊讶地发现，苹果树圆头形的树冠高耸于其他树之上，红色或金黄色的果实醒目，与这林中的秋色相得益彰。

11月初前后，我爬上悬崖边，看到一株茂盛的苹果树。这棵树的树种也许是由鸟或牛带来的，它从开阔的林地破石而出，现已结满果实。种植的苹果都在霜冻期被采摘，而它却未受影响，芜生蔓长，还保有很多绿叶，给人以坚韧的印象。它的果实生硬，呈青色，但看上去到了冬天也会变得可口。有的果实挂在树枝上，但是更多的半掩在树下湿漉漉的叶子里，或是滚到山下的岩石间。而苹果树的主人对此毫不知情，除了山雀，没人见证它第一次开花、第一次结果。没有人在树下草地上向它跳舞致敬，没有人采摘它的果实——据我所知，只有松鼠啃食这些果子。它完成了双重任务——不仅长出了果实，而且每根树枝都向上长到了1英尺高。多么好的果子！必须承认，它要比许多浆果都大，来年春天采摘回家，一定香甜可口。有了它们，我又何须挂念伊登女神的黄金苹果呢？

我经过这棵耐寒而晚生的苹果树，看到它悬挂的果实，不由得心生敬佩。虽然不能吃上果实，可我依旧感恩大自然的慷慨恩赐。在这崎岖多木的山腰上，长着这么一棵苹果树，它不是人工种植的，也不是果园的遗留物；它是自然的产物，就像那些松树和橡树一样。我们食用的诸多果实中，大部分完全依赖于人类的照顾，比如玉米、谷物、马铃薯、桃子、瓜类等；但是苹果却能像人类一样，做到独立自主，开拓进取。它们不只是像我之前所说的那样，被人带往这片新大陆；而是在某种程度上，像人类一样迁移到此处。到处可见其踪迹，它们甚至在本土树木丛生处开拓领地，这就好比牛、狗和马有时会跑到野外，自力更生。

即使是最酸、最野、生长环境最差的苹果，也能引发上述思考。这是多么高贵的水果啊。


## 沙 果


不过，野苹果的野可能和我性质一样：它不属于这里的本土树种，而是从人工种植的祖先那儿散落到树林里。如前所述，这片土地的其他地方还有土生土长的沙果，这种果实野性更足，据说"其天然本性还未因人工栽培而改变"。从纽约西部到明尼苏达州，再到南部地区，都能找到这种果树。米肖[18]表示，沙果的正常高度"为四五米，也有一些能长到7到9米"，大一点的品种"与普通苹果树极为相像"，"它的花朵白里透红，花序呈伞房状"。沙果以其醉人的果香闻名，根据米肖的描述，这种果实的直径约为3.8厘米，且味道极酸。然而，它们可以做出美味的蜜饯，也可以用来酿造苹果酒。米肖总结道："如果在栽培过程中，沙果没有产出美味的新品种，它至少也会得到人们的颂扬，因其花朵美丽动人，气味香甜四溢。"

1861年5月，我第一次见到了沙果树。我从米肖那听说过这种树，但据我所知，很多现代植物学家并未对其给予重视。因此，于我而言，沙果树带有一半神话性质。我考虑过开启一段朝圣之旅，前往宾夕法尼亚州的"格莱兹"[19]，据说那里的沙果生长得极好。我也想过去苗圃采摘，但我怀疑那里没有，而且我也许无法区分沙果和其他欧洲品种。最后，我终于有机会去了明尼苏达。一进入密歇根，我便开始注意到车子外面的一种树，它的花朵呈迷人的玫瑰色。一开始，我以为那是某种荆棘，但是没过多久，我幡然醒悟，于是真相大白：这就是我一直在寻找的沙果树。在5月中旬那个时节，开花的灌木或树木中，最常见的便是沙果树。可惜车子并没有就此停下，于是直到抵达密西西比，我一棵沙果树都没碰着，算是体会了一把坦塔罗斯的命运。一到达圣安东尼瀑布，我就遗憾得知，此地偏北，并无沙果树。不过，我成功地在瀑布以西的8英里处找到了它；摸了摸，闻了闻，我将一朵余留的伞房花序收藏进植物标本集。这儿，肯定接近沙果生长的北部边界了。

## 野苹果的生长过程

尽管这些沙果像印第安人一样，是土生土长的，我却怀疑它们不如那些野苹果树坚毅。后者的祖先虽为人工种植，却能在相隔甚远的旷野和森林安家落户，在合适的土壤里生根发芽。据我所知，没有哪一种树需要克服的困难比它还多，也没有哪一种树比它更坚定地抗击敌人。我们所要讲述的，就是这些野苹果树的故事，故事如下所述：

快到5月时，我们注意到放过牧的牧场上长出了一丛丛小苹果树，看起来像伊斯特布鲁克岩石地里，或是萨德伯里[20]的诺布斯科特山山顶的那些树。其中一两棵也许扛过了干旱和其他灾害——它们的出生地一开始就为其抵御杂草等其他威胁。

两年以后，
它终于长到岩石的高度，
欣赏世界的广阔，
不畏游荡的群兽。

痛苦开始，
在这幼嫩的年纪：
一头耕牛前来觅食，
将其拦腰截断。

也许这次，牛并没有注意到草丛里的苹果树；不过到了明年，它长得更加粗壮，牛认出了它是从故土移居来的同胞，其枝叶的味道，它再熟悉不过了。一开始，它迟疑要不要吃它，不过它的疑虑得到了解答："我来到这里的原因和你一样"，它再次啃食了苹果树，心想，它也许有权利这样做。

苹果树每年都会被咬断，可它没有绝望，而是每次都长出两根短枝，贴着低洼地或石缝伸展，变得更加粗壮和矮小，直至形成一座小金字塔状、坚硬多枝的团块，几乎和岩石一样坚不可摧。我所见过的最茂密、最坚硬的灌木丛中，也有一些是野苹果灌木，它们的枝干像荆棘一样紧密坚韧。它们更像是山顶上的矮冷杉和黑云杉，你有时会站上面，甚至踩过去。在那里，寒冷，是它们需要抗争的头号恶魔，难怪它们最后会长出荆棘，以抵御这个敌人。不过，荆棘上没有恶意，只有一些果酸。

我上面提到的那片多石的牧场，即使地势崎岖，土壤仍旧肥沃，因此这里密密麻麻地布满小灌木丛，经常让人想起某些僵硬的灰色苔藓或地衣。你会看到数以千计的小苹果树在灌木丛中涌现，种子还附着其上。

这些小苹果树每年都会接受牛群定期修剪，就像被修枝剪打理过的树篱，常常是完美的圆锥或金字塔形状。它们高约30至120厘米，树冠略尖，像是园艺师的匠心之作。太阳西斜，在布斯科特山山顶和山嘴的草地上，苹果树投下倩影。这些树也是许多小鸟的绝佳栖身所，它们在此筑巢，躲避老鹰的追捕。夜晚，所有鸟群在此栖息，我见过3个知更鸟鸟巢，其中一个直径为1.8米。

毫无疑问，从种下的日子开始计算，这些苹果树中很多都"年岁已高"。不过，要是考虑到它们的成长阶段和未来漫长的年岁，它们只能算是婴儿。我数过部分小树的年轮，虽然它们只有30厘米高，30厘米宽，但树龄已达12年，长得十分苗壮茂盛！它们过于低矮，行人常常注意不到它们，而与之同龄的许多苗圃树已经结出大量果实。但是，在这种情况下，后者在时间上占据的优势可能会从力量上流逝——换言之，后者的活力不如前者。这是苹果树的金字塔形态。

此后的二十余年里，牛继续啃食它，压制它，迫使其向外生长，直到最后它变得如此宽阔，自身便构成了围墙。终于，它的敌人再也够不到里面的幼苗，于是幼苗欢快地向上生长：它没有忘记自己的崇高使命，它要孕育出独一无二的胜利果实。

它就是用这个策略，最终战胜了天敌。现在，如果你观察某株苹果树的生长过程，你会发现它不再是单纯的金字塔或圆锥状，它的顶端会生出一两根小枝，也许比果园里的树长得更强壮，因为现在它把所有压抑的能量都献给了上面那部分。很快，这些树枝便形成了一株小树，看起来像一个倒金字塔，于是两个金字塔首尾相接，整棵树就像一个巨大的沙漏。苹果树底部蔓生的藤蔓完成使命后，终于消失不见。慷慨的苹果树允许牛进来，站在树荫底下。牛现在已经不构成威胁，它磨蹭着树干，树干泛了红，但不影响其生长。苹果树甚至允许牛品尝一部分果实，为它传播种子。

因此，牛找到了遮荫处和食物；而苹果树就像颠倒的沙漏，再获新生。

如今，有些人把修剪苹果树幼苗看作是一个重要问题，修剪高度应和鼻子一样高，还是和眼睛一样高？牛修剪出来的高度，正是它可以够到的位置，而我觉得，这不失为一个合理高度。

尽管要面对游荡的牛群和其他不利环境，那片只被小鸟视作隐蔽栖身处，用来躲避老鹰的树苗终于迎来了开花周。随着时间的推移，它还结了果，果实很小却很真诚。

10月末，树叶凋零，我常常能在树中央看到一根小枝。我本以为它忘记了自己的使命，就像我一样，可我见证了它的成长——先是结出小小的绿色果实，而后变黄，最后呈玫瑰色。牛无法越过茂密多刺的树篱，得到果实。我着急去品尝新品种，没有人描述过它的口味。我们都听说过凡蒙斯[21]和奈特[22]发明的各种树种，而这是牛的杰作，它发明的优良树种比前两人加起来都要多。

它要经历怎样的困难才能结出一个香甜的果实！尽管个头有点儿小，但它的口味可能与花园种植的品种相同，甚至更好。也许，正是因为它历经磨难，才更加香甜可口。又有谁会知道，在某个遥远嶙峋、无人问津的山腰上，一头牛或一只鸟无意间播种下的野苹果，竟是所有苹果种类中最优良的。从未听闻有人称颂这片土地的真正主人——至少，出了村子，其姓名无人知晓；但其果实却受到追捧，外国的君主听说过它，王室成员想要栽培它，波特家族和鲍德温家族就是这样发展壮大的。

因此，每一丛野苹果灌木，正如野孩子一样，都能激起我们的期待：它也许是一位乔装打扮的王子。这是多么宝贵的一课！人类贵为万物之灵长，但他们同野苹果树一样，渴望孕育神果，却常为命运捉弄；只有最顽强、最坚毅的天才才能凭借一己之力，抗衡命运，最后冒出一株嫩芽，将完美的果实砸在绝情的土地上。因此，乡村田野总能孕育诗人、哲学家和政治家，他们往往要比非乡野出生的人更顽强。

求知也是如此。赫斯帕里得斯[23]的金苹果由百条巨龙日夜看守，因此，只有具备赫拉克勒斯[24]的神勇，付出巨大努力，才能摘得神果。

这便是野苹果繁殖的最佳途径；不过，它一般零星分布于森林、沼泽及路边，只要土壤环境适宜，就能以迅猛的势头生长。那些长在茂密森林里的苹果树又高又细，我常常从这些树上采下温和寡淡的果实。正如帕拉蒂乌斯所言："地上满是不请自来的苹果。"

有一种古老的观念认为，如果这些野苹果树自身无法结出好果实，那它可以将其他树的优良品质传递给子孙后代。然而，我要寻找的不是好的家族世系，而是野果本身。野果浓烈的风味没有受过"软化"。我可没有"种植佛手柑的阴谋"[25]。

## 苹果的口味

野苹果成熟的时间是10月末和11月初，因其晚熟，所以它们后期才变得可口，不过它们也许和往常一样好看。果农认为不值得花时间去采摘它们，而我却很重视这些果实——它们野性的味道有如缪斯女神，朝气蓬勃又鼓舞人心。农民觉得，他木桶里的果实更胜一筹；他是不会明白的，除非他具备行人的食欲和想象，可惜他两者兼无。

于是野苹果恣意生长，到了11月初还没人想起它，我猜测是主人不准备采摘它。它们属于同样狂野的孩子；属于我知道的那几个顽皮男孩；属于田野里那个眼神充满野性的女人，她在全世界搜集野果，从没出过差错；当然，还属于我们行人，我们与野苹果相遇，它们便归我们所有。人们长期以来一直坚持这些权利，在一些古老的乡村，采摘野苹果已经成为惯例，人们知道该怎样生活。我听说"赫里福德郡曾经践行的风俗，现在可能尚存。这一风俗叫作'采摘贪婪果'。在大采摘之后，每棵树上都会留一些苹果 (即贪婪果)，男孩会拿着爬杆和麻袋摘取它们"。

至于我所说的那些苹果，我把它们当作野果去采摘。它们是这片土地上原生的果实——我还是一个男孩时，老树的果实就在死去，可时至今日，它们还有生命力。常来光顾的，只有啄木鸟和松鼠，而主人已经弃之不顾，他似乎没什么信心站在树枝底下看看它。从远处看，树顶上似乎只有地衣掉落，除此之外，你期待不了别的什么。不过，你会发现地上散布着饱满的果实，这让你重拾信心——有些果实也许是松鼠洞里散落下来的，上面留着松鼠搬运果实时咬下的齿印；有些果实里有一两只蟋蟀在安静地进食，尤其是在潮湿的天气里，里面还会有一只无壳蜗牛。树冠上还有棍子和石头，你会相信在过去几年里，人们殷切地渴求这里的甘甜果实。

在《美国的果实和果树》这本书里，我没见到有关野苹果的描述。10月到来年1月，甚至是2月到3月，它们稍稍苏醒过来，口味比嫁接的品种更令人难忘，是更纯正、更狂野的美国风味。我家附近有一个老农民，遣词向来精准，他说道："它们有一股弓箭般的味道，浓郁刺鼻。"

人们选择嫁接何种苹果时，似乎通常更看重其温和的性情、果实的大小以及结果的多少，而不是其强烈的口感；更看重其健康品质，而不在乎果实是否漂亮。实不相瞒，我对那些栽培果树的绅士挑选出来的清单没什么信心。那些所谓"口感一流""百里挑一"及"超群绝伦"的果实，最后入口常常十分寡淡，味同嚼蜡。它们尝起来少了几分刺激，没有强烈的气味或口感。

如果这些野苹果被榨成酸涩难喝的果汁会怎样呢？那时，它们还是善良无害的苹果亚科植物吗？我还是舍不得将它们榨成苹果汁，可能是因为它们还没完全成熟吧。

难怪这些个头小、颜色鲜艳的苹果被认为更适合榨成果汁。劳登援引《赫里福德郡报告》称："相同品质下，小苹果总是比大苹果更受欢迎，前者果皮、果核和果肉之间的比例最佳，因此多汁爽口。"他补充道："为了证明这一点，赫里福德的西蒙兹博士在1800年前后，制作了两大桶苹果酒，一桶完全由果皮和果核榨成，而另一桶则由果肉榨成。前者口感强劲，后者甘甜清淡。"

伊夫林[26]表示，"红纹果"是他那个年代最受欢迎的苹果酒品种；他援引某位纽伯格博士的话称："在新泽西，我听说人们普遍认为，苹果的果皮越是红润，越是适合制成苹果酒。人们会尽可能把发白的苹果挑出制酒缸。"时至今日，这种观点仍然盛行。

11月，所有苹果都成熟了。那些农民挑剩下来，认为口感不佳、无人光顾的苹果却是行人的不二选择。然而，奇妙的是，那些在林间野地食用时口感纯正浓郁的野苹果，带回家后，顿觉强劲苦涩。漫步者钟爱的苹果若放在室内品尝，连漫步者本人都难以下咽。在室内，味蕾排斥野苹果，正如其厌恶山楂和橡子，它更渴望温和的口感，因为此时少了11月的空气这一调味料。于是，提提鲁斯见天色渐晚，邀请梅里白回家过夜，承诺用清甜的苹果和松软的栗子款待他[27]。我经常采摘口感浓郁醇厚的野苹果，我很奇怪为什么果农们都不采树上的果实，而我每次都能把口袋装满后才回家。不过，也许我从书桌里掏出一个果实品尝时，会发现它出乎意外地生涩——那股子酸味足以让松鼠惊叫恼怒。

这些苹果经历了风雨霜冻，依旧悬挂枝头，它们吸收了天气或时令之精华，因此更具韵味。它们的野性气息刺穿、刺痛我们的灵魂，遍及我们的血肉。品尝它们必须合乎时宜，换言之，在野外品尝为佳。

若想品尝10月果实那强劲狂野的味道，必须要吸入10月或11月的清冷空气。行人在室外空气里走动，味蕾也发生了异变，此时他渴望的果实，在那些久坐不动的人看来显得酸涩粗野。这些果实只能在野外品尝。到处可以听见松鸦的叫声，刺骨的寒气冻伤了你的手指，狂风席卷裸露的树枝，把所剩无几的叶子刮得哗哗响，可你全身上下都洋溢着活力。漫步可以振奋人心，那些室内尝起来酸涩的果子在漫步者看来香甜可口。其中一些野苹果可以贴上"请在风中食用"的标签。

当然，每一种口味都不应浪费，总有合适的吃法与之相配。有些苹果有两种不同的口感，也许其中一半必须在室内食用，而另一半必须在户外品尝。1782年，一位名叫彼得·惠特尼的人在《波士顿学院学报》上撰文，描述了诺斯伯勒小镇上的一棵苹果树："这棵树结的果实口感不一，同一个苹果常常一半酸涩，一半甘甜"；也有一些是整个酸的，或是整个甜的。整棵树上的果实都存在这种差异性。

我家小镇的纳肖塔克山上有一棵野苹果树。对我来说，它的果实口感奇特，苦涩浓郁，吃到3/4顿觉沁人心脾，唇齿留香。品尝时，它的气味像极了南瓜虫，享用它会给人带来喜悦和满足。

我听说，在普罗旺斯有一种李树的果实叫作"西洋李子，味道酸涩无比，吃下后连口哨都吹不起来"。但也许是因为人们只在室内和夏季食用它们，若是换成在刺骨的环境中品尝，人们或许会吹起更高昂、更清晰的八度音阶，也未可知。

只有在田野里才能感受大自然的酸涩和寒冷；冬日午时，天气晴朗，伐木工在林间空地用餐，他心满意足地沐浴在阳光下，周围空气清冷，可他梦见了夏天。但若是换成一个学生在室内体会此番景象，则会感到痛苦不堪。在室外工作的人不会觉得冷，反而是那些久坐不动的人在屋子里打着寒战。气温对应着果实的口感：寒冷对应酸涩，温暖对应甘甜。病恹恹的味蕾拒绝果实的天然风味，拒绝酸苦之物，而这些却是真正的调味品。

释放感官来享受这些调味品吧。感受这些野苹果的风味需要健康灵敏的感官，舌头和味蕾得粗糙起伏，而不是平坦细腻。

根据我品尝野苹果的经验，我能理解为什么乡野之人偏爱的许多食物会让文明人不屑一顾。因为前者生活在户外，他的味蕾放荡不羁，也只有这种味蕾才能驾驭野苹果。

享受生活之果乃至世界之果，需要多么生机勃勃的野性欲望！

> 我并不渴望拥有所有苹果，
> 也无需它迎合每个味蕾；
> 不求它花开不败，
> 也不用它满面红霞，
> 但它不能诅咒妻子之名，
> 不能引发美丽之争[28]；
> 不，不！我要它来自生命之树。

思想也是如此，有些狂野奔放，有些则温和平淡。我愿我的思想，像那野苹果一样，由行人品鉴。自然，他们若在家中品尝，我就不能保证它的美味了。

1    塔西佗（55—120），古罗马伟大的历史学家。

2    尼布尔（1776—1831），德国历史批评家。

3    希腊神话，尤指《帕里斯的评判》和《赫斯帕里得斯的苹果》。

4    选自《雅歌》，是《圣经·旧约》的一卷书，记载了良人与书拉密女的爱情，预表基督与教会的关系，是神的儿女最宝贵的一卷书。

5    希罗多德（c.484—c.425 BC），古希腊作家、历史学家。

6    选自荷马史诗《奥德赛》。希腊英雄奥德赛（尤利西斯）在特洛伊战争中取胜后返航，在海上漂泊十年，漂流到阿尔喀诺俄斯国王的国土，最后国王派船送他回乡。

7    坦塔罗斯，希腊神话中主神宙斯之子，因侮辱众神被打入地狱。在那里，他困于池水中，忍受饥渴的折磨，死神的威胁。低头，池水流走，无法解渴；抬头，大风刮走果树树枝，难以充饥。除此之外，他的头顶还有一块巨石，随时可能掉落，将其压得粉碎。

8    提奥夫拉斯图斯（公元前371—公元前287），希腊植物学家，植物学的奠基人。

9    《散文埃达》是中世纪冰岛诗人所作，主要描述北欧神话。另有《诗体埃达》与之相对。

10   伊登女神，北欧神话中的青春女神，同时负责掌管能让诸神保持青春的黄金苹果。

11   劳登（1783—1843），英国果园和花园文化方面的权威人士。

12   此处"牛羊"泛指个人财产，源于《创世记》46:32。

13   帕拉蒂乌斯，4世纪罗马农学家、作家。

14   波摩娜，果树女神。

15   洛基是北欧神话中的神祇之一，他曾受巨人夏基胁迫，虏获青春女神伊登。

**16** 布兰德（1744—1806），牧师，英国古文物收藏家。

**17** 赫里克（1591—1674），英国资产阶级时期和复辟时期的所谓"骑士派"诗人之一。

**18** 米肖（1746—1802），法国植物学家和探险家。

**19** 格莱兹位于美国宾夕法尼亚州约克郡，属于未建制社区。

**20** 萨德伯里，美国马萨诸塞州米德尔塞克斯郡的一个小镇。

**21** 凡蒙斯（1765—1842），比利时化学家和园艺学家。

**22** 奈特（1778—1855），英国植物生理学家。

**23** 赫斯帕里得斯，古希腊神话人物，负责与百条巨龙拉冬守卫盖亚作为结婚礼物送给赫拉的金苹果树。

**24** 赫拉克勒斯，古希腊神话中最伟大的英雄，完成了12项"不可能完成"的任务，其中一项便是摘取赫斯帕里得斯果园里的金苹果。

**25** 引文节选自安德鲁·马维尔的《贺拉斯体颂歌迎克伦威尔从爱尔兰归来》。引文本意为，克伦威尔成为公众人物之前，在其私人花园劳作，好像他最大的阴谋就是种植佛手柑。

**26** 伊夫林（1620—1706），英国17世纪著名作家，英国皇家学会创始人之一。

**27** 选自拉丁诗人维吉尔的《牧歌集》中提鲁斯和梅里白之间的对话。在动荡年代，梅里白被迫离开自己的家园，流离失所。提提鲁斯向梅里白讲述了他的罗马之旅以及他在那里遇到的"神"，"神"回应了他的请求并允许他留在这片土地。最后，提提鲁斯邀请梅里白去他家过夜。

**28** 此处喻指海伦，特洛伊战争据说起源于不和女神抛掷的金苹果。

# 梭 罗 日 记

(1837—1851)

# 1837年

"你现在在做什么呢？"他问，"你在写日记吗？"于是，我今天开始写日记了。

## 独处 10月22日

为了独处，我发现有必要逃离当下——逃避自我。我怎样才能独自待在罗马皇帝的镜室里呢？我要寻找一间阁楼。切勿去打扰蜘蛛，也不要打扫地板，更别去整理木材。

德国人说过，"由于你变得更好，所有的一切都会变得真实起来。"

## 我们的行为留下的土壤 10月24日

大自然的一草一木皆在告诉人们：病树前头，万木逢春。橡树枯萎，化成泥土，在它的外皮上留下其丰厚的养分，赋予幼林以生机勃勃的生命。松树留下沙质贫瘠的土壤，坚硬的树木则会留下结实而丰硕的土壤。

这种接连的磨蚀和腐烂，成为我未来成长的土壤。只要我活着，就会有收获。如果我种植松树和桦树，我的处女土无法供养橡树，只能养育松树和桦树，或许，还会长一些杂草和荆棘。这，将促使我第二次成长。

## 春 10月25日

她出现了，我们又变成了孩子；在新的一年里，我们将重新开启旅程。让那少女别再回来，男人们黯然失意，为伊写诗。冬天刚给我们留下惋惜她笑颜的时间，我们就屈服于诗意的狂乱。

## 雾　10月27日

诺布斯考特和阿纳斯纳克的景色逐渐模糊。那些树木垂着枝丫，像经历了暴风骤雨的朝圣者，整片大地笼罩着阴沉的气息。

厚厚的迷雾遮蔽了心灵，它试图逃离每日环绕着的小小峡谷，并穿透遮住地平线上蓝色山峰的浓雾，却徒劳无功，只能为其周围平凡的山坡而心满意足。

## 顺流而下，逆流而上　11月3日

如果一个人想要反思，他最好选择一片平静的溪流，随波逐流。他无法抗拒缪斯女神的诱惑。我们逆流而上，使出全身力气划动船桨，头脑中仓促而浮躁的想法也随之流走。我们或许会想起曾经的矛盾冲突、争权夺利、丰功伟绩。但是，若我们使船首顺流而下，沿途的磐石、碧树、奶牛、山丘，想象自己在缓缓移动，微风、水波不断变化着风景，享受思想的流动过程，深远而微妙，却平稳安逸，跌宕起伏。

## 自律　11月12日

我仍然缺少吸收今日所有教训的明哲；但是，我并没有失去这种能力——最终我还是能做到。我渴望铭记自己曾经的经历，这样才能知道今后该如何生活。

### 权衡　12月10日

不是只有木匠会把尺子放进口袋里。空间奴役了人类。最吝啬的农夫也能在头顶上找到一根头发，指甲上也有一弯洁白的新月，这些都是可以衡量恒星距离的度量单位。他的中指可以衡量距离宇宙有多少指宽；有几次他伸出拇指和食指，整片大陆都尽收眼底；他伸展手臂，大海就近在眼前。

# 1838年

### 人间天堂　1月6日

正如一个孩童渴望夏日的到来，我们怀着宁静的喜悦，凝视着四季轮替，永不停歇。人类每年都向神明虔诚地祈祷：春回大地，万物复苏。那时，我们便可再次出去欣赏并装饰我们的伊甸园，而不知疲倦。

### 社会　2月9日

这是一条有益的忠言——"成为芸芸众生中的男子汉"。如果你愿意的话，不妨走进社会瞧一瞧。如果你不愿意，尝试培养对世俗之事的兴趣。如果你把这些先生们、太太们误认为是年轻的绅士和女士，这是出于安全考虑而犯的错——或者说，这是他们的错，不是你的错。拥有着铁汉般简单而真挚的你，不应该被轻视，而应努力追求人生事业。无论你与多少人谈话、被多少人责备，都无关紧要——重要的是做你自己。

**恐惧　2月13日**

一切对于世间万物或事情后果的恐惧，都会被追求真理的铮铮男子气概所吞噬。

**创作　3月7日**

我们不应该过于冷静地去分析我们的思想，但是，应该让笔墨追随思想的泉涌，将其一一记录于纸上。毕竟，灵感是天生的语言家，至于他的逻辑，即使不能与亚里士多德相提并论，也令人信服。我们越能完整而简洁地记录我们的思想，这些想法就越能被接受，因为我们是在一种被动或不自觉的状态下创造它们的，但我们并未付诸努力，至少是我们所有罕见的努力。

**轮船　4月24日**

人类一直在发明新的移动方式。近日，一艘艘轮船昼夜不停地沿着大西洋的海浪向西航行——这可真是新一代做出的愚蠢改变。同时，植物静静地在溪边生长发芽，阴暗的树林冷冷地起伏着；大地不断地哀鸣，煤火上的水壶慢慢沸腾冒泡，而人们开始工作了。

**怀疑　7月15日**

如果你的行为在上帝和自然的眼里是正确的，你的朋友就会误解你的行为。即使犯了错，错误只和过错者有关，并不会影响你与宇宙关系的完整性，但是你从破裂的关系中受到鼓励。朋友若收回他的恩惠，就让它随风飘逝吧。

### 宇宙的时间　8月10日

那使世人如此烦恼的一切虚荣，也无法改变夜晚衡量的尺度，但总是短至可以公尺来度量。人的心灵是上帝追寻的一架沉默的竖琴，琴弦只需要被神圣的气息扫过就能创造出美妙和谐的琴声共鸣。琴弦的每一次颤动都与蟋蟀的歌声不谋而合，也与墙上的死亡之钟的嘀嗒声同声相应。如果可以，让你的琴声交替，与它产生共鸣之音。

### 夜晚的声音　8月26日

当太阳从西边下沉的时候，从树林边的耕地上传来的狂欢声是多么奇怪！我们从来不了解这个世界原本的面貌。我们仔细聆听夜晚的声音，这不可能让人产生任何卑劣的行为或想法。我们启程踏上奥林匹斯山脉，去参加众神的会议。

### 信条　9月3日

人类唯一认可的信仰是信条。然而，我们真正在生活中遵循的信条，即是更愿意接纳我们，而非我们去接纳的信条，与那些书面的或布道的信条大不相同。人类总是像拼命抓住一根稻草一般，急切地坚持他们的信条，认为这样对他们很有帮助，因为他们的锚链不会被人拽走。

### 沉思　12月7日

我们可能相信世界上存在着一种平静、自由的生活，但我们从未想过要过上这样的生活，就像亚当一样，被一种无形的思维网络所包围。我们的进步只是从一种设想到另一种设想，只有在很少的时候，我们才会觉察到它毫无进展。我们能否暂时放下这件事，抛开所有参考或推论，只是简单地思考一下。

# 1839年

## 早晨　4月4日

早晨的空气为我们眼中的风景增添了健康的色彩。疾病是在身后追赶着我们的懒人，但是我们绝不会在这会儿相遇。每天都是一个新的开始，我们完全可以在露水滴落之前把它远远甩在后头；但是如果我们在午后慵懒地斜倚在树荫下，它终究会追上我们。早晨的露水永远不会带来寒意。在一天的美好开始之时，我们享受白昼时分休憩的闲适。在早上，我们不相信世上存在着什么"权宜之计"；一切将重新开始，没有修补的余地，不存在临时的准备。到了下午，人们对过去有着一份执着的偏爱；他两眼无神，目光呆滞，看待一切都显得那么冷漠。

## 善与恶　5月16日

美德是邪恶的心和肺：邪恶站不住脚，它只能倚靠美德而存在。

谁不曾佩服赫拉克勒斯完成的那12项苦差事？尽管如此，没有人想过赫拉克勒斯是否有足够的动机去拼命挣扎到那种程度。与其说人类是高尚的，不如说他们是美德的守护者。我们都很清楚，与一样物品的真正拥有者打交道要比与它的临时守护者打交道容易得多。

### 邂逅　6月22日　星期六

近来数日，我接触到了一颗纯粹、执着的灵魂，它时常在空气中徘徊，却居无定所。有些人自身散发一种气质，并心怀着对美德的信念，尽管他们自己并未发觉这一点，甚至有时羡慕别人能够拥有它。没有人不渴望爱；这正是它们的魅力之处，使自身能够独立存在，因此，当它们缺席的时候，你似乎不会失去它。因为当它在身边时，它就像一种看不见的存在陪伴着你。

我们所欣赏的美德既包括自己的，也包括别人的。我们只看到我们所拥有的东西。

### 7月25日

相思苦无药，唯有更相思。[1]

### 10月22日

自然将经受最细致的审查。她邀请我们用双眼欣赏她身上最细小的叶子，并从一只昆虫的视角去远眺平原。

### 遗憾　11月13日

充分利用你的遗憾；不要压抑你的悲伤，呵护它、珍惜它，直到它变成一种独立而完整的兴趣而存在。深深的遗憾能让生活重新开始。这样一来，你会惊讶地发现自己又重新获得了所有失去的奖赏。

### 勇气　12月2日

一处罕见的风景意味着这里居住着适宜的居民，他们的呼吸成为了微风，他们的心情造就了四季，在这里众人平等。要接受自己的情绪，保持对事物的担忧，而不是像大自然一样波澜不惊，纹丝不动。我们一生中每时每刻都要站在战斗的前线；哪里有勇士，哪里就有最激烈的战斗，哪里就是荣誉之巅。即使找个替身去佛罗里达，也不能免于服役；他会在别的领域获得桂冠。滑铁卢不是唯一的战场：现在，无数致命的枪炮瞄准着我的胸膛，仿佛搬空了整个英国军械库。

## 1840年

### 1月27日

我们现在的生活多么平静！这毫不夸张！我们从未设想过如此完美的生活方式，让我们的灵魂立即启程，独自漂流。创造一种持久而和谐的日常生活很容易；大自然时刻赞同这种做法。日晷仍然指向正午线，人们日出而作，日落而息。当你要制订这样一个计划时，邻居们绝不会怨声载道；而是会立即伸出援手，按下门铃，捎上燃料和煤油灯，放下手头的工作，穿上最好看的衣服，具有一种与大自然运作相吻合的真挚。尽管难以自明，但总会有一种一切都在支撑着的当下生活。听，歌声仍在继续。

### 2月20日

懦夫连希望都带有怀疑，而英雄的怀疑中总是带有希望。神从不怀疑，也未生希望。

### 2月28日

得知一位朋友的死讯时，我们或许会思索，命运因信任把双重生活的任务交给了我们，因此我们必须亲自实现我们的朋友对世界的承诺。

### 3月6日

回答重大问题刻不容缓；因为一切都准备好了答案。很多时候，问题还没有提出，达尔菲神庙的女祭司²就立刻给出了答案。伟大的主题从不等待过去或未来而决定，但是庄稼或布莱顿集市的状况却无人问津。

### 4月8日

我应该怎样去帮助自己呢？也许我会逃回到阁楼，与蜘蛛和老鼠对话，但是早晚都得直面自己的内心。此时此刻，下一刻，直到永远，我都将保持完全的沉默和专心。历史所记录下的最积极的生活就是不断地从生活中退出，擦了擦手，看看过去的生活是多么狭隘，但自己却无计可施。

### 6月18日

我很高兴能在树林里遇到人。我希望他能偶遇野生的北美驯鹿和驼鹿。

当我思考着我对写在日记里的东西实际上一点也不关心时，

我感到很吃惊。

想一想《世界史》，然后来告诉我——牛蒡和大蕉是什么时候开始发芽的？

事实上，从《创世记》开始，书籍向我们展示了一片美丽的土地；但是，哎呀！人类却没有善意地把它们带入自己的生活，呼吸它们的新鲜与美丽，却清楚地知道这些土地最痛苦的时刻就是此刻这温暖的阳光和静止的月光。

不管下个世纪我是站在伦敦桥上，还是看着我用锄头挖开的汩汩泉水的深处，又有什么关系呢？

### 7月16日

声音、视觉、气味和香味都会拨动我们的心弦——就如午夜的狗吠声，或是破晓的叮当声。

当我在早晨借着点点星光采摘黑莓时，远处的狗吠突然传入我的耳朵，凛冽的微风吹打着我的脸颊。

# 1841年

### 1月25日　星期一

今日，我发现自己强大的迁徙天性、全身的每个细胞以及全部的心情都在等待着春天的降临。如果我屈服于这种冲动，它必然会把我引向夏日的避暑地。毫无疑问，在高处无止尽的躁动和挣扎预示着灵魂离开大自然，最终迁徙去到一个宁静的夏天。在春天的季节里，它们拖着长长的耙子，挥着长绳，在傍晚展翅飞过美丽的高地和肥沃的乐土 **3**，寻找一个充满喧哗的地方休息！

财富和知识一样，都是力量。在贝都因人中，最富有的人当数酋长；对于野蛮人来说，最富有的是拥有最多铁器和武器的首领；而在英国和美国，则为商人和贵族。

我们应该锻炼、打扮，并勤劳地塑造我们的身体，使之成为心灵的健康伴侣——以此来帮助我们的身体像树一样茁壮成长，成为大自然中令人愉快、有益健康的一员。我在想，如果我早可以支配自己的灵魂，我一定会把它献给草原的羚羊，而不是给这虚弱而迟钝的躯体。

### 2月12日　星期五

那些在其所处年代不为人知的伟人，在前人的社会中已经家喻户晓。一切世俗的名声，都将在后浪的冲击下，从其原来的高度评价中跌落。我们或许和那些脱离自然的人齐步而行，因为我们和他们一样在平坦的地面上奔跑。

早期的圣徒和后来的圣徒没有永恒的隔阂。

孩童很快就能遇见最好的父亲。

### 3月5日　星期五

如果我们不够有魅力，我们怎么能吸引爱情呢？我们必须像爱上帝一样，安心地彼此相爱，不要去担心我们的爱得不到回报或是得不到善待。在我的朋友身上是否存在这样一种东西，我根本无从查证——因为在此之前我已老去。爱情是最肆无忌惮的，却也是最高尚的。他们的爱情会有最好的结果吗？抑或是导致最糟糕的事情发生？

### 4月3日

朋友之间不仅要和睦相处，还要能合奏出美妙的旋律。

### 4月25日

树林里总是笼罩着一片寂静。它们的内涵似乎刚刚才得以表达。叽叽喳喳的麻雀总在宁静的时光里吟唱，它们是大自然的吟游诗人，用长长的尾音歌颂着闲暇安逸……

### 7月10日—12日

这个城镇，倚傍在天空之下，是灵魂进入和离开天堂的港口。

我听见夜晚轻微的声响，这使我心潮澎湃，它让生活体现出不可言喻的宁静和庄严。

### 12月24日

我想要马上出发，搬到湖边去住。在那里，我只能听见风在芦苇丛中飒飒作响。如果我可以做到忘我的境界，那就是成功。但是我的朋友们问我，去到那里之后要做什么？难道，观察四季更迭、周转轮回不能算是一种工作吗？

## 1842年

### 1月9日　星期日

一个人不可能很快忘记他的错误和罪行；因为这些若长久地

停留在他们身上，只会加重罪过。悔恨和悲伤只能通过更好的事物发生来忘却，这些情感是自由的、原始的，仿佛它们不曾存在过。不要为任何事情久久地沉浸在悲伤中，而应该马上重新投入到另一件事情当中，迷途知返，杜绝错得更深。否则，我们可能会把悔改的耽搁当作是犯罪的惩罚，但是伟大的本性不会把它的罪行看作是自己的罪过，比起那些不正当的行为，比如通过犯罪发现可能不是自己的罪过，你应该更专注于对未来的勇敢和美德的展望。

### 3月26日　星期六

智者不受智慧的摆布。你可能看起来是那样，但是你怎么知道一定是那样呢？

感谢上帝，在我自己廉价而琐碎的时间里，正好有廉价和琐碎的事物出现。可以说，我就是时间，也是世界。我在此宣称绝不独立。在我的世界里，有着夏天和冬天，乡村生活和商业公事，有瘟疫和饥荒，有清新的微风，有欢乐和悲伤，亦有生与死。昨天就近在眼前！明天是多么遥远！我曾见过在我出生前就钉入的钉子。为什么它们看起来如此古老陈旧、锈迹斑斑？上帝为什么不犯一些错误，告诉我们时间是一种错觉？为什么我创造了时间，但是又去摧毁它呢？

你是否还记得自己不刻薄的那一刻？

说生命是自然演进的，这难道不是一种讽刺吗？

我的心到哪里去了？他们说人是不能离开心而活的呀。

这么久以来，母鸡也会感到厌倦吗？大自然如此善良，她是否会让它们表达内心想法？漫长的三月天，在干草棚的缝隙里走啊走，没有任何工作可干！这些母鸡会睡觉吗？

### 4月3日　星期天

我仍记得，比起明媚的艳阳天，落在池塘边的那几束浅浅的光线更让我内心充实。财富确实有翅膀。现在痛苦的沉重凸显了过去经历的甜蜜。当悲伤来临时，多么容易让人回忆起愉悦的时光啊！在冬天，蜜蜂无法酿新蜜，只能吃旧蜜。

经验存在于手指和头脑中。心是无经验的。

忧伤吟唱出最甜蜜的曲调："锡安的众女子"[4]，"摩尔人最后的叹息"[5]。

快乐是花朵的甘露，悲伤是野蜂的蜂蜜。

感谢上帝，赐予我悲伤。但是悲伤不会泛滥。她让南风吹来，让温暖的太阳照在我身上，这难道还不够友善吗？

# 1845年

### 6月5日　星期六

瓦尔登湖——昨天我搬到这里居住。我的房子让我想起了我曾经见到过的山林小屋，但是它们似乎更加具有黎明一般清新的空气，这让我想象到奥林匹斯山的大厅。去年夏天，我住在一位铜匠的家里，他家在卡茨基尔山上高高的松树园中，周围就是一片长满了蓝莓和树莓的果地。这里寂静、无瑕、凉爽，还带有芬芳的气息。他是卡特斯齐尔镇上的铜匠。他们一家里里外外都很干净整洁，就像他们的房子一样。房子没有抹灰泥，只钉上了板条，房子内也没有装门。房子看起来很高级，通风良好，香气四溢，适合招待旅途中的神祇。这间房子确实很高，所有的音乐——破碎的音符、悠扬的插曲和伴奏，都从卡茨基尔山的山脊上掠过，穿过它的缝隙。在这样的房子里住的人难道不也是人吗？他会过这种卑躬屈膝的生活吗？希腊艺术的作品就是依赖于这种光线和气氛而创作的。他们为自己打造了比凡人所住的更高的大厅，至少与世界的群山齐平。低矮的山谷缺少一点儿耀眼的光芒，在暮色中仿佛成了天堂。然而，那里的季节是如此地温和、平静，你甚至分不清现在是早晨、中午还是晚上。那里总是有蟋蟀的叫声，仿佛置身于白昼。

### 8月15日

8:30，我听到那遥远的桥上传来的马车隆隆声——这是人们在夜晚几乎不会听见的声音——狗的吠叫、远处院子里牛的哞哞声。

如果我们遵守这些心灵上，而非身体上恳切的指示，这些神圣的建议——它们听起来当然是正确的，例如不要吃肉、不要买卖、不要交换等等之类，会怎么样呢？

明年夏天，我将不再播种菜豆，而是种下真挚、诚实、信仰、朴素、信任和天真，看看它们会不会像我一样在这片有肥料的土壤里生长，并且足够供养我。当一个人遇到另一个人时，不应该呈现其反复无常的面孔和谎言，而应该是一些伟大品质。真理，或许幻化出许多分身，正沿途赶来。让我看看真理是什么样的吧！我对她了解得还不够。我不该感到惊奇，也不该表示怀疑，更不会仓促与之告别。

我不会忘记我的同伴身上那无穷的、神圣的品质。的确，所有人站在光明的中心都是神圣的，但是那对我来说是模糊而遥远的，就像是最微小的星星，或是银河系本身，但是我的同类行星向我展示了它们各自的圆盘及其相随的卫星。

即使是我在路上遇到的疲惫的劳动者，我也真的像遇见了旅行中的神一样，但是到目前为止，甚至很长一个季节里，我们都没有谈过话。

## 12月12日　星期五

这天夜晚，除了从酒吧到西北海岸的一段狭长地带以外，湖面泛起了一圈一圈的涟漪。弗林特湖已经结冰好一段日子了。

# 1846年

## 3月13日

今天我听到了麻雀和乌鸦的啼鸣。外面的雪停了，湖面上结了一层约1英尺厚的冰。

人们最近总是在谈论"合作"，即一起协作以达到某种有价值的目的。但是，世界上几乎很少有"合作"之说，就好像从来不存在过，它只是一种将手段隐藏起来的结果，一种无声的和谐。如果一个人有信仰，那么他就会和那些有相同信仰的人合作。如果一个人没有信仰，无论他与谁共事，他还是会和志同道合之友待在一起。合作意味着你们要完全生活在一起。我最近听说有人提议让两个年轻人环游世界，其中一个人一边走一边挣钱，另一个则口袋里装着一张汇票。很显然，这两个人不可能长久地在一起，也不可能合作，因为有一个人根本不奉献。他们将在冒险途中的第一次也是最有趣的一次危机来临时分手。

## 3月26日

天气由昏暗阴郁到风和日丽，从黑暗、慵懒的时光转变为宁静、灵活，这是万物的决定性时刻。从恶劣到晴朗的转变是瞬间发生的。虽然时间已经很晚了，但突然一束光线射入我的房间。我向外看去，看到湖面已经平静依旧，充满希望，宛如身临仲夏夜，尽管冰面昨日才融化。湖面似乎藏有某种智慧，对远处地平线上看不见的宁静作出了回应。我听见远处传来一只知更鸟的叫声，这还是今年春天我第一次听到——似乎在重复这样的宣言。忽然之间，葱绿色的松树看起来更加鲜艳、更加挺直，就好像刚刚被大雨冲洗过一样。但是我知道，这里不可能再下雨了。在这个寂静的夏夜，天空反射在湖面上黑乎乎一片，头顶上也看不到晴朗的星空。这不是一个季节的结束，而是另一个季节的开始。那些松树和灌木橡树，曾经也和我一样，萎靡不振、瑟缩蜷曲着度过了冬天，现在它们重现昔日的雄姿，成为一道不朽的美景。所有树木似乎一下子整齐地聚在一起，以维持与人和彼此之间的新关系。大自然的安排似乎遵循着宇宙间的某种规律。啊，夜晚的知更鸟，在新英格兰一天结束的时候歌唱！要是我能发现它栖身的枝丫该多好！这位吟游诗人到底栖息在何方？我们发觉这并不是鸟类学家所熟知的鸟类——知更鸟。

# 1850年

### 5月12日　星期日

今天，我去拜访了位于黑弗里尔西北部的达斯汀房屋遗址，现在它只是玉米地里的一个小凹痕，约三四英尺深，偶尔能在耕作时发现一块砖石或地窖石。房子的主人迪克·金伯尔在这块凹痕上种植了许多玉米，其中一些玉米被运送到费城出售。据说苹果树种在房子北边很远的地方，现在也看不见了。出现在眼前的是一间其后代居住的砖房，周围还有一些老旧的地窖孔，很有可能是这间房子旁边的8栋房子的遗址，在同一天被烧毁。现在，哪个地窖孔才是达斯汀宅院真正的遗址已经不得而知……

大约有14艘船正在或将要停泊在黑弗里尔港口，满载煤、木材、石灰、木头等等。男孩们来到码头，花4便士去买一捆板条，用来盖鸡舍，只有这里能买到。

我看到了两三座防卫堡垒。达斯汀太太是爱默生的亲戚，她是我正在探访的家庭中的一员。

我测量了黑弗里尔的一棵梧桐树，大约在1739年，有20多棵梧桐树从梅里马克河岸被运往此地，这便是其中一棵。它的周长有将近13英尺，离地3英尺半。

## 6月9日

雨停了，河水下降了许多，但瓦尔登湖的湖水仍在上涨。我看见沥青松的花粉飘落而下，渐渐覆盖整个湖面。湖的西北偏北端几乎看不见松树的影子，而在某些松树上只有一朵带有花粉的花……

我们的生命就像河里的水；今年的水位可能会比以往任何时候都高，汹涌的洪水将会淹没高地——这甚至可能是一个多事之秋——所有的麝鼠都被大雨淹死。

生活在不同层次上的阶级就像一本书里的书页一样多。许多人可能会有多重阶级身份。当我们处于较高的阶级，我们能够记住低阶之人，但处于较低阶级时，我们无法记住高阶之人。

## 7月16日

许多人在白天走路；很少有人在夜晚行走。这是一个非同寻常的季节。这里没有太阳，只有月亮和星星做伴；这里没有鸣声悦耳的画眉鸟，只有悲鸣哀啼的北美夜莺；这里没有蝴蝶，只有在夜晚飞行发光的萤火虫。谁能相信呢！在露珠晶莹的房屋里，在壁炉生出的火光中，蕴藏着怎样对生活的冷静思考？每个人的眼睛里、血液里、脑海里都充满火焰。这里没有百鸟欢歌，只有青蛙聒噪的鸣叫和蟋蟀热切的梦呓。土豆直立，玉米生长，灌木若隐若现；在月光明亮的夜晚，岩石、树木、灌木丛和山丘的影子比它们本身更令人捉摸不透。这些影子揭示了地面上最细微的不平等；足部发现相对光滑的东西在眼睛看来是粗的、迥然不同的。岩石中的小凹坑呈洞穴状，内部昏暗；树林里的蕨类植物似乎只有热带植物一般大小；透过树叶看到的池塘变得像天空一样，光芒万丈。"日光投射在他们的怀中"，正如印度史诗[6]赞颂海洋。树林笼罩着一片沉重而黑暗的氛围。大自然沉沉入睡。岩石仍然残存着它们整夜吸收太阳的热量。

### 9月19日

我很高兴，这么久以来我都在饮用纯净水，正如我偏爱自然的天空而非吸食鸦片者的天堂——我将继续保持清醒，过一种不依赖兴奋剂的理智的生活。无论我做什么，我相信这是聪明人唯一的源泉，只有愚蠢之人才会痴迷地食用其他饮品。试想一下，用一杯咖啡粉碎早晨的期冀，或用一杯茶浇灭夜晚的希望，这多么糟糕！红酒不是一种高尚的饮料，除非当它还停留在葡萄的气孔里。就连音乐也常常令人陶醉。这些微不足道又显而易见的原因摧毁了希腊和罗马，也将摧毁英国和美国。

### 11月9日

当我走过一座山丘，发现一棵古老的大树刚刚被砍伐，这让我感到十分惊喜。环顾四周，看到的已经不是密密麻麻的一排排几乎无法透光的树木，遥远的地平线上能看见著名的蓝岭，也许在广阔的旷野上有一个白色的村庄。现在，我对所有我熟悉的旧步行路线都保持这种偏好。因此，我们可以在最意想不到的地方创造一处新的风景和步行路线。老人们可以从这些山丘上看到的风景比我们还多。这里是老卡特尔的故居，现在房子的主人是瓦特，去年冬天我曾为他做过调查，并中了彩票。25年前，我在这片密林的小径上骑马，在一个老旧的鸽子场烤苹果和土豆，在苹果树上摘苹果。在我调查了一两个星期后，现在它腐烂了，就要浪费了。我走过这里，惊讶地发现了我曾经描写过的地方和风景。

## 12月8日

6号晚上下雪了，地面上覆盖着今年的第一场雪，约2英尺深。一个星期前，我还看到有人在牧牛归家。现在，这些牛群只能乖乖待在牛圈里。它们无法再出去吃草了。一位农民充分利用了这第一场小雪来完成一些紧迫的任务——拖曳一些特别的岩石，或类似的工作。我看出他很快就抓住了机会。现在，除了树林以外，我已经看不到牛、农民或孩子们的足迹了。就好像他们突然被关了起来。越过树林，远处的草原和山丘现在仿佛已经对牛群和牧牛人关闭了，是的，对胆小鬼也关闭了。这突如其来的冷清萧瑟让我十分震惊。这个冬天，让珍贵的隐私、归隐和孤独成为可能！这个冬天，飘雪覆盖了大地，装饰了路人的羊毛靴，发出吱吱嘎嘎的声响。从避风港湾望去，我看见了山丘和田野。瞧！角落里冰冷的树林闪闪发光，闪耀着冬日可爱的光芒。这些肯定不是我在夏天看到过的小屋。它们是我心中的小屋。

# 1851年

## 1月4日

最长的沉默就是当最合适的问题在最适当的时间提出时。这是一种沉思默虑。最重要的问题，人们往往最关心它的答案，我们绝不能以任何其他方式提出这个问题。

要让两个陌生人彼此关系很好、真心实意地对待对方，两人之间不能马上产生虚伪和空虚的感觉，这是很困难的。尽量不表现出紧张反而会真正损害这种关系。在夜晚入睡前，我想到那些此刻与我真正相关联的人，带着一种从未表达过也永远不会表达的喜悦，尽管这些年来我和他们的关系并不好。当我这么想着这件事的时候，说明我真正和他们有某种关联了。

## 2月14日

人们通常认为，农民是最健康的人。然而，农民可能最为顽强，但并非最为健康。农民的身体早已失去了灵活性；他们不能跑不能跳。健康是我们所有能力的自由使用和支配，是平等发展的。他的健康状况如同一头公牛，一头过度劳累的水牛。他的关节僵硬。即使在细节上，这种相似也是真实的。他被一双牛皮靴子禁锢，只能像牛一样走着。的确，在某些地方，他会把脚伸进牛的皮肤里。他需要彻底地清洗他的毛发，使其变得柔软，这对他着实有好处。世上一切事物都影响不了他的健康。但是，只有世界上最健康的人才能受到最好的影响，也就是或多或少受到空气中电流影响的人。

如果我们一定要理解我们所看到的一切，我们将什么都看不到。一个人能用他理解力的卷尺丈量多少东西呢！与此同时，他还能看到多少更伟大的事情呢！

## 4月26日

奴隶制是否意味着一种更彻底的奴性？这样的行为会舐舐尘土，使它的污垢变得更加肮脏吗？难道《波士顿先驱报》没有尽到自己的职责，忠实地服务于它的主人吗？它怎么会放低自己的姿态呢？一个男人怎么才能弯腰比自己矮的人还低呢？除了把他的四肢放在他的脑袋上，而不是让他的头变成他的下肢，还能做什么呢？当我提到《波士顿先驱报》，我指的是波士顿的新闻社，除了极小的例外。当我卷起袖口拿起这份报纸，或者《波士顿时报》的时候，我仿佛听到每一栏下水道里的汩汩声。我感觉我手里拿的是一张从下水道里捡出来的报纸，是赌局、酒吧、妓院的某页信条，与商人交易所的信条相辉映……

## 6月12日

虔诚地去聆听音乐，想象这是你可能听到的最后一曲。

于你所在的国家旅行自有好处，尽管你只是去邻居家做客，因为你会准备好去了解你所看到的一切，这样你就会少犯旅行者的错误。

能启发思想的人难道会不好客吗？

## 7月19日

我已经34岁了，然而，我的生活几乎完全没有拓展开。完全就是萌芽的状态！在许多情况下，我的理想和现实之间存在着非常大的间隔，我甚至可以说我还没有出生。我有社交的本能，却没有进行社交。生命对于一次成功来说是不够长的。即使再给我另一个34年，奇迹也很难发生。我觉得我的四季比大自然的四季转得更慢；我的世界的时间运行是不一样的。我很满意。大自然的瞬息万变，甚至是我的本性，为什么要催我呢？让一个人跟着他所听到的音乐走，不管步履该如何丈量。要我像一棵苹果树一样迅速成熟就那么重要吗？哎！就像橡树一样成熟得那么快？我本质的生命，有一部分是超自然的，难道不能只是我灵魂生命中短暂的春天和婴儿时期？我就应该把生命的春天过渡为夏天吗？我就不能为了那里的完整而牺牲这里仓促而微小的完整吗？如果我的曲线很大，为什么非要把它弯曲成一个小小的圆圈？我的精神发展并不遵循自然的步伐。我为之而生的社会并不在这里。那么，我应该改变对这种糟糕现实的期待吗？我宁可要不固定的期望，而不是这种现实。如果生活是一种等待，那就去等待。我是否应该痛苦地在自己头顶建造一个蓝色玻璃的天堂？尽管当它建成的时候，我清楚地知道自己的天堂不是真实的，我还是会望向真正的、缥缈而遥远的天堂——那依旧遥远的天空，带着蓝色的天堂之眼，如此地富有表现力。我迷恋着蓝色眼睛的天穹。

## 8月21日

从很大程度上来说，封建制度仍在盛行（在加拿大）。我意识到我应该是一个坏公民。在那里，任何一个为自己着想的人，只要还算独立，自然就会被认为是一个叛徒。当你读到或听到他们的法律时，就会发现这只是为少数人而不是为所有人制定的法律。那肯定是居民最不愿意提起的"最好的政府"。（在那里，一个人即使没有成为桂冠诗人的危险，也不能成为诗人！在这里，一个人的健康不能被忽略，他会成长，却不仅仅是一个英国人！）在这里，天底下最自然不过的就是无法理解你的政府会对你置之不理。哦！这个政府多么糟糕！我亲爱的同胞们！这样的一个政府，是英国政府和大多数其他欧洲政府无法遗忘的，因为你自然会忘记其他国家的政府，那些不会对你置之不理的政府，已经学会如何运转了。在我看来，一个真正的英国人似乎只能作适当的推测；他不得不对许多事情表示敬意，以至于他不知道这已经付出了他所有的价值。其中最主要的敬意来自于——我们的政府，越来越能与人民一条心的政府少了很多。在美国，曾经只有一段时间里，一个人需要记住他的政府，但是在这里他需要天天想起它。政府在你面前炫耀。奴隶是轻于鸿毛的，只有主人才举足轻重。

## 9月5日

毫无疑问，我们就像植物一样，通过大气获取养分，一年中不同的季节的不同空气为我们提供了不同的养分。我们经常能够察觉到这种春风化雨般的滋养，从而生机勃勃地生长！大自然为这种空气养分提供了最优质的食物。我认为在水果的香味中，我闻到了更好的味道，而美（通过视觉——眼睛的味觉和嗅觉来欣赏）则更加美妙。正如威尔金森[7]所言："人的身体乃是由世界的芳香所构成。事实上，这也是人体的肺功能——吞吐吸纳弥漫于整个宇宙的气息。""在同一片天空下，随着外部环境改变，肺叶吸入的空气质量差异竟是如此之大。"

随着年龄的增长，我们的生活变得更加粗糙。我们稍稍放宽了自己的纪律，在某种程度上，不再遵循我们最健康的本能。我们不再注重自己的饮食习惯和高风峻节，但是却过分讲究理智。所有智慧都是自律的回报，无论是有意识的还是无意识的自律。

1　梭罗早年向西瓦尔小姐求婚，未果。后终生不复言及此事。

2　或称德尔菲神庙，是太阳神阿波罗发布神谕的地方，被称为"世界之脐"（即世界的中心）。皮提亚是阿波罗的别名。

3　源于希腊神话，或称伊利西昂，能够获准进入之资格为死后即将加入诸神行列的凡人和英雄。在那里死后的他们依然可以保有幸福，如生前所受到的庇佑以及快乐的生活。

4　为所罗门婚庆所作的颂诗，典出《圣经·旧约》"雅歌"第三章。

5　1489年，西班牙女王伊莎贝拉率军攻陷格拉纳达，最后一位摩尔国王默罕默德七世仓皇逃离阿尔罕布拉宫，以此得名。

6　《摩诃婆罗多》和《罗摩衍那》并列为享誉世界的印度两大史诗。前者篇幅是后者的4倍，被称为百科全书式的史诗。印度现代学者认为《摩诃婆罗多》作为印度的民族史诗，内含印度民族的"集体无意识"，堪称是"印度的灵魂"。梭罗对印度史诗尤为推崇。

7　威尔金森爵士（1797—1875），英国著名旅行家，英国埃及学奠基人。

# 梭 罗 评 传

利昂·埃德尔

19世纪中期，在马萨诸塞州康科德地区兴起的新思潮中，可以说霍桑[1]喜爱人类，但却感觉与人类有隔阂，爱默生[2]醉心于思想胜过人类，而梭罗则怜爱他自己。他没有霍桑那么具有艺术气息，也不像爱默生那么思想深邃，但却创造了自己的森林生活传奇，独自一人，亲近自然。他是美国文学中为数不多的怪异存在，是一个异类。英国人通常会容忍异类以充实国民生活，但在美国这种民主和顺从通常混为一谈的国家，离经叛道的梭罗无疑会遭遇冷眼。他毫不妥协、争强好斗，缺乏一种和善的气质。他曾引起康科德森林火灾，但这件奇特之事在梭罗传记中却被轻而易举地忽略。从各种意义上说，他都是个"脾气暴躁的人"，文学史从未充分研究过梭罗的邻居们要想改变自己来适应这位孩子气的人该有多困难。但是，尽管梭罗自称"怪才"，在其他方面他又是一个天才。

霍桑的女儿曾描述过一幅难忘的画面，记述康科德3位著名人士在冬日午后河上滑冰的场景。《玉石人像》的作者霍桑，披着斗篷，"滑行起来像移动的希腊雕塑那样，高贵庄重"，正如人们心中所期待的那种形象。爱默生，驼着背，"显然因为过于疲累而无法挺直身体"，向前滑行，"上半身前倾着"。而梭罗，真正称得上滑行技巧高超，他做出"热情洋溢的舞蹈和跳跃动作"，十分忘我陶醉。他们滑冰的样子与其个性气质颇为一致。

在自我张扬的面具背后，梭罗像在镜中一样——对世人演示他的自我教化。他是一名普通的新英格兰人，但内心脆弱又自恋。梭罗的一生如白驹过隙。1817年，他在康科德出生；在康科德成长，并在1862年，萨姆特堡[3]枪声响起后不久，在康科德逝世。他出生于美国的浪漫主义时期，数次尝试探索世界。为求健康，他去过缅因州、斯塔滕岛、科德角，最终到达明尼苏达，但他总是会回到康科德家中，回到他那跋扈专横并且喋喋不休的母亲面前。他曾阅读过古希腊、恒河流域的作品，深刻了解英格兰和欧洲大陆的文化，但没有一位像他那样具有丰富思想和高深头脑的人会把自己圈定在如此狭小的土地上。"他比小地方的人还不堪，"见多识广的亨利·詹姆斯评价道，"他就是个乡野村夫。"

梭罗的所有作品都是精雕细琢的自我展现。《瓦尔登湖》就宣称是一本自传——"如果我阅人无数，对他们了解至深，就不会在这里畅谈自我了。"这本书是对梭罗林中暂居的一种理想化和浪漫化的刻画，甚至那些优美的离题之语也是一系列伪装。在《瓦尔登湖》和《康科德和梅里马克河上一周》两部作品中，从他散漫的行文中，我们可以发现一种理想的自我，而非康科德熟知的真实的梭罗。梭罗身上的艺术特性为保护自己，美化了他的本性，以此抵抗天性中的阴暗面。然而文学史史实为我们提供了研究大卫·亨利·梭罗性格和品格的充足线索。（童年受洗时他被叫作大卫·亨利·梭罗，之后他稍加改动，称自己亨利·大卫，也许是为了听起来悦耳，但这却是梭罗众多自我调节的一种表征。）

这或许是件小事，但梭罗这位摈弃浮华并且号召人们简化生活的人，在所有他带去瓦尔登湖的小物件中有一面3.3英寸的镜子，一个拥有整个瓦尔登湖的人，身处其中却只看自己。不仅如此，他也有一面心灵之镜，存放在书写连贯、保存完整的美国文学中。他的一生确实是持续自我沉思和自我观察的一生。瓦尔登湖是"我自己的太阳、月亮和星辰，是我自己的小世界"。如果他经常审视自己的小镜子和湖面倒影，他也会像那喀索斯[4]那样，听见林中仙女厄科的声音。他会听见自己的回声，所以他说，这几乎是他听到唯一的"同族的声音"。

他常常生动地表达自己的内心追求，即成为具有斯巴达和雅典气质的人。人可以在不同阶段拥有不同气质。但梭罗试图同时成为兼具两种气质的人，并且努力调和二者之间的矛盾。他需要时不时审视自己的面容来确保自己个性没有四分五裂。他带去小木屋的那面镜子，他向棚屋居民购买改造的那座小木屋，以及他赞美康科德同时又训斥它的方式，揭示了与其自我刻画完全不同的梭罗，这样的梭罗也与从未读过他作品的历代自然爱好者印象中浪漫化的梭罗截然不同。他对社会工具嗤之以鼻，却经常使用它们。他具有丰富的实用技能；他能利用自己的双手，他懂得许多自然知识，是相当精明的新英格兰人，掌握我们日常说的"专业技能"。但在他洞若观火时，他在自己的诗中承认，他是"徒劳无功的集合体，偶然间聚在一起，晃晃悠悠，左右摇摆"。尤其引人注意的不是大多数人可能会感同身受的"徒劳无功"，而是诗人想象中的自我是松散的结合体。梭罗曾表示，诗歌"是非常私人的历史，会在不经意间让我们窥视到一个人生命的隐私"。在自然爱好者、哲学家、知识渊博技能丰富之人的面具之下，梭罗努力不让自己的内心崩溃瓦解。在同一首诗中他声称自己"在大地上无依无靠"，只能自斟自饮。他的朋友看出这一点；梭罗内心的怒火熊熊燃烧。在表面欢愉之下，隐藏着深深的忧郁。

也许梭罗在《瓦尔登湖》中发表过最有名的言论是，"大多数人过着平静绝望的生活"；这句话在引用时通常假定梭罗本人从未感受过绝望：他至少达成了某种宁静和哲思的状态。他固执地委任自己为"暴风雪与暴风雨的督察员"，然而，康科德的农民看出了他的热情与压抑，认为与他们每日的粗鄙生活相比，梭罗刻苦记日记的行为体现出更深重的绝望。梭罗所有作品中都包含一种压抑的宁静，平静表面下暗流涌动，他本人则深陷其中。他极度一意孤行，认为这是意义深刻的必要行为，而非静谧的生命体验。

他并不是个天生的作家，但他像模仿木匠工作那样，自学掌握了坚实的语言结构，并赋予它们一定的韵律和比例。他向爱默生、卡莱尔[5]、希腊作品和印度哲学家学习。他首先阅读书籍，之后才开始亲近自然。他像紧紧围绕花朵的蜜蜂，孜孜不倦地从书中汲取知识。他进行诗歌创作，尽管多数平淡无奇，但他将诗性的语言倾注进自己恣意的散文中。这种散文大多不是自发的；在对前人有节制、有分寸的模仿之下，潜藏一种紧张隐秘的暴力感。这种暴力通常转化成对邻居和康科德辛勤劳作农民的鄙夷和傲慢。

梭罗的名声和"神话"源于他的两个举动。第一个举动就是梭罗在瓦尔登湖旁建造了一间舒适、温暖、铺陈灰泥的木屋；这是他花费数美元从一名贫穷的棚屋居民手中购买的预制木屋，之后加以改建而成。他巧妙地把地点选定在铁路和家乡附近，假装自己独立生活在荒野。在这里，他生活了两年。据他自己计算，确切地说有26个月，但他没有减掉与母亲住在一起等待灰泥干透的时间；也没有减掉去缅因森林跨夜旅行的时间。在瓦尔登湖居住的日子里，他勤劳工作，锄豆，确立一种可能助他简化生活的粗放经济模式。他到镇上母亲那儿吃饭、到处享受各类晚餐，但就如同我们看到的那样，他的计算却没受任何影响。在木屋里，他创作出《康科德和梅里马克河上一周》；颂扬孤独和自然，称"人们无疑有能力、有意识地来提高自己的生命质量"。《瓦尔登湖》原书副标题为"林中的生活"，作为美国第一位认真谨慎的离经叛道者，梭罗在这本书里展示了他的生活。

梭罗的名声和"神话"的第二来源出自他的"公民不服从"举动。他教给我们如何反对特权，这是异常珍贵的。他因拒绝支付人头税被囚狱中一晚。其他人帮他支付税款，狱长才放走梭罗，但梭罗声称别人的帮助是对他的干扰。事实上，梭罗并不崇尚牺牲。他总是希望让别人或社会为他做他不想做的事。只要能让他以自己独有的方式追求自己的私人事业，他愿意使用现有工具。在他一篇备受追捧的文章中，梭罗这样写道，"我静静地向州政府宣战，用我自己的方式"，接下来的文字似乎解释了什么叫他自己的方式，"虽然我还是会享用它提供的各种优势，并得益于此，一般来说这很正常"。原则性极强的梭罗在此放弃了自己的原则。他的行为举止表现得仿佛其他人不存在于这个社会。惠特曼[6]觉察出这一点，称他是"一个讨厌人类的精神病"。

从这一点或许可以看出，与其同代人相比，我们对梭罗的认识更加深刻。他在林中的孤独生活和对社会的反叛，以及由此打造出的梭罗"神话"，促使生活在森林消亡、环境污染、远离自然环境中的现代人开始思考自身处境。梭罗给身处都市的想逃离一切的无名之辈提供了一劳永逸的解决方式。他也影响了很多人，比如托尔斯泰[7]和甘地[8]，他们都同样对改革充满狂热。然而这些人与梭罗相比，更为关切自己的人类同胞。

在一个自由逐渐受限的社会，梭罗自我放逐，脱离了社会暴政，却没有给自己热切讨论的问题提供最终解决方案。日本哲人鸭长明[9]的作品《方丈记》成书早于《瓦尔登湖》7个世纪——该书描写了鸭长明在一间10平方英尺的小木屋里的生活；但他在木屋里生活了30年，不受时光流逝干扰，通过这种东方模式从自身找到了答案。尽管梭罗不能完全理解尚未对西方开放的日本，但他确实博览东方书籍，然而却始终没有将他在瓦尔登湖旁的木屋视作永久居住地。他突然离去，一如他突然建造了这座木屋，宣称来到此处只是为了"处理一些私人事务"。《方丈记》刻画了一种生活方式，而《瓦尔登湖》很大程度只是做做样子。

以康科德同镇居民的标准来看，梭罗似乎是一个好吃懒做、不求上进的人。他们严格评判他，却又纵容他，因为他们知道他才华横溢。他是技艺高超的工匠、专业的土地勘测员、活跃的业余自然学家；极富创造才能。他用智慧帮助父母脱贫。但是他却放弃了自己的成就，陷入父母可能会控制他的病态恐慌情绪之中。爱默生在梭罗墓前的悼词十分坦诚，宣称梭罗的缺点是胸无大志。他继续道，"因为缺少壮志，他未能成为美国的工程师，而做了一名采浆果远足队的队长"。爱默生以他特有的风格补充道："捣碎豆子，诚然有助于有朝一日捣碎帝国，可要是年复一年，捣杵之下始终只是豆子，那又该当如何。"这种评价很是严厉。爱默生或许对他那脾气乖张的学生期望过高。梭罗渴望成为一名作家，而不是国家的建造者。然而爱默生看出了梭罗以自我为中心的平凡生活里还有对权力的渴求，因而人们也就不难理解哲人的失望。

爱默生提到的浆果队意义非常。梭罗幼时曾被母亲带去了浆果繁多的费尔黑文山和瓦尔登湖湖畔。难怪梭罗对"儿时美妙的景色"怀有深深的依恋之情。这些短途旅行令人难忘，他那强势且喋喋不休的母亲影响了梭罗一生，他去过的地方都有与她在一起的回忆。他的父亲微不足道，被认为是一个"安静懦弱"之人，缺乏商业头脑，明显很早就屈服于一屋子的女人——他的妻子、妹妹、女儿，而他的小儿子就身处这种女性气息弥漫的环境之中。因此我们可以理解为什么梭罗像当代花衣魔笛手[10]一样带领镇上孩子前往费尔黑文山采摘浆果会是他最爱的消遣活动。梭罗在脑海中反复回到那片很久之前被母亲的爱和关心美化了的景色中。瓦尔登湖和费尔黑文山是梭罗内心深处最具象征性的转变，是他生命中的伟大眷恋。可以说他的脐带从未被剪断。他曾评论道，自然，是"我的母亲，也是我的姐姐。我无法想象一位比我小的女性是什么样"。

据记载，梭罗即将从哈佛大学毕业时，曾向母亲询问他未来要从事什么职业。她回复道："你可以背上背包，去国外闯荡一番，发掘自己的财富。"美国建国早期，各州边境线近在眼前，能说出这番话很是自然。然而梭罗却突然失声恸哭，以为母亲要将他赶出家门。他的姐姐安慰他道："不是的，梭罗，你不应该走，你应该留在家中，与我们生活在一起。"之后梭罗说过，"我认为自己应该满足于在康科德后门口的杨树下坐着，永远地坐在那儿。"事实上，梭罗的一生也确实如此。他在写作时，利用了这种扎根于一地的特长和优势。他将远古的英雄传奇加诸康科德，正如詹姆斯·乔伊斯将奥德赛与都柏林融为一体。人可以借助书籍，在靠近新英格兰的湖边木屋，获得一个想象的世界。"我的木屋即是全世界"，日本人鸭长明说道。

这种依赖性，这种对母亲的眷恋，还有对一切代表她的事物，如康科德、费尔黑文山、瓦尔登湖的依恋，促使梭罗去寻找一个可以效仿的对象，于是自然从一开始就选择了他的哥哥——约翰。但约翰因破伤风早早逝去。据记载梭罗也很快染上这种疾病，生命垂危。尽管在两个孩子中，家庭最初计划将梭罗培养成木工，但之后还是送他去上了大学。资金筹集完备后，梭罗前往哈佛大学。在这里，他养成了阅读的习惯，并且也是在这里，他聆听了爱默生的演讲。在同乡人身上受如此鼓舞和激励意义重大。梭罗天性易受他人影响，他像模仿哥哥一样，模仿爱默生，他们之间的友谊是他生命的核心。1838年，梭罗毕业后一年，詹姆斯·R.洛厄尔[11]到访康科德，写道："我昨晚遇见梭罗，看见他模仿爱默生的语气和姿态，真是尤其好笑。我把眼睛闭上，都没法将他俩区分开。"17年后，梭罗的一位传记作者F.B.桑伯恩[12]仍然注意到，"在我看来，他的语气和动作都在模仿爱默生。"梭罗的散文中有大量对爱默生的模仿，吸取了其风格的重要特征，但同时也有爱默生文章中没有的东西，即夸张和悖论。

毕业后的一段时间内，梭罗去学校教书，但很快就辞去教职。之后他模仿爱默生广开讲座。1841年到1843年，他作为一名普通帮工寄居在爱默生家中。他依附于爱默生夫人，她和梭罗的姐姐、姑姑、母亲一样，都是早年围绕在他身边的女性。爱默生在措辞谨慎的悼词中这样形容梭罗的资质："他的直觉敏锐，体形健壮，有一双善于使用工具之手。"梭罗做事利落准确；他打理花园，指导爱默生经营农牧，将森林知识教给爱默生这位《自然》一书的作者。他的导师，伴他左右，鼓励他写作，记日记，还向梭罗担任编辑的《日晷》杂志投稿。因此，梭罗结识了一群超验主义者。

尽管有大量文学作品描述过爱默生和梭罗在康科德多年的共同生活，但文学或社会历史学家还没有作过完整的记录。我们可以在范·威克·布鲁克斯[13]的《新英格兰的繁荣》[14]找到这样的动人的描绘：尽管这本书细节丰富，描绘了大量风土人情，但是这种描写大多是主体自己的话语，没有说明这个有众多高尚人士来来往往的群体的局限。因而就需要我们回溯当时地广人稀、勤奋肯干的社会环境，尽管当时社会人们目光偏狭，但却有着很强的公民和基督徒责任感。曾有段时间，镇子一头的古宅[15]里，住着想象力丰富的纳撒尼尔·霍桑，而在另一头一排排榆树间，住着爱默生，每天记日记、写讲稿、在果园散步。镇上各处住的都是作家。梭罗记日记、奥尔科特一家、父亲布朗森·奥尔科特[16]和女儿露易莎·梅·奥尔科特[17]，也定期记录；诗人威廉·埃勒里·钱宁[18]记日记，教师桑伯恩也记日记并在之后写出首部梭罗传记。玛格丽特·富勒[19]曾短暂居住过又离开。还有其他有趣的人，不止是多次提过的把寿衣当成日常服饰来穿的玛丽·穆迪·爱默生[20]，还有爱默生的多年好友，学识渊博的里普利[21]女士。在另一个社交圈中我们必须提到的就是梭罗太太，她是镇上的社交活跃人士，人们称她有"王者"风范。这片土地上共有大约2000居民，包括镇子周边的农民；在劳动力相对固定且与外界世界隔离的时代（乘2个小时马车，走14英里才能到达波士顿），人们有足够的时间和精力去从事对新英格兰来说至关重要的改革。康科德有活跃的禁酒协会，还有一直致力于废奴事业的米德尔塞克斯反对奴隶制协会。梭罗自己就接待了那些逃跑的奴隶，众所周知，他曾帮助一名奴隶抵达通向加拿大的地下铁路的接头点。还有康科德协会图书馆，康科德镇会议时常在那里召开。通常情况下，镇上会敲响钟声召集居民，据文学史记载，当梭罗要为约翰·布朗[22]召开居民集会时，敲钟人曾拒绝履行自己的职责，于是梭罗自己去敲响了大钟。

我们必须提醒自己，在这种环境下存在多种力量的共同作用：自由事业在坚实而粗糙的生活中受到热烈支持。我们可以通过参观古宅来衡量生活水平，穿过低矮的房间，看看靠背笔直的椅子、黑色马鬃座椅、朴素的装饰，以及所有这些暗含的我们所说的朴实生活和高深思想。在这样的社会中，有像霍桑和爱默生一样才华横溢的人，还有像梭罗和钱宁思想趋于超然、古怪奇特的人。那时冬季寒冷漫长，积雪覆盖，利于阅读和写作。之后，小说家亨利·詹姆斯[23]在熟悉了康科德镇后，称它为"美国魏玛[24]"。康科德很久之前就发生过载入史册的事件：在古宅里不仅能听到震惊世界的枪声，尊敬的里普利[25]牧师还能从家中窗户里看到农民和英国人之间的战斗[26]。受此最初历史影响，康科德镇的名字给这片地区定下了崇高的基调；这种基调在未来几十年久荡不息，反映出与自然紧密相连的文明的美国人的思想和他们对世俗和神圣秩序的理解。

可以说梭罗天生就是超验主义者，爱默生的《自然》就是为他所写。浪漫的理想主义者号召人们相信自己，相信自己的感觉和感受，而爱默生的主张更进一步，他号召人们相信自己"无意识的知觉"，这个观念非常现代：如今我们会说爱默生号召人们遵从自己无意识的驱动。超验主义历史学家奥克塔维厄斯·布鲁克斯·弗罗辛厄姆称这场运动为"情感的运动潮"；爱默生的传记作者 J.E.卡伯特更加生动地将其称为"清教思想式微"的开始。爱默生写道："打造你自己的世界吧。尽快让你的生活与你脑海里纯粹的思想保持一致，这样生活就会呈现出它宏大的一面。"梭罗对此深受触动。因为爱默生的理念赋予人类意识在生活中的至尊地位，并且切断了人类意志与宗教教条的联系，自此梭罗开始研究自我的伟大之处。V.L.帕林顿更尖刻地将其描述为"一个神秘的以自我为中心的宇宙，在这片宇宙中上帝之子可以尽情享受自己的神性"。在这些理念中，我们能看到卢梭、柯勒律治和歌德的影子。欧洲浪漫主义已经完全影响到了大西洋的西海岸。卡伯特评价道，爱默生在《自然》一书中没有宣扬要将依靠直觉作为自负借口或者"要求人过分尊重自己的精神体验"，但在某种程度上梭罗却是这样理解的。他遇到了足以支撑他一生的哲学。他是"爱默生道德观的真正践行者"。他可以为宇宙而活，为康科德而活。梭罗自身即可说明何为无限。他宣称"我是一个诗人，一个神秘主义者和超验主义者"，"我来到这个世界，主要不是为了使这里成为良居，而是为了生活在其中，不管它是好是坏"。尽管如此，他还是鼓吹他所宣扬的是"自我完善"。卡伯特进一步说道："那时人们经常讨论自发性，要履行职责和义务，不论什么结果，也要遵从人的天资。"梭罗也确实是这样做的。人们抱怨超验主义导致年轻人无法融入社会，无法成就事业，与任何事都格格不入。然而，理想主义是真诚的。爱默生的思想是广阔和充满人文关怀的，但很多时候并非人人都能准确领会其中具有启发性的内容。

没人研究过爱默生和他的学生梭罗之间的关系，以及这位胸襟开阔的人是如何吸引了一群怪癖之人，比如奥尔科特、梭罗、钱宁。人们想知道这些追随者满足了爱默生怎样的生活需求，他从公开的门徒关系中获得了怎样的力量。然而我们可以推测在某一刻，爱默生曾问自己，他的生命中是否真正拥有过一位门徒。梭罗在爱默生家中的表现与在自家的表现完全一样；从他对梭罗起的榜样作用，以及他对梭罗的接受度来看，爱默生也许确实代表了梭罗的兄长和母亲。然而这位康科德哲人足够警觉，没有被动接受这样模糊的身份。他在梭罗墓前的悼词言语极其尖刻，也许有些话是无心的。这份悼词也同他的日志那样坦诚且具有批判性。他试图为自己定义梭罗，他写道，梭罗这个年轻人的谈话"呈现给我的，是他一刻不停将当下思想编织而成的词句"。梭罗在爱默生家中如同在自己家中一样古怪。"为什么他从不坦诚？"爱默生曾这样问自己。然后他补充道："与亨利社交无半点乐趣，但我们有过多次愉快的谈话。"在最后两年，爱默生多次敦促梭罗加入文坛开启创作之路。他为梭罗在纽约谋了一份工作，让他为斯塔滕岛亲戚家的孩子当家教。他是好意，他相信梭罗作为一个诗人、一个有知觉的人能够为新兴美国文学做出贡献。但是这也确实机智地将他这位无处不在的门徒排挤出自己的家门。

梭罗到达纽约。他发现城市里的生活不像康科德熟悉的森林和田野那样惬意，这点是可以理解的。人类环境与动物自然环境大相径庭，梭罗难以适应。尽管19世纪40年代的纽约涌现了一大批作家和出版家，梭罗还能得到极为有益的介绍信，但他无法在都市圈中找到相处自在的朋友。梭罗携带爱默生的信件去拜访老亨利·詹姆斯，后者认为梭罗是"最孩子气的那一个，对自我毫不掩饰，我有幸能在芸芸众生中遇到这样的人"。小说家们的楷模詹姆斯认为梭罗"内心具有纯粹而强大的自尊"，随后对他殷勤有加。梭罗在曼哈顿遇见了能够助他成功之人，但他始终思念家乡、闷闷不乐、垂头丧气。几个月之后他就返回家乡，却不是到爱默生家中。他回到自己的家中，回到他自己的房间，阅读自己的书籍文章，摆弄自己的植物标本。不久之后，他就在瓦尔登湖边建造了他的小木屋。2年后，他重新来到爱默生的家中，在其出国演讲期间帮助照看家园。这个理由足够充分。但这份友谊最终渐行渐远。"他的美德，"爱默生说，"有时会走向极端。"

1845年仲夏，28岁的亨利·大卫·梭罗在独立日当天搬进瓦尔登湖的木屋里，开始他所谓的简化生活的"实验"，文学史对其中的缘由从未有过疑问。梭罗对这种部分脱离自己家庭的生活给出了解释 (尽管十分有限)，而文学史也就全盘接受了。他说，他希望能够测试他所居住的环境中发生的事情。他努力争取个体自由。在梭罗眼里，康科德居民和周边农民过着一种沉重而复杂的生活。他们将自己抵押给房屋和每日劳作。梭罗试图实行一种粗放经济，避免受到奴役；他将享有从事更高雅活动的自由，主要是阅读和写作，还有观察自然。然而史实告诉我们，一次事故[27]导致梭罗搬进木屋，因为在林中生活能提供解决问题的根本方式。他在爱默生家中的生活是他在自己家生活的延伸；他离开家中，但只离开了像自家邻居那么远的距离。他尝试离开康科德，却发现自己不仅无法适应更广阔的世界，还无法离开康科德。从斯塔滕岛返回之后，他又回到家中。起初，他帮助父亲经营铅笔制造生意。凭借一如往常的足智多谋，他在此时对德国铅笔的石墨构成进行了研究；改进了父亲使用的原料，提升了铅笔的品质，最终使得梭罗一家成为石墨销售总代理。然而梭罗始终感觉无所适从。他无意追求家族事业；他似乎无处可去。

就在此时发生一件小事故，这件事似乎从根本上打击了梭罗。梭罗和朋友一起前往费尔黑文湾，在岸边烹饪捕来的鱼时，这位伐木工人和自然主义者不小心造成康科德森林和田野起火。他穿过2英里的森林呼救，赶回来时发现面前有半英里的森林在熊熊燃烧。在救援人员赶来时，梭罗爬上费尔黑文悬崖最高处。"真是绚烂的景观，"之后他在日记中写道，"我是唯一欣赏到如此景观的人。"当足够的救援人员赶到时，梭罗才从高处下来加入灭火行动。"这场大火，我们相信，"康科德报纸写道，"一路烧到森林，是由我们两位轻率粗心的居民造成的，他们为了做鱼杂汤，在湖边点燃了松树根。因为他们周围的一切都像火攻船一样可燃，火势蔓延十分猛烈，几个小时之后才被熄灭。"报纸提到那两个造成起火的人有多么"粗心大意"。整个镇子的人都知道他们是谁。

这场摧毁了300英亩森林的大火不仅展现了梭罗对同乡人的蔑视，也体现出梭罗内心的狂暴与不满。像大多数人那样单纯将这场火灾视为一次事故，其实是忽视了一件事实，那就是在康科德镇中的所有人中，梭罗最清楚如果没有紧迫需求，不得在室外生火。梭罗向来以自己的实用知识为傲，在他对某事感兴趣时，完全可以保持警觉和洞察力，然而与此同时，他也会对某些细节视而不见，这是很奇特的现象。几年后洛厄尔提到这点，他写道："直到梭罗在瓦尔登湖建起木屋时才知道康科德有山核桃树。"在他去缅因森林之前，梭罗从未见过磷光木，但一般的乡村男孩都对此很熟悉。40岁时，他把松树的播种称为新发现，尽管人们认为他早就应该被花粉飘扬的金尘所吸引了。他的专注力和天赋都不是天生的。当代学者约瑟夫·伍德·克鲁奇[28]评价道："在阅读《梭罗日记》时，发现他34岁还不认识田野里常见的唐松草，并且一年之后在别人的帮助下才认识月蛾，这是多么令人困惑之事。"由于缺乏警觉导致大火只是其众多失误的一个，对于梭罗来说，幻想会遮蔽当下现实。这场大火使梭罗在康科德居民心中永久留下了"森林纵火者"的印象。这些人可以忽视他的怪癖。但如此古怪和严重的失误甚至威胁到了他们的生命和家园，这是不可原谅的。

在搬去瓦尔登湖之前不到一年时间里，梭罗在康科德的名声跌至谷底。没有人指责他"懒惰"，因为他们都很清楚如果他想做，他会有多成功。然而这场火灾后人们开始骂他是"无耻坏蛋"。这段时间内，梭罗对此事没有任何记录。然而之后他的日志内容显示他对此事耿耿于怀：他对后果感到异常愤怒。"这些自称是森林主人的人都是谁，他们与我又有何干？我点燃了森林大火，但我没做任何错事，现在它们看起来就像是闪电造成的。"

这番话写于事故发生6年之后。他还写道:"从那天起这件事从未困扰过我,都比不上雷电给我的影响大。真正困扰我的,并且这么多年一直困扰我的是钓鱼那件小事。"只有饱受困扰的人才会写出这样的文字,假装自己毫不在意。"我立刻停止审视这些人和我的错误(如果有的话),专注于眼前的事,下决心充分利用好这些事。诚然,我略感羞愧,那也是因为我竟然在反思这样一件小事,我这样就与那些同乡们没什么两样了。"

梭罗搬去瓦尔登湖的决定似乎在某种程度上是离开镇子,躲避镇里人对他的敌意,同时又不离镇子太远;并且明确表示自己积极从事了某种职业,即作家和哲学家;这也是对同乡的蔑视,表明他的生活方式比他们的更好。事实上,从更深层的角度分析,这其实是一种任性的、孩子气的举动,好像是对爱默生和镇上居民说:"看看我现在无家可归了,是你们逼迫我住在这样离群索居的破房子里。"他激起了人们的同情和兴趣。在他这一复杂决定背后隐藏着多种动机,虽然他不是一名真正的隐士,但给人留下了他是"隐士"的印象。他对镇民说的话就是他为《瓦尔登湖》挑选的颂歌。书中有这样一句话:"我不打算写一首悲叹的颂歌,而是要像清晨的雄鸡一般立于栖所之上长鸣,哪怕只是为了唤醒我的街邻。"在主观层面,《瓦尔登湖》反映了梭罗的失意——在颂歌深处,人们能听见一个需要释放愤怒情绪的人的哭喊,这哭喊必须让全镇人听见。1845年春天,在建造木屋之前,从梭罗与威廉·埃勒里·钱宁的通信中能明显看出梭罗的满腔怒火——钱宁似乎是那位促成梭罗在瓦尔登湖居住的友人:"除了那片我称它为'野蔷薇'的地方,这片土地我找不到任何属于你的东西，到那儿去吧，为你自己建造一间木屋，开始过你自己的生活。我找不到其他方式了，没有其他希望了。靠自己吧。你靠不了别人或者别的东西了。"钱宁对梭罗愤怒情绪的回应有一定心理学的道理。长久以来梭罗一直在折磨自己；他在之前引用过的诗中说过"在这里，我无人留意，自斟自饮"。

不论深层动机是什么，梭罗的书中清晰地表达了自己在瓦尔登湖居住的想法："我来到森林，是希望谨慎地生活，只面对生活的基本要素，看看我能否学会生活要教给我的东西，以免将死之时才发现白活一场。我不希望过一种不能称之为生活的生活，生活是如此地可爱；我也不想过一种隐士般的生活，除非是万不得已。我要自己的生活深深汲取到生命的精髓，我要活得强健有力，犹如斯巴达式的生活一般，以便消除一切非生活的东西。我需要划出一块收割田地的面积来，细细地收割或者修剪，把生活逐步压缩到一个角落中去，把它降到一个最卑微的角落中，倘若它被证明是卑贱的，就要彻彻底底地认清它的卑贱之处，然后将此公之于众，倘若它是高尚的，我就要亲身体验它，在下次远游前，对此做出真实的评估。"

"野蔷薇"包含瓦尔登湖旁12英亩土地。这片土地属于爱默生。经爱默生同意，1845年3月接到钱宁的信后，梭罗开始清理土地，规划设计他的木屋。由此创造出伟大的梭罗"神话"；然而这个举动在当时只不过是个乡村喜剧。康科德最懒惰的居民，烧毁森林的"小混混"，在让自己臭名昭著一年后，为自己在镇子周边建造了一间小木屋。他将成为隐士。但是他几乎每日都会去镇上，与镇民交谈、和懒汉一起围在杂货店炉子边或者返回自己家中。他在朋友家吃饭。J. T. 菲尔茨女士[29]的日记中记载了梭罗有多孝顺，从中我们可以了解很多信息——梭罗"是个孝子"，她说，"甚至当他居住在瓦尔登湖时，他每天都会回家"。而与此同时，梭罗在考虑将书中一章命名为"我生活的地方，我生活的目的"。

如果文学批评要把《瓦尔登湖》(1854) 作为一部想象作品，它或许会说每位诗人都靠幻想而不是现实活着。但是文学史与文学批评不同，文学史要求真相，而真相就是梭罗以一种方式生活，却在作品中呈现了另一种生活方式，并且指责他的康科德乡邻没有追随他理想中的那种生活。同他那位在镇上不可一世的母亲一样，梭罗在一个伪饰的世界里，如同雄鸡一般，摆出高高在上的姿态。写《瓦尔登湖》的第一句就是："当我写下这些文字，或者说写下其中大部分内容时，我独居林中，就在马萨诸塞州康科德镇瓦尔登湖旁，在我亲手盖的房子里，离任何邻居都有至少一英里之遥，全靠自己双手劳动度日。"史实告诉我们，他在木屋里写的是《康科德和梅尔马克河上一周》，《瓦尔登湖》大部分文字并非在木屋里完成，而是在家中创作的。并且文内大多数资料收集于其他年份，而非在瓦尔登湖生活的那段时间。《瓦尔登湖》开篇第一段的结束语为："如今，我又寄居于文明生活了。"这句话暗示他在木屋中居住时远离文明生活。但让我们看看沃尔特·哈丁[30]，这位严谨的梭罗传记作家，是怎样记录梭罗远离"文明生活"的寄居时光。

"这并不是一块孤地。康科德—林肯路游客众多，从田野对面就能看见。菲奇伯格铁路上的火车经常从湖岸另一头呼啸而过。这离康科德镇不到两英里，得克萨斯一家（梭罗父母家）的住宅比沿线的铁路还近……埃勒里·钱宁……经常到访梭罗的木屋……他的母亲和姐姐每周六都会专程来到瓦尔登湖，每次都会给梭罗带来一些精致食物，梭罗也会欢天喜地地收下。并且他经常回家，将家中美食搜刮一空，这也确实是事实。爱默生、奥尔科特和霍斯默一家都经常邀请梭罗参加晚宴。在梭罗去瓦尔登湖居住前如此，之后这个习惯也依旧没有改变。有流言称，每次爱默生夫人摇响晚饭铃时，梭罗就会从林中穿行而过，跨过藩篱，第一个到达饭桌旁。"

梭罗的传记作家质疑梭罗是否能从那样远的距离听见铃响，但这个笑话极具象征性，表明镇上居民知道，梭罗的耳朵密切关注着康科德镇上的动静：他不像自己书中描写的那样过着一种孤独或者斯巴达式的生活。他在《瓦尔登湖》中对于自己外出就餐的描述表明他不会让自己的"实验"改变他传统的社交习惯。"为了对付一些吹毛求疵者的反对意见，"他写道，"我还是声明一下为好，如果我有时外出就餐，就像我经常做的那样，并且我相信我还有很多这样的机会这样做，这经常会扰乱我的家务安排。但是外出吃饭，就像我之前说的，是经常会发生的事，一点也不会影响这份对比性报告。"

"很少有那么一天"哈丁评价道，"梭罗没有到镇子上去或者没有接待访客……爱默生当然是木屋的常客……在晴好的夏日，梭罗经常会和爱默生一家野餐或者采摘蓝莓……奥尔科特一家经常带一帮朋友去看望梭罗……康科德镇上的孩子也总是乐于去瓦尔登湖玩耍，梭罗也同样欢迎他们。"

哈丁继续写道："有时梭罗的一大帮朋友会齐聚瓦尔登湖，一起挤进他的小木屋里。在他前门台阶上野餐已经成为一种潮流。下雨时，他们就会挤进房内避雨。最多一次有25到30人同时挤进他的小木屋里。1846年8月1日，康科德反对奴隶制的妇女们在他的门阶前就解放西印度奴隶举行纪念仪式，爱默生、钱宁，以及凯莱布·斯特森牧师[31]都做了发言。之后所有宾客在户外享用午餐。还有'瓦尔登湖协会'。'协会里的人会在周日上午沿着瓦尔登湖漫步，享受自然之美。毫无疑问梭罗会是其中的重要人物。'"

"除去所有访客，"梭罗的传记作者总结道，"除去他前往康科德镇上以及自己父母家的时间；除去他进行调研、建造围墙、做木工、写作的时间，我们不能忘记对于梭罗来说，在瓦尔登湖亲近自然的实验大部分时候是孤独的。"我们仅仅能问，这是什么样的"实验"和这是怎样的"孤独"？不论"孤独"这个词如何定义，都不能说梭罗在瓦尔登湖过着孤独甚至静思的生活，更不能与历史上那些哲人和有远见卓识的人相比，他们才是真正过着传统的与世隔绝、静心冥想的生活。"他就是在那儿露营，"桑伯恩写道，"实际居住在父母家中，每日都回去。"因此他是文明生活中的一员，一名观察敏锐的郊区居民；一名以吸引全镇人目光的方式最终获得居所的普通人，仅此而已。年轻女孩找到了敲响他房门、讨一杯水喝的借口，如果他假装冷漠，递给她们一只勺子，让她们从池塘里舀点水喝，那再好不过。过去他是镇上的无业游民，如今他吸引了全镇的目光。

在"孤独"一章中，梭罗的态度显得尤其模棱两可。"我发现，大部分时间里孤独是有益健康的。和别人在一起，甚至是和最好的朋友在一起，不久就会令人感到厌烦，浪费精力。我喜欢孤独。"然而《瓦尔登湖》紧接着下一章"访客"开头就说："我认为，我也和大多数人一样喜欢社交，我像一条水蛭一样随时准备吸住任何到我这里来的血气旺盛的人。"他对自己在瓦尔登湖孤独生活的描述，其实是在制造一种幻象。诚然，他大多数时候是独身一人，独自漫步远行：但是与他生活里的其他人相比，并没有孤独到哪里去。在梭罗生活的时代，真正孤独的人是那些深入美国腹地的男男女女，他们完全与世隔绝，自生自灭。他们身处危险之中，他们才真正了解恐惧为何物。而在任何时候，梭罗的实验都没有让他感受到真正的孤独，没有给他造成困扰，让他产生在野外生活的恐惧。短时间内的任何焦虑情绪都可以通过马上到邻居或亲属家得以缓解。路易斯、克拉克[32]和弗朗西斯·帕克曼[33]或者乘坐敞篷马车冒险行进的美国早期移民，他们对真正的孤独更有发言权。初版《瓦尔登湖》的副标题"林中的生活"之后被删去，这或许意味着什么，也许是承认这样的生活并非他真正过的生活。我们不清楚梭罗是否有能力独自生活在北美草原。在他努力保持自己人格完整的时候，在他的内心深处，梭罗或许会认为原始森林令人生畏，于是他离开平原，重新回到那个他口头上嗤之以鼻，但保护和拥抱他的社会。谢尔曼·保罗[34]正确认识到梭罗"作为一名哲学家，他的生活需求不可能过于简单或过于原始"。

说这些是为了表明《瓦尔登湖》将孤独浪漫化了，梭罗不可能真正让自己体验这种孤独。梭罗在康科德用钓鱼弥补粗茶淡饭的生活；记录了他多么勤俭和节约的古怪账本；他所宣扬且赞成的那种智慧的生活方式（尽管他自己没有真正采取这种生活方式），这些构成了一部自相矛盾之书。《瓦尔登湖》里梭罗的同乡因为没有采取他认为的简单生活就受到斥责，那我们又该怎样评价这些文字呢？

约翰·菲尔德是棚屋居民，同梭罗一起钓鱼，竭力满足家庭里的最低需求，但梭罗对他的描述显示出极度的自我主义和自私自利。在他论证如果菲尔德没有被社会生活习惯所误导，他的生活可以多简单时，梭罗忘记了他自己生活在秩序稳定的世界，是个占用了爱默生土地的单身汉。他对菲尔德的贫困视而不见——以下这段话既残酷又伪善："我试图用自己的经验帮助他，告诉他，他是我最近的邻居，我虽然是来这儿钓鱼的，看上去游手好闲，但我同他一样努力谋生；我告诉他，我住在一个干净结实、光照充足的房子里，每年的租金不比他这间破房子高多少；要是他愿意的话，他可以在一两个月之内给自己建造一座宫殿；我说，我不喝茶、不喝咖啡、不吃黄油、不喝牛奶，也不吃鲜肉，所以我不必为了得到它们而工作；并且，由于我不必拼命工作，也就不必拼命吃，所以在吃的方面不会花很多钱；但是由于他要喝茶、喝咖啡、吃黄油、喝牛奶、吃牛肉，他必须得辛勤工作来得到它们，他一旦开始拼命工作，吃得就越多，这样才能恢复体力的消耗。"这套说辞似乎忽略了菲尔德的孩子们，他们需要牛奶、黄油、牛肉，需要一切梭罗在成长时或者在他回到康科德好客的亲友家中就能拥有的营养元素。霍桑显然无法接受这一套说辞，因为他曾说过，在梭罗面前，"一个人会因为他有钱，有房子住，甚至有两件外套穿而感到羞耻"。

　　"没有任何一种野兽需要食物和住所以外的东西。"梭罗在《瓦尔登湖》里这样写道，而当他添加必需品时，他也只加入了衣服和燃料。毫无疑问"野兽"在繁殖时不会考虑物种的生存，但是在梭罗的"神话"中我们也没看到任何表达人类单纯情感的时刻。他大谈友谊，居高临下地教育人们，宣称人类可以从思想交流中获得营养。然而在提到爱的冲动时，这位自然爱好者和简朴生活的推崇者在《瓦尔登湖》里这样写道："天性很难克服，但是人必须压抑它。"这主要意味着梭罗认为人应该克制自己的性冲动。梭罗的传记作家几乎没有描写过他的爱情故事。历史对于他的求婚经历一笔带过；但是这件事如同梭罗生命里的其他事一样古怪万分。他的诗歌显示他很喜爱一位年轻女士的弟弟，他似乎在自己哥哥被这位年轻女士拒绝后，向她求过婚。以他的个性，除了日记中无处不在的"我"之外，他不会爱上其他人。

　　《瓦尔登湖》不是一份记录文件，甚至不是一份计算实验的记录。这是一件伪装成记录文件的文学艺术品。梭罗的文字让人误以为他是在野外生活，但实际上他生活在郊区。他用康科德家中的零件装饰他的木屋。我们看见他在冬天来临前，粉刷墙壁，装屋顶板。我们知道他把鞋子带给康科德的修鞋匠；他用买来的黑麦和印第安人的食物做面包；他没有睡在粗糙的毯子里，而是睡在柔软的被单里。他让自己获得了少数生活在木屋里的西部美国人才能得到的物质享受。詹姆斯·洛厄尔在一篇著名的文章中无情地谴责了梭罗的"伪饰"。他写道，这项"实验"在"理论上预先摒弃了所有复杂文明"。然而，他占用别人的土地；向别人租借斧子；他的木板、钉子、砖头、灰浆、书籍、台灯、鱼钩、爬犁、锄头，一切东西都像同谋的背叛者一样，揭露梭罗竟然也能生存在这种人造文明中。但是梭罗发现住在林中这一想法能吸引大众目光。人们都喜欢听他虚构的粗放式生活模式，如同他是笛福笔下的鲁宾逊·克鲁索[35]。我们也许可以将丹尼尔·笛福当成重要的文学先辈。这位作家声称对伦敦瘟疫进行了记录，并在瘟疫结束很久之后，创造出了一位在荒岛上与孤独生活作斗争的人物，他或许可以看作是梭罗作品的前身。《瓦尔登湖》描述了梭罗在康科德镇内以及镇外的生活。稀少的事实拼凑出一个生动的谎言。梭罗根据文章的需要将自己广泛的阅读和有目的性的观察混合编织起来：在他的脑海里，早在"实验"开始之前，他就已经证明了"实验"结果。在组织、排列、想象、阐释的过程中，这位艺术家将他的实验数据以一种强烈、幽默、古怪、矛盾和精雕细琢的方式呈现出来。

精巧的语言佐以合适的基调与情绪，便能展现梭罗最深刻的艺术魅力，《瓦尔登湖》里就有这样极具美感的句子："这是愉快的傍晚，整个身体只有一种感觉，全身每个毛孔都在感受一种愉悦的情绪。我在自然里徜徉，极度自由，我是自然中的一部分。我穿着衬衫走在湖岸的石子路上，尽管天气阴凉，冷风呼啸，没什么特别能吸引我的东西，但所有这一切都让我感到不同寻常的惬意舒适。牛蛙高声预告夜晚的到来，从水面吹来潺潺的风，也带来了夜莺的歌声，我与桤木、杨树共呼吸；然而，我的内心像湖水一样宁静，涟漪阵阵，却不躁乱，晚风吹皱了湖水，不像暴风那样，依旧保持光滑的反射面。尽管现在夜色沉沉，风依旧吹得森林狂乱地响，浪花依旧急促，一些生物试图用声音镇定其他生物。林中从未有过休憩的时刻。野生动物不会休息，此时它们开始寻找猎物；狐狸、臭鼬、兔子，如今都在田里和林中无畏地漫步。它们是自然的守夜人，是连接活力生命的纽带。"人景合一，感官交融，这样抒情的描写极度传神，营造出一种宁静的氛围。

梭罗的作品中还具有儿童故事书那样的韵律："有时我漫步去松林，它们好似高耸的庙宇，又好似海上整装待发的舰队，树枝如波浪般起伏，也如涟漪般熠熠生辉，如此温柔、碧绿的浓荫，就连德鲁伊[36]也要抛弃他的橡树林，去松树那儿顶礼膜拜。有时我跑到弗林特湖边，看到那些长满了灰白色浆果的参天大树，它们越长越高，就算移植到瓦尔哈拉[37]也毫不逊色，而杜松的藤蔓上硕果累累，铺满一地。有时我还会跑到沼泽地去，那儿的松萝地衣如彩云般从云杉上悬挂下来，还有野菌，它们是沼泽神的圆桌，铺在地面。更漂亮的香菇像蝴蝶或贝壳一样点缀在树根，那里悄然生长着淡红的石竹和山茱萸，火红的桤果有如妖精的眼睛一样闪亮；蜡蜂攀爬时，在最坚固的树上刻下深深的沟槽，对树身造成了伤害；野冬青的果实垂涎欲滴，让人看后流连忘返。另外还有非常多的无名野果令人目眩神迷，它们是如此地美丽，凡人无法品尝。"

《瓦尔登湖》属于想象文学，但想象之中又包含一定的真实成分。其中，乡村风光魅力四射，在描写湖水和周边森林的四季与动物生活时充满柔情。这本书包含18章，每章松散地结合在一起。在作品的主题上实现了统一。尽管梭罗在其中居住了两年，但他将两年生活浓缩成一年，并选取更久之前的资料。作品内容始于初夏，历经秋冬，迎来春天，一个四季循环。或许冬天的一系列的描写是最令人感触至深、拍案叫绝的。孤僻之人最开心的莫过于看见大地被冰雪覆盖，整个湖都被深深冻住。每章开头都是对自然与自我的诗意描写，每章都有劝告性的话语；人们会怀疑那些真正读过梭罗作品的人，那些不会轻信梭罗"神话"的一代又一代读者，他们会略过训诫话语和公鸡啼叫的描写，只去看诗意的自然。尽管《瓦尔登湖》中看似有一些离题之语，但F.O.马西森[38]很久之前就介绍过这本书的结构。梭罗在木屋建好后搬进去，然后描述了他的生活方式；因为阅读对他来说至关重要，因此这一章节被安排在书的开头；之后是自然的声音，接着是他幻想中孤独生活的挽歌。前6章细致描写了瓦尔登湖旁的生活。之后离开木屋，将目光投向豆田（这片土地是由别人的爬犁开垦出来的）和附近的村子。然后又提到他的邻居和动物生活，他没有完整记录人类世代更迭的状况，他已将自己从人类社会驱逐出去，摈弃了繁殖的天性；《瓦尔登湖》中春天的结束实际上是另一个春天的再生。

他喜欢自己的悖论。他采用双关语；他欣赏地名和词源。他总是那个在湖边沉溺自我的自恋者；"湖水是风景中最美丽和最富表现力的东西。它是地球的眼睛，朝湖水看去，观者也可衡量自身天性的深度……瓦尔登湖是完美的森林之镜，对我来说犹如稀世珍宝……这是一面石头无法摧毁的镜子，它的水银永不磨损，自然不断将它擦亮。"梭罗因身处这面巨大的自然之镜中而感到欣喜不已，同时他也是一个渺小的观察者；文字从描写湖本身转向个人印象，开始刻画湖面的光、水下的溪流、水蝽的跳动、诗意的涟漪、深不见底的湖水、鱼类的跃潜——这是用诗意的语言写就的自然的芭蕾，虽是散文，却比梭罗写的任何一首诗都更像诗歌。就像亨利·詹姆斯所说，他认为自己观察到的所有东西都有益于人的"性灵"。

也许梭罗对诗歌更加敏感，在"禽兽为邻"这有趣的一章里，开篇就是林中隐士和诗人的对话，梭罗的想象力得以淋漓尽致的体现。从这些文字中，人们能感受到卡莱尔的嬉戏风格，但是就后世的影响而言，这篇文章与詹姆斯·乔伊斯的《芬尼根的守灵夜》[39]中反复出现的节奏有着惊人的相似之处。在作品开头"安娜·丽维雅·普拉贝尔"这一部分中，乔伊斯必然是采用了"康科德和梅里马克"的双关语，因为那一章都是河流名称、湖水意象和联想。梭罗的"刚刚从森林外传来的是不是农民午间的号角声"与乔伊斯的"那边是不是普贝闪光灯，很远很远的灯塔，要么是一艘救火船靠近黑天航行？"似乎在风格上颇为相近，在通篇爱尔兰口音的《芬尼根的守灵夜》中也能看出梭罗作品的影子。梭罗写道："听！我听到树叶的沙沙声。是不是村里某只没被喂饱的猎狗遵从本能去追猎了？或者那头丢失的猪，据说跑到这边林子里了，我还在雨后看见了它的脚印？它快速跑过来，我的漆树和多花蔷薇都随之轻轻颤动。"人们可以在乔伊斯作品中找到类似的充满魅力的独特韵律。梭罗和乔伊斯（就孤僻的个性而言，两人很像）的韵律和节奏是来源同一处？还是这位爱尔兰作家乔伊斯在探索这一章中河流湖水的美好时，意外发现了梭罗的独特魅力？梭罗在康科德湖边写下的文字与乔伊斯在利菲河边写下的文字关联密切，在神奇的世界文坛中，一国为人熟知的东西到了另一国就会变成新兴事物。

　　梭罗打算在瓦尔登湖处理的"私事"包括完成一部计划很久的书，这本书记录他在22岁时和哥哥约翰的一次旅行。约翰在他们旅行的3年后去世，《康科德和梅里马克河上一周》是记录也是纪念。这本书按照一周的几天划分，而《瓦尔登湖》按照变幻的四季划分，就如同梭罗曾经说过，年轻人可以数着小时和天数过日子，而成年人知晓何为永恒。《河上一周》中大量体现了梭罗的哲学思想，但仍有批评家指出它冗杂繁琐及自我意识过剩；描述性文字混合大量说教、事实堆砌夹杂着直觉感受，还有梭罗个人诗作穿插其中。人们或许可以称之为精神随笔录；只有一部分记录了旅行过程，所以文选编辑通常会迅速筛掉与旅行主题无关的思考内容。洛厄尔评价道："我们是被邀请去参加河畔聚会的，不是听人说教的。"但是他称赞梭罗的语言有种"古老的纯净感，如同葡萄酒随时间推移却无任何杂质沉淀一般"。这本书包含渔民和自然爱好者的传说，个人对于环境和景色的体会，以及从历史中摘取出来的小故事，比如，早期住民的故事。有一群印第安人杀死了一位女性早期住民的新生儿，又将女子囚禁，之后女子趁他们熟睡，剥下他们的头皮换取赏金，成功复仇。这个血腥的故事被梭罗当成历史事件讲述，讲得活灵活现。但是要想看到这样的文字，必须先忍耐住梭罗枯燥无味、完全不考虑书籍完整性的说教。《河上一周》是梭罗在学习如何书写《瓦尔登湖》。

　　如果说《河上一周》的一部分回忆了年轻时的轻狂，那它还描写了失落的童年和青春期。《河上一周》引用中国作家孟子的一句话，从中我们可以找到这本书与《瓦尔登湖》的密切联系："人有鸡犬放，则知求之，有放心而不知求……学问之道无他，求其放心而已矣。"很明显，在《河上一周》和《瓦尔登湖》写作之间，梭罗发现自己内心的情感覆水难收，因为从他著名的一段寓言中可以看到与孟子这段话相呼应的地方。这句话与前文恳求读者原谅"晦涩难懂之处，因为在我这个行当里，秘密比其他行当更多"几乎没有关联。"很久以前我丢失了一条猎犬，一匹枣红马和一只斑鸠，至今仍在寻找，我曾向人描述过它们的踪迹和它们会对怎样的呼唤有回应。我遇见过一两个人曾听到猎犬的吠声和马匹的嘶叫，甚至还有人见过斑鸠飞入云层，消失不见，他们也急于找回它们，仿佛是自己弄丢了一样。"这个寓言的隐晦之处一旦跟孟子这句话放在一起看就会消解。更重要的是比起那丢失的青年时的狂喜，我们看到了隐藏更深的秘密。梭罗采取的象征物猎狗代表人类生活中最忠诚的伙伴，是向导和陪伴者，比人类主人更懂无私奉献。还有他的马，一匹枣红色的、帅气的马，象征人类的信任，动力和动物天性。马驮着人类，给人支持和方向感。最后斑鸠的丢失意味着爱与温情的缺失，象征脆弱与爱情。一个如此孤寂失落的人，的确不得不在冷静的思想中寻求安慰。这个寓言代表理想的最终追求。所有人都应与自己的直觉和动物天性和平共处的，但我们看到梭罗却无法触及自己的本性。像他阅读的那些东方哲学家一样，梭罗超越了一部分的自我。他坐在湖边冥想，但只有部分心灵获得了宁静与平和。他的思想常常表现得暴躁愤怒，缺乏逻辑性。在宁静的外表之下，梭罗并没有获得自身的平静。

所有讨论梭罗作品的人都不能忽视东方文化，尤其是印度文化给予他的启迪。通过爱默生，他接触到《薄伽梵歌》；阅读了《吠陀经》《奥义书》，这些作品展示出宗教的宽容，追求自我的欢愉，以及克己和沉思的方式，由此梭罗发现一种与他自己无政府主义倾向高度契合的信仰体系。他理解东方思想，然而他还是一个秉持"有为"思想和掌握了静思冥想方法的西方人。罗伯特·路易斯·史蒂文森认识到这一点，写道："他想成为东方的哲学家，但最终他还是一个非常像东方人的美国北方佬。"

梭罗像是康科德的佛陀；他称自己为"风雪视察员"，用以区分自己与他所读的那些东方作家。这些作家不把自己看作是任何事物的"视察者"，甚至不关注他们自身的存在。梭罗却试图根据自己的需求从东方作品中印证自我感觉，找到一丝慰藉。他的内心极度不安，难以达到东方智者的平和境界。他兼收并蓄，采取经验主义，致力于自我完善；如果我们想想鸭长明在木屋居住了30年，将其变成一种长久的生活方式，而梭罗在两年后就称"我离开森林和我进入森林一样有充分理由"，就能看出二者的区别。他还补充道："也许在我看来我要过好几种生活，无法在那种生活上多花时间。"梭罗起先倡导超然的生活方式，但他自己却无法花时间过这种生活，而要去寻找多样生活，由此可以看出梭罗这位美国人的思想与东方思想大相径庭。但从他直接的文字中，从他试图抛开主观干扰看清事物本质的行为中（虽然不总是成功），还是能看到他与东方智者的相同之处。他失败的原因在于内心的烦乱。而在他获得内心平静的时刻，会产生诗意的幻想帮助他获得洞察一切的能力；有时他用东方的模式来讲述他的见解，就像我们看到的那些神秘莫测的寓言故事，用来激发认识，予以启迪。

梭罗在瓦尔登湖处理的"私事"展现了他的思想和艺术才能；而他参与公共事务后也对人类产生了很大影响。梭罗名声斐然，除他自己之外，不接受任何权威，他也能言善辩，能代表反对滥用权力的广大群众。这样的人通常会在理想与现实间挣扎；若解散权力机构，人类一直以来对于秩序的需求就无法得到满足。而20世纪的残酷战争以及一系列动荡又显示人类无法实现这样的秩序，这就是其中的矛盾点。并且因为在历史长河中这样的矛盾反复出现，因此每隔一段时间就得有人重申人类对于基本自由权的需要。要重申就得有行动，而行动几乎总是暴力的，甚至有时暴力会宣称自己是非暴力的。不论何种形式的压迫，甚至是被动的反抗都是暴力的。这些都是含混不清的，是人类必须面对的残酷命运，促使人类在永远荒诞的世界永无止境地追求理性。

1846年，梭罗把鞋子从瓦尔登湖带到康科德镇上的鞋匠那儿，之后因为拒绝缴纳人头税被镇上狱卒逮捕入狱，那时他足够理智。他拒绝支付税款，因为他认为自己与政府无关，尤其是与发动了墨西哥战争、囚禁奴隶的政府无关。如果狱卒没能从梭罗那儿成功收取税款，政府那方只会从狱卒那儿收税，但梭罗对此并不关心。这其实是一种循环压迫，梭罗的行为并没有改变这种不公正的局面，反而加重了它。布朗森·奥尔科特早先采取过类似的行动，之后也因朋友代为缴纳税款而被释放。奥尔科特夫人写道："我们没有因为他的缺席而感到痛苦，他是坚守自己原则的赢家。"梭罗显然没有赢得这样的胜利。但是他的愤慨经久不灭。2年后他通过"论公民不服从"一文宣泄了自己的情绪。

这是他最著名的文章。他讲述了自己在监狱过夜的事，文章写得极其动人，同时还有点异想天开；他用这个故事阐释自己的观点，很简单，即号召人们在自己良心的驱动下不可低眉顺从，之后这被叫作"非暴力抵抗"。在实践中，它是革命的被动方式；尽管在某种情况下，它会导致暴力行为，但是也不能否定它的效用。它不可能在任何时候都是有效的；人们知道如果有人在马路上用自己身体阻挡纳粹坦克，纳粹一定会碾轧过去。梭罗的《论公民不服从》预先假设了高度的道德感；也预先假设这种原则是发生在文明社会，而非原始社会中。"我有权承担的唯一义务就是在任何时候做我认为正确的事情"，梭罗说道，这其中隐含着伟大的自由主义者的崇高，同时也包括约翰·布朗的暴力。

对于梭罗这样的感性认识大过深邃思想，说话时常自相矛盾的人来说，"公民不服从"是他难得具有说服力的阐述。它一直是个人主义和人类提出反对或异议的强有力的宣言。然而在梭罗的生命里，"公民不服从"展现了他思想中武断的一面。他为约翰·布朗辩护，在这件事中赞成使用暴力，与他之前呼吁的内容背道而驰。可以肯定的是，在两次公开演讲中，他都谴责了政府；但是这位非暴力运动的号召者却突然忘记自己的号召。布朗大肆破坏，在堪萨斯州大规模屠杀，造成无辜人员死亡。他的政治狂热在其他情况下就是残暴的宗教审判人。梭罗在布朗事件中显示出他极度狂暴的情绪。性格中消极的一面让他对真相视而不见，只看到布朗的事业以及他对权威的憎恨。却没有看见他的残暴或者他反向施加的权威。世界明智地选择记住《论公民不服从》，而不是3篇有关约翰·布朗的演讲，《为布朗上校情愿》《约翰·布朗最后的日子》《约翰·布朗死后》。梭罗倡导的个人无政府主义在各个时代是否可行还留待观察。在他的思想里只看见了自己的异议；梭罗作为公民大众中的一员，似乎没有认识到多数人暴政的危险。

当我们研究梭罗的众多作品时，发现共有两部完整的著作，死后发表的各种散文、诗歌和书信，以及占了最大比重的14卷《梭罗日记》(1906)，还有近期发现的丢失已久的笔记本 (1958)。日记反映了他的生活，却不是寻常意义上的自传。它更像一本文学史的个人记录。梭罗记录了他所处时代的事。其中有他的读书笔记、自然观察记录，对散步、漫谈和邻居的观察记录；有时日记是正式日志，数据翔实的记载。他在20岁时留存着这些记录，直到他去世后一个世纪这些记录才问世。其中的文字是不着边际、散漫和不连贯的。人们会发现这其中是大量事实，而非个人感受。梭罗说"诗人应该从世俗情感中抽离开，要淡漠冷静"，他的日记也确实非常"冷漠"。人们在其中可以看到他的文字弥漫着一种忧郁的气息；缺少幽默，极度严肃。人类被视作一整个群体；概括性很强；缺乏科学的准确性。这些文字没有多少发展进步，有些枯燥乏味，有些却又清楚有趣。从1837年到1861年梭罗一直在写作，但却没多少成长。如果要说出区别的话，那就是早期梭罗的文字偏向哲学，到后期就更偏向一种观察记录。

梭罗的日记显示他没有能力成为掌控鸿篇巨制的作家。他更擅长写短小随意的小文章；他能使这些文章变得生动有趣，并用自己的奇思妙想将其变得更有人性化。梭罗在创作主要作品时也采取了自己写日记的方法，他的日记提供了原始素材，这些原始素材被收集整理好以备后用。佩里·米勒对梭罗将这些数据转为文学写作材料的行为很是钦佩。他孜孜不倦地写作，最终是卓有成效的。如果梭罗没有形成自身风格，而采用其他的风格写作，就不能最终成为作家。在成年之初，梭罗没有明显的自我，之后他自己创造了复合的自我；并尝试用一系列修辞技法来写作。爱默生看出了梭罗的这种夸张的写作手法，在文章中写道："他很快就学会了修辞技巧，经常用对立相反的形式来代替直接的词语和思想。他称赞荒凉高山和冬日森林有家庭般的气息、冰雪充满温暖、村民和伐木工人像城里人、荒野像罗马和巴黎。"有时这样的夸张手法会取得极大成功，比如他将蚂蚁之间的斗争比作特洛伊战争。但不久就会变得乏味，同佩里·米勒说的那样仿佛身体一阵抽搐。洛厄尔极为恰当地描述了梭罗的风格，即"把平凡的东西翻来覆去地讲，企图增添新意"。他补充道："梭罗缺乏艺术才能，无法掌控鸿篇巨制使其达到完美的平衡，但是能创作出精巧的句子和段落。"

洛厄尔、爱默生和其他所有作家之中，罗伯特·路易斯·史蒂文森描述梭罗的文章比其他梭罗的崇拜者要更细致和敏锐。但是因为这些文章对梭罗的态度是审慎批判的，就被认为是苛刻和无关紧要的。事实上，洛厄尔写过一篇优秀但不出名的文章，但批评过于严厉，与史蒂文森相比不够委婉温和。洛厄尔的社交能力很强，能融入世界，因此他能看出梭罗格格不入和天性中自恋的一面 (尽管他换了另一种说法)。他说梭罗"奉自己的奇想为金科玉律，将自己的世界当作整个宇宙"，他还称"梭罗的精神和肉体都与人类疏远"。爱默生在梭罗葬礼上的发言体现了他对梭罗的评价，这些话极度谨慎精妙。他说梭罗"为自己选择做一个献身于思想和大自然的单身汉，这无疑是英明的"，我们得去猜想这样的评价其实是爱默生认为梭罗生命里最缺少的东西是人类的爱，在人类关系中，个体必须学习如何给予和接受爱。史蒂文森注意到梭罗缺乏一种"和善"的气质，"笑得不够开怀"，和爱默生一样，他也提到梭罗没能让自己经历"社会的磨砺与考验"。史蒂文森有句话极具时代意义，他将这种隔绝状态比作吸毒。"一个人必须从邻居的习惯中脱离出来以求快乐，这种行为很大程度上等同于一个人为了快乐去吸毒。"也许史蒂文森最著名的一段是他对梭罗交友观的描述。他写道："他不向爱恨妥协，而是小心翼翼地保存着它们，就像珍贵的宝物一样。如果我可以这样表达的话，其实很少有人呈现出梭罗这种乏味或者自私的生活。他是无趣自私、自命不凡的人。他在亲密关系中追求的是利益；当然是道德利益，但也始终是为了他自己。如果你要成为我理想的朋友，他天真地说道，'我的教育离不开与你社交'。这就是他的教育！这似乎把朋友当成了字典。并且这些文字当中没有提到任何喜悦、欢笑、亲吻，或者任何有血有肉的事。而他与鱼亲近，这当然也无可厚非。"

爱默生也对梭罗性格中的"攻击性"大为不满："他的个性中有种不屈的军人气质，很有男子气概，很能干，但是缺少温柔，似乎除了反对别人他就感受不到自己的存在。他渴望揭露谬误，批评错失，我可以说只要一点胜利的感觉和几槌鼓声，他就能发挥全部力量。他可以轻易地否定别人，实际上，这比让他说出肯定的话要容易得多。似乎当他听到建议的第一反应就是去反对它，他对我们被限制在日常思维定势中极为不耐烦。当然，这种习惯会给社交泼冷水；尽管他的同伴最后会发现他没有恶意或虚伪，但这不利于交流。因此，没有一个人能与他这样单纯坦率的人平等相处，成为他的密友。他的一个朋友说，'我爱亨利，但是我不喜欢他。我宁愿考虑去握榆树的树枝，也不愿去握他的手臂。'"

人们一直能在梭罗身上发现这种奇怪的含混不清的性格。有一类作家为了保护人类精神和情感，对其进行了有序整理，如果我们要从文学角度评价梭罗，那可以将他们划分为一类人。梭罗是离经叛道的异类，他发现自己内心有着不可克服的恶魔，为了保护自己必须好好管束内心的恶魔。在这个过程中，并不尽然都是古怪行为，有时艺术也会就此萌生。很少有人注意到，梭罗病态的性格十分明显，他的内心四分五裂，这导致梭罗在《瓦尔登湖》的想象中看到了人类堕落的可怕景象。人们可以猜测，这个少有人注意到的爱伦·坡[40]式的古怪性格验证了梭罗严重的身份危机，以至于在某种程度上，梭罗不得不用这种超人的自我重构的方式来拯救自己，防止自己崩溃。因此，他才会过分依恋自然。尽管梭罗的户外生活充满活力，但他的生活摇摇欲坠，难以把握，因此我们需要进一步研究其精神状态：他那份平静的绝望感、他无休止地记日记（就像他朋友钱宁说的"好像任何一刻都不能浪费"），还有他过早地在1862年康科德的早春死于结核病。作品是他的精神支柱。在他短暂的一生中，他通过文字表达自己，持续和自己崩溃的情绪作斗争。这样的斗争塑造了他特有的"怪异"风格。

梭罗死后，他人根据他短暂的出游经历和记录整理并出版了 380一些文稿，如：《远足》（1863）、《缅因森林》（1864）、《科德角》（1865）、《加拿大的美国佬》（1866）。就像他本人说过的那样，他"在康科德旅行过很多次"；正是在这一背景下，人们才能认识和理解梭罗"神话"。

**1** 纳撒尼尔·霍桑（1804—1864），是美国心理分析小说的开创者，也是美国文学史上首位写作短篇小说的作家，代表作为《红字》。

**2** 拉尔夫·沃尔多·爱默生（1803—1882），美国散文作家、思想家、诗人。

**3** 1861年4月12日，萨姆特堡遭到南军炮轰，称为萨姆特堡战役，南北战争由此拉开序幕。

**4** 那喀索斯，源自希腊神话，水仙花，自恋者的意思。有一个神女，名叫厄科，一见那喀索斯立刻便爱上了他。那喀索斯酷爱自己水中的倒影，后溺水而亡。

**5** 托马斯·卡莱尔（1795—1881），英国历史学家、讽刺作家、散文家，文章风格以雄奇古怪著称。

**6** 沃尔特·惠特曼（1819—1892），出生于纽约州长岛，美国著名诗人、人文主义者，代表作品是诗集《草叶集》。

**7** 列夫·托尔斯泰（1828—1910），19世纪中期俄国批判现实主义作家、思想家、哲学家。出生于贵族家庭，但他同情农奴，在自己的领地上进行农奴制改革的尝试。

**8** 莫罕达斯·卡拉姆昌德·甘地（1869—1948），印度民族解放运动的领导人、印度国民大会党领袖，提出"非暴力不合作"理论。

**9** 鸭长明（1155—1216），平安末期的日本歌人，50岁时失意出家，代表作品《方丈记》。

**10** 德国童话，一位彩衣笛手通过笛音消灭了鼠灾又拐走了全村的小孩。该故事权威版本最早见于《格林童话》，日后有若干改编版本。

**11** 詹姆斯·R.洛厄尔（1819—1891），美国诗人、批评家、散文家。

**12** F.B.桑伯恩（1831—1917）是美国记者、作家、废奴主义者，也是美国超验主义的回忆录作家，撰写了该运动许多重要人物的早期传记。

**13** 范·威克·布鲁克斯（1886—1963），美国文学评论家、传记作家和历史学家，普利策历史奖得主。

**14** 《新英格兰的繁荣》，首版于1936年，描写了19世纪新英格兰知识分子的辉煌全景。

**15** 古宅由拉尔夫·沃尔多·爱默生的祖父建造，爱默生、霍桑都在此居住过。

**16** 布朗森·奥尔科特（1799—1888），美国教师、作家、哲学家，是废奴主义者和妇女权利的倡导者。

**17** 露易莎·梅·奥尔科特（1832—1888），美国小说家，短篇小说作家和诗人，代表作为《小妇人》（1868）。

18 威廉·埃勒里·钱宁（1818—1901），美国超验主义诗人，曾居住在康科德，与霍桑是邻居。

19 玛格丽特·富勒（1810—1850），报道美国超验主义运动的记者、编辑、评论家，是妇女权利的倡导者，她的代表作《19世纪妇女》被认为是美国第一部女权主义作品。

20 玛丽·穆迪·爱默生（1774—1863），美国书信作家和日记作家，拉尔夫·沃尔多·爱默生的姑姑。

21 里普利，这里指莎拉·布拉德福德·里普利（1793—1867），美国教育家、著名学者，据说她是"19世纪最博学的女性之一"，与爱默生、梭罗、霍桑、富勒等人是好友。

22 约翰·布朗（1800—1859），美国废奴主义者，1859年突袭了联邦军械库，旨在发动奴隶解放运动，造成死伤，成为美国历史上第一个因叛国罪被处决的人。

23 亨利·詹姆斯（1843—1916），美国作家，被认为是文学现实主义和现代主义的重要过渡人物，代表作为《美国人》《一位女士的画像》《金碗》等。

24 魏玛是风景秀丽、古色古香的德国历史文化名城，歌德、席勒在此创作出大量不朽的文学作品。

25 指乔治·里普利（1802—1880），美国的社会改革家，乌托邦公社"布鲁克农场"的创始人。

26 1775年4月18日，英军袭击康科德民兵军火库，打响了美国独立战争第一枪。

27 详见下文山林火灾事件。

28 约瑟夫·伍德·克鲁奇（1893—1970），美国作家、批评家。编著《梭罗文集》最为知名。

29 J.T.菲尔茨，指安妮·亚当斯·菲尔茨（1834—1915），美国作家，她的作品包括诗歌和散文集，以及她的文学熟人的回忆录和传记。

30 沃尔特·哈丁（1917—1996），曾在弗吉尼亚大学、罗格斯大学和北卡罗来纳大学任教，梭罗研究专家。他的梭罗传记《亨利·大卫·梭罗的日子》被公认为梭罗生平研究最具权威性的作品。

31 凯莱布·斯特森（1793—1870），美国牧师，超验主义俱乐部成员。

32 美国早期西部探险成员，包括两名军人路易斯和克拉克上尉，即著名的路易斯—克拉克的西部探险。

33 弗朗西斯·帕克曼（1823—1893），美国历史学家，热爱森林，会狩猎，曾深入北美森林旷野，与美国土著部落一起生活过。

34 谢尔曼·保罗（1920—1995），美国著名学者，爱默生、梭罗研究专家。代表作包括《美国湖滨：梭罗精神探索》（1958）等。

35 鲁宾逊·克鲁索，丹尼尔·笛福的著作《鲁宾逊·克鲁索》里的主人公，讲述了他在孤岛独自生活的传奇故事。

36 古代凯尔特宗教文化中的高级领袖。德鲁伊一词的词源来自"dru-wid"，意为"通晓橡木的人"。

37 北欧神话里位于阿斯加德的一个宏伟大厅。

38 F.O.马西森（1902—1950），美国著名教育家、学者和文学评论家，他的著作《美国文艺复兴：爱默生和惠特曼时期的艺术与表现形式》描述了爱默生、梭罗、惠特曼和霍桑等人所处的19世纪中叶美国文学文化的兴起。

39 《芬尼根的守灵夜》，詹姆斯·乔伊斯名著，是背离了传统的小说情节和人物构造方式的意识流小说作品，被誉为西方经典中最难理解的作品之一。

40 埃德加·爱伦·坡（1809—1849），美国作家和诗人，以神秘和恐怖的故事而闻名。

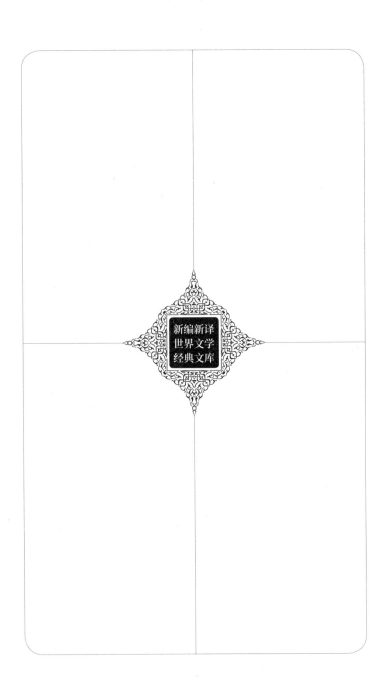

新编新译
世界文学
经典文库

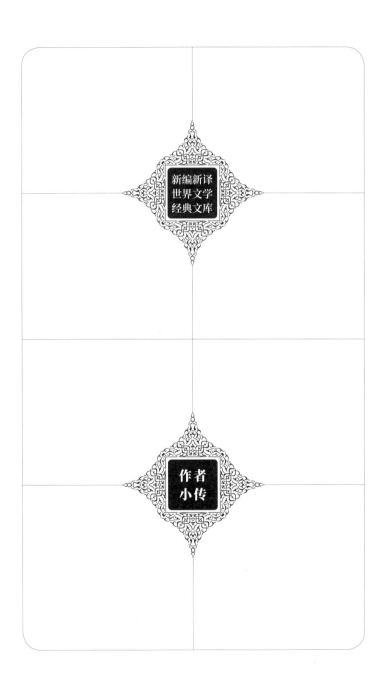

新编新译
世界文学
经典文库

作者
小传

*Henry D. Thoreau.*

1817 — 1862

# 梭罗小传

杨靖

亨利·戴维·梭罗 (1817—1862) 生于马萨诸塞州康科德小镇，距波士顿20英里，他在此度过近乎一生的时光。梭罗的父亲约翰·梭罗，一位铅笔制造商，是法国移民后裔；梭罗的母亲辛西娅·邓巴家境殷实，独立战争期间其家人分属保皇派和革命派两大阵营。梭罗性格中既有强烈反叛精神，又不乏浪漫情怀，或许便源自这一家族基因。为了纪念故去的叔叔戴维，梭罗自幼取名戴维·亨利，大学毕业后他自称亨利·戴维，但从未正式申请改名。

少年时代梭罗先后在康科德公立文法学校和私立康科德书院求学。1833年被哈佛学院 ("勉强达到及格线") 录取后，梭罗凭借刻苦努力连续3年获得奖学金 (25美元)。他在学院总体表现良好，尽管因生病中途休学一段时间，但最终还是以班级中上的成绩于1837年顺利毕业 (在毕业典礼上，他的演讲题目是"现代商业精神")。

当时哈佛的教育是"彻头彻尾的机械训练"，学校的课程任务十分繁重，每周课时量高达40学时，遭到广大师生痛恨。尽管从1825年起，哈佛开始开设选修课，但学分太少，学生缺乏积极性。梭罗日后对母校教学体制啧有烦言，原因正在于此。值得一提的是，在大四这年，受社会环境和友人的影响，他对德语兴趣日渐浓厚——西奥多·帕克正在翻译德国批评家德·维特的经典作品；玛格丽特·富勒着手翻译埃克曼的《歌德谈话录》；伊丽莎白·皮博迪则潜心研究德国史料编撰学及神话艺术学。此外，他曾在奥瑞斯特斯·布朗森家中寄居一个学期，跟从这位"唯一神教"牧师学习德语——也为日后研习根植于德国的超验主义学说打下了基础。

按照哈佛学院当时的规定：任何一位学生毕业3年后，"通过向学院支付5美元（大约相当于今日的150美元），以证明其收入、财产或社会地位"，便可荣获硕士学位。梭罗拒绝购买这一纸证明——当谈及使用羊皮纸制作文凭这一传统时，梭罗评论道："羊皮不应制文凭，人却应当有个性。"

梭罗毕业之年时运不济。1837年，美国正经历一场经济衰退，工作岗位奇缺。在面向哈佛毕业生的常见职业中，梭罗摒除了神职、法律和医学——只剩下教育。凭借运气，梭罗被聘为康科德公立学校教师，年薪500美元——当时，波士顿第一教堂资深牧师里普利博士的年薪不过600美元。然而仅仅两周后，梭罗便因拒绝体罚学生与到访的督学发生争执，愤而辞职。

1838年，梭罗和兄长约翰决定在康科德创办自己的学校。兄弟二人齐心协力，采用欧洲先进的教学理念，重视田野调查和生活实践，取得了极大成功。小说家霍桑之子朱利安·霍桑、哲学家奥尔科特之女、《小妇人》作者路易莎·梅·奥尔科特成名之后，对当年梭罗学校的教学方法仍感怀不已。1839年9月，兄弟二人乘船沿康科德和梅里马克河前往新罕布什尔州的华盛顿山，度过了难忘的一周，这也成为后来梭罗首部作品《河上一周》的重要素材。

正是在这一时期，兄弟二人同时对一位年轻貌美的富家女埃伦·休厄尔产生了好感——她出生于科德角富商之家，弟弟慕名前来求学，她本人假期中也常来探望。不久，约翰和梭罗先后向她求婚。埃伦之父亲强烈反对梭罗一家的自由主义宗教观念，埃伦遵从父命——要求回信尽量"简短、直白并且冷漠"——拒

绝了梭罗的书面求婚："现在都结束了。我们什么都不要提……阅后即焚。"梭罗心痛欲碎，在日记中写道："相思苦无药，唯有更相思。"据说直至晚年，梭罗听人提起埃伦，仍坦承"我从始至终都爱着她"。可见用情之深。

1842年，约翰剃须时不慎感染破伤风，病情迅速恶化，数日后在梭罗臂弯中去世。约翰的离世给"友于兄弟"的梭罗造成了终身难愈的创伤——梭罗感到自己的生命"被带走了一半"。梭罗兄弟学校关闭后，梭罗返回家中，开始帮助父亲料理铅笔（以及石墨）生意。

梭罗的舅父查尔斯·邓巴最早在新罕布什尔州发现石墨矿，并研制出用于制作铅笔的独家配方，后将这一产业全部转交梭罗父亲打理。作为哈佛高材生，梭罗对传统制作工艺进行革新，将石墨与质地细腻的巴伐利亚黏土混合，制作出更为顺滑的铅笔芯；后来，他又设计并制造出自动打磨机，大大提高了生产效率；此外，他还发明了烤制、切割以及打孔的小型器械，甚至尝试将石墨生产与电铸印板工艺相结合。在1850年代德国铅笔尚未大规模进入美国之前，梭罗公司产品一度被视为美国市场首屈一指的品牌，梭罗的创造发明功不可没。日后爱默生说他羡慕梭罗"有一双会动的手"虽然是玩笑话，但也道出了实情。然而梭罗本人对他的商业成功似乎并不太在意——当朋友向他道贺，祝贺他开辟出一条致富之路时，梭罗却回答，他已决定退出这一行业："我为什么要制造铅笔呢？已经做过一次的事情我决不再做。"

梭罗心仪的职业是作家。毕业那年，在爱默生的劝说之下，

梭罗开始记日记——第一篇日记是:"'现在你在做什么?'他（爱默生）问,'你写日记了吗?'于是我今天就动笔写。"不久,爱默生和富勒等人创办超验主义"喉舌"《日晷》,梭罗也应邀加盟,先是作为撰稿人,后来又担任编辑,与爱默生共同主持经典汇编栏目——儒家经典"四书"等内容便以这种方式进入美国读者的视野。

超验主义是一种美国式的浪漫唯心主义。这一种新柏拉图主义的二元世界观,将世界分为物质和精神两部分,二者的关系正如爱默生所说,"心灵是唯一的现实,其他所有的本性或好或坏都是现实的反映。自然、文学、历史,都只是主观的现象"。因此,对于超验主义者来说,生活的成功秘诀在于尽可能超越物质层面,专注于精神层面。这一学说与梭罗的精神气质极为契合,对他日后的自然书写产生了深远影响。

1841年,梭罗应邀搬入爱默生宅邸,担任家庭教师,兼任修理工和园丁。1843年,爱默生推荐他到位于纽约斯塔滕岛的兄长威廉家中担任家庭教师。执教之余,梭罗也积极参与纽约文学圈活动,结识文化名人老亨利·詹姆斯以及《纽约论坛报》创办者、著名报人霍勒斯·格里利——后者一度曾自告奋勇担任梭罗文学代理人。梭罗难以适应乏味的城市生活,数月后辞职,返回康科德,仍寄居爱默生家中,其中大部分时间"浸泡在爱默生的私人图书馆"。

1844年4月,梭罗和朋友爱德华·霍尔在林中漫步不慎引发火灾,导致100英亩瓦尔登林地化为灰烬,梭罗对此深感惋惜。然而一年之后,梭罗故地重游,看到林地生机盎然,感到满心欢喜。他在日记里写道:"到了仲夏,这片土地已经披上了比周围更明丽、更茂盛的绿色外衣。人们应当绝望吗?人自己不也是一片正在萌芽的林地吗?"于是他益发坚定信念,要去探索瓦尔登湖的奥秘。

1845年,经好友钱宁建议并获得"业主"爱默生准许,梭罗在瓦尔登湖湖畔搭建一座小木屋,用于自己的"生活实验"。梭罗选择在美国独立纪念日(7月4日)乔迁新居,颇具深意。他宣称瓦尔登湖畔的"隐居"具有双重目的:一是撰写《河上一周》以纪念故去的兄长约翰;一是进行一场经济实验,探究每周工作一天,将剩余六天奉献给超验主义事业这一模式是否可行。——并借此扭转新英格兰人工作六天休息一天的"勤劳"习惯。此后两年多时间里,梭罗不仅完成《河上一周》,同时也完成了《瓦尔登湖》大部分初稿——以此回答好奇的康科德居民的疑问:为何要到林中生活以及怎样在林中生活?

梭罗自称是要通过深切的生活,吸纳"生命所有的精髓",进而达到宇宙真理的核心。他所渴望的是"热爱智慧,以使生活成为思想的践履,从而坦易简朴、无复傍依、气度恢弘且饱含希冀……可以切实地解决生活中的若干问题,而非单纯学理方面的空想"。因此,他既不希望被人搅扰,也不存心去搅扰他人,他声称:"我不想让任何人采取我的生活方式,每个人都应该寻找属于他自己的生活之路,而非袭自邻人和父辈。"

这一段时间最值得记录的是梭罗抗税入狱事件。1846年7月某一天,梭罗路遇当地督税官山姆·斯特普尔斯,后者要求他缴纳6年来拖欠的人头税。出于反对美墨战争和奴隶制的立场,梭罗拒绝支付税款，为此他被监禁一夜。第二天，一位未透露身份的人士，违背他的意愿支付了税款。梭罗当即获释，但这段经历对梭罗产生了极大的影响。两年后，他在康科德学园讲堂发表题为"个人对政府的权利与义务"的演讲，阐述了他的政治理念和废奴立场。哲学家奥尔科特在当天日记中写道："在讲堂聆听梭罗关于个人与国家关系的演讲——他为聚精会神的听众讲解了个人自治的权利，令人肃然起敬。"1849年，梭罗将演讲稿改写为《论公民不服从》，刊载于伊丽莎白·皮博迪主编的《美学论丛》。研究者认为，该文明显受到雪莱政治诗《无政府主义面具》(1819) 的影响。

1848年5月，梭罗家中一处蒸汽磨坊起火，起因是制造铅笔的木制部件无意中被点燃。大火烧毁了整个建筑，由于之前没有投保，这场火灾带来的损失高达"四五百美元"，梭罗家庭经济遭受沉重打击。火灾之后，梭罗母亲开始通过接纳房客贴补家用，但喧闹的氛围严重干扰了梭罗的阅读和写作计划。

当然，这一时期最大的困扰并非房客，而是梭罗与爱默生的关系。1848年爱默生从欧洲回国后，发现年过三十的梭罗无论是生活上还是事业上都没有"向前迈进"，相反发展出一种荒唐的"反叛思想"，以及一种"反社会"的人格倾向，与昔日友人渐行渐远；而梭罗则发现志得意满的爱默生似乎"被欧洲世界迷惑住了，变得既高傲又庸俗，令人无法靠近，而且背离了他早期所阐述的理想"。1849年，梭罗处女作《河上一周》出版后，这种分歧表现得尤为显著——梭罗在日记中写道："我和某人保持世人所谓的友谊已长达14年，我一直想象我是爱他的——但实际上

纪念梭罗发表《论公民不服从》的石碑

我们之间的恨意比爱意更强烈。"除了志趣不投，影响双方关系的另外一个因素是梭罗对爱默生第二任妻子利迪安所表现出的"好感"。梭罗在斯塔滕岛时曾致信利迪安："对我来说，你仿佛是在澄澈高远的天际同我对话，超凡脱俗。"在另一封信中，他又说："一想起你我就心生欢喜；一想起你，我便仰望天空四处寻觅。"

《河上一周》遭遇惨败，爱默生也有部分责任。梭罗先后与威利、普特南、克罗斯比、尼科尔斯以及哈勃兄弟进行谈判，最终与爱默生推荐的詹姆斯·门罗公司签订合约（出版费用需要梭罗自己承担）。由于梭罗本人寂寂无名，门罗公司推销不力，数年间，首印1000册只售出两三百本。出版商的条款极为苛刻，梭罗不得不将"滞销"的700册书籍全部回收。对此他曾不无苦涩地调侃："我家阁楼上藏有近千册图书，其中绝大部分都是我自己写的。"为此，他欠下290美元债务。为了偿还债务，他开始效法爱默生，尝试商业（巡回）演讲。

作为康科德学园的资深成员，梭罗在大学毕业不久便开始在学园讲坛公开演讲。1843年至1844年间，梭罗担任学园秘书一职，曾相继邀请西奥多·帕克、霍勒斯·格里利、乔治·班克罗夫特等20余人来此发表演讲。此后十余年间，他担任学园图书馆负责人，也曾邀请废奴主义者温德尔·菲利普斯以及著名女权主义者伊丽莎白·奥克斯·史密斯夫人发表演讲——当然，上述演讲，包括梭罗本人在内，大多是"义务劳动"，不领取任何酬劳。

1850年代，梭罗在康科德邻近地区（塞勒姆等地）发表商业演讲，由于其中"反讽的语调和居高临下的姿态"难以吸引听众，而他本人又不肯"流俗"来迎合听众的品味，因此并未能取得预期的成功。在外出演讲过程中，梭罗也顺道游览当地自然风景，对自然史的研究越发着迷。

1850年夏，梭罗和诗人钱宁一同出游，从波士顿出发一路抵达蒙特利尔和魁北克市。这是梭罗唯一一次出国之旅。正是由于这次旅行，他撰写了多篇讲稿，最终汇集成《加拿大的美国北佬》等游记散文。

1851年起，梭罗对植物学著作产生浓厚兴趣，并坚持在日记中写下观察植物的心得。他对美国"植物学之父"威廉·巴特拉姆崇敬有加，对德国科学家亚历山大·冯·洪堡的地理学著作一见倾心，对查尔斯·达尔文名作《小猎犬号航海记》更是爱不释手——并在《物种起源》(1860) 出版后立刻订购一册。此外，梭罗还阅读了达尔文最坚定的美国盟友和捍卫者、哈佛教授阿萨·格雷的生物学著作——达尔文和格雷在书信中曾深入探讨植物种子的保存与传播——梭罗晚年代表作《种子的信仰》显然深受启发。

与此同时，最令梭罗感兴趣的是每天下午在康科德森林里散步，在私人日记中记录自己对自然的观察和想法，以及撰写和修改待发表的文章——由此，他得以细细品味康科德小镇上演的"自然之歌"：在他笔下，水果随着光阴流转从青涩变得成熟，瓦尔登湖水面起伏变化，候鸟启程迁徙——用他本人的话说，他从事这项任务正是为了"预测"和记录大自然的四季更替。

梭罗是观测大自然的行家里手。早在哈佛求学时代，他对本杰明·皮尔斯教授 (哲学家查尔斯·皮尔斯之父) 的测量学课程便情有独钟。

"Writing your name can le[ad]
next thing you'll be doing
books. And then you'll [be]

—Jerome Lawrence and

writing sentences. And the
ting paragraphs, and then
as much trouble as I am!"

rt E.Lee, The Night Thoreau Spent in Ja

皮尔斯是著名数学家，也是测量和导航术领域领先的理论学者和实践者。梭罗作为康科德土地测量员的职业生涯始于皮尔斯的指导——就是在皮尔斯的课堂他掌握了一整套的测绘术语。除此之外，梭罗本人兼具丰富的数学知识和超强的动手能力，而且他有一种习惯，总想探求他感兴趣的物件的大小与距离，如树的大小，池塘与河流的深广，山的高度，以及峰顶与天际的距离；再加上他对于康科德附近土壤、水质的了解——他的名言是"我在康科德旅行过许多地方"——显然，没有人比他更适合担任土地测量员。

作为康科德专业的土木工程师和土地测量员，梭罗投资购买了自己的器材，包括测量链、测量钉、绘图纸和量角器、三角尺、丁字尺等绘图工具，以及价格不菲的15英寸指南针——其表面镶有一枚5英寸的镀银表盘。对于梭罗而言，康科德土地测量员这一职业不仅可以纾缓经济压力，而且可以不断引领他进入新的幽僻之地，能够帮助他"研究大自然"。世人常说梭罗由此转向了"自然"，但其实他真正转向的是"公共领域"——此后他的写作几乎都是通过林地和水域来探索"公共领域"，延展人类共同的自然和知识遗产，直到它触及"宇宙"和自然本身。

事实上，梭罗对自然研究的兴趣由来已久。早在1847年，梭罗便开始针对不同湖泊水温的变化进行统计学研究。随后，他对天文学产生了兴趣，曾借用生活在康科德的天文学家佩雷兹·布拉德的高倍望远镜观察天空——当时的普通望远镜能够望见月球表面的坑洼，而布拉德的设备则能够看到月球"阴暗部分的山峰所反射出的阳光"。当然，与纯粹的科学研究趣旨不同，梭罗之所以喜爱天文学，是因为天文学"能够印证预言，与先知或诗人的呼唤产生共鸣……能够看到肉眼看不见的许多事物"。

　　1854年至1860年间，梭罗的兴趣日益集中到植物学、动物学、地质学以及地理学等科学领域中。在公共生活中，他既是一名博物学家，又是一名作家：自1850年起，他成为波士顿自然史学会的通信会员；1859年至1860年间，他被任命为哈佛大学自然史实验委员会成员，是当之无愧的自然史学家。在此之后直至临终之前，梭罗的兴趣转向了全新的领域：生物及自然界的繁衍、传播、生产、创造——如果说前期作品《瓦尔登湖》的中心思想是"渴望自由"，梭罗后期作品的中心思想则是"渴望与世界相连"。

　　由于《河上一周》销量不佳，梭罗推迟了《瓦尔登湖》的出版，这样就可以大刀阔斧地对初稿加以修改，避免再次出现结构松散、语言单调以及充满"道德说教"等问题。在七易其稿后，梭罗将两年多的经历浓缩为一首春夏秋冬的"四季之歌"。《瓦尔登湖》一半是回忆录，一半是心灵的探索。最初，此书几乎无人问津，但后来的评论家一致认为这是探索大自然简朴、和谐之美的美国经典。美国诗人罗伯特·弗罗斯特曾写道："他（梭罗）仅在一本书里……就超越了我们在美国所拥有的一切。"美国作家约翰·厄普代克评论道，"《瓦尔登湖》出版一个半世纪后，已成为回归自然、环境保护主义者、反对商业和公民不服从理念的象征……就像一本令人敬畏、未经阅读的《圣经》"——即今日生态主义者所谓的"绿色《圣经》"。

　　在与爱默生愈渐疏离之后，梭罗结交了新的朋友。曾陪他在康科德闲步的埃勒里·钱宁在梭罗身后出版《梭罗——诗人、自然主义者》⑴⁸⁷²⁾，成为第一位梭罗传记作家。1848年，马萨诸塞州伍斯特的布莱克开始与梭罗通信，备述景仰之情。1876年梭罗妹妹索菲娅去世之后，布莱克从她手中继承了梭罗手稿（遗憾的是，大量梭罗书信此前已由索菲娅遵嘱焚毁），并将梭罗《马萨诸塞州的早春》⑴⁸⁸¹⁾、《夏》(1884)、《冬》(1888)和《秋》(1892)等遗作加以整理出版。

在此之前，索菲娅已从梭罗未刊稿中陆续整理出《秋色》《更高的法律》《野苹果》《散步》等篇章——大多投给《大西洋月刊》。《大西洋月刊》由波士顿文化名人洛厄尔于1857年创办，刊名的寓意在于促进新旧世界的文化交流，并由此构建一种新型实体，即"大西洋文明"。创刊之际，洛厄尔曾致信爱默生，请他出面邀请梭罗担任共同主编。梭罗婉拒了这一提议，但答应成为撰稿人。洛厄尔对梭罗的"游记"类散文大为欣赏，以分期连载的形式刊发此类作品，此举不仅增加了梭罗的稿酬收入，也大大提升了他的文学声望。然而双方的"蜜月期"并未能持久——起因是洛厄尔删去了梭罗《缅因森林》评述宗教（了无生机）的一句话——担心会引起宗教"过敏"人士的抗议。梭罗得知此事后回信痛斥洛厄尔的"粗暴"行为，宣称自己"丝毫不愿（必要情况除外）同那些偏执、怯懦之流为伍"。他单方面宣布撤回稿件，并且决定有生之年不再向该刊投稿。

内战之前，南北双方在奴隶制存废问题上的冲突愈演愈烈。梭罗是一位满腔热忱的废奴主义者，曾通过"地下铁路"帮助逃亡的奴隶前往加拿大。《逃亡奴隶法》(1850)颁布后，他撰写名篇《马萨诸塞州的奴隶制度》予以严厉抨击。后来在《约翰·布朗最后的日子》一文中，他将废奴运动领导人布朗称为"光明的天使"

和"重生的基督":他言行高尚,是当代英雄主义的典范。与此同时,梭罗更对判处布朗死刑的美国政府提出强烈质疑——"我要求的不是立即没有政府,而是立即拥有一个更好的政府。"在梭罗看来,从君主专制到君主立宪再到民主政体的演变是历史的必然,必须不断强化对个人权利的尊重。梭罗在文中总结道:"除非国家承认个人是地位更高且独立自主的权力实体、是国家权力和权威的来源,并且恰如其分地对待个人,否则它便无法变得真正自由、文明开化。"

1860年年末,梭罗感染上风寒,继而发展成支气管炎,导致他的肺结核病进一步恶化。为重获健康,1861年春夏之交,梭罗与教育家霍瑞斯·曼之子、年轻的博物学家小霍瑞斯·曼一同前往明尼苏达。然而,这次旅行未能阻止梭罗病情的恶化。

1861年年末,梭罗卧床不起,索菲娅负责照顾和陪伴他,同时担任他的抄写员和助理编辑。去世之前,梭罗内心一直牵挂并反复修改的并非《瓦尔登湖》,而是《河上一周》——因为"约翰的死促使他全身心地投入写作,驱使他不断推出新作,仿佛他想表达的并非是自我,而是兄弟两人的声音"(沃尔特·哈丁语)。据说他临终之前赠送给邻人霍斯默的书里还粘着约翰的一缕头发。

1862年3月6日,在说出遗言"是时候扬帆起航了"之后,梭罗又断断续续吐出"驼鹿"和"印第安人"两个单词,而后与世长辞,享年44岁。他原先葬于新山墓园,之后被迁入睡谷墓园的作家岭。在梭罗葬礼上,爱默生发表长篇演讲,宣称:"这个国家还不知道,或只是隐约意识到,她失去了一位多么伟大的儿子。……他的灵魂是为最高贵的社会而生;他在短暂的一生中已将这世界上的可能性发挥得淋漓尽致；无论在什么地方，只要有学问，有美德，有美，他就会找到一个家。"

在梭罗身后，众多亲朋好友参与了他的作品编辑整理工作。索菲娅和布莱克合作编辑了四卷本梭罗的期刊文章 (1881—1892)；爱默生负责整理编辑存世的梭罗信件 (1865)；弗兰克·桑伯恩和梭罗传记作者亨利·史蒂芬斯共同编辑了梭罗的诗歌《自然之诗》, 1895)；以及布拉德福德·托里等人编辑的洋洋200余万言的《梭罗日记》(14卷, 1906)。梭罗在世时，知名度并不太高，后来随着时间流逝，他的作品才逐渐得到广泛认可，并被认为是最具原创性和最深刻的美国作家之一。

梭罗的著作对后世产生了深远影响：从印度"圣雄"甘地、美国总统肯尼迪，到美国民权运动领袖马丁·路德·金，无不对他推崇备至。马丁·路德·金在《自传》中说："梭罗的精神在我们的民权运动中焕发生机：无论是在午餐柜台静坐示威，在密西西比州参加自由乘车运动，在佐治亚州的奥尔巴尼参加和平抗议，还是在阿拉巴马州的蒙哥马利参加公共汽车抵制运动……这些都是梭罗坚持不懈的结果，即必须抵制邪恶。"

英国著名文学家赫兹利特曾说过："文字、思想和情感，随着时间的推移会凝结存留下来，而事件、人物和行动则会腐烂或融入到稀薄的空气中，不复存在。"与之相似，梭罗也相信，"人的身体乃是由世界的芳香所构成"。换个角度看，或许正是梭罗笔下《瓦尔登湖》这般美妙的文字，构成了今日世界的芳香，并永久流传。

马萨诸塞州康科德瓦尔登湖畔，亨利·大卫·梭罗的雕像矗立在他小屋的复制品外。梭罗在湖边的小屋里住了两年零两个月。在这里写的《瓦尔登湖》于1854年出版。

# 梭 罗 大 事 年 表

ments, I will leave
it — If you O name an
evening of next week —
decide on the most suitable
room — and advertise it —
if this isn't taking
you too literally at your
word.

If you still think it
worth the while to
attend to this, will
you let me know as
soon as may be what
evening will be most
convenient.

Yrs with thanks

Henry D. Thoreau

| | |
|---|---|
| **1817年** | 7月12日生于马萨诸塞州康科德镇，父为约翰·梭罗；母为辛西娅·梭罗。 |
| **1828—1833年** | 康科德书院，求学。 |
| **1833—1837年** | 哈佛大学，求学。 |
| **1837年** | 公立康科德文法学校，教员；未久，辞职；应邀参加"超验俱乐部"。 |
| **1838—1841年** | 与其兄约翰共同开办康科德一所私立学校。 |
| **1839年** | 与其兄约翰共游康科德与梅里马克河。 |
| **1840年** | 诗与散文发表于《日晷》。 |
| **1841—1843年** | 住在爱默生家中。 |
| **1842年** | 其兄约翰突然死于破伤风；出版《马萨诸塞州自然史》。 |
| **1843年** | 发表《漫步瓦楚塞特山》与《冬日散步》；于纽约斯塔滕岛担任威廉·爱默生子女家教。 |

| | |
|---|---|
| **1844年** | 在康科德与爱德华·霍尔不慎引起森林火灾。 |
| **1845—1847年** | 居住在瓦尔登湖畔小木屋。 |
| **1846年** | 游缅因森林；因拒绝付人头税，入狱一夜。 |
| **1847—1848年** | 在爱默生赴英讲学时期，住在爱默生家中。 |
| **1848年** | 尝试商业演讲；与访欧归来的爱默生渐生嫌隙。 |
| **1849年** | 出版《康科德与梅里马克河上的一周》；发表《论公民不服从》；其姊海伦死于结核病。 |
| **1850年** | 与钱宁旅行至加拿大魁北克省；游科德角。 |
| **1853年** | 游缅因森林；发表《加拿大的扬基佬》（部分）。 |
| **1854年** | 出版《瓦尔登湖》；发表《马萨诸塞州的奴隶制》。 |

**1855年**  发表《科德角》(部分)。

**1856年**  赴纽泽西州伊戈伍德社区调查。5—6月在日记中讨论森林乔木的演替。11月，与格里利探讨植物的自然发生。

**1857年**  重游科德角与缅因森林。

**1858年**  游新罕什布尔州的白山。

**1859年**  父亲约翰·梭罗过世；发表《为布朗请愿》。

**1860年**  发表演讲《森林乔木的演替》和《秋色》；开始撰写《野果》。

**1861年**  与小霍勒斯·曼同游明尼苏达州；健康状况不佳。

**1862年**  整理早年讲稿与散文，不知老之将至。5月6日病逝于康科德家中。

# 梭 罗 主 要 作 品

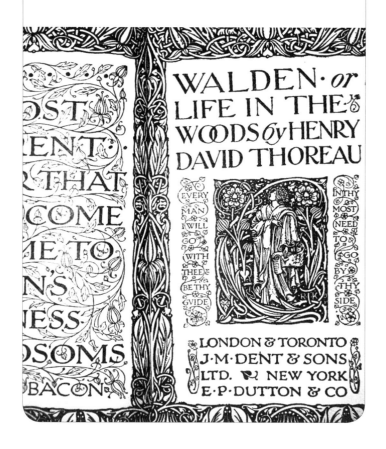

| 中文名称 | 英文名称 | 出版年份 |
|---|---|---|
| 《奥鲁斯·珀西乌斯·弗拉库斯》 | Aulus Persius Flaccus | 1840 |
| 《服务》 | The Service | 1840 |
| 《漫步瓦楚塞特》 | A Walk to Wachusett | 1842 |
| 《复乐园》 | Paradise (to be) Regained | 1843 |
| 《冬日漫步》 | A Winter Walk | 1843 |
| 《房东》 | The Landlord | 1843 |
| 《沃尔特·罗利爵士》 | Sir Walter Raleigh | 1844 |
| 《自由先驱》 | Herald of Freedom | 1844 |
| 《温德尔·菲利普斯在康科德学园的演讲》 | Wendell Phillips Before the Concord Lyceum | 1845 |
| 《改革和改革者》 | Reform and the Reformers | 1846—1848 |
| 《托马斯·卡莱尔及其著作》 | Thomas Carlyle and His Works | 1847 |
| 《在康科德河与梅里马克河上一周》 | A Week on the Concord and Merrimac Rivers | 1849 |
| 《论公民不服从》 | Civil Disobedience | 1849 |
| 《加拿大之旅》 | An Excursion to Canada | 1853 |
| 《马萨诸塞州的奴隶制》 | Slavery in Massachusetts | 1854 |
| 《瓦尔登湖》 | Walden | 1854 |
| 《为约翰·布朗上校请愿》 | A Plea for Captain John Brown | 1859 |
| 《约翰·布朗被绞死后的评论》 | Remarks after the Hanging of John Brown | 1859 |

| | | |
|---|---|---|
| 《约翰·布朗最后的日子》 | The Last Days of John Brown | 1860 |
| 《森林乔木的演替》 | The Succession of Forest Trees | 1860 |
| 《漫步》 | Walking | 1861 |
| 《秋色》 | Autumnal Tints | 1862 |
| 《野苹果：苹果树的历史》 | Wild Apples: The History of the Apple Tree | 1862 |
| 《落叶记》 | The Fall of the Leaf | 1863 |
| 《远足》 | Excursions | 1863 |
| 《无原则的生活》 | Life Without Principle | 1863 |
| 《夜与月光》 | Night and Moonlight | 1863 |
| 《高地之光》 | The Highland Light | 1864 |
| 《缅因森林》 | The Maine Woods | 1864 |
| 《科德角》 | Cape Cod | 1865 |
| 《加拿大的扬基佬》 | A Yankee in Canada | 1866 |
| 《马萨诸塞州的早春》 | Early Spring in Massachusetts | 1881 |
| 《夏》 | Summer | 1884 |

| | | |
|---|---|---|
| 《冬》 | Winter | 1888 |
| 《秋》 | Autumn | 1892 |
| 《杂录》 | Miscellanies | 1894 |
| 《亨利·大卫·梭罗<br>的亲笔信》 | Familiar Letters of<br>Henry David Thoreau | 1894 |
| 《自然之诗》 | Poems of Nature | 1895 |
| 《亨利·大卫·梭罗和<br>索菲亚·梭罗<br>部分未刊书信》 | Some Unpublished<br>Letters of Henry<br>D. and Sophia E. Thoreau | 1898 |
| 《梭罗最初与最后的旅行》 | The First and<br>Last Journeys of Thoreau | 1905 |
| 《梭罗日记》 | Journal of Henry<br>David Thoreau | 1906 |
| 《英语诗人》 | Poets of the<br>English Language | 1950 |
| 《梭罗书信集》 | The Correspondence of<br>Henry David Thoreau | 1958 |
| 《种子的信仰》 | Faith in a Seed | 1993 |
| 《野果》 | Wild Fruits | 1999 |
| 《印第安笔记》 | The Indian Notebooks | 2007 |

## 杨靖

南京师范大学外国语学院英语系教授，博士，博士生导师，美国文明研究所所长。迄今出版专著3部，译著15部，学术论文60余篇，另有文学评论及书评随笔百余篇散见各大报刊。代表作《"医者"梭罗》《"疾病的隐喻"：梭罗论健康与自然》《"浪漫的"科学：论梭罗后期写作的转向》以及《〈瓦尔登湖〉的经济学阐释》等。

**图书在版编目（CIP）数据**

梭罗文存／（美）梭罗著；杨靖译 . -- 北京：作家出版社，2022.6

（新编新译世界文学经典文库）

ISBN 978 - 7 - 5212 - 1804 - 6

Ⅰ . ①梭… Ⅱ . ①梭… ②杨… Ⅲ . ①散文集 - 美国 - 近代 Ⅳ . ① I712.64

中国版本图书馆 CIP 数据核字（2022）第 046993 号

# 梭罗文存

作　　者：[美] 梭　罗

译　　者：杨　靖

责任编辑：田一秀　袁艺方　王　烨　赵　超

装帧设计：潘振宇

封面绘画：潘若霓

出版发行：作家出版社有限公司

社　　址：北京农展馆南里 10 号　　邮　　编：100125

电话传真：86 -10 - 65067186（发行中心及邮购部）

　　　　　86 - 10 - 65004079（总编室）

E - mail: zuojia @ zuojia. net. cn

http: // www. zuojiachubanshe.com

印　　刷：北京盛通印刷股份有限公司

成品尺寸：138×205

字　　数：295 千

印　　张：13.875

版　　次：2022 年 6 月第 1 版

印　　次：2022 年 6 月第 1 次印刷

ISBN 978 - 7 - 5212 - 1804 - 6

定　　价：65.00 元